鲁德才 著

三国人的悲剧性格与悲剧命运

天津出版传媒集团

天津人民出版社

图书在版编目(CIP)数据

三国人的悲剧性格与悲剧命运 / 鲁德才著. -- 天津:
天津人民出版社, 2016.8
ISBN 978-7-201-10762-2

Ⅰ.①三… Ⅱ.①鲁… Ⅲ.①《三国演义》研究
Ⅳ.①I207.413

中国版本图书馆 CIP 数据核字(2016)第 196979 号

三国人的悲剧性格与悲剧命运
SANGUOREN DE BEIJUXINGGE YU BEIJUMINGYUN

鲁德才 著

出 版	天津人民出版社	
出 版 人	黄 沛	
地 址	天津市和平区西康路 35 号康岳大厦	
邮政编码	300051	
邮购电话	(022)23332469	
网 址	http://www.tjrmcbs.com	
电子信箱	tjrmcbs@126.com	

责任编辑	宁 可
美术编辑	卢炀炀
插 图	卢炀炀

印 刷	高教社(天津)印务有限公司
经 销	新华书店
开 本	784×1092 毫米 1/16
印 张	22
字 数	210 千字
版次印次	2016 年 8 月第 1 版 2016 年 8 月第 1 次印刷
定 价	58.00 元

目录

1

第一章

性格决定命运

兴亡成败非是罗贯中唯一关注点

对于中国人来说，长篇历史演义小说《三国演义》，可以说是传播众口、家喻户晓、耳熟能详的。但是人们对《三国演义》是写什么的，作家通过小说想要表达什么样的思想意旨，各有不同的判断。

权谋家认为《三国演义》是中国权术之大全；军事家把《三国演义》当作战略战术的军事教材；政治家则看重拥刘反曹的正统，反对分裂、歌颂统一的政治观念；社会学家则偏重于圣王贤相的探求，如此等等。毫无疑问，小说存在上述观点的表露，人们才有如此反应。

可仔细推敲《三国演义》表层和深层意识，罗贯中并非如此浅薄，只总结战略战术的经验教训，宣扬什么正统观念，而是思考社会更深层次的问题。可惜我们对作者罗贯中了解的不多，因为历史文献资料留存的很少，无法准确说明其生平思想。明王圻《稗史汇编》中说："如宗秀罗贯中、国初葛可久，皆有志图王者；乃遇真主，而葛寄神医工，罗传神稗史。"图什么王呢？是他们自己想当王侯，做天子？好像不是。尽管元末群豪竞起，公开打出旗号争霸权，可对于一个没有强大深厚人力资源和身份认同的知识分子来说，很难喊出"图王"的口号。联系"皆有志图王者"的下文"乃遇真主"，看来罗贯中是想辅助某个"真主"来图王的。再联系清顾苓《塔影园集》所说："罗贯中客霸府张士诚，所作《水浒传》题

3

曰《忠义水浒传》……至正失驭，甚于赵宋，士诚跳梁，剧于宋江，《水浒》之作，以为士诚讽谏也。"又，清徐渭仁《徐炳所绘水浒一百单八将图题跋》中也说："施耐庵感时政陵夷，作《水浒传》七十回。罗贯中客伪吴，欲讽士诚，继成一百二十回。"都说罗贯中见过张士诚，在张府居住过，可能做过张的幕僚，后来不满张的为人而脱离，作小说讽刺张士诚。问题是顾苓、徐渭仁都是清人，他们根据什么说罗贯中"客霸府张士诚"呢？明杨尔曾在《东西两晋演义序》中也曾说："罗氏生不逢时，才郁而不得展，始作《水浒传》以抒其不平之鸣。"没有说因何"才郁而不得展"，有何"不平之鸣"。

不过从笔者引述的点滴材料中，大体可想象到罗贯中是个有政治抱负的人，对封建社会发展过程有自己独特的认识，对于元末明初各个政治、军事集团的代表人物在争霸过程的沉浮有深切的体验。所谓"才郁不得展""不平之鸣"，未必是纯个人的心中块垒，而是对社会王朝兴亡成败的判断，对所谓精英或英雄人物在实现自我价值时的种种表现有许多感喟。

对王朝兴亡成败的总结，可以说是中国史学家普遍的思维定势。先秦史家本来就具有经世致用和人文教化两种特性，因而形成史家两种主观创作意识。一方面，忠实地保存史实，研求与传述历史真相的意识；另一方面，又有超越记述历史事实的层面，探求君臣之伦的大义，从而达到拨乱反正的作用，这也正是孔子春秋精神的基础。即借思辨的批判方法，对历史事件进行反省与褒贬。借史明经，就是思想家追求的终极。春秋以后，史与经的分流形成不同的学术领域，类如今天的历史与哲学或历史哲学的分野。尽管汉司马迁一再分辨史记与春秋的差异，但是司马迁欲发愤思通历史之道，成一家之言时，必然把先秦齐太史与董狐的精神，春秋笔法融进了史学创作中。司马迁在《报任少卿书》中说："仆窃不逊，近自托于无能之词，网罗天下放失旧闻，稽其成败兴坏之理……凡百

三十篇,亦欲以究天人之际,通古今之变,成一家之言。"扬雄《法言·重黎》强调历史记述要"实录"。班固《汉书》卷六二《司马迁传》传尾的"赞曰"解释"实录"的本意时说"其文直,其事核,不虚美,不隐善"。忠实地记述历史,从记述历史变化中,研究及解释其成败兴亡的发展趋势和因果关系,进而研究天道与人道治乱兴亡之间的永恒的常道,道德价值的根本,寄托理想,成就史家永生不朽的一家之言。

尽管宋元时期出现了说话四家,其中有专门讲历史的所谓"讲史"一家。按宋灌圃耐得翁《都城纪胜》之《瓦舍众伎》条对讲史讲说内容的界定:"讲史书,讲说前代书史文传,兴废争战之事。"宋吴自牧《梦粱录》卷三十《小说讲经史》亦说:"讲史书者,谓讲说通鉴、汉、唐历代书史文传,兴废争战之事。"又,南宋罗烨《醉翁谈录》甲集卷二《舌耕叙引》之《小说开辟》云:"史书讲晋、宋、齐、梁。三国志诸葛亮雄材,收西夏说狄青大略。"就是说讲史要着重讲说重大历史事件和战争,讲著名历史人物的业绩,自然有乱臣贼子的劣行。拨乱反正的春秋精神,乃是讲史的社会功能。忠与奸、正与邪、善与恶的斗争,几乎成为讲史小说,乃至明清历史演义小说的人格模式、小说中主要的矛盾冲突。

可是细按《三国志通俗演义》,罗贯中不仅忠实地叙述了诸路豪杰争夺霸权的过程,而且也写出了成败的主因——人的因素。因为战略战术毕竟是由人来完成的,特别是政治集团和军事集团的领袖或统帅,他们个人的性格特质、能力、意志、知识、思维方式及判断力,常常决定政治斗争或战争的胜负。董卓死后的群雄争霸阶段,为什么吕布、袁绍、袁术被过早地踢出历史舞台?为什么曹操、刘备却逐渐地壮大起来,孙权利用诸种关系,守住了父兄的事业?而陶谦、刘表、刘璋只能被曹操讥讽为"徒有虚名""冢中枯骨""守户之犬",做不出大事业?进入曹操、刘备、孙权三雄争霸阶段,三家既联合又斗争,刘备与孙权围绕着荆州归属,展开了无休止的明争暗斗,最后关羽大意失荆州,刘备又为复仇而铸成彝陵之战的失败，大大削弱了蜀国的国力。毫无疑问，其间的因果都同个人性格有关。罗贯中用相当篇幅叙述袁谭、袁尚、曹丕、曹植、刘禅等王二代的父辈们马上得天下，而他们却马上失天下的叙述，同样是着墨于悲剧性格。

中国古代史中，新旧王朝交替时期，参与争夺王权的各种政治力量、各派代表人物，包括农民起义军的领袖，其强烈的个性特征、政治与军事方面的指挥才能，都显露出不同一般的性格。政权稳定时期统治阶级内部，以及统治集团同各阶级、各阶层、各利益集团的矛盾，民族之间的矛盾，又显现不同的特点。问题是小说家们常常用忠与奸，即是否忠于朝廷、忠于某姓王权，作为人格分类的标准，解释王朝成败的原因，忽视了非政治因素的性格特征。

忠奸斗争不能诠释王朝成败原因

忠奸斗争固然与社会成败兴亡有关联，但只能是局部的而不是决定性的原因。根本原因在于以皇权为中心的封建专制主义等级制和封建制度的存在，造成了阶级、阶层的对立，各个利益集团矛盾冲突不断。中国古人，特别是小说家们癖好描写朝廷内忠与奸、善与恶的斗争，这大约源于传统文化思想中中国人实用理性与儒家人格模式的影响。

因为以人为中心的运思趋向，一切思想理论都以政治伦理为起始点的思维方式，形成中国文学对封建政治紧密联系的关系，这也影响中国小说家们一开始就把文学基础奠基在人间，重点放在人情上，重视小说在伦理道德上惩恶劝善，涤滤洗心，有补世道人心的作用。表现在人物塑造上，便是选择那些最能表现社会伦理和人际关系的典型人物，通过对人的反思，一方面揭示外在关系对人的规范,如三纲、四端、五常、八目等;另一方面表露人格的自我实现,歌颂圣王和理想人格的高尚精神与道德情操,这种人性化、理性化的文学艺术,是中国小说十分显著的特征。

一般地说,儒家的文艺观里较多地含有政治关系和伦理规范,这同中华民族务实的性格、义务本位观念暗合,因而占据了思想统治地位。道家主张超俗出世,追求客观本体之外的本体,精神艺术化的自然,所以较多地注意审美观念和艺术自身的特征。但是,这里要指出,儒家要求人在现实上有所成就,成己还须成物,内圣必贯通于外王,要做圣人、仁人;道家是向超越方面发展,让人做真人、至人。由于他们都强调做"人",所以道家也并不否定文学艺术在人生当中的地位和作用,只是强调的侧重点不同罢了。

我们不必把一切主张文学功利主义的作家都归属于儒家系统,但是强调文学的实用主义,却贯穿整个文学史,它在中国传统文学思想中,是最有影响力的。很明显,无论是哪一派作家,他们的审美意识与封建伦理观紧密地结合在一起,审美情趣里沉淀着伦理观念和道德要求,传统的义务本位精神强烈影响作家的审美情感,这就使得中国古代小说在创造每个人物时,都要经过理性主义染色板的调制,忠与奸、善与恶、美与丑都要非常明晰界定,以强烈的理智形态呈现出来。人物性格的结构不可能是多层次的,性格的光谱也不可能是多色的,而是比较单纯的,往往强调那些具有普遍意义的伦常观念,描写那些最能培养高尚品质和高尚情操的东西,不像西方小说那样表现个体的灵与肉的激烈冲突。灵与肉的分裂,个体与社会的对抗,必然形成人物性格的复杂多面。而中国历史演义小说,包括创作其他形态的小说家都以个体与社会的统一作为自己形象塑造的前提,力求从统一寻找美。并且把美同伦理道德的善联结起来,把美与善提到首位。于是小说家们喜好歌颂忠勇报国的杨家将、岳飞;马革裹尸、战死沙场、为国捐躯的史可法;不畏权贵、为民伸张正义的包拯、况钟、海瑞；反对暴君独夫的周文王、周武王、姜尚；鞠躬尽瘁、死而后已的诸葛亮。与此同时，中国小说家也塑造了一批如殷纣王、董卓、秦桧、张邦昌等等昏庸失德、奸佞凶残的反面人物。倘若是正面角色，往往是誓死效忠的精神象征，具有超人的勇猛，史诗形态的道德情操，对坏人宽大为怀，忠于自己的道德和情感上的约束。但是，另一方面，小说里的反面人物通常被描绘成狡猾、阴险、玩弄权术，而又掌握实际权力，跟宦官及其他有势力的朝臣勾结，又与下层贪官污吏结党营私，形成派系，左右不明真相的昏君。这样一来，忠臣义士一出场便投入艰巨的斗争，要战胜种种困难，使故事始终保持紧张的状态，而且内心的紧迫感使主人公左右为难。由于历史的使命感和民族感，使主人公产生战胜困难的需要，不愿妥协。可是英雄人物常遭陷害，不能实现他们的主张，最终落下悲剧命运。也正是在这忠与奸、善与恶的对比中，完成讲史小说历史教育目的。

毫无疑问，深受传统文化思想影响的罗贯中，当然会按忠奸善恶角色进行排列，如代表汉室正统的刘备与篡夺汉家政权的汉贼曹操。但是面对汉末诸侯逐鹿的局面，谁也不能用忠奸斗争来概括三国的主题。因为汉政权已失去正统的权威，行将就木。各路政治军事集团，不是为讨伐奸臣，捍卫朝廷而战，而是争夺势力范围，夺取霸主地位。正统、复兴汉室、讨汉贼云云，不过是一种策略和借口。

罗贯中不采信两世因果循环噱头

民间讲史为了增强小说的趣味性，常按照循环的、宿命的因果观念，在第一回开头和故事结尾，构筑一个神话或准神话框架，解释王朝成败与人物矛盾冲突发生的原因与结果。毫无疑问，作家们的结论和历史事实并不相合，而是用唯心主义解释社会历史发展的因果关系。如元《三国志平话》卷上开卷曰："江东吴土蜀地川，曹操英勇占中原。不是三人分天下，来报高祖斩首冤。"三国故事扯上了汉高祖刘邦杀开国功臣的历史。原来一个叫司马仲相的书生，某日在洛阳御园中饮酒，看至秦始皇南修五岭，北筑长城，东填大海，西建阿房，坑儒焚书而大怒，痛骂"天公也有见不到处，却教始皇为君"，于是被天庭迎入"报冤之殿"，玉皇封为阴司之君，"断得阴间无私，交你做阳间天子，断得不是，贬得阴山之后，永不为人"。司马仲相接手的第一个案子，便是韩信、彭越、英布鬼魂状告汉高祖刘邦、吕后屈杀功臣。仲相审清案情，写表奏明天子，玉帝判决三人分其汉朝天下：韩信分中原转世为曹操，彭越为蜀川刘备，英布为江东吴王孙权，汉高祖则转生为汉献帝，吕后为伏皇后，蒯通转生为诸葛亮，而司马仲相则转生为司马懿，最后三国并收，独霸天下。卷下曹丕受禅时也有话曰："屈斩东宫绝汉孙，善台魏祖立仇君。都来五帝阴司报，司马图王杀未轻。"同开卷诗和司马仲相的故事相呼应，成为说三分艺人对三国纷争缘起的认识。刘邦杀功臣转世说和《三国志平话》同时刊行的《五代梁史平话》卷上开篇，也有相似的记载：

这三个功臣，抱屈衔冤，诉于天帝。天帝可怜见三功臣无辜被戮，令他每三个托生做三个豪杰出来：韩信去曹家托生，做着个曹操；彭越去孙家托生，做着个孙权；陈豨去那宗室家托生，做着个刘备。这三个分了他的天下：曹操篡夺献帝的，立国号"魏"；刘先主图兴复汉室，立国号曰"蜀"；孙权自兴兵荆州，立国号曰"吴"。三国各有史，道是《三国志》是也。

前世因果转为后世因缘的，还有清钱彩的《说岳全传》。第一回和第二回,说宋徽宗元旦郊天上表时,将玉皇大帝误写作"王皇犬帝",玉皇大帝大怒,遂遣赤须龙下界为金兀术,搅乱宋室江山。而岳飞的前身为佛祖顶上的护法神大鹏金翅鸟,因啄死了女土蝠,女土蝠转世为秦桧之妻王氏。大鹏又啄伤铁背虬龙,铁背虬龙为报一啄之仇,发黄河水欲淹死刚刚出世的岳飞,因此触犯天条而被斩首,转世为秦桧。曾被大鹏啄死的团鱼精则转为万俟卨,对下狱后的岳飞百般迫害折磨,以报前世之仇。第八十回岳飞冤案昭雪,秦桧暴病而亡,金兀术被气死,岳飞悟得正果,又复为大鹏鸟,佛前护法神。

清褚人获《隋唐演义》在描写隋炀帝与朱贵儿、唐明皇与杨玉环的爱情时,也用两世因缘解释情感缘由。第一百回结束时,鸿都道士结证隋唐因果,说隋炀帝生前为终南山怪鼠,朱贵儿前身为元始孔升真人,因结缘而得相聚,后来朱贵儿转世为唐明皇,隋炀帝则转生为杨贵妃。由于隋炀帝生前残暴淫乱,罚为女身,乃转为杨氏,又恃唐明皇宠爱而扰乱宫廷。所以让其与朱贵儿的后身唐明皇完结宿缘后,仍被赐予白练系死。这种因果轮回两世姻缘的说词,据褚人获在《隋唐演义》的自序中说:"昔箬庵袁先生曾示予所藏《逸史》,载隋炀帝、朱贵儿、唐明皇、杨玉环再世因缘事,殊新异可喜。因与商酌,编入本传,以为一部之始终关目。"这就是说隋炀帝、朱贵儿的两世因缘说并不是他的独撰,而是据《逸史》转化而来。《逸史》为唐卢肇所著,今已佚,不可考,究系卢肇的独撰,还是民间早就有此传说而被褚人获引入呢?

两世因缘循环论不只是表现于历史演义小说,也出现于世情小说。如《金瓶梅》的主角西门庆,为色而死后转世为月娘之子。按普静老和尚的说法,孩子长大之后,本要荡散西门庆留下的财本,倾覆其产业,临死还当身首异处。如今被普静度脱,做了他的徒弟,跳出三界之外,离开了世俗世界,人生得到了解脱,否则还将受轮回果报之苦。所以明代最早一部《金瓶梅》续书《玉娇李》,仍坚守因果观念,让武大转世为淫夫,潘金莲做河间女，终受极刑，西门庆则成为骏憨男子，坐视妻妾外遇，也是为了表现轮回不爽的观念。明末清初西周生的《醒世姻缘传》也是三世因缘的框架结构。只因晁源、计氏一对夫妻，前世互不尊重，相互伤害，转世后调换性别角色复仇。晁源因射杀狐仙，剥皮弃骨，种下恶因，也转世来报复晁源，演出许多奇奇怪怪的事来。

笔者不厌其烦地述说因果循环论在小说中的表现，无非是想说明按因果循环观念整合小说情节结构的模式，既是中国古代小说家诠释社会矛盾的一种思维方法，也是中国小说构思的一种手段，区别于欧美结构小说的方法。从某种意义来说，承继说话艺术叙述模式的白话小说，也许把两世因缘的因果循环模式，看作是吸引读者的调味品，作家们未必相信有什么因果循环之说。罗贯中是位严肃的有思想、有品位的戏曲家和小说家，他探求的是三国分合的原因，人性人格的内在因果对王朝成败的关系，他没有必要用外在的、宿命的因果观念来迷惑读者。但他也没有陷入历史循环论套路。这正是对传统讲史小说写法的突破。

不仅如此，罗贯中也并没有完全遵循史学家们一治一乱循环往复的史学观，鉴前世之兴衰，考当今之得失，从而按照《春秋》隐褒贬、垂训来世的正名精神来判定人物，如明代历史演义小说家所奉行的，依照忠与奸、正与邪、善与恶排列组合人物群，形成对立营垒，如果性格上出现矛盾冲突的话，那多半是外向的，性格与性格之间的冲突，所谓忠与奸、善与恶的矛盾对立，而不是一个人物性格自身的纠结。尽管罗贯中并没有完全摆脱早期古代小说类型化人物形象的塑造，可仔细推敲《三国演义》中的人物，又不能以类型化定高低，因为罗贯中偏重于三国人物悲剧性格的探求，那么，人性的弱点，人物性格的内在因素，自我意识和自我意志怎样影响和左右人物的行动，必然成为作家的关注点，从而突破了按伦理道德进行人物形象创作的规范，我们难以用圣王贤相、忠臣孝子给人物分类。这正是《三国演义》令人百看不厌，后来的历史演义小说无法与之比肩的原因所在。

探寻悲剧性格怎样铸成悲剧命运

确切地说，决定一个人性格的形成、成长及结局的，有生存的自然环境与地域，国家与民族的历史与现状，传统文化思想的影响程度，社会制度、政党的制约，家庭出身与教育，个人的身体素质、性别、经历、文化素养等等诸种条件。但是人的性格特质，往往起着关键性作用，决定着自己的命运。这并非是唯心论，而是不可否认的事实。按宿命论解释人的命运，好像有一种不可知的神秘力量主宰着人的命运，每个人都按着上天安排的既定命运生活。其实按现实的唯物的观点审视人生，人的命运就是人从生到死的生命旅程。在这个过程中有各种拐点，诸种偶然与必然，喜怒哀乐，成功与失败，机遇的得与失等等。除了客观条件的限定与制约外，人的命运的走向与结局，同个人的性格有直接关系，所谓性格决定命运。

性格这个概念，按照心理学家的解释，大约是指现实生活中人在态度、情感、意志、理智等方面表露出来的心理特征。如孤傲、暴烈、坦率、明快、多疑、迟缓等。当然人的性格中也包含有一个国家的公民和民族所共有的国家性格和民族性格。

人的性格有多种，但其中必有一两种为最基本最核心的性格特质，左右人的思维和言语行动。这种特质，常常受家庭和社会环境影响，在青少年时代逐渐固定，很难有较大变异，几乎主宰人的一生。且看刘备与曹操的主体性格。《三国演义》第十八回，郭嘉评论袁绍有十败，曹操有十胜中说曹操处事猛纠、外简内明、得策辄行、法度严明。第六十回，刘备对庞统说他与曹操实施不同的夺取天下的思想路线，即"操以急，吾以宽；操以暴，吾以仁；操以谲，吾以忠：每与操反，事乃可成耳"。从字面上看，好像是思想策略上的区别，实际是每一个区别都潜藏着性格特质的不同。《三国志》卷三十二《蜀书·先主传第二》中说"先主少时，……少语言，善下人，喜怒不形于色。好交结豪侠，年少争附之"。宽和，善交际人，但内向，很能掌控自己。年长参与了争夺霸权斗争，采取了适合于自己性格特点的以人为本、待人宽厚仁义的路线。许多事实也证明了刘备谦逊、宽厚、大度的领袖性格。不辞辛苦，谦卑地三顾茅庐，真诚地邀请诸葛亮下山，之后，军事指挥权全部交给诸葛亮，信而不疑，乃至白帝城托孤，诸葛亮鞠躬尽瘁、死而后已地报答刘备的信任。再如陶谦三让徐州，刘备三辞徐州，有策略上的考虑，那就是说，他是为"大义"来阻止曹操的暴行，解救陶谦的危难，倘若趁陶谦病重，便同意陶谦让徐州，接管了徐州政权，岂不让人"疑刘备有吞并之心"？何况陶谦的子弟们还在，徐州的官吏和百姓能接受一个外姓人来领导吗？显然刘备在处理陶谦让徐州的事件上，显现了他宽和、仁义和谨慎的性格。面对陶谦的让，还没有像关羽、张飞那么兴奋，既然陶谦"好意相让"，就不必"苦苦推辞"。同样的，当刘备在公孙瓒处初见赵云，"便有不舍之心"，赵云也敬重刘备。可刘备却尊重赵云的选择，在他还没有自己的地盘之时，不会贸然强邀赵云跟随自己。正因为刘备对赵云人格的尊重，才使赵云离开袁绍，忠心辅佐刘备。

不过刘备宽厚仁义的性格，可以成为正能量，吸引一批优秀的谋士和战将跟随他打天下，甚或在他逃亡饥饿的时候，刘姓家族的人杀妻供食。但是，另一方面，倘若如诸葛亮似的强势人物在他身旁，就很容易减弱或屏蔽自己的批判思维，一切都听军师的指挥调度，哪怕是和孙权联姻，也要按照军师的锦囊妙计行事，让诸葛亮代替自己做出价值判断，那么这时刘备的谦和性格，则是软弱无能的表现。倘若让刘备独自决断取舍时，就会由于过分地讲究仁爱而丧失了战机。如果说陶谦让徐州，刘备顾及徐州群众的影响，聊且有情可原，那么同是汉室宗亲的刘表病危前托孤，刘备不取荆州还说得过去。但刘表死后，本应由长子刘琦接掌荆州，却让次子刘琮僭位篡夺，刘备竟坐视不顾，待到刘琮将荆州献给曹操，刘备已无力取之。苏轼《范景仁墓志铭》说得好："速则济，缓则不及，此圣贤所以贵机会也。"所谓机遇就在一瞬间，稍纵即逝，而后再捕捉，则要用十倍二十倍的时间代价。借荆州、分荆州、索荆州、赖荆州、取荆州，应是对刘备瞻前顾后、处事不明快性格的惩罚。

更值得我们深思的是，当刘备把某种理念——结义兄弟的义，提到绝对高度时，便不顾客观事实，拒绝任何意见，并且用偏执性格来保卫理念的实施，于是这种性格缺失必然造成错误，毁灭了事业。刘备指挥彝陵之战的失败，就是典型的一例。

反之，曹操则没有刘备仁义的高论。他奉行"宁教我负人，毋教人负我"的利己主义。可以说自我、实用、诡异是曹操的性格核心。为了实现夺取霸主的目的，他从不考虑别人怎么议论、怎么评价他，得利便行，随心所欲，不像刘备心理总是有无限纠结。打仗暇时，他想嫖妓，就毫不顾忌地把他手下大将张绣叔叔张济的妻子当作妓女"同枕席"。还幻想赤壁之战得江南后，将美女孙策的妻子大乔，周瑜的妻子小乔，置铜雀台上，供他晚年欣赏。当袁绍和他的谋士们尚在犹豫，是否把汉献帝弄在身边，形成挟天子以令诸侯的便利时，曹操却果断明快地抢先一步，把献帝"请"走了。官渡之战，袁绍拒绝许攸分兵袭许昌的计策，竟然怀疑许攸是曹操派来卧底的内奸，要斩许攸，促使许叛逃。可曹操偏偏不怕许攸是诈降，大胆采用了许攸的建议，火烧袁绍乌巢的辎重，使袁绍官渡之战失败。不过明快果断也会因思虑不周、判断失准而失手。赤壁之战时，蒋干盗取了蔡瑁、张允的所谓降书交给曹操，曹操由疑而信，杀了蔡、张，沉吟间又惊悟自己错杀了蔡瑁、张允，诡异的性格又常常帮助他去修复思虑之不足。问题是曹操的诡诈性格含有隐蔽的、虚伪的、狡猾的一面。如祢衡裸骂曹操，操虽大怒，却派祢衡出使荆州，劝刘表来降，实际是想借刘表之手杀掉祢衡。第十七回，借粮官王垕的人头，转移视线，平息了军中闹事的矛盾。又如，按曹操颁布的军令，凡踩踏庄稼者，杀无赦。可他的战马受惊，麦田里狂奔，违法者曹操理应被斩首，却以割发权代首，变通了过去。就如同曹操说"我梦中好杀人"，来掩饰惧怕侍卫暗杀他的恐惧心理，同样是奸诈性格的表露。但是，为了捍卫自身的利益，为了报私仇，为了杀人灭口，为了消灭对手，他毫不尊重别人的生命而凶狠杀人，乃至滥杀无辜。如杀吕伯奢全家，屠徐州，杀衣带诏的参加者，杀董妃、杀伏后等等。总之，像曹操这样的人物，登上丞相大位，享受近乎天子的仪制，有汉献帝做他的傀儡，尽管他说"设使国家无有孤，不知几人称帝，几人称王"，不想让众诸侯把他架在火炉上烤。可细思之，曹操真的不想当皇帝吗？无论他称不称帝，罗贯中笔下的曹操也是个悲剧性人物，他的利己主义人生观和人生道路，让人们感受到历史上的强势人物怎样按照他们的理念和性格毁灭美好的事物，同时又怎样开创了新的局面。他留给人们的是既奸又雄的遗产，让人们去深思其批判价值。

公正地说，罗贯中虽然较多地描写了刘备与曹操的性格，但他并不忽视第三排第四排人物的性格塑造，有时为了表现某种类型的人物的人性，甚至改变历史原型，刻画出一个个悲剧性的人物，如华歆即是。且看第六十六回华歆搜捕伏后。按《三国志》卷一《魏书·武帝纪第一》，谓伏后给她父亲写信，为董承被诛事怨恨曹操，"辞其丑恶，发闻，后废黜死，兄弟皆伏法"，没有记华歆搜捕伏后事。裴松之注引《曹瞒传》则记"公遣华歆勒兵入宫收后，后闭启匿壁中。歆坏户发壁，牵后出"，华歆有了动作，但无言语，还未能确切显露其性格。罗贯中则赋予了华歆性格化的话语。

华歆带五百甲兵入到后殿，问宫人："伏后何在？"宫人皆推不知。歆教甲兵打开朱户，寻觅不见，料在壁中，便喝甲士破壁搜寻。歆亲自动手揪后头髻拖出。后曰："望免我一命！"歆曰："汝自见魏公诉去！"……帝望见后，乃下殿抱后而哭。歆曰："魏公有命，可速行！"

请读者仔细挖掘华歆此时此地的心理活动：这个走狗被曹公亲自钦点去抓伏后，在华歆眼里，当今最有权势者是曹公，而不是献帝，派他去搜捕的对象是正宫娘娘，而不是普通角色，足见曹公对他的信任；他甚至把自己看作是曹操执政团队的核心成员，真有点像阿Q"手执钢鞭将你打"似的飘飘然，忘乎所以了。俗话说狗仗人势，华歆到了后殿，对皇帝皇后毫无敬畏之心，劈头直呼"伏后"何在，叫甲兵"打开"朱门，"喝"斥甲兵搜寻，"亲自动手"，"揪"伏后头髻，"拖"出内壁。当伏后要求免其一命时，华歆竟然用不带敬语的"汝"字称谓，让她直接向他主子曹操"诉"去。献帝下殿抱后而哭，华歆根本就没有把皇帝看在眼内，"魏公有命，可速行"，曹操才是他的主子。罗贯中把华歆这个小丑的盛气凌人的嘴脸，刻画得真是入木三分！其实《三国志》卷三《魏书·华歆传》，无论是陈寿抑或是裴松之的注引，均对华歆赞颂有加。裴松之引华峤《谱叙》曰："歆少以高行显名。"世人认为华歆是"大义"之人。又引《魏书》说："歆性周密，举动详慎。"又引《付子》曰："华太尉积德居顺，其智可及也，其清不可及也。事上以忠，济下以仁，晏婴、行父何以加诸？"可小说家的罗贯中何以反其道行之，硬是把华歆写成一个小丑、打手式的人物呢？显然罗贯中着力于人性、人的诸种悲剧性格，因为社会生活中就有此类人物。

何况罗贯中在描述华歆搜捕伏后的劣行时，附注了一条刘义庆《世说新语》记述的小事:管宁与华歆共园中锄菜,见地有片金,宁挥锄不顾;歆捉而掷去。从"捉而掷去"的细节,说明华歆手虽掷去,心里好生不舍,倘管宁不在,华歆必然袖而藏之。此后管宁终身不仕魏,而华歆先事孙权,后事曹操,至此乃有搜捕伏后一事,可见罗贯中的虚构并非空穴来风。

提炼揭示悲剧性格的细节与情节

我在前文已说明,《三国演义》之所以深入人心,原因之一是写出了人物的人性,刻画了人物性格的多面性。当然并非所有人物都是立体的、多面的,只是若干人物具有典型个性,如刘备、关羽、赵云、诸葛亮、曹操、孙权、周瑜、鲁肃、袁绍、吕布等。罗贯中在描绘众多人物时,首先是捕捉到人物性格中的最基本特征,即选取含有区别于其他人的特征加以刻画,选择和提炼能说明人物基本特征的细节与情节,其经验很值得我们借鉴:

1.基本情节源自史传

民国时期评论家管达如在《说小说》中说《三国演义》"其中所述之事实,大抵真者一而伪者九"(转引自朱一玄《三国演义资料汇编》)。我很怀疑这位老前辈是否认真看过陈寿的《三国志》和裴松之注,以及宋司马光的《资治通鉴》?是否将史传同小说对照过?其实罗贯中的《三国志通俗演义》是遵循史传创作的。从张角之乱、十常侍擅权,到引董卓入京,祸乱宫廷,十八路诸侯联盟讨卓,王允联手吕布除掉董卓。吕布刺死董卓后则进入群雄争霸。吕布、袁绍先后被曹操战败出局,曹操挥军南下攻刘备、孙权，赤壁之战曹操失利，由群雄争霸而为三雄争霸。刘备与孙权因争荆州归属而矛盾激化，乃至关羽失荆州，关羽、张飞先后被害，刘备为复仇发动彝陵之战失败，孔明几次北伐不果，最后蜀降魏，魏又被司马氏篡夺，吴又降晋，三分归一统。这期间各个历史阶段的基本情节均依史传而构织，可以说忠实准确地反映了三国的历史进程以及在各个历史阶段发生的重大战役和重大事件。历史的真实性为小说家人物塑造提供了真实可信的基础，当然也就为读者提供了真实生动的人物性格。

2. 把握性格基本特征筛选情节与细节

提炼人物性格的关键，则是依照人物的核心性格去选择情节与细节，设置言语行动。倘如为了娱乐性而游离核心性格逻辑线，那就削弱了人物性格的价值和感染力。如吕布的核心性格特质是见利忘义，唯利是图。那么，吕布何以杀丁原而投靠董卓呢？《三国志平话》说吕布发现自己脚掌上多一个预兆有五霸之福的瘤子而杀了丁原。显然这只能说明吕布的蛮混迷信，同见利忘义的性格特质不搭界。罗贯中虚构了李肃用一匹千里马、几颗明珠搞定了吕布，这就符合吕布唯利是图的核心性格。再如曹操杀吕伯奢及全家。陈寿的《三国志》当然不会写曹操杀吕家事，但裴松之注引各书却有不同记述，作者唯独选取了孙盛《杂记》记载的杀吕伯奢家人之后的凄怆曰："宁我负人，毋人负我！"深刻地揭示了曹操的世界观和人生观，也成为他的性格特质，致使无数代人研究此公一辈子。

3. 直接转引人物话语

史传中有许多人物话语具有典型性，准确地表现了人物理念，无须罗贯中再虚构，直接移植就够了。"宁教我负天下人，休教天下人负我"是一例。第十八回，郭嘉的十胜十败论。如"设使国家无有孤，不知当几人称帝,几人称王",均抄自《魏书·武帝纪第一》裴松之注引《魏王故事》。第三十九回,刘琦深感蔡氏不容,居荆州有危险,将诸葛亮骗至小楼上,求计于诸葛。诸葛暗示刘琦"申生在内而亡,重生在外而安"的对话,则采自《资治通鉴》。第四十一回,刘玄德携民渡江,众将劝刘备暂弃百姓,先行渡江为上,刘备说:"举大事者必以人为本。今人归我,奈何弃之?"直接引自《蜀书·先主第二》。如此等等,数不胜数。

4.合理的引申与扩展

有些情节、细节及人物的动作和人物之间的关系,尽管没有在史传中明示,可是依据史传提供的线索进行引申、扩展,反而合情合理,并不违背历史。如第四回,曹操献刀刺卓未果而逃出京城,过中牟被陈宫解救。按《三国志》与裴松之注引所记,是董卓授曹骁骑校尉的官职,并"欲与计事",曹操不愿与董卓合作而出逃京城。令人疑惑的是,曹操不肯合作,也不至于"变易姓名"逃走,董卓也不必因曹操不愿"计事"而捉拿曹操。因此,罗贯中为了求得情节的合理性,便设计了一出献刀刺杀董卓失败才逃走,董卓才下令遍行文书,画影图形,捉拿曹操,所以守关军士才扣住曹操,于是中牟县令让陈宫来做,才有陈宫私放曹操。如此引申虚构,曹操的动作就合理了,同时也很自然地引出下一个情节杀吕伯奢及全家。

再如第八回王允巧设连环计,按正史只提吕布与董卓的侍婢私通"恐事发觉,心不自安",由此吕布与董卓发生了矛盾,王允便利用两人的矛盾,与孙瑞密谋,联手吕布,"使为内应",杀掉董卓。毫无疑问,史传提供了很好的素材,罗贯中必须具象化,编织出连环计,让"侍婢"去作诱饵,捕住吕布、董卓坠入女将军网中,然后借吕布之手除掉董卓。这个"侍婢"还叫貂蝉,因为《三国志平话》和元杂剧都提到了貂蝉和吕布的关系。但平话与杂剧说貂蝉和吕布是夫妻关系,黄巾之乱走散了。倘若罗贯中仍保持吕布与貂蝉是夫妻关系，那么连环计中吕布和董卓的矛盾，则变成夺妻之恨，为夺回妻子而杀董卓，将是另一种写法。罗贯中抹去了吕、貂私情，删去了王允与孙瑞密谋，完全由王允一人掌控，集中戏剧冲突。既刻画了貂蝉为了汉家江山，甘愿牺牲自己，为绝大恶而万死不辞的精神；另一方面，又突出描绘了吕布不只是见利忘义，还见色忘义。这种种引申、扩展，并不违背历史。

5.东挪西移的组合

明高儒《百川书志》说罗贯中创作《三国志通俗演义》是"据正史，采小说，证文辞，通好尚，非俗非虚，易观易入，非史氏苍古之文，去瞽传诙谐之气，陈叙百年，该括万事"。凡是有助于描绘人物性格、人物之间的关系，符合历史真实与小说的艺术真实的各种材料，均可以为我所用。如第七十六回，关羽失荆州后被困麦城，刘封、孟达拒绝出兵解围。何以呢？《三国志·蜀书·刘封传》说是"封、达辞以山郡初附，未可动摇，不承羽命，会羽覆败，先主恨之"，这是刘封的表面说辞，其实有不可告人的原因。《三国志平话》说出了刘封心思，原来是关羽反对选刘封为刘备的接班人，因此刘封怀恨在心。再联系《刘封传》的传尾提到诸葛亮顾虑刘封刚猛，倘刘备过世恐终难制御刘封，建议刘备尽早除之。那么，罗贯中把平话本刘封的话语拿过来，和史传嫁接在一起，让孟达说出，刘封接受孟达的挑拨，忌恨关羽而拒绝出兵，及刘备杀刘封的两组情节，较比史传和平话本都深刻地揭示了刘封的悲剧性格。

6.改变基因性格，强化性格冲突

历史演义小说不是某朝代历史生活的翻版。由于时空的距离，史家和历史演义小说家都不能亲身体验前代生活，仅存的文献资料也并非一字不差的忠实记录，更何况写家的社会地位，决定了他所见所闻的限度，其观念也影响了对事件的取舍判断，所以史家在创作时必然有虚构。历史演义小说家是创作历史的"小说"，既然是创作小说，那么小说家必须从小说创作规律出发，要求有故事情节，故事情节中行动着的具有个性特征的人，人与人之间的矛盾冲突。能发生和展开冲突的甚或是尖锐化冲突的，必然是由具有差别的，而且是鲜明个性差别的人推动，由此人物动作才能获得内部搏动，获得形象的生命力。为了加强人物性格的差别，有时可以部分或整体地改动历史原型的人物性格，通过艺术真实而达到历史真实（不是历史事实的真实）。如罗贯中过分突出了鲁肃忠厚的一面，压缩减弱了政治家的原则性和斗争性。周瑜由历史原型中性情恢廓、谦让服人、折节下士的青年周郎，变异为狭隘、忌刻的统帅。独步江南的才子蒋干，做说客之余，干起了偷盗书信的勾当，中了周瑜的反间计，这也同历史原型不符。如此改动，无非是让诸葛亮和周瑜的性格发生强烈撞击，通过两个人的矛盾冲突，带出刘备与孙权集团同曹操集团的矛盾，孙权集团内部主战派与投降派的冲突，同样真实地反映了赤壁之战的诸种矛盾，以及未来矛盾走向。

第二章

长厚而似伪的刘备

刘关张的身世

《三国志通俗演义》没有采用《三国志平话》司马仲相断狱的情节，却以《祭天地桃园结义》作为全书开卷的第一则，而毛宗岗评本《三国演义》，则将斩黄巾和三结义合为一回。罗贯中何以把三结义摆在第一回呢？毫无疑问，他特别突出"义"，而对于这个"义"史有不同的解读，先看正史对刘关张身世的介绍。

《三国志》卷三十二《蜀书·先主传第二》：

> 先主姓刘，讳备，字玄德，涿郡涿县人，汉景帝子中山靖王胜之后也。……先主祖雄，父弘，世仕州郡。雄举孝廉，官至东郡范令。……先主少孤，与母贩履织席为业。舍东南角篱上有桑树生高五丈余……往来皆怪此树非凡，或谓当出贵人。先主少时，与宗中诸小儿于树下戏，言："吾必当乘此羽葆盖车。"……（元）起曰："吾宗中有此儿，非常人也。"……先主不甚乐读书，喜狗马、音乐、美衣服。身长七尺五寸，垂手下膝，顾自见其耳。少语言，善下人，喜怒不形于色。好交结豪侠，年少争附之。

《三国志平话》和《三国志通俗演义》对刘备身世的描述均抄自正

史，大体如引文，没有太多的改动。

从史传的角度看刘备形体的描述、桑树非凡的异象、刘备说"当乘此羽葆盖车"云云，不过是封建天意观的陈词滥调，说明刘备禀有帝王气象，日后要称王称帝的。但是，要从小说描述的争霸者的条件看，各路集团的代表人物各有一套幌子作为护身符，都有自己惯打的旗号招揽世人。如袁绍出身"四世五公"的高干家庭，拥有门生故吏遍天下的人力、社会资源和几十万军力。孙权则承继父兄基业，雄踞江左。连出身声名最差的曹操尚且独据中原，日后更把汉献帝当作玩偶，挟天子以令诸侯。那么，刘备拥有何种资源，应打出何种旗号？史家们为刘备贴一个似是而非的招牌："汉景帝子中山靖王胜之后"，作为承汉正统的说辞，至于是否史有证明，则就语焉不详了。

再看关羽的行状，《三国志》卷三十六《蜀书·关羽传》称：

> 关羽字云长，本字长生，河东解人也。亡命奔涿郡。

短短二十几个字，只点出了他的字和籍贯，有关形体和性格特征，不知陈寿为何惜墨如金，不落一字。值得注意的，说完籍贯之后，突插一句："亡命奔涿郡。"因何而"亡命"呢？凡"亡命"者大多有命案，或与官府有重大冲突——正史没有说，可这为后世的好事者与小说家、戏曲家提供了补充的空间。《三国志平话》较详细地补充了关羽的相貌和身世：

> 话说一人，姓关名羽，字云长，乃平阳蒲州解良人也。生得神眉凤目，虬髯，面如紫玉，身长九尺二寸，喜看《春秋左传》。观乱臣贼子传，便生怒恶。因本县官员贪财好贿，酷害黎民，将县令杀了，亡命逃遁，前往涿郡。

讲史和平话把关羽改成了侠客义士，因杀贪官污吏而亡命到涿郡的。喜看《春秋左传》不是平话本的发明，正史《关羽传》传尾裴松之引《江表传》即曰："羽好左氏传，讽诵略皆上口。"换言之，陈寿的《三国志》并没有提关羽好左氏，而是杂史《江表传》提出的，《平话》本认同了《江表传》的观点，但又加了一部《春秋》。不论是《春秋》，还是《左传》，都有助于刻画关羽忠义的人格形象，因此罗贯中的《三国志通俗演义》，也强调了关羽重春秋左氏的价值取向，如卷三第二十一则《刘玄德北海解围》：

太史慈却待向前，一匹马早先飞出，蒲州解良人也，文读《春秋左氏传》，武使青龙偃月刀，云长径取管亥。

又，卷五第四十一则《青梅煮酒论英雄》：

玄德也防曹操谋害，就下处后园种菜，自己浇灌。云长曰："兄不留心于弓马以取天下，而学小人之事？"玄德曰："非汝所知也。"云长但闲，看《春秋》《左传》，或演习弓马。

值得注意的，毛评本《三国演义》第十一回、第二十一回，则全然不提关羽读《春秋》《左传》。不过，《三国志通俗演义》卷十第一百则《关云长义释曹操》和《三国演义》第五十回中只强调《春秋》：

操曰："五关斩将之时，还能记否？古之人，大丈夫处世必以信义为重。将军深明《春秋》，岂不知庾公之斯追子濯孺子者乎？"云长闻之，低首良久不语。

这可能是曹操用《春秋》的故事，打动熟读《春秋》的关羽放他一马，所以只提《春秋》，不必与《左传》并提。问题是儒家的《春秋》大义，是否就是关羽所追求的义，或者说是作者罗贯中所欣赏的义呢？这个问题暂且不论，我们在后文还将讨论。再看《三国志通俗演义》卷一《祭天地桃园结义》对关羽出场时的介绍：

> 玄德看其人：身长九尺三寸（毛本为"九尺"），髯长一尺八寸（毛本为"二尺"），面如重枣，唇若抹朱；丹凤眼，卧蚕眉，相貌堂堂，威风凛凛。……其人言曰："吾姓关，名羽，字长生，其后改为云长，乃河东解良人也。因本处豪霸（毛本为"势豪"）倚势欺人，关某杀之，逃难江湖五六年矣。"

相貌形体的描述较平话本具体形象，说出了改名经过、逃亡江湖的原因和时间。只是所杀之人，由"本县官员"，换为"本处豪霸"。特别是小说将平话本中关羽回答张飞说"来此避难"，改成"逃难江湖"，强调"江湖"二字，显然是想突出关羽的豪侠之气，也因此，江湖中人对关羽的兴趣超过了刘备。有趣的是，姓关的"关"字，"面如重枣"的颜面，又引来后代文人的忽悠，如清梁章巨在《归田琐记》卷七《三国演义》中，就记述了关羽的一段故事：

> 蒲州解良，关公本不姓关。少时力最猛，不可检束，父母怒而闭之后园空室。一夕，启窗越出。闻墙东有女子啼哭甚悲，有老人相向而哭，怪而排墙询之。老者诉云："我女已受聘，而本县舅爷闻女有色，欲娶为妾。我诉之尹，反受叱骂，以此相泣。"公闻大怒，仗剑径往县署，杀尹并其舅而逃。至潼关，闻关门图形，捕之甚急，伏于水旁，掬水洗面，自照其形，颜色变苍赤，不

复认识。挺身至关，关主诘问，随口指"关"为姓，后遂不易。东行至涿州，张翼德在州卖肉，其卖止于午，午后，即将所存肉，下悬井中，举五百斤大石掩其上，曰："能举此石者，与之肉。"公适至，举石轻如弹丸，携肉而行。张追及，与之角，力相敌，莫能解，而刘玄德卖草履亦至，从而御止。三人共谈，意气相投，遂结桃园之盟云云。语多荒诞不经，殆由演义所由出欤？（转引自朱一玄《三国演义资料汇编》）

梁章巨没有指明故事源自何书，自然也不清楚传说始于哪个时代，可整个故事则是武侠小说的笔法，关羽的义举无疑是豪侠所为。至于张飞，正史《张飞传》只写了二十六个字：

张飞字翼德，涿郡人也，少与关羽俱事先主，羽年长数岁，飞兄事之。

没有任何形貌和性格特征的描述。传尾陈寿对二人有简略的评价云："初，飞雄壮威猛，亚于关羽，魏谋臣程昱咸称羽、飞万人之敌也。羽善待卒伍而骄于士大夫，飞爱敬君子而不恤小人。"关羽、张飞是当时著名的猛将。《三国志平话》对张飞的容貌身世又添了几笔：

却说有一人，姓张名飞，字翼德，乃燕邦涿郡范阳人也，生得豹头环眼，燕颔虎须，身长九尺余，声若巨钟。家豪大富。

《三国志通俗演义》的描述则更为具体形象：

玄德回顾，见其人身长八尺，豹头环眼，燕颔虎须，声若巨

30

雷,势如奔马。……其人曰:"吾姓张,名飞,字翼德。世居涿郡,颇有庄田,卖酒屠猪,专好结义天下壮士。"

张飞的职业界定为"卖酒屠猪",而"豹头环眼,燕颔虎须","声若巨钟,势如奔马"的声貌,必然是个急性子。

桃园三结义的义

刘关张巧遇涿州,意气相求,桃园结为兄弟,于史无明文。《三国志》卷三十六《蜀书·关羽传》:"先主与二人寝则同床,恩若兄弟。而稠人广坐,侍立终日,随先主周旋,不避艰险。"没有提拜过把子,大约东汉尚无结拜之类的时尚,可刘关张情谊,非比寻常,已是异姓结盟的性质。清《老圃丛谈》早就指出这一点:

> 刘备与关羽、张飞本无桃园结义之事,正史但言"先主与二人寝则同床,恩若兄弟,而稠人广坐,侍立终日",小说因此遂捏造桃园结义之事。然则曹操厚遇刘备,亦出则同舆,坐则同席,岂曹、刘二人亦结义兄弟乎?世俗换帖,称拜弟兄,乃拜与关羽之庙。文人作关庙柱帖,竟引用小说中不经之语,腼不为怪。(转引自朱一玄《三国演义资料汇编》)

所谓"小说因此遂捏造",始作俑者当然是《三国志平话》:

> 后有一桃园,园内有一小亭。飞遂邀二公,亭上置酒,三人

欢饮。饮间，三人各序年甲：德公最长，关公为次，飞最小。以此大者为兄，小者为弟。宰白马祭天，杀乌牛祭地。不求同日生，只愿同日死。三人同坐同眠，誓为兄弟。

《三国志通俗演义》的祭告天地比《平话》多了一段誓词：

次日，于桃园中，列下金纸银钱，宰杀乌牛白马列于地上。三人焚香再拜，而说誓曰："念刘备、关羽、张飞，虽然异姓，结为兄弟，同心协力，救困扶危；上报国家，下安黎庶。不求同年同月同日生，只愿同年同月同日死。皇天后土，实鉴此心，背义忘恩，天人共戮！"

这誓言同《水浒传》梁山哥们儿的盟誓并无二致，有点江湖义气。所谓"救困扶危"的精神起源于司马迁《史记》卷一百二十四《游侠列传》和卷一百三十《太史公自序》中所概括的"不爱其躯，赴士之厄困"，"专趋人之急，甚己之私"，"救人之厄，振人不赡"。关羽说"因本处豪霸倚势欺人，关某杀之"，就属于《三侠五义》第十三回展昭解释侠义精神时所说"只因见了不平之事，他便放不下，仿佛与自己的事一般，因此才不愧那个'侠'字"。

不过，严格说来，先秦时期倡扬侠义的游侠们，多是单打独斗，具有强烈的独立性和个性，因而游离于社会政权之外，藐视他们所处的社会文化的价值观念，怀着实现永恒性的高尚道德目的，济人困危，伸展自己所认为的正义，成为弱者的保护神，不存在同别人结盟，有福同享，有难同当。相反，按司马迁《史记·游侠列传》所言，靠"朋党宗强比周，设财役贫，豪暴侵凌孤弱，恣欲自快，游侠以丑之"。可现实中很难有纯正的特立独行的游侠，许多游侠加入战国"四公子"（齐国孟尝君田文、魏国信陵君魏无忌、赵国平原君赵胜、楚国春申君黄歇)门下作宾客,为豪门效力,游侠的豪强化群体化,已是社会纷争时期的一种变体。可以说自东汉以后,在现实中,先秦时代那种游侠风神已经褪色,游侠与豪侠界限越来越模糊,许多侠者凭借武功和勇力向军界流动,形成军事组织,转而成为军事政治集团割据自立,逐鹿中原,进而争霸天下的工具。试看陈寿在《三国志》中认为是侠者的,如祸乱汉室的董卓,"以健侠知名",一代枭雄曹操,"少而任侠放荡",中山靖王之后刘备也"好结交豪侠";吴国第一任君主孙权"好侠养士"。等而下之的关羽、张飞、甘宁、典韦、许褚等等,无不是侠出身和好侠的。然而政治代表人物招揽侠客,就会有强烈的政治品性,侠客之义也以政治集团的利益为坐标,决定善恶是非的选择,昔日古游侠乃至司马迁称扬的乡曲豪侠之风,早就走味变样。

发展到唐代,传奇和笔记小说中记述的侠,为读者提供了侠客的诸种形态,如游侠、义侠、盗侠、隐侠、豪侠,近似于剑侠类的侠客等等,盖为后世武侠小说家塑造形象时所本。可是刺客、游侠、豪侠的性格相互渗透转化,其间界限越来越模糊。如刺客本来是为了报恩或受雇于人而行刺,无关本人是非恩怨的。然而,李肇《国史补》所记述的无名侠,如《原化记·义侠》中的刺客,弄清了雇主忘恩负义的事实真相后,却放走了贤者,掉转剑头杀了雇主,刺客变成惩恶扬善的义侠。女侠聂隐娘、红线依附权门,听从方镇之命,这本来是秦汉豪侠所为。报知己之恩,解主人忧而行侠的动机,有点像刺客行径,可聂隐娘弃魏帅投刘仆射,所谓"舍彼而就此",大约算是弃暗投明、良禽择木而栖的老路子,仍不过是地方藩镇的鹰犬。红线憎恶魏博节度使田承嗣侵夺潞州,认为是"违背天理",潜入戒备森严的魏帅的寝所,盗走金盒,以示警告,"使乱臣知惧",终于化干戈为玉帛,两地相安无事;且功成而不受赏,聂隐娘遁迹尘中,红线浪迹天下,那就是游侠们的精神了。不过徐士年先生在《唐代小说选》之《略谈唐人小说的思想和艺术》文中曾指出，"游侠人物都有着知识分子的气味。这些侠士，不但具有一般的急人之急、主持公道、打抱不平的侠义精神，另外还有些重然诺，设奇计，杀身以报知己，功成身退之类'士大夫气'"，表现了一种"寒士的游侠思想"。我推测，罗贯中在塑造关羽时，就赋予了关羽知识分子气味和寒士风骨。

但是，真正影响罗贯中侠义观念的是两宋时代侠的世俗化，江湖义气在侠义的观念中占据了重要位置。由于宋代城市经济和都市社会的发达，推动了民间武术团体的出现。异族入侵，宋朝中央政府南迁，山川湖泊森林成为义军反抗异族的活动空间，各类亡命江湖者的生存地，于是形成了绿林社会。武林社会倡导的侠德侠义观念，正是对司马迁《史记·游侠列传》称扬的侠客主义的继承与发展，其核心观念，如"其言必行，其行必果"，"趋人之急，甚己之私"，"救人于厄，报人不赡"等等并无改变。于是武林中盛行类似血缘家庭父子伦理的师徒关系，绿林中将先秦时代诸侯间盟誓的仪式，民间歃血为盟的习俗，引为异姓兄弟结拜的仪式。小说中反映宋代绿林人际关系和形式的，最典型代表是《水浒传》。

如果说罗贯中参与了《水浒传》的编撰，那么，罗贯中必然把宋代传承下来的江湖义气转接到《三国志通俗演义》。这不仅是因刘关张的出身行状带有侠义性质，他们的结盟誓言，"上报国家，下安黎庶"的政治方向，"不求同年同月同日生，只愿同年同月同日死"的准血缘关系的捆绑，以义为纽带，组成仿亲属结构的军事组织，由君子独行其德的私义，升华到帮派豪强集团夺取政权的集团利益，其成员忠实于集团兄长的义，同儒家所谓的"仁义"的义是不同的。

单从儒家伦理学角度来看，义的概念有多种，可解为礼义、正义或符合道德规范的义。如《论语·里仁》："君子喻于义，小人喻于利。"《论语·述而》："闻义不能徙，不善不能改。"《论语·阳货》："君子义以为上。君子有勇而无义为乱，小人有勇而无义为盗。"说的都是礼和道德规范。

义也可训为"宜",因古"宜"与"义"相通,即应该不应该,合理不合理。例如墨子在《兼爱》中主张:"言必行,行必果,犹合符节。"可《孟子·离娄章句下》却认为:"大人者,言不信,行不必果,惟义所在。"就是说人言信与不信,诚实与不诚实,行能否做到,重要的前提是"惟义所在",看自己和对方言行是否合理,应该做与不应该做,也就是"宜"与"不宜"之分。倘用这个"宜"(义)来衡量关羽所谓降汉不降曹、订三事之约而屈降,却不忘故主刘备,是一种义。那么,杀敌立效以报曹公厚己之恩,也是一种义,这两义孰为"宜(义)",孰为"不宜(义)"?尽管曹操败走华容道史传没有提由关羽义释而逃脱,然而联系昔日曹公厚待关羽的人情,关羽一定会放他一马的。所以小说让关羽把守华容道,最终义释曹操,这对于刘备集团是"不宜(义)",但却符合知恩图报的义士之道。这样看来,罗贯中所坚持的,实际是司马迁《游侠列传》中界定的游侠和宋明张扬的江湖义气之义。"结义"即是拜把子,"聚义"就是聚集在一起干一番事情,而非儒家所谓的义。宋潘自牧在《记纂渊海》卷四十八《尚气》条中就已指出,关羽不肯与老兵黄忠同列,就是游侠"尚气刚傲,矫时慢物"的性格作怪,无所谓对与错。所以,关羽身上既有游侠的性格,又有豪强集团内豪侠的特征以及宋元江湖之义的两种文化精神、两种人格模式集于一身。毫无疑问,豪强集团侠的观念系上层社会的文化精神。因为刘关张面对张角动乱,董卓祸乱宫廷,为"上报国家,下安黎庶"而结盟,还有点伸张正义的意思在。可是转到曹操专权,刘备自己组成军事集团,夺下州府,作了一方的统治者,甚或建立蜀汉而称王称帝,讨伐汉贼曹操,恢复汉室江山,不过是掩饰自己称霸的口号。此时刘关张的关系,除了兄弟结盟的情谊,有如毛评本《三国演义》第二十六回所说,"我与玄德,是朋友而兄弟,兄弟而又君臣者也",显然透露了封建宗法制的价值观念,属于上流社会做人的原则。但江湖之义,则属于民间社会的侠义传统。1935年,鲁迅先生在《叶紫作〈丰收〉序》中说:

"中国确也还盛行着《三国演义》和《水浒传》，但这是为了社会还有三国气和水浒气的缘故。"三国气和水浒气自然是指江湖上有侠义精神的人拜盟结义，非泛指单个有侠义精神的侠者，鲁迅在《致姚克》的信中已做了明确区分："近布克夫人译《水浒》，闻颇好，但其书名，取'皆兄弟'之意，便不明确，因为山泊中人，是并不将一切人们都作兄弟看的。"同样的，《三国演义》中的刘关张也并不把一切人都看作兄弟。嘉靖本《三国志通俗演义》卷六《关云长封金挂印》中，关羽向张辽解释管鲍知己之交，张辽与关羽的朋友之交，以及刘关张异姓兄弟生死结拜之交的区别时指出，拜过把子的生死之交的义，超越了一切价值观念。为兄弟之义可以委屈自己"降汉"（降曹），可以牺牲一切，乃至自己的生命，所谓不求同年同月同日生，但求同年同月同日死。这种结义精神当然属于民间文化的侠义精神，用世俗化的方式满足下层人们摆脱权力束缚、相互借利、独掌正义的心理。

因此桃园三结义的义，就必然成为绿林帮会崇拜的偶像。梁启超在《小说与群治之关系》中说：

> 今我国民绿林豪杰，遍地皆是，日日有桃园之拜，处处为梁山之盟。所谓"大碗酒，大块肉、分秤称金银、论套穿衣服"等思想，充塞于下等社会之脑中，遂成为哥老会、大刀会等，卒至有义拳者起，沦陷京国，启召外戎，曰：惟小说之故。呜呼！小说之陷溺人群乃至如是，乃至如是！

问题是凡有黑社会、帮会性质的小团体便有水浒气和三国气，特别是长期以来，民主与法制精神的缺损，对水浒精神的过分颂扬，流民意识浸润社会各个角落，江湖义气必然盛行。可无论在任何社会，游侠之不轨正义和江湖之义均属于个人和少数人的私义。先秦韩非子从法家的观点论侠公义与私义之辩，认为公义以君权作为最高的价值判断，而侠客们张扬个性和独立性之义，为私义、小德、小义。班固《汉书·游侠列传》中，更把"私义"和"公义"称之为"背公死党之义"与"守职奉上之义"的对立。因此在皇权统治下，"私义"犯王官之禁，同代表法律与秩序的政治权威处于对立位置，威胁着封建统治。而在今天，哥们儿义气观念维系少数人的利益，产生小团体主义，不顾原则，或根本不讲原则的行帮习气，也必然和现存的法律秩序及大多数人的利益发生冲突，而走向对抗的道路。

今天下英雄惟使君与操耳

　　第十九回，吕布于白门楼殒命，刘备便依附曹操。第二十一回，刘备为防曹操谋害，到后园种菜，亲自浇灌，以为韬晦之计。关羽、张飞不理解兄长为何"学小人之事"，刘备只说"此非二弟所知也"。其实刘备这一小计谋并未瞒过曹丞相。一日，曹操请刘备在相府后花园小亭中饮酒赏梅。进入相府，曹操劈头一句："在家做得好大事！"吓得刘备面如土色，以为曹操知道衣带诏的秘密，待曹操说："玄德学圃不易！"刘备才放下心来。原来老贼是请刘备来饮酒赏梅子的。酒至半酣，忽阴云漠漠，骤雨将至，从人遥指天外龙卷风，刘备与曹操凭栏观之。曹操问刘备是否知道龙的变化，刘备说未知其详。曹操便借龙能大能小，能升能隐：大则兴云吐雾，小则隐介藏形；升则飞腾于宇宙之间，隐则潜伏于波涛之内的变化，来比喻世之英雄。曹操问刘备必然知天下英雄，"请试指言之"。有曹操在身旁，刘备不敢指出谁是英雄，他不了解曹操所界定的英雄标准，只好推说"肉眼安识英雄"，"天下英雄，实有未知"。曹操又追问刘备，"既不识其面，亦闻其名"，说出名字也好。刘备无奈，列举了袁术、袁绍、刘表、孙策、刘璋、张绣、张鲁、韩遂等等。岂知在曹操眼里，一笔抹倒，根本不是什么英雄：袁术是冢中枯骨；袁绍色厉胆薄，好谋无断，干大事而惜身，见小利而忘命；刘表是徒有虚名；孙策藉父之名，亦非英雄；刘璋为守户之犬；至于张绣、张鲁、韩遂等人，均是碌碌小人，不足挂齿。按照曹操的界定，"夫英雄者，胸怀大志，腹有良谋，有包藏宇宙之机，吞吐天地之志者也"。

笔者在后文第八章"该赢未赢的袁绍"中，曾解释过所谓"胸怀大志"，系指统一天下，成就霸主地位，进而开创一代王朝事业和一代风气。而实现这个"大志"，必须具备军事指挥艺术和治理国家的谋略，以及对社会和自然规律，按天人合一关系进行把握的能力。显然这样的人必然是有志图王者，其志向和能力，当然超出了上述徒有虚名者。令刘备没想到的是，当他问曹操"谁能当之"时，曹操竟然以手指玄德，后自指曰："今天下英雄，惟使君与操耳！"玄德闻言，吃了一惊，手中所执匙箸，不觉落于地下。恰值大雨将至，雷声大作。刘备从容拾筷子，轻巧掩饰过去。

曹操青梅煮酒论英雄的情节线索见《三国志》卷三十二《蜀书·先主传第二》：

> 先主未出时，献帝舅车骑将军董承辞受帝衣带中密诏，当诛曹公。先主未发。是时曹公从容谓先主曰："今天下英雄，唯使君与操耳。本初之徒，不足数也。"先主方食，失匕箸。

又，裴松之注引《华阳国志》云：

> 于时正当雷震，备因谓操曰："圣人云'迅雷风烈必变'，良

有以也。一震之威，乃可至于此也！”

正史没有说明曹操在什么时候，在何地对刘备说“天下英雄，唯使君与操耳”，但是曹操说“本初之徒，不足数也”，那就是说曹操对于袁绍之外的其他人，是否称得上英雄，是有自己的判断的，这个判断可能对刘备说过，也可能未说，可这都给小说家罗贯中提供了虚构的依据。作家虚构了青梅煮酒论英雄，由天空的“龙挂”，想到龙的诸种变形，由龙的变形，比喻当今诸路豪强的争霸。但是，在曹操看来，并非是所有角斗场上的人物，都能称为英雄，英雄是有特定标准的。这里特别值得我们注意的是，在真实的历史舞台上，曹操把他自己和刘备视为英雄，小说家的罗贯中，在自己描写的三国世界中，更突出强调了唯有刘备和曹操是英雄。曹操并不只认为刘备为中山靖王之后，有条件继承汉家王权，更主要的，是曹操在与刘备短短几年的相识中，看到了刘备的能力，英雄般的性格，是他争霸的潜在对手。而在小说中的刘备，与曹操走着两种不同的道路、不同的思想路线。

曹操身为相国，挟天子以令诸侯，大权在握，自许为英雄，还说得过去。刘备呢？“只有七八条枪”，队伍不壮观，又没有自己的根据地，到处飘荡流离，今天依附袁绍，明天借吕布小沛住上一阵子，尔今又寄食相府，衣带诏事还未泄漏，整天胆战心惊，以种菜掩饰自己。可正是被袁绍、袁术轻贱的刘备却被曹操认定为英雄，看来不应是曹操面对穷困潦倒的刘备，故作阿谀之词，刘备一定有不同于常人的性格，为人行事的不同风格——当然非指“垂手下膝，顾自见其耳”这些品相学的区别。

在三国时期，刘备进行的图王兴霸活动，比起同辈人来说条件最差。虽说刘备占了汉家刘姓的便宜，但是，他贩履织席的身份非常低贱。无疑，他既没有曹操独据中原的地位，挟天子以令诸侯的权势；也没有孙权承继父兄基业的优势条件。更没有袁绍坐拥四州之地、百万之众、四世五公的门第、门生故吏遍天下的人脉资源。为要战胜强大的对手，又要获取舆论的支持，除了打着刘皇叔的大旗外，重要的是他必须把自己打造成一种为时人崇拜的偶像，并且还要有网罗崇拜者的口号。在军阀混战的年代，百姓流离，饿殍遍野，统治阶级腐败、残酷、荒淫无耻，社会不尚信义的情况下，刘备便向世人打出以人为本的大旗，高调宣传仁义思想，乃是收罗依附者的一种得人心的手段。《三国志》卷三十七《蜀书·庞统传》《资治通鉴》卷六十六、汉纪五十八、建安十六年及《三国演义》第六十回，都记述刘备向庞统宣示自己不同于曹操的思想路线：

> 备曰："今与吾水火相敌者，曹操也，操以急，吾以宽；操以暴，吾以仁；操以谲，吾以忠：每与操反，事乃可成耳。若以小利而失信义于天下，吾不为也。"

历史事实和小说世界中，刘备和曹操是两类截然相反的英雄人物代表，具有不同的性格和人生哲学。刘备主张宽、仁、忠，以信义取信于天下，并非完全出自于他本性中的仁厚之心，有相当部分是出于政治斗争、军事斗争的考量。细思刘备说操怎样，我不怎么样，"每与操反，事乃可成耳"，是政治斗争的需要，而不完全是内心本性和性格使然。因为任何人包括曹操在内，都知道得民心者得天下，失民心者失天下，民心所向，往往是决定能否夺取政权和巩固政权的关键。除非是野蛮残暴的军阀、政治上的浑人董卓不懂得取信于民，因为他崇拜武力，用刀枪说话，不必考虑争夺不争夺老百姓。就连被刘备视为暴虐的曹操，在群雄争霸的初期，为了扩大军事力量，同样会做收买人心的工作。而当曹操获取朝廷的代言人身份，握有绝对的话语权时，便变得骄横残暴，无情无义。同样的，刘备也并非纯正的古之君子，有时为了自己的利益，并不那么长厚。第十四回，想当初，刘备屯兵徐州，自领州事，吕布兵败来投靠，刘备纳之，让吕布居于小沛，曹操谋士荀彧提出"二虎竞食"之计，一方面奏请献帝正式授刘备为徐州牧；一方面密令刘备杀掉吕布，可杜绝日后吕布辅助刘备之患，如事不成，吕布得知刘备要杀他，也必反手杀刘备。张飞主张杀吕布这个"无义之人"，而刘认为吕布"势穷而来投我，我若杀之，亦是不义"。后来吕布竟亲来祝贺刘备任徐州牧，张飞这位粗人当着刘备的面，说出曹操的密信："曹操道你是无义之人，教我哥哥杀你！"刘备百般安慰吕布，发誓"不为此不义之事"，"此非大丈夫之所为也"。可是，第十九回，白门楼曹操捕获吕布，陈宫誓死不降操，愿伸颈就刑，曹操方送陈宫下楼时，吕布告玄德曰："公为座上客，布为阶下囚，何不发一言而相宽乎？"请刘备在曹操面前求情，不要处死他。诡异的是，"玄德点头"，看来同意为吕布说句宽免的话。岂知吕布明确向曹操表示臣服："明公所患，不过于布；布今已服矣。公为大将布付之，天下不难定也。"吕布还在做美梦，想做曹操的副手。其实曹操已有杀吕布的意思，可不明确表态，反问刘备"何如"。刘备的态度也让吕布出乎意料，他不说杀不杀吕布，而是提醒曹操："公不见丁建阳、董卓之事乎？"意思很明确，吕布见利忘义，狼子野心，反复无常，难以久养，你曹操今日不杀，日后吕布就要杀你。曹操深知吕布的品格，当然不能留下与他争锋的悍将。而刘备之所以先"点头"示意帮吕布，而后又向曹操暗示不能让吕布活命，固然有迫于压力、看曹操脸色的因素，实际上，吕布已丧失了一切争霸资源，面对吕布是生与死的选择，毫无疑问，刘备不希望吕布这样危险的争霸对手存活。所以，为了自己的争霸利益，讲不得什么仁义，不必念记吕布辕门射戟时对自己的帮助。因此，在关键时刻，大耳儿刘备，同样是"最无信者"；不过刘备讲仁义有他真情在，并不像曹操那么纯功利，三让徐州、携民过江即是突出例子。

刘备三顾茅庐

诸葛孔明是一位杰出的政治家、军事家。当时有谋略的风云人物，如庞统、周瑜、司马懿差可比肩，曹操、孙权等难望其项背。这样一位政治家和军事家，小说演到三十五回才露端倪，三十八回正式亮相，原因是诸葛亮在三国历史时期的地位和作用非同一般。为了突出刘备折节下士、求贤若渴的政治家风度和诸葛亮的不同凡俗，作者在"三顾"上重彩描绘。

关于刘备见诸葛亮的经过，陈寿《三国志》卷三十五《蜀书·诸葛亮传》只记载如下几句：

> 徐庶见先主，先主器之，谓先主曰："诸葛孔明者，卧龙也，将军岂愿见之乎。"先主曰："君与俱来。"庶曰："此人可就见，不可屈致也。将军宜枉驾顾之。"由是先主遂诣亮，凡三往，乃见。

相见后，诸葛亮提出了有名的"隆中对"。裴松之注引《魏略》，却记诸葛亮主动去见刘备：

> 是时曹公方定河北，亮知荆州次当受敌，而刘表性缓，不晓军事。亮乃北行见备，备与亮非旧，又以其年少，以诸生意待之。坐集既毕，众宾皆去，而亮独留，备亦不问其所欲言。备性好结牦，时适有人以髦牛尾与备者，备因手而自结之。亮乃进曰："明将军当复有远志，但结牦而已邪！"备知亮非常人也，乃投牦而答。

刘备亲自去见诸葛亮，而非"亮诣备"，这在诸葛亮写的《出师表》中

43

也说得很明白，"先帝不以臣卑鄙，猥自枉屈、三顾臣于草庐之中，咨臣以当世之事"。裴松之注引的《魏略》与《九州春秋》所记诸葛亮见刘备，既不能突出刘备折节待士的性格，也不能说明诸葛亮对刘备礼贤下士的诚意的考察，进而决定为刘备定三分的关键推动作用。所以，罗贯中选取《诸葛亮传》的记载作为情节结构的基点，可以说是很聪明的。可《三国志》和《出师表》只提"三往乃见"，"三顾臣于草庐之中"，没有具体的情节和细节描写。《三国志平话》卷中与元无名氏杂剧《博望烧屯》第一折，首次提供了刘、关、张三访茅庐，以张飞的莽撞不耐烦，衬托刘备求贤若渴的精神，也就有了性格冲突和情节发展。然而，《平话》中刘备与诸葛亮性格还是模糊的。杂剧《博望烧屯》则把诸葛亮写成一个道人，观刘备"喜气而生，旺气而长"的气色，才答应下山。显而易见，为了突出主题，写出刘备和诸葛亮的不同凡俗，必须扩大情节的波折，在"三顾"上做文章。这正如毛宗岗《三国演义》第三十八回总评所言："然使一去便见，一见便允，又径直没趣矣。"

罗贯中为刘备的三顾与孔明的出场，做了有层次的、虚实相间的铺叙。诸葛的亮相很不一般。先是松形鹤骨、器宇不凡的司马德操，明确指出刘备"至今落魄不偶"，"盖因将军左右不得其人"。所谓"其人"乃指善用武将的"经纶济世之才"，此奇才乃"伏龙、凤雏，两人得一，可安天下"。刘备再问伏龙、凤雏的姓氏，司马德操只说："好！好！"就不说了，给刘备也给读者留下了悬念，加深了刘备对"奇才"——诸葛亮的渴望。

继而在新野市，刘备又见一人不凡，以为非龙即凤，问其姓名，非龙非凤，却是徐庶。徐庶为刘备谋划袭樊城、败曹仁，其用兵之神已令刘备折服，但徐庶刚刚显露身手，又被曹操诓走。在这里，徐庶这个次要人物为主要人物诸葛亮铺垫了一笔。直接描写徐庶设伏料敌、破阵取城之能，也同时为后文诸葛亮张本：既然徐庶用兵尚且如此神奇，那么诸葛亮之神机妙算更不同一般了。另外，从情节安排上看，由徐庶点出伏龙正是诸葛孔明,凤雏乃襄阳庞统也。叙徐庶离开才能引进诸葛亮,为后文刘备三顾提供了契机。

三顾茅庐的"三"字,如同《水浒传》中三打祝家庄,《西游记》的三打白骨精、三调芭蕉扇,《红楼梦》里刘姥姥三进荣国府一样,不只是数量词的意义,也与透彻表达作品的思想、反复地刻画人物性格有关。如果说"三顾"说的是刘备访求英才如饥似渴的心理、礼贤下士的政治家风度,突出军事家政治家诸葛亮在小说中的地位,那么写一顾不足以表现刘备之诚,不能充分显示诸葛的价值,因此有必要写二顾、三顾,在重复中反复刻画刘备和诸葛亮。

作者写孔明,开篇不从明处写,刘备处处找孔明,而篇中无孔明;不从近处写,却以远处落笔,留下篇幅让刘备展示求贤之心。于是写刘备见道貌非常的司马徽以为是孔明,见容貌轩昂,丰姿俊爽的崔州平以为是孔明;三顾茅庐时,见石广元、孟公威、诸葛均、黄承彦又以为是孔明,又非是孔明,显示了求贤之心切。并且在三顾中,又特意描写张飞的性急,"用一条麻绳缚将来","去屋后放一把火,看他起不起",来衬托刘备的心诚。而且在第三次访孔明时,正值孔明昼眠,刘备竟然不敢惊动,待其自醒,可见其诚。这求贤之诚和对诸葛亮的敬重,又和关羽对诸葛亮的轻贱态度形成对比,衬托刘备的谦恭。直接写崔州平、石广元的隐逸思想,间接描写了诸葛亮务实的雄才大略。但司马徽的"卧龙虽得其主,不得其时"的叹喟,崔州平的"治乱无常","将军欲使孔明斡旋天地,补缀乾坤,恐不易为,徒费心力"的警示,是否间接预示了诸葛亮的未来结局呢?

另外,通过对环境气候的点染,作者极力为隆中之行染上清冷的神秘主义色彩。"时值冷冬,天气严寒,彤云密布。行无数里,忽然朔风凛凛,瑞雪霏霏"。如此恶劣的天气,连张飞都认为"天寒地冻,尚不用兵,岂宜远见无益之人乎!不如回新野以避风雪"。而刘备却说:"吾正欲使孔明知我之殷勤之意。"可见描写气候实为写人，果然待到刘备终于见到孔明，隆中一对，石破天惊，纵论鼎足三分，为刘备提出了一整套图王霸业的战略决策。那么，到此时，一个成熟的政治家站在了读者前面，刘备礼贤下士的政治家风度也得到了充分的体现。

举大事者必以人为本

刘璋献城投降，玄德出寨迎接，握手流涕曰："非吾不行仁义，奈势不得已也！"一句话包含了刘备的万分苦恼，道出了心里话。这个"仁义"就像是个女孩子，随你打扮。有时是真实的，真情真义；有时是虚伪的，虚情假"义"；有时为了达到既定的政治目的，特别是事关权力和地盘的争夺，又变脸为凶煞恶婆，讲不得什么兄弟之间的仁义，"奈势不得已也！"

客观地说，我们不能把刘备看成是伪君子。虽然他的儒家仁义观念、侠义心肠与争霸的政治野心始终纠结在一起，仁义的话语中常常含有言不由衷的杂质。这可能就是鲁迅先生在《中国小说史略》中所说"欲显刘备之长厚而似伪"。这并非是小说家罗贯中有意为之，相反，罗贯中恰是真实地描写了一个走不同于曹操争霸路线的刘备。比如说对待老百姓，曹操多以百姓为刍狗，不将百姓生死放在心上，为报父仇，滥杀无辜。而刘备则强调"以人为本"，强调人心所向，不顾自己的安危，极力保护群众，尊重百姓的生命价值。第四十一回，刘玄德携民渡江，就表现了刘备仁义的胸怀。

在这段情节中，小说家采用了传统小说的流动多视角，描绘了携民渡江的场面，可谓是宏大壮阔、惊心动魄、波荡起伏、煞是好看。

曹操率大军来攻樊城，诸葛亮提出弃樊城，转移到襄阳暂歇。可刘备不愿丢下百姓，孔明便让孙乾、简雍在城中发布公告，孤城不可久守，百姓愿随者，便同过江。两县之民，齐声大呼，"我等虽死，亦愿随使君"。一个作战部队转移或撤退，要带着百姓一起走，可见这个军队的领导人关心百姓的生死安危；而百姓也甘冒生命危险愿跟着部队走，也可见百姓们和这个部队的情感。奇怪的是，刘备于船上望见百姓扶老携幼，两岸哭声不绝，遂之大恸曰："为吾一人而使百姓遭此大难！"欲投江而死。前一句是真话，曹操是冲着他而来，要消灭刘备及其所属部队，自然是因他而连累百姓。"欲投江而死"则是表演动作了。倘若曹操追杀的是刘备，那么为了不累及百姓，可主动向曹操出首，否则曹操怎么知道你是真投江，还是假投？连毛宗岗都看出破绽："或曰：玄德之欲投江与曹操之买民心一样，都是假处。然曹操之假，百姓知之；玄德之假，偏不以为假。虽同一假也，而玄德胜曹操多矣。"

行至襄阳，蔡瑁、张允不准入城，魏延在城内反水，大骂蔡、张为卖国贼，"刘使君乃仁德之人，今为救民而来投，何得相拒"，砍死守门将士，放下吊桥，叫刘备入城。张飞便跃马欲入，刘备急止之曰："休惊百姓！"正在此时，只见半路杀出文聘，两下兵在城边混杀，喊声大震。刘备又说："本欲保民，反害民也，吾不愿入襄阳！"便转取江陵，路过刘表墓，玄德与众将拜于墓前，哭告刘表自己"无德无才，负兄寄托之重，罪在备一身，与百姓无干。望兄英灵，垂救荆襄之民"，言甚悲切，军民无不下泪。曹操路经袁绍墓时也曾哭过，那是假哭；玄德哭刘表应是真哭。刘备可能由刘表之死，想到当下艰难处境，而且跟随他的百姓毕竟是刘表的臣民。虽为刘表而哭，却替百姓祝福，处处以百姓为重，自然达到了收买人心的效果。

忽哨马报说，曹操大军已屯樊城，使人收拾船筏，即日渡江赶来，形势更加紧张。众将皆曰："江陵要地，足可拒守。今拥民众数万，日行十余里，似此几时得至江陵？倘曹兵到，如何迎敌？不如暂弃百姓，先行为上。"玄德泣曰："举大事者必以人为本。今人归我，奈何弃之？"想当初不携带百姓渡江则已，如今已携之，曹军逼近，危及部队存亡，却要放弃百姓，岂可携于前而弃于后，在道义上说不过去，只能同行到底；何况主张以人为本的刘备，绝对不可能在危难之时为保全自己而放弃百姓。这种临难存百姓的精神，自然获得人们的赞赏。

写到此，说话人的视角又转向刘琮的荆州。蔡瑁、张允代表刘琮向曹操投诚降顺。曹操口头答应刘琮"永为荆州之主"，可是进城后，又立即改任刘琮为青州刺史，并携其母即刻启程赴任，接着命于禁追刘琮母子杀之，以绝后患。对蔡瑁、张允，曹操考虑他带领的军士多为北地之军，不习水战，所以，命蔡瑁、张允为水军正、副都督，并各封侯。曹操对荀攸说"权用此二人，待事成后，别有理会"。所谓"理会"，就是指用完了蔡、张，再找一个机会和借口，杀掉二人。曹操出尔反尔、虚伪狠毒、用人不信、玩弄人的嘴脸毕现，同刘备形成鲜明对比。

荆州的襄阳既定，荀攸进言，江陵乃荆襄重地，钱粮极广，刘备若利用此地，极难动摇，于是曹操命文聘引军开道，限一日一夜赶上刘备。此时的刘备正引十数万百姓，三千余军马，"一程一程挨着往江陵进发"。带着十数万群众，行速自然要慢，所以说是"挨着"，一站一站地移动。可是行走的方向，恰是曹操大军追杀的路线。关羽带一部分部队往江夏寻找刘琦，绝无回音。刘备只想着他二弟和侄子，恳请诸葛亮带兵去救二人。诸葛亮只好和刘封引五百军去江夏。关公既去，孔明又行，只剩赵云、张飞二将。忽然一阵狂风在马前刮起，尘土冲天，平遮红日。简雍占卜，为大凶之兆，应在今夜，劝刘备"可速弃百姓而走"，刘备仍坚持"百姓从新野至此，吾安忍弃之"。当夜宿当阳。时秋末冬初，凉风透骨，黄昏将近，哭声遍野。时至四更时分，只听得西北喊声震地而来。刘备急上马带领精兵两千余人迎敌。战至天明，闻曹军声渐远，可百姓老小并糜竺、糜芳、简雍、赵云等一干人不知下落。刘备大哭曰："十数万生灵,皆因恋我,遭此大难;诸将及老小,皆不知存亡;虽土木之人,宁不悲乎?"先言百姓,次言诸将,最后才说到妻儿,处处想着百姓。这里读者可能会产生疑问:其时百姓真的是怕曹操屠杀,而情愿跟着刘备走,还是小说家为了尊刘抑曹,以刘备为正统,美化刘备而编造出来的谎言呢?且看《三国志》卷三十二《蜀书·先主传第二》:

> 琮左右及荆州人多归先主。比到当阳,众十余万,辎重数千两,日行十余里,别遣关羽乘船数百艘,使会江陵。或谓先主曰:"宜速行保江陵,今虽拥大众,被甲者少,曹公兵至,何以拒之?"先主曰:"夫济大事必以人为本,今人归吾,吾何忍弃之。"

很明显,刘备携民过江、不忍遗弃百姓的事迹,以人为本的政治路线,确为历史事实,并非是罗贯中无中生有的虚构,或者说是史书《三国志》作者陈寿的拔高。实际上,陈寿在《三国志》中以魏为帝,但却称蜀刘备、吴孙权为主。"主"乃皇帝的别称,并无贬抑之意。所以陈寿的《三国志》承认三国分割汉室,都鼎峙正朔,所谓正朔有三,而最后天命归于魏晋为基本立场,来编撰三国史的。叙述的内容,引用的材料,还算客观。所记刘备事迹应当是符合历史事实的。换言之,在群雄争霸中,刘备和曹操为相互对应的人物,或者说在天下英雄中就有刘备这类人物,高调打出"以人为本"的大旗,自然受到战乱中老百姓的欢迎,特别是像刘备同百姓共生死、共患难的精神,更为人所折服。裴松之注引史学家习凿齿的称颂曰:

> 先主虽颠沛险难而信义愈明,势偪事危而言不失道。追景升之顾,则情感三军;恋赴义之士,则甘与同败。观其所以结物情

49

者，岂徒投醪抚寒含蓼问疾而已哉！其终济大业，不亦宜乎！

可惜刘备天命不济，只能称王称帝于一隅，而不能统霸天下。究其性格原因，源于刘备狭隘的忠义观念，任情用事的情绪化决策，凡事依赖别人，缺少强悍的魄力。本质地说，携民渡江，那是靠赵云长坂坡大战，张飞长坂桥怒吼，以及众将奋战换来的。

三让徐州与夺益州

第十回，曹操在兖州招贤纳士，文有谋臣，武有猛将，威镇山东，派泰山太守应劭，往琅玡迎其父曹嵩。接了书信，曹嵩便与弟弟曹德及一家老小四十余人，跟班的百余人，车百余辆，径望兖州而来。途经徐州，太守陶谦原想讨好曹操，正无其由，知曹操父亲经过，遂亲自出境迎接，再拜致敬，大设筵席，款待两日。曹嵩临走，陶谦又亲自送出城，特别派都尉张闿带领步兵五百护送。这本来是陶谦的好意。谁知护送途中遭遇大雨，众军衣装都被雨淋湿，同声嗟怨。张闿便唤手下头目于静商议。原来张闿是黄巾余党，勉强投降了陶谦，见曹嵩辎重车辆无数，决定杀曹嵩一家，抢了财物，同往山中落草。于是张闿杀了曹嵩一家，应劭死命逃脱，投奔袁绍。逃出的士兵报与曹操。曹操大怒，切齿发誓："陶谦纵兵杀吾父，此仇不共戴天！吾今悉起大军，洗荡徐州，方雪吾恨！"曹操把杀父的责任全算在陶谦身上，下令"但得城池，将城中百姓，尽行屠戮，以雪父仇"。于是曹操大军所到之处，杀戮人民，发掘坟墓，中军竖起白旗二面，大书"报仇雪恨"四个字。九江太守边让，与陶谦交厚，自引五千兵来救徐州之难。曹操闻之，派夏侯惇半路截杀。陈宫以为对曹操有救命之恩，星夜前去见曹操向曹解释，乃张闿之恶，非谦之罪，曹操不听，反而痛斥陈宫"昔弃我而去"。曹操的蛮横残暴已是疯狂的、非理性的施虐，暴露出宁教我负天下人，不教天下人负我的自私心理，同董卓的残暴有何区别？这并非是罗贯中有意抹黑曹操，而是历史事实。《三国志》卷一《魏书·武帝纪第一》说：

> 兴平元年春，太祖自徐州还。初，太祖父嵩，去官后还谯，董卓之乱，避难一言琅邪，为陶谦所害，故太祖志在复仇东伐。夏，使荀彧、程昱守鄄城，复征陶谦，拔五城，遂略地至东海。还过郯，谦将曹豹与刘备屯郯东，要太祖。太祖击破之，遂攻拔襄贲，所过多所残戮。

陈寿没有给读者说清楚曹操的父亲是为陶谦所害，还是为其部下所害？如果为陶谦所害，一向温和懦弱的陶谦何以捅这个马蜂窝，得罪曹操？再说，曹操为父复仇而东伐"所过多所残戮"，残戮了多少？陈寿就语焉不详了。裴松之注引孙盛曰："夫伐罪吊民，古之令轨，罪嫌之由，而残其属部，过矣。"不同意残戮百姓，可残戮多少，孙盛也未确指。司马光的《资治通鉴》卷六十、汉纪五十二、献帝初平四年，就记述得客观明确：

> 前太尉曹嵩避难在琅邪，其子操令泰山太守应劭迎之。嵩辎重百馀两，陶谦别将守阴平，士卒利嵩财宝，掩袭嵩于华、费间，杀之，并少子德。秋，操引兵击谦，攻拔十馀城，至彭城，大战，谦兵败，走保郯。初，京、雒遭董卓之乱，民流移东出，多依徐土，遇操至，坑杀男女数十万口于泗水，水为不流。操攻郯不能克，乃去，攻取虑、睢陵、夏丘，皆屠之，鸡犬亦尽，墟邑无复行人。

非是陶谦支使部属杀操父，而是陶谦的别将手下的士卒贪图嵩财宝而起杀心，也未指说别将和士卒是黄巾军的归顺分子。曹操在攻伐陶谦的城池时，坑杀数十万人，甚或"皆屠之"，连"鸡犬亦尽"，村镇无复有行人，是极其残暴的。奇怪的是，《三国志》卷八《魏书·陶谦传》却只字不提曹操复仇屠城事：

> 初平四年，太祖征谦，攻拔十余城。至彭城大战，谦兵败走，死者万数，泗水为之不流。谦退守郯。太祖以粮少引军还。兴平元年，复东征，略定琅邪、东海诸县。谦恐，欲走归丹阳。……是岁，谦病死。

"死者万数"，是由于双方战斗而死亡的人数，还是曹操屠城的人数，没有明确说明，当然不能给小说家提供具体的、有助于刻画人物性格的材料。裴松之为此条注引《吴书》则更让人匪夷所思。《吴书》说："曹公父于泰山被杀，归咎于谦。欲伐谦而畏其疆，乃表令州郡一时罢兵。"曹操惧怕陶谦的兵力而不敢兴兵，于是"下诏"令各州郡罢兵，也就是解除武装，遭到了陶谦的拒绝，"曹公得谦上事，知不罢兵，乃进攻彭城，多杀人民。谦引兵击之，青州刺史田楷亦以兵救谦。公引兵还"。曹操为父复仇确实向陶谦兴师问罪，"多杀人民"，打得不激烈。至于曹操下"罢兵诏"，裴松之有个按语说："此时天子在长安，曹公尚未秉政。罢兵之诏不得由曹氏出。"所以《吴书》所言并不准确。

综上所列，可以看出罗贯中是依据《资治通鉴》的记述，构思了曹操复仇和陶谦三让徐州，因为《三国志平话》根本没有曹操伐陶谦的情节。"三让徐州"栏目内，也只是吕布问"徐州太守何人也"时，有人言"有老将陶谦，临死三让徐州与玄德"，可没有任何具体描写可借鉴。所以在《资治通鉴》的提示下，突出地刻画曹操为了报狭隘的个人私仇，竟然要屠城泄愤的残暴性格，而与曹操行事相对应的刘备，为了反对曹操残害百姓、倚强欺弱的不义，不顾自己兵微将寡，甘愿协助孔融，阻止曹操的暴行，解救陶谦的危难。陶谦见玄德仪表轩昂，语言豁达，心中大喜，认为刘备是汉室宗亲，正宜力扶社稷，而他陶谦觉得自己老迈无能，情愿将徐州相让，于是命糜竺取徐州牌印，让与刘备，这是陶谦一让徐州。刘备离席再拜曰："刘备虽汉朝苗裔，功微德薄，为平原相恐不称职。今为大义，故来相助。公出此言，莫非疑刘备有吞并之心耶？若举此念，皇天不佑！"前几句是自谦之词，刘备当然不能说他有这个能力领导徐州，倘如此，这就让人觉得狂妄，以为刘备此来不安好心，是来趁火打劫的，所以后几句强调自己为大义而来，非有吞并之心，应是刘备的老实话。

陶谦第二次让徐州，是由于吕布联合张邈袭破兖州，进据濮阳，只有鄄城、东阿、范县三处，被荀彧、程昱死守，大本营告急，曹操只好拔寨退兵，顺便卖个人情给刘备。陶谦设宴相谢，席中又提出让徐州。陶谦说得很恳切："老夫年迈，二子不才，不堪国家重任。刘公乃帝室之胄，德广才高，可领徐州。老夫情愿乞闲养病。"糜竺、孔融劝说，刘备硬是不肯。陶谦泣下曰："君若舍我而去，我死不瞑目矣！"关羽也劝刘备："既承陶公相让，兄且权领州事。"暂时代理，以后再正式接任，其实这和直接答应领受徐州牧没有什么实质区别。张飞看得很简单："又不是我强要他的州郡；他好意相让，何必苦苦推辞！"按世人理解，一个州郡白白让给你不要，岂不傻冒儿？刘备一句话："汝等陷我不义耶？"仍是不肯接受。陶谦无奈，只请玄德在徐州近邑名曰小沛的地方暂时驻军，以保徐州，刘备勉强答应了。

第三次让徐州的契机是陶谦忽然病重，糜竺提出前两次让位给刘备时府君尚强健，故刘备不接受；现在病已沉重，正就此时让位，刘玄德不会拒绝的。陶谦非常赞同，请来刘备，陶谦希望刘备看在"老夫病已危笃，朝夕难保"，"可怜，汉家城池为重"，接受牌印。刘备认为应传给两个公子，陶谦却说"其才皆不堪任"。刘备又说"备一身安能当此大任"，好像退后了一步。陶谦推荐孙乾、糜竺辅助，可刘备终是推托，陶谦以手指心而死。众军举哀毕，即捧牌印送玄德。刘备固辞。次日，徐州百姓，拥护府前哭拜曰："刘使君若不领此郡，我等皆不能安生矣！"关羽、张飞再三相劝，刘备乃许权领徐州事。

刘备三拒徐州牧的理由，可比较第三十九回、第四十回三拒荆州牧，二者有一致的观念：不做不义之事。这里的"义"系指做人的人格规范和言语行事的道德规范。不能绝对地说是儒家之义，但却是以儒家思想为主导的，包括墨子、荀子的道德意识。总之是经长期传统文化思想积淀而形成的做人的标准与规则，当然，在刘备——主要是罗贯中——信守的义之中也含有江湖的侠义精神。例如按公孙瓒的提示，"曹操与君无仇，何苦替人出力"，而刘备却认为"备已许人，不敢失信"，何况曹操是倚强欺弱，残害百姓，救助陶谦乃是义不容辞的仗义精神。倘若救人之危难后，接受徐州牧，等于是向人索取救赎的代价，显然是"陷我不义"，违背了刘备做人的原则。而义与不义的做人原则，与其说是儒家的人格精神，不如说是行侠仗义精神，因为游侠精神中就有"专趋人之急，甚己之私"，"不受其躯，赴士之厄困"，"救人之厄，振人不赡"。不过在群雄争霸之时，是要不断夺取州郡，消灭对手，最后称霸天下，刘备不可能对人家让给他的地盘和权柄不感兴趣，不动心。事实是刘备以退为进，要的是民心所向，要的是从让给他政权的陶谦、郡中主要官吏，到徐州百姓，都要求刘备领此郡，民心悦服了，他才"勉强"接受下来，还是"权领"。反之，刘表让荆州时，尽管刘备和刘表都是汉室宗亲，自家兄弟，可刘备就没有"领"。在刘备看来接收的条件还不成熟，何况刘表并非如陶谦诚心诚意把领导权交给他，而是刘琦与刘琮长幼夺权斗争不可开交，生命走到尽头，他无力在短时间内解决纷扰，不得已把这个烂摊子推给刘备。而刘备深知，内有蔡夫人、蔡瑁、张允等蔡氏家族的强烈抵制，外有荆州的官吏百姓，他并没有取得荆州人的信任，不能因小而失大，破坏了他在群豪中的声名。

话得说回来，刘备并不是什么没有政治野心的谦谦君子，而是一个包藏宇宙之机的枭雄。在荆州，刘备酒醉中口出真言："备若有基本，天下碌碌之辈，诚不足虑也。"岂能生存在没有自己掌控的根据地，过着蜉蝣式的游击生活。所以当刘备赖着荆州不还，站稳了地盘之后，为了实现隆中对策的规划，立即向益州进发，此时刘备不是坐等刘璋让，而是抢。不过，刘备抢得有礼数，抢得有策略。先看正史《三国志》卷三十二《蜀书·先主传第二》：

> 十六年，益州牧刘璋遥闻曹公将遣钟繇等向汉中讨张鲁，内怀恐惧。别驾从事蜀郡张松说璋曰："曹公兵强无敌于天下，若因张鲁之资以取蜀土，谁能御之者乎？"璋曰："吾固忧之而未有计。"松曰："刘豫州，使君之宗室而曹公之深仇也，善用兵，若使之讨鲁，鲁必破。鲁破，则益州强，曹公虽来，无能为也。"璋然之，遣法正将四千人迎先主，前后赂遗以巨亿计。正因陈益州可取之策，先主留诸葛亮、关羽等据荆州，将步卒数万人入益州。至涪，璋自出迎，相见甚欢。张松令法正白先主，及谋臣庞统进说，便可于会所袭璋。先主曰："此大事也，不可仓卒。"璋推先主行大司马，领司隶校尉；先主亦推璋行镇西大将军，领益州牧。璋增先主兵，使击张鲁，又令督白水军。先主并军三万余人，车甲器械资货甚盛。是岁，璋还成都。先主北到葭萌，未即讨鲁，厚树恩德，以收众心。

按《三国演义》第六十回的描述，张松在劝说刘璋联合刘备抗击曹操之前，就已献出益州地理图作为投名状，投靠刘备。他对刘备讲说自

55

己投靠的理由,是因刘璋"禀性暗弱,不能任贤用能","人心离散,思得明主","明公如果有取西川之意,松愿施犬马之劳,以为内应"。刘备口头上虽重弹"刘季玉同宗,若攻之,恐天下人唾骂",那么,不采取军事攻击,而是逐步渗透,和平过渡的方式,是否就符合"大义",不违同宗的道义呢?其实每一个政治集团的代表人物,他在处理人际关系,提出的政治主张和口号,每一项政策,都含有强烈的政治目的,只是采用的手段和方法不同而已。所以刘备此次取益州,不是被动的接受,而是主动的进攻,自然感谢张松作内应的厚意。

张松回益州,先见友人法正,密语中孟达进入,三人同心,都欲将益州献与刘备。次日,张松见刘璋,以曹操有取川之心,建议刘璋遣使与刘备结好,迎刘军入川,作为外援,可拒曹操与张鲁。但是黄权、王累、李恢反对引刘备入川,黄权提醒刘璋注意刘备"以柔克刚,英雄莫敌"的权术,宽以待人,笼络人心的手段;加上诸葛亮、庞统的智谋,关、张、赵云、黄忠、魏延为羽翼,"安肯伏低做小"?王累说得更为尖锐,他认为刘备是枭雄,"先事曹操,便思谋害,后从孙权,便夺荆州","引刘备入川,乃心腹之大患",差一点说出是引狼入室了。可惜刘璋不是政治坑家,他着实不了解刘兄弟"以柔克刚"的厉害,他以为"玄德是我同宗,他安肯夺我基业"?"吾与仁人相会,如亲芝兰,汝何数侮于吾耶"!即便是黄权叩首流血,衔刘璋衣而谏,王累将自己用绳索倒吊于城门之上,自割其绳索以死谏,仍未能警醒刘璋。他哪里知道他称之为仁人的宗亲刘备,正是以柔性手段,笑着脸来夺他基业的。刘璋、刘备二人相见时,刘璋说刘备"真仁义之人也",刘备说刘璋"真诚实人也"。当庞统、法正急于成事,建议设宴请刘璋来赴席,于壁衣中伏刀斧手,就筵上杀之,然后拥入城中,刀不出鞘,弓不上弦,可坐而定也。刘备不同意,"吾初到蜀中恩信未立,若行此事,上天不容,下民以怨"。换言之,刘备不反对夺刘璋的基业,此行进川的目的,正是为了夺取领导权,但刘备反对采取暗杀手段，这既坏了在群豪中的声名，又引起益州百姓的反对，他要的是民心所向。这正如毛宗岗于《三国演义》第六十一回夹批中所说："玄德不欲遽杀刘璋，亦为收民心故耳。先取民心，而后取西川，此是玄德主意。"所以，刘备也制止了魏延于次日筵中，登堂舞剑，乘势杀刘璋，而刘璋部将张任见势也上来同舞；随后刘封、刘琐、冷苞、邓贤等都上来同舞，直似鸿门宴，险些火并，幸亏刘备掣剑喝止。从此严格管束自己的军队，在葭萌关，广施恩惠，以收民心。

此时曹操兴兵侵犯孙权的濡须，庞统提出刘备可假借孙权求救荆州，孙权与备为唇齿之邦，不能不去支援，向刘璋借兵三四万，行粮十万斛，以观刘璋的态度。刘巴、黄权苦谏刘璋，助刘备以军马钱粮，何异与虎添翼？刘璋只拨老弱军四千，米一万斛，发书遣使报刘备。刘备大怒，扯毁刘璋回信，大骂而起。正如庞统所言："主公只以仁义为重，今日毁书发怒，前情尽弃矣。"从此，哥俩翻了脸，和平过渡转向武力进攻，采取了庞统提出的先取涪城，后夺成都。原来刘备所谓的仁义，与武装斗争一样都是斗争手段，最终目的是夺取西川的统治权。所以智取涪水关后设宴于公厅劳军，刘备忘乎所以问庞统："今日之会，可为乐乎？"庞统是个性情中人，要想夺取西川作为成就大业的根据地，就直接攻打成都，杀掉刘璋，不必讲究仁义那一套谎言的，所以庞统也情不自禁地嘲笑了刘备的虚伪："伐人之国而以为乐，非仁者之兵也。"刘备仍强词夺理，自我掩饰，把刘璋不伦不类地比作殷纣王，把自己比作武王，好像武王伐纣，仁者之兵，更突显刘备的虚伪。刘备睡至半夜，酒醒，大悔，次日向庞统道歉他的失言。

不过，尽管刘备的军队高歌猛进，取雒城，释严颜，降马超，斩邓贤、冷苞、张任、冷贵，大军逼到益州城市，刘璋为救满城百姓，加之谯周预示刘备有帝王之相，不得不献城投降。可是刘备也付出了庞统战死的惨痛代价。由于庞统之死引发了一连串事变，毛宗岗在第六十三回前总评中说得很清楚："观于庞统之死，而知荆州之所以失，关公之所以亡也。何也？庞统不死，则收川之事，委之庞统，而孔明可以不离荆州；纵使抚川之事，托之孔明，而荆州又可转付庞统，虽有吕蒙、陆逊，何所施其诡计哉？故凡荆州之失，与关公之亡，不关于吕蒙之多智，陆逊之能谋，而特由于庞统之死耳。"毛氏的意思是说，庞统战死，孔明不得不被调往西川，协助刘备治理益州，而由关羽主持荆州大政。事态的发展证明，由于关羽刚愎自用，失和于东吴，出师征樊城布局不当，指挥错误，被吕蒙、陆逊抓住弱点，施诡计而失荆州，乃至关羽惨死。庞统不死，或由庞统守荆州，孔明治理益州，吕蒙、陆逊也不敢使用诡计，即使施行了诡计，也未见瞒得过庞统而获得成功，所以说"观于庞统之死，而知荆州之所以失，关公之所以亡也"。

张松献益州图

第六十回，由于刘璋曾杀了张鲁母亲及弟弟，张为复仇而兴兵犯益州，刘璋心中大忧，张松提出由他去许都说服曹操起兵攻汉中，张鲁为了拒曹军，无暇窥蜀中，益州之围可解。临行前，张松暗画西川地理图，"欲献西川州郡与曹操"，张松还隐藏着另一种打算。

按《三国志》卷三十一《蜀书·刘二牧传第一》中《刘璋传》的记述，刘璋曾三次派人致敬曹操：

璋，字季玉，既袭焉位，而张鲁稍骄恣，不承顺璋，璋杀鲁母及弟，遂为仇敌。……璋闻曹公征荆州，已定汉中，遣河内阴溥致敬於曹公。加璋振威将军，兄瑁平寇将军。瑁狂疾物故。璋

○刘备

○张松

复遣别驾从事蜀郡张肃送叟兵三百人并杂御物於曹公，曹公拜肃为广汉太守。璋复遣别驾张松诣曹公，曹公时已定荆州，走先主，不复存录松，松以此怨。会曹公军不利于赤壁，兼以疫死。松还，疵毁曹公，劝璋自绝，因说璋曰："刘豫州，使君之肺腑，可与交通。"璋皆然之，遣法正连好先主，寻又令正及孟达送兵数千助先主守御，正遂还。后松复说璋曰："今州中诸将庞羲、李异等皆恃功骄豪，欲有外意，不得豫州，则敌攻其外，民攻其内，必败之道也。"璋又从之，遣法正请先主。

如按《刘璋传》所记，刘璋曾三次派人去见曹操，做公关工作。第一次派阴溥，第二次是张松的哥哥张肃，第三次才派张松。前二次去都有成果：阴溥去，曹操封刘璋为振威将军，第二次的特使张肃本人被命为广汉太守。唯独张松去，"不复存录松"，没有把他放在眼内，什么也没捞着，所以"松以此怨"曹公。曹操为什么对张松冷淡呢？《刘璋传》没有说明。《资治通鉴》卷六十五、汉纪五十七、献帝建安十三年却说"松为人短小放荡，然识达精果"，长相身材不如其兄张肃魁伟有威仪，曹操不感兴趣，加之"识达精果"，可能在言语上得罪了曹操，所以才"不复存录"，回到成都向刘璋汇报时，说了许多"疵毁曹公"的坏话。其实那时，刘琦投降了曹操，荆州归曹操所属，有了荆州水师，曹操以为刘备、孙权均可唾手可得，志得意满，没有把刘璋放在眼中，当然就不如前两次接待得热情。赤壁大战曹操大败，荆州为刘备所有，形势大变，张松以同宗之情说服刘璋断绝和曹操来往，而联络刘备。刘璋同意张松的建议，派法正出使荆州。

值得注意的，建安十三年，刘璋第三次派张松出使曹营做说客失败后，并没有转道投向刘备探听虚实，从曹操处返回西川后再也没有去过刘备，当然也就不存在向刘备献益州图，并提供攻取益州的策略。相

反,是法正出卖了西川。《三国志》卷三十七《蜀书·法正传》云:

> 建安初,天下饥荒,正与同郡孟达俱入蜀依刘璋,久之为新
> 都令,后召署军议校尉。既不任用,又为其州邑俱侨客者所谤
> 无行,志意不得。益州别驾张松与正相善,忖璋不足与有为,常
> 窃叹息。松于荆州见曹公还,劝璋绝曹公而自结先主。璋曰:
> "谁可使者?"松乃举正,正辞让,不得已而往。正既还,为松称
> 说先主有雄略,密谋协规,愿共戴奉,而未有缘。后因璋闻曹公
> 欲遣将征张鲁之有惧心也,松遂说璋宜迎先主,使之讨鲁,复
> 令正衔命。正既宣旨,阴献策于先主曰:"以明将军之英才,乘
> 刘牧之懦弱;张松,州之股肱,以响应于内;然后资益州之殷
> 富,冯天府之险阻,以此成业,犹反掌也。"先主然之,溯江而
> 西,与璋会涪。

事实很清楚,法正与孟达投靠刘璋后,受到搞地方主义的西川人的
排斥与诽谤。但法正与张松友善,两个人都不满刘璋无所作为。所以,建
安十三年,法正出使荆州见到刘备返回益州后,极力夸赞刘备有"雄
略","密谋协规,愿共戴奉",法、张二人已有共识,准备迎刘备入川取
而代之,只是"未有缘",没有引刘进川的机会。恰好建安十六年,曹操
欲征汉中的张鲁,曹操有可能以汉中为跳板吞并益州,刘璋怀有恐惧之
心。张松立即抓住这个时机,说动刘璋联结刘备,进川阻张鲁。刘璋不顾
黄权、王累的反对,派法正去迎刘备。到了荆州,法正"阴献策于先主",
"乘刘牧之懦弱",有张松"以响应于内",夺取益州,"先主然之"。诸葛
亮在隆中对策中早已为刘备规划了以益州为根据地的战略方针,法正
的献策自然说到刘备心里而表示"然之"的。不只如此,据《蜀书·先主
传》裴松之注"正因陈益州可取之策"引《吴书》曰:

备前见张松，后得法正，皆厚以恩意接纳，尽其殷勤之欢。因问蜀中阔狭，兵器府库人马众寡，及诸要害道里远近，松等具言之，又画地图山川处所，由是尽知益州虚实也。

陈寿的《三国志》和司马光的《资治通鉴》，都没有记录张松见过刘备，可《吴书》却说"备前见张松，后得法正"，对他们的接待，可谓是"厚意接纳，尽其殷勤之欢"。那么，张松见刘备为建安十三年，应当是《三国演义》第六十回所描述的，张松遭到曹操冷遇羞辱后转投刘备，主动建议取益州，并献益州地理图。可司马光在《资治通鉴》卷六十六、汉纪五十八、献帝建安十六年记"法正至荆州"条的《考异》中说张松未尝先见备，"《吴书》误也"。也就是说根本不存在献图这回事。其实小说家关注的是哪些材料更能增强戏剧冲突和刻画人物性格，有时为了小说的艺术真实(不是历史事实的真实)，甚或那些妄言误记都可撷取。因此，罗贯中为了把矛盾冲突集中到张松和曹操、刘备身上，减去刘璋先后两次派阴溥、张肃出使曹营的不必要的头绪，而改为张松一次出访。既然《蜀书·刘璋传》中说曹操对张松"不复存录松，松以此怨"，而《吴书》又说"备前见张松"，那么罗贯中完全可以虚构张松转道探刘备。既然法正与张松在益州受排挤，没有得到重用，又不满意刘璋的无所作为，当然希望换个新主子。既然法正与张松相善，法正第一次见刘备回来，二人便"密谋协规，愿共戴奉"，那么，张松、法正见到刘备后，自然就"阴献策于先主"的。既然有《吴书》的提示，"松等"(包括法正)已把蜀中宽狭，兵器府库人马多寡，及诸要害远近具言之，又画地图山川处所，实际就是张松画的图。本来法正是参与其事的，可是却由张松来献，这大约是小说家考虑到法正按本传说"清节高名"，日后为蜀国"有奇书策算"，不宜由法正来献。况且献图之事，虽说有择主而事的自由，但毕竟有"卖主求荣"之嫌。后来张松正因献图事发而被杀，所以交给"短小放荡，识达精果"的张松来施行，较能突出、衬托、对比曹操与刘备的处事风格和心理，能编排出精彩的场面。且看第六十回张松去曹营时曹操是怎么接待他的。

张松到了许都馆驿中住下后，每日去相府侍候，求见曹操，不被理睬。原来曹操刚击破马超，傲睨得志，每日宴饮。张松候了三日，方得通报姓名，左右近侍先要贿赂，才能引入。可以想象，张松的内心是很不满的。更让人不平的，曹操终于接见了张松，不问使者来意，开口便指责："汝主刘璋连年不进贡，何也？"张松解释道："为路途艰难，贼寇窃发，不能通进。"这让曹操很不高兴，居然说在他统治下的中原还有盗贼："吾扫清中原，何有盗贼？"张松也有点斗气，你曹操自夸扫清了中原，其实你并未扫清："南有孙权，北有张鲁，西有刘备，至少者亦带甲十余万，岂得为太平？"这个反诘让曹操无话可说，必然厌恶张松对他的抢白冲撞，又见此人猥琐，五分不喜，遂拂袖而去。左右人责备张松："汝为使命，何不知礼，一味冲撞？幸得丞相看汝远来之面，不见罪责。汝可急速回去！"张松曰："吾川中无谄佞之人也。"

张松长相虽丑陋猥琐，可很有骨气，自尊心强，他不能容忍曹操以傲慢的态度对待西川，特别是对待他这位西川的使者。曹操的门下掌库主簿杨修，当时见张松言语讥讽，遂邀出外面书院，杨修"有心难之"，连续发问蜀中风土如何，蜀中人物如何，"方今刘季玉手下，如公者有几人？"张松自豪地夸赞蜀中"田肥地茂，岁无水旱之忧；国富民丰……所产之物，阜如山积。天下莫可及也"。人物更是"出乎其类，拔乎其萃者，不可胜记，岂能尽数"，"文武全才，智勇足备，忠义慷慨之士，动以百数。如松不才之辈，车载斗量，不可胜记"。

张松的介绍不免有夸大西川和自我之嫌，其实他是在回击曹操对西蜀和他的轻贱，包括他批评曹操"文不明孔、孟之道，武不达孙、吴之机，专务强霸而居大位"，甚至毫不客气地指出曹操的所谓《孟德新书》，乃"战国时无名氏所作，曹丞相盗窃以为己能"，都有讥讽对手没有什么了不起的意思在。

倘若曹操尊重刘璋派来的使者，而作为使者的张松，不受对方的威吓，不谄佞对方，固然是说客应采取的态度，但是，为完成使命，在不丧失基本原则的前提下，可以做某些妥协或让步，不必计较对方态度，更不应斗气，否则就像曹操和张松的对阵，真是话不投机半句多了。

经过杨修的说服，曹操同意再次接见张松，但却在西校场点军时接见，让张松见识一下曹军军容之盛，并教杨修传话给张松："吾即日下了江南，便来收川。"张松还能够说服曹操吗？

　　至次日，与张松同至西教场。操点虎卫雄兵五万，布于教场中。果然盔甲鲜明，衣袍灿烂；金鼓震天，戈矛耀日；四方八面，各分队伍；旌旗飐彩，人马腾空。松斜目视之。良久，操唤松指而示曰："汝川中曾见此英雄人物否？"松曰："吾蜀中不曾见此兵革，但以仁义治人。"操变色视之。松全无惧意。杨修频以目视松。操谓松曰："吾视天下鼠辈犹草芥耳。大军到处，战无不胜，攻无不取，顺吾者生，逆吾者死。汝知之乎？"松曰："丞相驱兵到处，战必胜，攻必取，松亦素知。昔日濮阳攻吕布之时，宛城战张绣之日；赤壁遇周郎，华容逢关羽；割须弃袍于潼关，夺船避箭于渭水：此皆无敌于天下也！"操大怒曰："竖儒焉敢揭吾短处！"喝令左右推出斩之。

曹操企图以势压人，显示自己的霸气，可偏偏碰上不怕死的张松，同样是主观性格很强的人，揭了曹操的老底，嘲弄了他所谓无敌于天下的败绩。这样一来，张松和曹操的对话，变成火药味十足的观念与情感的对抗，张松不能完成救西川的说客任务，曹操也失去了获取西川地理图的机会。

反之，刘备却紧紧抓住了这个机会。张松回到官舍，心想本欲献西川州郡给曹操，谁想如此怠慢。听说荆州刘玄德仁义远播，试看此人如何。俗话说一个主顾谈不拢，再寻下家，于是连夜出城，望荆州界而来。前至郢州界口，就见一员大将，带五百兵，轻装软扮，勒马向前问："来者莫非张别驾乎？"张松回答："然也。"那将慌忙下马，声喏曰："赵云等候多时。"张松也慌忙下马答礼问："莫非常山赵子龙乎？"赵云说："然。某奉主公刘玄德之命，为大夫远涉路途，鞍马驱驰，特命赵云聊奉酒食。"言罢，军士跪奉酒食，云敬之。

对比一下，张松到曹操处不但没有人迎接，在馆驿中住定，每日去相府求见曹丞相，候了三日方得通了姓名。可是到了荆州，刚到边界，便有鼎鼎大名的赵云亲自来迎接，而且考虑到鞍马疲劳，还准备了酒食，张松能不感动吗？不过，令人疑惑的，刘备怎么知道张松去见曹操受到冷遇后来荆州？其实刘璋派张松为特使，带从人数骑，取路赴许都，"早有人报入荆州。孔明便使人入许都打探消息"。诸葛亮已推断出张鲁为报刘璋杀母和兄弟仇而要攻益州，为解益州之难，派张松去请曹操支援，谈判破裂而来荆州，并不知道张松有暗画的西川地理图。但不论从哪个角度而言，益州属于诸葛亮隆中对策中规划的根据地，而张松又是益州的别驾，向此公了解益州刘璋的动态及益州的状况非常有益，倘若争取过来作为引导和内应，那比用武力攻取更为有利。张松此来是卖西川的，所以诸葛亮以国宾礼高规格接待。

是日当晚——请注意是当天"当晚"，前到馆驿，见驿门外百余人侍立，击鼓相接。一将于马前施礼曰："奉兄长将令，为大夫远涉风尘，令关某洒扫驿庭，以待歇宿。"有谁能享受五虎上将首席关羽在驿馆前列队迎接，并且以酒宴款待呢？接着次日早膳毕，上马行不到三五里，刘备、诸葛亮、庞统三人亲自来接，可谓是最高礼遇。有趣的是，迎进堂上，饮酒间，刘备只说闲话，并不提西川之事。这肯定是诸葛亮安排的心理战术。刘备礼贤下士的仁义精神，高规格的接待，必然打动张松，愿意同刘备合作。就如同一个喝醉了酒的人，你越真诚相待，越是哥俩好，他越是想把心中秘密告诉你，所以张松主动"以言挑之"，问"皇叔守荆州，还有几郡"？孔明说"荆州乃暂借东吴的，每每派人取讨"，因为是东吴的女婿，故权且在此安身，换是别人，东吴还不借呢！张松再引导一句："东吴据六郡八十一州，民强国富，犹且不足耶？"意思说东吴占有六郡八十一州还不满足，还要讨取荆州。庞统立刻跟进一句："吾主汉朝皇叔，反不能占据州郡；其他皆汉之蟊贼，却都恃强侵占地土，惟智者不平焉。"诸葛亮和庞统一唱一和，诸葛亮说皇叔无处安身，庞统说汉之蟊贼恃强强占土地，两个人都顺着张松的启发谈占有领地问题，但是刘备却摆出高姿态："二公休言。吾有何德，敢多望乎？"实际是激起张松的同情，张松说："不然。明公乃汉室宗亲，仁义充塞乎四海。休道占据州郡，便代正统而居帝位，亦非分外。"言外之意，即使刘备收取益州，"亦非分外"，完全合乎正统，这就进入问题的中心——取益州。妙的是，"自此一连留张松饮宴三日，并不提起川中事"，在诸葛亮、刘备方面而言，还须稳重行事，让张松主动谈西川之事；对张松而言，献不献图却费思量，因为这会被人认为是卖主求荣之事，他也需要时间考虑是否献图。

三日后，张松辞去，刘备在十里长亭设宴送行。刘备言罢送别辞，"潸然泪下"的"宽仁爱士"，促使了张松下决心"不如说之，令取西川"。张松劝刘备尽早离开荆州，因"东有孙权，常怀虎踞；北有曹操，每欲鲸吞。亦非可久恋之地也"。话说得不错，刘备明知故问："故知如此，但未有安迹之所。"以言钓之，让张松说出"安迹之所"是益州。果然张松忍耐不住，提出取益州。倘如拥益州，"长驱西指，霸业可成，汉室可兴矣"，张松表示"愿施犬马之劳，以为内应"。到此张松把益州图献给了刘备，双方皆大欢喜，而张松献图，引刘备进川，夺取了益州，改变了历史进程。毛宗岗第六十回总评中说："张松暗暗把一西川欲送与曹操，曹操却把一西川让与玄德。玄德以谦得之，曹操以骄失之。"可见怎样接待谈判特使，是马虎不得的。

刘备与刘表的关系

曹操于官渡战败袁绍后，即南击刘备，刘备不得不避锋而投刘表。《三国志》卷六《魏书·刘表传》记述了这段历史，很简略，只说"刘备奔表，表厚待之，然不能用。建安十三年，太祖征表，未至，表病死"。《三国志·蜀书·先主第二》记载的事情较《刘表传》详细多了：

> 曹公既破绍，自南击先主。先主遣麋竺、孙乾与刘表相闻，表自郊迎，以上宾礼待之，益其兵，使屯新野。荆州豪杰归先主者日多，表疑其心，阴御之。……十二年，曹公北征乌丸，先主说表袭许，表不能用。曹公南征表，会表卒，子琮代立，遣使请降。……过襄阳，诸葛亮说先主攻琮，荆州可有。先主曰："吾不忍也。"乃驻马呼琮，琮惧不能起。琮左右及荆州人多归先主。

裴松之注刘表"御之"这一条时，引《世语》曰：

> 备屯樊城，刘表礼焉，惮其为人，不甚信用。曾请备宴会，蒯越、蔡瑁欲因会取备，备觉之，伪如厕，潜遁出。所乘马名的卢，骑的卢走，堕襄阳城西檀溪水中，溺不得出。备急曰："的卢：今日厄矣，可努力！"的卢乃一踊三丈，遂得过，乘桴渡河，

中流而追者至，以表意谢之，曰："何去之速乎！"

毫无疑问，当我们读完这两条史料时，人们自然会发现其间许多情节，甚或话语均被罗贯中吸收，转换为小说中的情节。尽管有些情节如蒯越、蔡瑁欲刺杀刘备，裴松之注引《孙盛》曰"此接世俗妄说，非事实也"，可是小说家着意的是情趣，是戏剧性，何况系裴松之注引，是有一定的史实根据的。问题是刘表被曹操等讥讽为冢中枯骨，软弱无断之人。可是仔细推敲小说中刘表的性格，当刘备投奔刘表，正是刘表身体不济，行将就木之时。让刘表犹豫不决，纠结于心的是荆州的领导权是交给长子刘琦、次子刘琮，抑或宗亲刘备？而刘备要不要听从诸葛亮的意见，乘机夺取荆州，对刘备也是一次性格考验。参与争夺领导权的关键人物应是能影响刘表，并能指挥刘表部属，敢于对抗刘备的人物——刘表的妻子蔡夫人。因此对蔡夫人的地位和立场必须先做角色定位，即蔡夫人是原配还是续弦？刘琦、刘琮哪一个是她的亲生儿子？正史《魏书·刘表传》说得有点模糊。

初，表及妻爱少子琮，欲以为后，而蔡瑁、张允为之支党，乃出长子琦为江夏太守，众遂奉琮为嗣。琦与琮遂为仇隙。

《刘表传》没有指出"妻"是谁？刘表和这位"妻"都爱小儿子琮，那么小儿子是否为刘表和这位妻子所生，没有说。还有，长子刘琦为谁所生呢？也没有明确交代。但是传中指出蔡瑁、张允和刘琮是一党，显然暗示了兄弟二人存在夺权斗争，这是小说家们关注的材料。裴松之注琦与琮为仇隙时引《典略》说：

表疾病，琦还省疾。琦性慈孝，瑁、允恐琦见表，父子相感，更有托后之意，谓曰："将军命君抚临江夏，为国东藩，其任至

68

重；今释众而来，必见谴怒，伤亲之欢心以增其疾，非孝敬也。"

遂逼于户外，使不得见，琦流涕而去。

谁人给了蔡瑁、张允那么大权限，在刘表病重时，竟然不允许刘琦探望他父亲，倘若没有人给蔡、张撑腰，他们不敢如此放肆的。曹丕的《典论》似乎把蔡氏和刘琦、刘琮以及蔡瑁、张允之间的关系，又揭深了一层：

> 刘表长子曰琦。表始爱之，称其类己。久之，为少子琮纳后妻蔡氏之侄。至蔡氏有宠，其弟蔡瑁、表甥张允，并幸于表。惮琦之长，欲图毁之。而琮日睦于蔡氏，允、瑁为之先后。琮之有善，虽小必闻；有过，虽大必蔽。蔡氏称美于内，瑁、允叹德于外，表日然之，而琦益疏矣。出为江夏太守，监兵于外。瑁、允阴司其过阙，随而毁之。美无显而不掩，阙无微而不露。于是表忿怒之色日发，诮让之书日至，而琮坚为嗣也。

原来刘琮娶了蔡氏的侄女为妻子，蔡瑁是蔡氏的弟弟，张允为表外甥，很自然地成为一党，为了扶持刘琮成为荆州牧主的接班人，便千方百计地诋毁刘琦，终于让刘表讨厌刘琦，而宠爱刘琮。问题是谁是蔡氏的亲生儿子呢？或者说刘琦、刘琮都不是他亲生的。《资治通鉴》卷六十五、汉纪五十七所记同《典论》：

> 初，刘表二子，琦、琮。表为琮娶其后妻蔡氏之侄，蔡氏遂爱琮而恶琦。表妻弟蔡瑁、外甥张允并得幸于表，日相与毁琦而誉琮。琦不自宁，与诸葛亮谋自安之术，亮不对。后乃共升高楼，因令去梯。谓亮曰："今日上不至天，下不至地，言出子口，

而入吾耳,可以言未?"亮曰:"君不见申生在内而危,重耳居外而安乎?"琦意感悟,阴规出计。会黄祖死,琦求代其任,表乃以琦为江夏。

还是未能明确刘琦、刘琮究系谁的亲生儿子,但是文中诸葛亮以战国时申生与重耳事例,暗示刘琦外放,为罗贯中吸收到小说之内,而且罗贯中把刘琮定为蔡氏的亲子。小说三十四回,刘表向刘备介绍两个儿子:"前妻陈氏所生长子琦,为人虽贤,而柔懦不足立大事。后妻蔡氏所生少子琮,颇聪明。"这就把问题说清楚了。蔡氏为了自己的亲生儿子刘琮能坐上荆州牧宝座而勾结自己的弟弟蔡瑁、外甥张允暗中发展自己的势力,排斥、打压刘琦,控制了荆州的局势。所以刘备在刘表病重的敏感时刻前来探视,不能不引起蔡氏集团的抵制。罗贯中用了九回书描写刘备与刘表、蔡氏的矛盾冲突,正是突出刘备既想有自己的根据地,自己的地盘,发展自己的军事力量,但又碍于仁义伦理而陷入深深的纠结。而刘表既信任刘备又怀疑刘备的悲剧性格,以及蔡氏为了自己血缘私利不择手段,排除异己,乃至卖地求荣,都会给读者留下许多思考。且看第三十二回,刘备来投刘表,尽管刘表热烈欢迎,但刘表新续弦的妻子蔡氏、蔡瑁则极力反对,认为如纳刘备,曹操必然加兵于荆州。加之蔡夫人偷听到刘备支持前妻所生子刘琦立为接班人,不同意废长而立自己的儿子刘琮,深恨刘备之多事。当刘表和刘备谈到曹操青梅煮酒论英雄时的情况,问刘备以曹操之权势,为什么曹操说"天下英雄,惟使君与操耳",而他(曹操)"不敢居吾弟之先"?刘备乘着酒兴,一时答说:"备若有基本,天下碌碌之辈,诚不足虑也。"刘备自我解嘲说是"失口",实际是酒后吐真言。"若有基本",这不能不让人怀疑你刘备投靠刘表的真实目的,是伺机夺取荆州领导权;而"碌碌之辈"云云,除了曹操以外,刘表等都包括在内的,这不能不让刘表"闻言默然","口虽不言,心怀不乐"，退入内宅，给偷听两人谈话的蔡夫人提供了挑拨的机会，鼓动刘表，说刘备的话"甚轻觑人，足见其有吞并荆州之意。今若不除，必为后患"，刘表"但摇头而已"，并未明确表示反对，也未明确说支持杀刘备，刘表有点犹豫了。蔡夫人召集蔡瑁密议，决定就馆舍内杀之。伊籍便将蔡氏欲谋害的信息告诉了刘备，催促玄德速速起身离开，于是刘备星夜赶回新野。蔡瑁伪造了一首假诗，诬称刘备有反叛之意。刘表见反诗虽大怒，要"誓杀此无义之徒"，可忽然省悟，"此必外人离间之计"，不同意往新野擒刘备。蔡瑁又生一计，利用众官聚会于襄阳之机，埋伏兵士杀之。又是伊籍借向刘备敬酒，密告蔡氏阴谋，刘备即借如厕而逃脱。

第三十八回，孙策死后即由孙权掌管江东，建安八年为报父仇，引兵伐黄祖，由黄祖原来的部将配合，剿灭了黄祖，危及荆州，刘表差人来请刘备赴荆州议事。原来江夏失守，黄祖遇害，刘表请刘备来共议报复之策。刘表提出："吾今年老多病，不能理事，贤弟可来助我，我死之后，弟即为荆州之主也。"这本是利好的机会，刘备却婉言谢绝了。因为刘备一贯坚守所谓的"仁慈"观念，他不忍"乘其危而夺之"。此后，刘琦深感蔡氏不容他，命在旦夕，向刘备、诸葛亮求救，诸葛亮建议采用春秋时"申生在内而亡，重耳在外而安"的故事，借黄祖新亡，江夏乏人守御，要求屯守江夏可以避祸。其实诸葛亮这一计策，也为后文刘备依托刘琦埋下伏笔。

第三十九回、四十回，曹操派夏侯惇引兵十万杀奔新野，至博望坡，诸葛亮用火攻计，烧毁曹军粮草。虽然小胜曹兵，但是新野是个小县，难以久居，诸葛亮建议刘备，应乘刘表病在危笃之时，取荆州作为安身之地。刘备虽然同意诸葛亮的意见，但考虑到"受景升之恩，安忍图之"，"吾宁死，不忍作负义之事"。刘表病危时，曾托孤给刘备，明确表示："我子无才，恐不能承父业；我死后，贤弟可自领荆州。"刘备只答应"当竭力以辅贤侄，安敢有他意"。令人不解的，当人报曹操自统大军来攻荆州时,刘备却"急辞刘表,星夜回新野"。刘备是否是因为刘表病重而取荆州有违他"仁义"的理念而拒绝,抑或认为如领荆州后会遭到荆州人的反对与排斥,特别是蔡夫人的反叛而引起动乱,因而觉得取荆州的条件不成熟,才急忙返回新野;或者说刘备急辞刘表,星夜返回,是为了和军师诸葛亮商议应对曹操的对策。无论是刘备出于何种动机而返回,在诸葛亮看来"今若不取,后悔何及"。事实也是如此,刘表听到刘备离去,吃惊不小,立即命人写遗嘱,令玄德辅佐长子刘琦为荆州之主。可是蔡夫人闻之大怒,命蔡瑁、张允把守内门,不准刘琦进内院探视,又假写遗嘱,令次子刘琮为荆州之主,在襄阳举行刘表的葬礼,竟然不通知刘备、刘琦参加。

这时曹操已带领大军望襄阳而来,刘琮大惊,请蒯越、蔡瑁等商议,付巽提出向曹操投降,可保刘琮名爵。刘琮接受了付巽、蒯越、王粲的意见,写了投降书,命宋忠潜地往曹操军前投献。曹操大喜,吩咐刘琮亲自出城迎接曹军,叫他永做荆州之主。宋忠返回荆州途中被关羽捉住,刘备得知荆州的变故,刘琦也派伊籍来找刘备,"求使君尽起麾下精兵,同往襄阳问罪"。这本来是夺取荆州的极好的机会,有兴师问罪的充分理由。甚或以吊丧为名,前赴襄阳,诱刘琮出迎,就便拿下,再诛其党类,则荆州归属刘备无疑。可是刘备却垂泪曰:"吾兄临危托孤于我,今若执其子而夺其地,异日于九泉之下,何面目复见吾兄乎?"刘备是真糊涂还是故意装糊涂,是讲仁义讲到了呆笨的地步,还是忘我忘人,升华到圣人境界?刘表病危时曾要求刘备"可来助我,我死之后,弟便为荆州之主",即便有托孤之请,托的是刘琦而不是刘琮,刘琮竟然僭位称荆州之主,并且献城投降,并不是刘表的本意,刘备完全可以兴师问罪的。何况荆州的继承人,刘表的长子刘琦已请求作为叔叔的刘备起精兵问罪,刘备却瞻前顾后,又一次丧失了取荆州的绝好时机,为以后夺荆州带来许多麻烦,这正如毛宗岗在第四十回前总评所言："玄德取荆州于刘表病危之时，则不正；取荆州于刘琮僭位之时，则无不正也。失此不取，而使荆州为曹操之所有之荆州，又为孙权所欲得之荆州，于是借荆州、分荆州、索荆州、还荆州，遂至遗无数葛藤于后，则皆此卷中一着之错耳。"显然过分讲仁义之人，在争霸时期，有时不但拖延或丧失了时机，甚或为日后铸成了无穷尽的麻烦。可是话得说回来，倘若不这么写，刘备忠厚而似伪的性格就透不出来，赤壁之战后，刘备与孙权围绕荆州归属问题就不会发生那么多的矛盾，周瑜也就不会被气死，那将是另一种写法了。

上述概说，按小说家罗贯中的解释，荆州本刘表主政，刘表与刘备为汉室宗亲，刘表曾邀请刘备协助他管理荆州，病重时几次托孤给刘备，甚至让刘备直接领荆州牧，遗憾的是，都由于刘备讲仁义而拒绝。换言之，刘备有做荆州主的机会而没有做。后来刘琮向曹操献城投降，荆州的实际控制权落到了曹操的手中。能否说荆州原属汉刘家领地，无论怎样易手，刘备都有继承权？至于孙权和荆州只有杀父之仇的纠结，或者说战略上，吴也想夺取荆州完成统治中原的霸业，荆州原不为他所有。

问题是曹操来袭，大军压境，促成了孙刘联盟抗曹，荆州归属暂时搁置，赤壁之战之后，围绕荆州主权，孙刘集团展开了一系列争夺战，从此孙刘联盟走向破裂，为曹操各个击破提供了有利契机和条件。

史有刘备借荆州吗？

笔者在"隆中对策的得失"一节中，将明确指出，诸葛亮把占据荆州作为经略中原、复兴汉室的战略思想和战略据点，是一厢情愿的规划。因为夺荆州再规巴蜀，最后在中原与曹操争锋，也是吴国孙权的国策。

荆州归属是刘备的核心利益,同样也是吴孙权的核心利益。问题的关键是荆州归谁所有,即谁首先得到实际的控制权。

因此,我们先翻检正史上有无记载刘备借荆州这回事儿,且看《三国志》卷三十二《蜀书·先主传第二》说刘备与孙权联盟,与曹操战于赤壁,大破之,焚其舟船。刘备与吴军水陆并进,追到南郡,时又疾疫,北军多死,曹操退兵。裴松之注"南郡"条引《江表传》曰:

> 周瑜为南郡太守,分南岸地以给备。备别立营于油江口,改名为公安。刘表吏士见从北军,多叛来投备。备以瑜所给地少,不足以安民(后)[复]从权借荆州数郡。

关于周瑜分给南岸地予刘备,《资治通鉴》卷六十六、汉纪五十八、献帝建安十四年有较具体记述:

> 周瑜攻曹仁岁余,所杀伤甚众,仁委城走。权以瑜领南郡太守,屯据江陵;程普领江夏太守,治沙羡;吕范领彭泽太守;吕蒙领寻阳令。刘备表权行车骑将军,领徐州牧。会刘琦卒,权以备领荆州牧,周瑜分南岸地以给备。荆江之南岸,则零陵、桂阳、武陵、长沙四郡地也。备立营于油口,改名公安。

建安十三年春,刘琮献城向曹操投降,接着是孙刘联合抗曹,展开赤壁之战,曹操大败回许都,留曹仁、徐晃守江陵,乐进守襄阳。建安十四年,周瑜经过一年的厮杀才打败了曹仁。刘备借口刘表的旧部和百姓从北方逃出投奔刘备,地方不够,"不足以安民",因此才提出借荆州数郡,实际是刘备以人多为借口,趁机扩充自己的基地。而从《江表传》和《通鉴》的字面上看,好像是周瑜借给刘备的。可是《吴书·鲁肃传》却说:

后备诣京见权，求都督荆州，惟肃劝权借之，共拒曹公。曹公闻权以土地业备，方作书，落笔于地。

裴松之于此条引《汉晋春秋》注曰：

吕范劝留备，肃曰："不可。将军虽神武命世，然曹公威力实重，初临荆州，恩信未洽，宜以借备，使抚安之。多操之敌，而自为树党，计之上也。"权即从之。

看来是鲁肃主张借荆州给刘备的。周瑜分荆州南岸地，是应刘备的请求，考虑到刘备所谓的人口膨胀，而鲁肃则从联合抗曹的大局出发；并且刘备在荆州有深厚的群众基础，由刘备管理荆州，有利于江东稳定，显然鲁肃的见识要高于周瑜。正由于刘备据有荆州之地，有可能和孙权结成巩固的联盟，以此作为进攻中原的据点，所以曹操听到这个消息，"方作书"，大惊得"落笔于地"。

不过，周瑜分南岸地也好，鲁肃劝孙权借荆州给刘备也好，总之是"借"。所以，建安十九年五月，刘备定蜀，孙权派诸葛瑾索要荆州，事见《三国志·吴书·吴主传第二》：

权以备得益州，令诸葛瑾从求荆州诸郡。备不许，曰："吾方图凉州，凉州定，乃尽以荆州与吴耳。"权曰："此假而不反，而欲以虚辞引岁。"

又，《三国志·蜀书·先主传第二》《资治通鉴》卷六十七、汉纪五十九，均记为建安二十年索荆州，文词大体一致。

这几条史料也证明刘备曾借过荆州,可能是荆州的三郡或四郡,而不是全境,否则孙权不会派诸葛瑾去要荆州,刘备也不会耍赖,要求拿下凉州以后再还荆州。当然孙权不能容忍刘备开没有准日子的空头支票,何况孙权派出接收南三郡的长吏,竟然被关羽驱逐,这必然引起孙权大怒,遣吕蒙诸将率兵二万取长沙、零陵、桂阳(不包括当初周瑜分南岸四郡的武陵),与孙皎、潘璋、鲁肃分兵并进,在益阳与关羽对峙。恰好曹操率军入汉中,刘备惧怕危及益州,才向孙权求和,双方都做了妥协,从新划分荆州诸郡归属,《三国志·吴书·吴主传第二》曰:

> 权令诸葛瑾报,更寻盟好,遂分荆州、长沙、江夏、桂阳以
> 东属权,南郡、零陵、武陵以西属备。

上述几条史料,为读者,主要是为小说家罗贯中提供了非常有价值的信息:

1.借荆州、索荆州、赖荆州、分荆州、失荆州史有其实,并非是作家的空穴来风,主观臆造。

2.鲁肃有宏观把握全局的视野,他始终主张联刘抗曹,如《三国志·吴书·鲁肃传》臣松之案所言:"刘备与权联力,共拒中国(曹操),皆肃之本谋。"并非始出于诸葛亮。

3.孙刘两家,赤壁之战时为了抗曹而联合,赤壁之战之后屡因荆州问题发生摩擦,不惜诉诸武力,可是曹操只要攻打某一方,唇亡齿寒,为了生存,又暂时和好,这种联合是不巩固的。两家似乎都忽视了怎样处理好联合中的矛盾关系。

4.孙权主动地把妹妹嫁给了刘备,而周瑜也确实向孙权提议在吴为刘备建宫室,多置美女玩好,以娱其耳目,软化刘备。

5.周瑜向孙权说明先取蜀(益州),然后再并汉中的张鲁,与马超结

援,最后占据襄阳为基点,对阵曹操,北方可图。周瑜取得孙权同意后即返江陵准备出征,可惜在征巴丘的道中病死。

6.周瑜为解救甘宁困于彝陵城中而中箭,曹仁趁势反攻,周瑜带伤作战,激扬将士,击退了曹仁。

历史是历史,小说是小说。历史中的事件、情节乃至细节,往往按照史家编写记述的需要,逐一出现,并不构成紧密的逻辑联系,人物性格的张力也不够鲜明。因此小说家的罗贯中,仍以诸葛亮与周瑜的性格冲突为核心,由鲁肃继续充当忠厚傻角,联结周瑜与诸葛亮,孙权、刘备则退居二线,有时又走到前台,只做周瑜或诸葛亮的代言人。由于按三气周瑜划分三段大的情节段落,人物性格撞击,也围绕着"气"展开,形成了有趣味的情节,展示了各人的心态,但同时透露出孙刘联合走向分裂的危机。

彝陵之战刘备何以惨败?

荆州失守,关羽、张飞先后被害,刘备闻知,倾七十万大军伐吴复仇,由此引发了彝(夷)陵大战,与官渡之战、赤壁之战并称为三大战役。正史对此战役只做了概括性的叙述。《三国志》卷三十二《蜀书·先主传第二》称:

> 初,先主忿孙权之袭关羽,将东征,秋七月,遂帅诸军伐吴。孙权遣书请和,先主盛怒不许,吴将陆议、李异、刘阿等屯巫、秭归;将军吴班、冯习自巫攻破异等,军次秭归,武陵五溪蛮夷遣使请兵。

二年春正月，先主军还秭归……夏六月，黄气见自秭归十余里中，广数十丈。后十余日，陆议大破先主军于猇亭，将军冯习、张南等皆没。先主自猇亭还秭归，收合离散兵，遂弃船舫，由步道还鱼复……冬十月，诏丞相亮营南北郊于成都。孙权闻先主住白帝，甚惧，遣使请和。先主许之。……先主病笃，托孤于丞相亮……夏四月癸巳，先主殂于永安宫，时年六十三。

《三国志》卷五十八《吴书·陆逊传》，从陆逊角度，叙述战役得失：

黄武元年，刘备率大众来向西界。权命逊为大都督、假节，督朱然、潘璋、宋谦、韩当、徐盛、鲜于丹、孙桓等五万人拒之。备从巫峡、建平连围至夷陵界，立数十屯……诸将皆欲击之，逊曰："此必有谲，且观之。"……逊曰："所以不听诸君击班者，揣之必有巧故也。"逊上疏曰："……备干天常，不守窟穴，而敢自送。……寻备前后行军，多败少成。推此论之，不足为戚。……"逊曰："吾已晓破之之术。"乃敕各持一把茅，以火攻拔之。一尔势成，通率诸军同时俱攻，斩张南、冯习及胡王沙摩柯等首，破其四十余营。备将杜路、刘宁等穷逼请降。备升马鞍山，陈兵自绕。逊督促诸军四面蹙之，土崩瓦解，死者万数。备因夜遁，驿人自担，烧铙铠断后，仅得入白帝城。其舟船器械，水步军资，一时略尽，尸骸漂流，塞江而下。备大惭恚曰："吾乃为逊所折辱，岂非天邪！"

《资治通鉴》卷六十九、魏纪一记述刘备讨吴的过程与《三国志》相同，但赵云反对刘备征吴为《三国志》所无，很有参照价值：

汉主耻关羽之没，将击孙权。翊军将军赵云曰："国贼，曹操，非孙权也。若先灭魏，则权自服。今操身虽毙，子丕篡盗，当因众心，早图关中，居河、渭上流以讨凶逆，关东义士必裹粮策马以迎王师。不应置魏，先与吴战。兵势一交，不得卒解，非策之上也。"群臣谏者甚众，汉主皆不听。广汉处士秦宓，陈天时必无利，坐下狱幽闭，然后贷出。

概括正史与小说的记述，我们大体可知：

1.刘备出兵伐吴，是"忿孙权之袭关羽"，赵云、秦宓及众臣劝说不听，孙权遣使求和，又"盛怒不许"。刘备何以感情用事，非报杀关羽之仇不可呢？是不是因为孙权夺去了荆州，丢了面子，伤害了蜀的首席上将而如此盛怒呢？没有交代。但"忿"或"耻关羽之没"而东征，说明刘备与关羽的关系不同一般，小说家应当回答这个疑点，有助于刻画刘备的性格，也有助于挖掘刘备的悲剧命运。因为怀着为拜把兄弟复仇的心态讨吴，铸成了刘备指挥上的失误，导致全军覆没，蜀国从此走向下坡路，诸葛亮的北伐雄心化为泡影，可以说刘备与关羽、张飞的"义"，帮助他发展了武装力量，但也因为"义"而葬送了蜀国前程。

2.正史没有说明刘备发动如此大的战役，诸葛亮为什么没有随军指挥？是诸葛亮反对东征，避免临场与刘备发生冲突，而主动要求留守，还是第一把手、第二把手领导人物不能全走，需留一人镇守西川呢？或是史家并不像小说家过度渲染诸葛亮的军事指挥才能，在陈寿看来，刘备的"机权干略，不逮魏武"，但对排兵布阵也并非全然不通。按古人理解，刘备身为帝王之身，他可以直接指挥战役，用不着凡事需军师指导的。

3.刘备进军初只有小胜，并非势如破竹的挺进，后来被陆逊抓住软肋，以火攻之，刘备败退白帝城，自叹为"为陆逊所折辱"。

4.陆逊用兵很谨慎，以静待动，细心地观察蜀军的动作，劝阻部将不急于出兵，寻找反攻的时机和实施的战术，终于"破蜀之术，吾已定矣"，那就是人人一把茅草，以火攻之，用最小的代价，取得了决定战役的胜利。陆逊这位白面书生，用兵真有心计。

《三国志平话》则是另一种写法，提供了一些可为借鉴的情节和思路，如为了回应桃园三结义，刘备与军师商议征吴，诸葛亮奏曰："今岁征吴，岁年月不好，陛下不可。"刘备认为："吾思桃园结义，弟兄三人，共死泉下，有何不可！"为了义而出兵，为刘备征吴提供了江湖侠义的复仇动机。由于《平话》以张飞为描写中心，讨吴大元帅仍落在了张飞肩上。而吴军的元帅是吕蒙，带军十万离白帝城六十里下寨，张飞原领军五万出战，可是张飞身上有酒气，刘备只让他看寨，不准他出战。张飞反而说"先主不教我与关公报仇"，拔剑自刎，急被人抱住。由于大风把张飞帅字旗杆刮折，张飞责打把旗人王强。张飞就食时，觉得"肉味不堪"，叫来厨官张山、韩斌，当众责打三十。当夜王强、张山、韩斌三人吃酒，痛饮大醉，不甘张飞因小过责打，三人同至帐下，杀了张飞。次日，刘备知道后，数次气杀，卧病数日。接吕蒙挑战书三日后与吕蒙对阵，吕蒙诈败，刘军过小江追赶，吕蒙复回再战，刘备大败，退至江口，被吴国元帅陆逊拦杀，刘备又败，吴军又赶。刘备撤至一小寨，正埋锅造饭时，边岸火起，吕蒙与陆逊前后追杀，赶刘备三天三夜，到白帝城，茶饭不能进，口鼻血出，宣刘禅、诸葛亮、赵云，托孤后而亡。

毫无疑问，《三国志平话》没有深刻地描绘出刘备的私人恩义同社稷整体利益的矛盾，任情用事怎样导致战争的失败，彝陵之战的过程也叙述得不细致，陆逊怎样烧蜀营没有体现出来，更忽略了对陆逊性格的刻画，这就为罗贯中的《三国演义》，提供了填补空间。

先是突出描写刘备得知关羽父子被害后的悲痛，不只当场大叫一声，哭绝于地，而且"一日哭绝三五次，三日水浆不进，只是痛哭，泪湿衣襟，斑斑成血"，发誓与东吴不同日月，"吾今即提兵问罪与吴，以雪吾恨"！蜀吴因关羽之死，由联盟而仇仇，看来无可挽回。问题是从蜀整体战略利益来看，因牺牲一员上将就要出兵讨伐，两者孰轻孰重？即便是吴杀害了关羽应兴师问罪，那么此时出兵的时机是否合适？诸葛亮比较理智，他指出人"死生有命"，"关公平日刚而自矜，故今日有此祸"，言外之意，关公祸由自取，不能完全责怪东吴。在刘备非常悲痛之时，诸葛亮敢于当面批评关羽平日刚而自矜而有杀身之祸，可见诸葛亮对于关羽失荆州是不满的。因此诸葛亮认为出兵伐吴时机不成熟，极易中了吴魏的圈套："闻东吴将关公首级献与曹操，操以王侯之礼祭葬之。此是东吴欲移祸于曹操，操知是谋，故以厚礼葬关公，令主上归怨于吴也。"换言之，"方今吴欲令我伐魏，魏亦令我伐吴：各怀诡计，伺隙而乘。主上只宜按兵不动，且与关公发丧。待吴、魏不和，乘时而伐之，可也"。不是反对兴兵，而是等待时机。众官再三劝谏，刘备同意诸葛的意见，方才进膳，为关羽举丧。小说在此一顿挫，而转向叙述曹操每夜合眼便见关公甚惊惧，请华佗来治头痛病。华佗说要砍开脑袋取出"风涎"，曹操疑华佗谋害，下狱治罪。曹操日见伏皇后、董贵人等鬼魂，大惊昏倒，不久过世。

曹丕继位以后，威逼汉帝，甚于曹操。东吴孙权拱手称臣，细作报来，又唤起刘备复仇的念头："孤欲先伐东吴，以报云长之仇；次讨中原，以除乱贼。"按理说讨曹丕是公仇，伐东吴是私仇。私仇为首，公仇为次，刘备念念不忘桃园之义，所谓异姓结盟，不能同年同月同日生，但求同年同月同日死，为尽兄弟之义而牺牲一切，超越一切。只是廖化提出关公父子遇害，实刘封、孟达之罪，首先应诛此二贼，于是伐东吴之事暂搁置下来，小说又是一顿，转入杀彭羕，捉刘封。而孟达得知彭羕被赐死，使者奉刘备之命调刘封回守绵竹，实际是回成都问罪后，即叛逃至曹丕。曹丕逼迫献帝禅让，自称魏帝，蜀中诸臣也劝进刘备称帝以继汉统，讨吴之事不得不延迟下去。

但是，刘备称帝之后不久，又提起东征。此次是赵云谏言曰："国贼乃

83

曹操，非孙权也。今曹丕篡汉，神人共怒。陛下可早图汉中，屯兵渭河上流，以讨凶逆，则关东义士，必裹粮策马以迎王师；若舍魏以伐吴，兵势一交，岂能骤解，愿陛下察之。"赵云的观点和军师诸葛亮的分析是一致的，首先应该打击的主要的敌人，是魏而不是吴。当刘备再次强调"孙权害了朕弟；又兼付士仁、糜芳、潘璋、马忠皆有切齿之仇：啖其肉而灭其族，方雪朕恨"，赵云更是尖锐地提醒刘备："汉贼之仇，公也；兄弟之仇，私也，愿以天下为重。"话说到这个份儿上，如同赵云指着鼻子批评刘备以私忘公。可是刘备并不以为自己有什么错："朕不为弟报仇，虽有万里江山，何足为贵？"在刘备看来，兄弟义是高于一切的。这如同我在分析桃园三结义的义和关羽义释曹操的义时，曾指出三结义的江湖之义，华容道私放曹操之义，均属于狭隘的小团体和个人的所谓"背公之小义"。无论是罗贯中有意借刘备为关羽复仇，颂扬江湖之义的真情，也无论是通过彝陵之战的失败，揭示刘备为私义而动摇蜀国根基的悲剧命运。客观效果上，都向人们说明刘备并不具备"天下英雄"的资格，特别是承任一国之君之后，个人私情的过分膨胀，必然毁灭他为之奋斗终生的事业。这正如秦宓的预言，刘备为了"徇小义"，"可惜新创之业，又将颠覆！"可是张飞之死更坚定了刘备伐吴的决心。毛宗岗第八十一回总批曰："观于翼德之亡，而先主伐吴之计，愈不得不决矣。翼德之死，为关公而死也。为关公而死，则其与孙权杀之无异也。杀一弟之仇不可忍，杀两弟之仇，又何可忍乎？为一己之私恩而释曹操，人不以此病关公。则为三人之义而讨孙权，岂得以此訾先主！"正是刘备的复仇埋下了失败的种子。

第八十二回，刘备统精兵七十余万，御驾亲征，水陆并进，船骑双行，浩浩荡荡杀奔吴国来，吴百官尽皆失色，面面相觑。此时诸葛瑾冒死作特使去见刘备，以利害说之，使两国相和，共讨曹丕之罪。诸葛瑾代表孙权，提出罢兵求和的三个条件：一为愿送归夫人；二缚还降将；三是将荆州仍旧交还。诸葛瑾也表达了他对刘备出兵的批评："臣请以轻重大小之事，与陛下论之：陛下乃汉朝皇叔，今汉帝已被曹丕篡夺，不思剿除，却为异姓之亲，而屈万乘之尊：是舍大义就小义也。中原乃海内之地，两都皆大汉创业之基，陛下不取，而但争荆州：是弃重而取轻也。天下皆知陛下即位，必兴汉室，恢复山河，今陛下置魏不问，反欲伐吴：窃为陛下不取。"

吴提出的讲和条件，不能不说很有诱惑力，特别是蜀吴因争夺荆州而刀兵相见，如今拱手奉还，也是可以考虑的条件。问题是诸葛瑾面对的是刘备而不是诸葛亮，正如毛宗岗八十二回总评中所言："而有荆州不许，还降将不许，则先主之于吴，毋乃已甚乎？……而送还孙夫人亦不许，则先主之于吴，又毋乃太甚乎！然此仇自此而遂解，兵自此而遂回，则不成其为刘玄德矣。今人称结义必称桃园，玄德之为玄德，索性做兄弟朋友中立极之一人，可以愧后世之朋友寒盟、兄弟解体者。"为了荆州，为了孙夫人回到身边而罢兵还朝，那就不是刘备，更不是刘备所坚守的义。在诸葛亮、赵云、秦宓、诸葛瑾认为是小义、私义，而在刘备则认为是必须坚守的最高之义。至于大小轻重云云，让人觉得诸葛瑾有双重标准衡人之嫌。试想孙权为何不去剿除曹操而偷袭荆州，这是不是弃重而取轻？孙权因关羽拒绝为子求婚便勾结曹操围攻关羽，并且由孙权下令杀害了关羽，之后又把责任推给吕蒙，说吕蒙与关羽有私怨而擅自出兵，孙权是不是舍大义而就小义？显然诸葛瑾的大道理说服不了刘备，反而遭到刘备的痛斥。

孙权向蜀求和不果，又接受赵咨的建议向魏写表称臣，请魏出兵汉中，蜀兵必然撤兵回防，护其门户，吴之危遂解。其实曹丕早已猜出孙权惧蜀兵之势，故派使者劝其降魏，只册封孙权为王，军事上不肯接应，既不助吴，亦不助蜀，坐看蜀、吴交兵，待灭一国，止存一国，最后再除另一国。所以，面对来势凶猛的刘备大军，孙权只能自己接招。义子孙桓主动请缨，孙权便封孙桓为左都督，老将朱然辅佐为右都督，率所谓有万夫不当之勇的李异、谢旌，点水陆军五万，孙桓自引五千军马，屯于宜都界口,前后分作三营,以拒蜀兵。

蜀国一方,以吴班为先锋,自出川以来,所到之处,望风而降,兵不血刃,直插宜都。时刘备亦到秭归。张苞挺丈八点钢矛,关兴横着大砍刀,二小将出阵与吴军李异、谢旌交手,李异被关兴一道红光闪处,人头落地;张苞奋勇当先,杀入吴军,一矛刺死谢旌,孙桓被围困在彝陵城。自此蜀军威风震动,江南诸将无不胆寒。

孙桓派人向孙权求救,吴王大惊,只好派出韩当为正将,周泰为副将,潘璋为先锋,凌统为合后,甘宁为救应,起兵十万拒之。此时甘宁正患痢疾,勉强带兵出征,吴国派出一批老将来应战,所谓"诸将多物故",深感战将之不足。韩当、马泰初阵便遇二小将关兴、张苞纵马而出,刺中吴将夏恂,斩了周平,吴兵大败,四散逃走。杀害关羽的仇人潘璋逃入民宅,关兴乘关羽显灵,斩了潘璋。马忠带领糜芳、付士仁于江渚屯扎。当夜三更,军士皆哭声不止,糜芳偷听到跟他一起降吴的荆州之兵,商议要杀糜、付二贼,返回蜀营投降。听得糜芳大惊,与付士仁商议,杀马忠再投向刘皇叔,"念我国戚之情,必不肯加害"。岂知杀弟之仇甚于国戚之情,到头来糜芳、付士仁成了祭关羽的祭品。

此时刘备威声大震,"江南之人尽皆胆裂,日夜号哭"。韩当、周泰急奏孙权,报告糜芳、付士仁杀了马忠,反水后又被刘备处死。孙权心怯,不知如何是好,步骘奏曰:"蜀主所恨者,乃吕蒙、潘璋、马忠、糜芳、付士仁也。今此数人皆亡,独有范疆、张达二人,现在东吴。何不擒此二人,并张飞首级,遣使送还,交与荆州,送还夫人,让表求和,再会前情,共图灭魏,则蜀兵自退。"孙权接受了步骘的奏章,令程秉为使,绑缚范疆、张达送到刘营。虽然凌迟了范、张二人,祭奠了张飞,可刘备的怒气不息,定要灭吴:"朕切齿仇人,乃孙权也。今若与之连合,是负二弟当日之盟矣。今先灭吴,次灭魏。"

写到此,笔者得回顾一下作者上述各段描写的本意。第七十八回至第八十三回陆逊拜帅可划为上半段，第八十三回至第八十五回白帝城托孤为下半段。上半段揭示了两方面的内容：一方面，刘备信守的桃园三结义的私义与蜀国公义的矛盾冲突。在刘备看来私义无所谓对错，私义超越一切，可以为之生死。倾国军力去伐吴，报杀弟之仇，毫无疑问含有任情用事的成分。尽管经过众人劝诫，甚或直白地批评其私义必将伤害蜀国大计，吴国来和，均未能让刘备回到理智层面。因此，在上一大段中展露的另一个内容，则是蜀军无坚不摧的攻击力量。罗贯中在小说中用夸张的、令人恐怖的字眼，描述战役进程，如"所到之处，望风而降，兵不血刃，直到宜都"，如"威风震动，江南诸将无不胆寒"；如"此时先主威声大震，江南之人尽皆胆裂，日夜号哭"，云云。战斗中，二员小将关兴、张苞先后将吴将李异、谢旌、夏恂挑下马，张苞生擒谭雄、崔禹，凌迟范疆、张达祭父之灵；关兴杀潘璋，剐糜芳、付士仁祭关公，可谓"虎父无犬子"，抖尽了威风。问题也在这里，倘若一国之军，只是为报几个人的私仇而兴师动众，复仇心切，复仇心狠，不但要杀掉仇人，而且还要杀不是仇人的人，如讲和的使者。特别是赢得了几场胜利，头脑发热，无限膨胀，不但要"杀尽吴狗"，而且还要接着灭魏。那么，刘皇叔和他同样被胜利冲昏了头脑的子侄们，离失败就不远了。吴国的甘宁闹着痢疾还被派出应战，蜀国的黄忠刚上场便被一箭射倒，双方军力均已下滑，今非昔比了。罗贯中依据史实夸张描写刘备复仇的心态和初期的胜利，正是反衬以后的惨败。与其说罗贯中高歌桃园三结义的伟大，不如说揭示私义在争霸途程中的负面作用。

　　下半段则是刘备在彝陵之战中从胜利走向失败，乃至终结了自己的生命，原因是陆逊是蜀国的克星。陆逊是位军事心理学家，善于以巧以少胜多的战略战术家。陆逊是怎样胜刘备的？

1.树立权威整肃军队

　　阚泽以全家性命作保，推荐陆逊："此人名虽儒生，实有雄才大略，以臣论之，不在周郎之下。"他提醒孙权："前破关公，其谋皆出于伯言

（陆逊）。"孙权此时才明白过来："非德润（阚泽）之言，孤几误大事。"决定起用陆逊，但是老臣们反对。张昭说："陆逊乃一书生耳，非刘备敌手，恐不可用。"顾雍亦担心："陆逊年幼望轻，恐诸公不服；若不服则生祸乱，必误大事。"尽管孙权力排众议，决定任命陆逊为总督军马，以破刘备，可是陆逊知道江东文武，均为孙权故旧之臣，以他的年龄资历不能制人，故意向孙权提出"倘文武不服，何如？"孙权便赐予所佩之剑："如有不听号令者，先斩后奏。"不过，陆逊仍请求孙权"来日会聚众官，然后赐臣"，实际是如阚泽所言，"必筑坛会众，赐白旄黄钺，印绶兵符，然后威行令肃"。孙权听从了阚泽的建议，择日筑坛，拜陆逊为大都督，右护军镇西将军，进封娄侯，赐宝剑印绶，令掌六郡八十一州兼荆、楚诸路军马，比当年的周瑜还威风。虽然军中韩当、周泰等不理解"主上如何以一书生总兵部"，瞧不起"孺子为将"，但陆逊严命诸将各处关防，牢守隘口，不许轻敌，不许妄动，抗命者斩，谁还敢轻举妄动呢？

2. 战略退却，避其锋芒

俗话说人在气头上不要惹他。刘备复仇心切，又连取了几局，忘乎所以，颇有点势不可挡之势。与其硬碰硬，不如暂避其锋芒，实施战略退却，等待时机。所以陆逊掌帅印后审时度势，立即下号令，教诸将各处牢守隘口，不许出兵。诸将皆笑其懦弱。次日，陆逊升帐唤诸将，重申遵令坚守。诸将不理解坚守勿战的用意，认为陆逊此令挫我锐气，情愿决一死战。令人不解的是，陆逊只要求各守隘口，牢把险要，不许妄动，如违令者皆斩，不解释为何要死守。其实陆逊除了避刘备势头，减少损失外，重要的是寻找重拳打击敌人的战机。

3. 利用天时，疲惫敌人

记得陆逊为吕蒙策划袭荆州的策略时，有一条是据关羽的自傲而增其傲。如今是避战而增其焦躁，进而使其疲惫。因为刘备此行为复仇而来玩命,陆逊偏偏不接招,不理他,百般辱骂也不应战。蜀军见吴军不出,心中焦躁,解衣卸甲,赤身裸体,或睡或坐;加之天气炎热,军队屯于赤火之中,取水深为不便。于是刘备命军队移于山林茂盛之地,近溪水旁边。等待过夏进秋,再并力进兵。刘备的这一布防的弱点恰被陆逊抓住,到此才和盘托出他何以坚守的目的:"刘备举兵东下,连胜十余阵,锐气正盛;今只乘高守险,不可轻出,出则不利。但宜奖励战士,广布守御之策,以观其变。今彼驰骋于平原旷野之间,正自得志;我坚守不出,彼求战不得。必移屯于山林树木间。吾当以奇计胜之。"什么奇计呢?

4.火烧连营,刘备惨败

所谓奇计就是火烧。在举火之前,心路细密的陆逊,先派末将淳于丹带兵五千去取刘备第四营。又唤徐盛、丁奉领兵三千接应淳于丹,实际是探听蜀军虚实。万事齐备,来日乘东南风,用船装载茅草,依计而行。韩当引一军攻江北岸,周泰引一军攻江南岸,每人手执茅草一把,内藏硫黄焰硝,各带火种,各执枪刀,一齐而上。但到蜀营,顺风举火;蜀兵四十屯,只烧二十屯,每间一屯烧一屯。昼夜追袭,只擒了刘备方止。陆逊分派得清清楚楚,刘备完全在陆逊的算计中,重蹈关羽覆辙,烧得仅存五百余人,由前来救驾的赵云保护撤退至白帝城。蛮王沙摩柯不敌吴军周泰而战死,付彤、程畿、张南、冯习皆死于乱军之中。

彝陵之战,固然有陆逊指挥正确而使刘备惨败,但是刘备为报狭隘私仇而贸然出兵,在战争中又自以为是,指挥错误而失败,应是主因。事实是陆逊接掌州印,刘备问马良是何许人时,马良即说:"逊虽东吴一书生,然年幼多才,深有谋略,前袭荆州,皆系此人之诡计。"特别提醒刘备,"陆逊之才,不亚周郎,未可轻敌"。而刘备却满不在意:"朕用兵老矣,岂反不如一黄口孺子耶!"谈到此不能不让人皱起眉头,一向仁义谦逊的刘备,如今怎么变得如此狂傲,他老人家打过几次胜仗?刘备见陆逊不出兵，心中焦躁时，马良又一次提醒刘备："陆逊深有谋略。今陛下远来攻战，自春历夏，彼之不出，欲待我军之变也。愿陛下察之。"刘备否认陆逊有什么谋略，是"却敌"，是怕他刘备大军，"向者数败，今安敢再出！"根本静不下心来冷静判断陆逊不出兵的真实用意，更不接受马良提出的将部队移居山林之地，画成图本，问丞相布防是否合适的建议。"朕亦颇知兵法，何必又问丞相"，由于马良坚持"兼听则明，偏听则蔽"，才让马良去画地图，并亲到东川交给丞相。且不说诸葛亮怎么评价刘备的驻军部署，单是曹丕的细作报知说刘备伐吴，树栅连营，纵横七百余里，皆傍山林下寨。曹丕听后仰面大笑："刘备将败矣！""刘玄德不晓兵法：岂有连营七百里，而可以拒敌者乎？包原隰险阻而屯兵者，此兵法之大忌也。玄德必败于东吴陆逊之手。"不怎么懂得兵法的曹丕，尚且晓得把军队驻扎在草木丛生，地形复杂的地方是兵家之大忌，而自吹用兵老道的刘备，则连最基本的兵法常识都不懂，怎能不败？败得几乎全军覆没，到白帝城托孤时才责备自己："朕早听丞相之言，不致今日之败！"

赤胆忠心赵子龙

刘备集团的五虎上将和众将中，我最赞佩的是赵云：比老英雄黄忠年轻英俊；比关羽、张飞明大义；比脑后有反骨的魏延忠心；比飘移的马超专一；比傲视于人的关羽宽和；比粗莽的张飞精细，总之是位完美的常胜将军——尽管世上没有绝对的完美和常胜。试看下列诸回，凡有赵云者，小说家都有意刻画其某一性格特质。

赵云"本袁绍辖下之人"。第七回，公孙瓒因分冀州土地事，讨伐背信弃义的袁绍，公孙瓒手下四将被袁绍部将文丑刺一将落马，三将俱

走，直赶公孙瓒，其马前失，文丑急捻枪来刺，"忽见草坡左侧转出一个少年将军，飞马挺枪，直取文丑"，救了公孙瓒。"看那少年：生得身长八尺，浓眉大眼，阔面重额，威风凛凛"，问其姓名，那少年答曰："某乃常山真定人也，姓赵，名云，字子龙。本袁绍辖下之人。因见袁绍无忠君救民之心，故弃彼而投麾下。"从此便跟随了公孙瓒。

刘备在公孙瓒处初见赵云，"玄德甚相敬爱，便有不舍之心"。刘备与赵云分别时，"执手垂泪，不忍相离"，可谓慧眼识英雄。云亦叹曰："某襄日误认公孙瓒为英雄；今观所为，亦袁绍等辈耳！"玄德曰："公且屈身事之，相见有日。"洒泪而别。刘备很有自知之明，当他依附别人，没有自己的根据地时，没有条件接纳赵云，只能让赵云暂且屈身，日后由赵云决定是否来投。第二十八回，刘备从袁绍的冀州逃出，路经卧牛山遇赵云，赵云述说了何以至此的原因："云自别使君，不想公孙瓒不听人言，以致兵败自焚。袁绍屡次招云，云想绍亦非用人之人，因此未往。后欲至徐州投使君，又闻徐州失守，云长已归曹操，使君又在袁绍处。云几番欲来相投，只恐袁绍见怪。四海飘零，无容身之地。前偶过此处，适遇裴元绍下山来欲夺吾马，云因杀之，借此安身。近闻翼德在古城，欲往投之，未知真实。今幸得遇使君。"赵云一向踪迹，借自己之口历历叙出。又周至，又省笔，而且带出赵云的精细、设身处地为别人着想。如刘备在袁绍处时，不敢相投，只恐袁绍见怪，给刘备找麻烦。因为袁绍"屡次招云"，赵云拒绝，你却当着我的面来投刘备，岂不给我难堪？这是赵云精细处，刘备自然大喜，曰："吾初见子龙，便有留恋不舍之情，幸得相遇！"刘备的话也说得很巧妙，他不会直白地说你既然四海飘零，寻找我很久，此次相遇，跟着我干。因为赵云眼下还有个卧牛山安身，四海飘零的是刘备，不能确定如今赵云是否来投，这也表现了刘备知人善用人，不强人所难，因此才得到人们的追随："云奔走四方，择主而事，未有如使君者。今得相随，大称平生。虽肝脑涂地，无恨矣！"自此，赵云真如他所言，肝脑涂地追随刘备打拼天下，为刘备事业贡献了一生。而刘备虽和赵云不是拜把兄弟，但却视赵云为异姓兄弟。

不知小说家罗贯中是有意安排，还是刘备特别推重赵云，战斗中常把赵云留在身边，危急时刻，赵云像护法神似的显现。如第三十一回，曹操主力在河北攻袁绍，刘备欲乘许昌兵虚偷袭，曹操提兵回汝南迎刘备，四路分割包围，反而让刘备前后受敌。云长被围，张飞去龚都救运粮队伍，也被围住。刘辟引败兵千余骑，护送刘备及家小且战且走，行到数里，忽然张部大叫"刘备快下马受降"，刘备方欲退后，只见一员大将高览从山坞内拥出，刘备两头无路，仰天大呼曰："天何使我受此窘极耶！事势至此，不如就死！"欲拔剑自刎，被刘辟止住，冲上前与高览交锋，战不三合，被高览斩于马下，玄德正慌，忽然一将冲阵而来，枪起处，高览落马，视之乃赵云也。

第三十四回，刘备投荆州刘表，引起了刘表的续弦蔡夫人的嫉恨，让蔡瑁在刘表宴请各处守牧管吏的时刻，杀害刘备。东、南、北门均派军把守，西门前有檀溪阻隔，无法跨越，不必把守。城内亦伏五百军，玄德带来的三百军尽遣归馆舍。玄德坐主席，二位公子刘琦、刘琮两边分坐，其余各依次而坐。赵云带剑立于刘备之侧。文聘、王威入请赵云赴席，赵云推辞不去。刘备令赵云就席，赵云勉强应命而出，刘备身旁没有自己人保护。幸好酒至三巡时，伊籍借向刘备敬酒，以目视刘备，低声告刘备说蔡瑁设计害君，指示只有西门没有守军。玄德即借口如厕奔后园，解下的卢马，跃过檀溪，躲过一劫。精细的赵云正饮酒间，忽见人马动，急入内寻看，席上不见了刘备，大惊，回馆舍查看，听得人说"蔡瑁引军望西赶去了"。赵云急拿着枪，带着跟来的三百军士，奔出西门，遇蔡瑁，问："吾主何在？"蔡瑁不讲真情，只说"逃席而去，不知何往"。赵云是谨细之人，不肯造次，策马望大溪方向而行。别无去路，又掉转头，喝问蔡瑁："汝逼吾主何处去了？"蔡瑁还是不讲真话，赵云不肯善罢甘休，于

93

是说："闻使君匹马出西门，到此却又不见。"蔡瑁仍不告诉赵云刘备已骑的卢跳过檀溪。赵云惊疑不定，直来溪边察看，赵云看得很仔细，"只见隔岸一带水迹"。赵云心想：难道连马跳过溪去？转回再拿守门军士追问，皆说"刘使君飞马出西门而去"。赵云四番盘问，两度到溪边，两次回马，透露出赵云既很紧张，担心刘备生死，又极心细，反复验证，推测刘备可能已过河，恐城内有埋伏，遂急引军回新野。

第四十一回刘玄德携民渡江，赵子龙单骑救主，更突出刻画赵云对刘备，乃至对刘家的赤胆忠心。且说刘备引十数万百姓，三千余军马，向江陵进发。关羽往江夏请刘琦支援，孔明又和刘封带五百兵去江夏寻关羽、刘琦。身旁只剩赵云、张飞。当夜宿当阳，四更时分，只听得西北喊声震地。曹兵杀来，势不可挡，刘备死战，张飞杀开一条血路，且战且走。忽见糜芳面带数箭，踉跄而来，口言赵云反投曹操去了。糜芳根据什么这样说，没有交代。站在旁边的张飞竟然说赵云见"我等势穷力尽，或者反投曹操，以图富贵"，张飞的判断显系不负责任的推论。刘备却相信"子龙从我于患难，心如铁石，非富贵所能动摇！"糜芳又补充说："我亲见他投西去了。"投西去了难道就是投曹操？可浑人张飞就信以为真，他要亲寻赵云，若撞见时，一枪刺死。刘备批评张飞错疑了人，认为"子龙此去，必有事故"，再次肯定"子龙必不弃我也"，说明刘备善于知人用人，所谓用而不疑，疑而不用。袁绍做不到这一点，所以不能团结住人。曹操虽疑而能用，可是用而又疑，压根儿就不相信你，只是暂时的利用，所以许多人或被杀，或离他而去。

"子龙此去，必有事故"，刘备判断没有错。事实是赵云为寻找甘、糜二夫人和小主人，又西向杀进曹操的包围圈，说话人的叙事角度转向赵云，随着赵云的行动而视角流动。先是发现卧在草中的简雍，从简雍口中得知，二主母弃了车仗，抱阿斗而走。赵云叫从人借一匹马给简雍坐，又派二卒扶护，让简雍转告刘备："我上天入地，好歹寻主母与小主人来。如寻不见，死在沙场上也！"这就回应了糜芳、张飞对赵云无端的猜疑。说罢，赵云拍马望长坂而去。妙的是，甘夫人的下落，是被箭射倒在地、护送车仗的军士说出："恰才见甘夫人披头跣足，相随一伙百姓妇女，投南而走。"赵云便急纵马向南寻去。只见一伙百姓，男女数百人，相随而走。赵云大叫甘夫人。夫人在后面望见赵云，放声大哭，叙说与糜夫人冲散，不知糜夫人和阿斗下落。正言间，百姓发喊，又撞见一支军来。赵云拔枪上马"看"时，马上绑着一个人，乃糜竺，背后为曹仁部将淳于导，赵云一枪刺于马下，救了糜竺。夺得两匹马，请甘夫人上马，杀开血路前行，只见张飞横矛立于桥上，这是众人的"见"，不止赵云一个人"见"。张飞大叫："子龙！你如何反我哥哥？"接着自我解答，飞曰："若非简雍先来报信，我今见你，怎肯干休也！"简雍已回去报了信，借张飞口中补叙出来，解除了张飞的误解，张飞仍然问"如何反我哥哥"，那是直性人对赵云忠心赞佩后的故意找乐，同时也照应了前文。赵云让糜竺保甘夫人前行，他又返回找糜夫人和小主人。

赵云正走间，又碰上十数骑跃马而来，其中有一背剑者，乃曹操随身背剑之将夏侯恩，赵云一枪刺倒，得了青红宝剑。插剑提枪，杀入重围，回顾手下跟随的骑兵，已无一人，只剩得孤身。赵云并无半点畏惧之心，只顾往来寻觅；但逢百姓便问夫人消息。终有人告知："夫人抱着孩子，左腿上着了枪，行走不得，只在前面墙内坐地。"赵云听了，连忙追寻。只见一个人家，被火烧坏土墙，糜夫人抱阿斗，坐于墙下枯井之旁啼哭。糜夫人见到赵云，便将阿斗托付给赵云，请赵云护持此子，为刘备存此骨血。赵云说要保护糜夫人一齐杀出重围，夫人坚决不走，四边喊声又起，夫人乃弃阿斗于地，翻身投入井中而死。赵云见夫人已死，恐曹军盗尸，便将土墙推倒，掩盖枯井。然后将阿斗抱护怀中，绰枪上马。曹军一将晏明前来，不三合，被赵云一枪刺死，杀散众军，冲开一条路。正走间，又一支军拦路，乃大将张郃。交战十余合，赵云不敢恋战，夺路而走。背后张郃紧追，赵云加鞭而行，不想趷跶一声，连马带人跌入坑内。张郃挺枪来刺，"忽然一道红光，从坑滚起，那匹马平空一跃，跳出坑外"。那"一道红光"系中国古代小说家在描写某天子诞生或有危险时常用的俗套，什么"赤光上腾如火"，什么"红光满室"等等。阿斗是未来的天子接班人，故亦有此说。

张郃见了，大惊而退。赵云纵马而走，背后又有马延、张凯二将，前面有焦触、张南一齐拥至拦阻。赵云拔青红剑乱砍，杀退众军将，直透重围。连站在景山顶上观战的曹操都为赵子龙喝彩："真虎将也！吾将生擒之。"命各处不准放冷箭，只要抓活的。这也给赵云脱险提供了机会，杀死曹营名将五十余员，又连杀钟缙、钟绅，望长坂桥而去。到了桥边，赵云人困马乏，身体抗击能力到了极限。见张飞挺矛立马于桥上，赵云大呼："翼德援我！"终于脱险，见到刘备与众人。赵云向刘备叙说糜夫人和阿斗的情况，"适来公子尚在怀中啼哭，此一会不见动静，多是不能保也"，解开怀视之，"原来阿斗正睡着未醒"。赵云双手把阿斗递与刘备。刘备接过，掷之于地曰："为汝这孺子，几损我一员大将！"俗话说"刘备摔孩子，邀买人心"。官渡之战时，袁绍怜幼子病，拒绝田丰之谏，出兵攻许昌。刘备摔幼子，是以结赵云之心。一员大将的生死比一个小孩子的生死重要，赵云听来自然很感动："云虽肝脑涂地，不能报也！"

笔者不厌其详的细说刘备携民渡江和赵云长坂大战之原因，就是因为这几个情节的叙事角度、场面调度、角色安排、人物描绘都非常精彩，充分体现了中国古代历史演义小说的特色，这正如毛宗岗在第四十一回前总评所言：

> 凡叙事之难，不难在聚处，而难在散处。如当阳、长坡一篇，玄德与众将及二夫人并阿斗，东三西四，七断八续，详则不能加详，略亦不可偏略，庸笔至此，几于束手。今作者将糜芳中

箭,在玄德眼中叙出;简雍着枪,糜竺被缚,在赵云眼中叙出;二夫人弃车步行,在简雍口中叙出;简雍报信,在翼德口中叙出;甘夫人下落,则借军士口中详之;糜夫人及阿斗下落,则借百姓口中详之;历落参差,一笔不忙,一笔不漏。又有旁笔:写秋风,写秋夜,写旷野哭声,将数千兵及数万百姓无不点缀描画。予尝读《史记》,至项羽垓下一战,写项羽,写虞姬,写楚歌,写九里山,写八千子弟,写韩信调兵,写众将十面埋伏,写乌江自刎,以为文章纪事之妙,莫有奇于此者,及见《三国》当阳、长坂之文,不觉叹龙门之复生也。

书归正传。第四十九回,赤壁之战,孔明祭完东风后下坛,派人来接军师回夏口的是赵云:"吾已料定都督不能容我,必来加害,预先教赵子龙来相接。"为什么教赵云来接?仔细、谨慎,做事认真,武艺高强,除了赵云,别人还真不行。

第五十四回,刘备到东吴完婚,诸葛亮派出的迎亲团首席代表是赵云。孔明给了刘备三条锦囊妙计,刘备才敢前往,但什么时候拆开,怎样执行,全由谨细的赵云掌控。可以说在刘备和刘备事业几次生命转折点上,都少不了赵云的作用,甚或子龙的形象和名人效应,都给刘备起到加分作用。吴国太、乔国老甘露寺审视刘备。见了刘备大喜,设宴款待。少顷,赵云带剑而入,立于玄德之侧。国太问曰:"此是何人?"玄德答曰:"常山赵子龙也。"国太曰:"莫非当阳长坂抱阿斗者乎?"玄德曰:"然。"国太曰:"真将军也!"遂赐以酒。刘备手下的战将都如此忠心、威武,那么刘备更非凡品。假如派高傲的关羽,视东吴为乌狗,或让张飞跟随,其效果远不如赵云了。更何况赵云跟随刘备进宴会厅之前,"却才某于廊下巡视,见房内有刀斧手埋伏,必无好意。可告知国太"。避免了一次暗杀发生,谁人有赵云这么精细?这赵云颇似《水浒传》中的石秀,警惕性高，敏感，心细如发，任何阴谋都逃不过他的眼睛。

第六十一回，刘备进西川，孙权欲差一军先截川口，断其归路，然后再派主力攻荆襄。此计被吴国太发现，痛斥孙权"顾小利而不念骨肉"，把其妹逼向绝路。张昭出一计，差心腹将一人，带五百人，下密书与郡主，只说国太病危，欲见亲女，郡主必然带阿斗回来，到时刘备必拿荆襄来交换。果然，孙夫人听知母亲病危，如何不慌，便将七岁阿斗，载在车中，离荆州城，便来江边上船。只听得岸上有人大叫："且休开船，容与钱行！"视之，乃赵云——阿斗的"护法神"。原来赵云巡哨方回，听到孙夫人乘车要走的消息，吃了一惊，旋风般沿江赶来。孙夫人已坐在船上，迎接孙夫人的孙权心腹周善，手执长戈，大喝曰："汝何人，敢当主母！"周善此话说得毫无道理，你是从吴军来的，拿刘军的"主母"威赫刘军的人，显然假传圣旨。接着叱令军士一齐开船，命将军器排列在船上。风顺水急，船皆顺流而下。赵云在岸上，沿江赶叫，而孙夫人竟不回应。赵云沿江赶到十余里，只见江边缆一只渔船，赵云弃马执枪，跳上渔船，望着夫人大船追赶。周善教军士放箭，渔船离大船很近时，吴兵用枪乱刺，这哪里是迎孙夫人回家探母，分明是有预谋的潜逃。此时孙夫人竟不制止周善的刺杀，可见孙夫人心里有鬼，她也知道此次秘密潜回于理不便，但还强词夺理，反而呵斥赵云曰："何故无理？"赵云仍很客气："主母欲何往？何故不令军师知会？"先问夫人到何处去，再问为何不请示。夫人曰："我母亲病在危笃，无暇报知。"云曰："主母探病，何故带主人去？"夫人回吴探病，我赵云管不着，但探病为何要带阿斗去？问得很尖锐。夫人曰："阿斗是吾子，留在荆州，无人看觑。"话听似有理，实不合理。承认阿斗是吾子，那是因为糜、甘二夫人先后弃世，由继母照应，是为妇之道，但不是你的亲生子。"无人看觑"则没有说服力。且不要说帝王之家，即便是高门大户的幼子，都是有奶妈、保姆照看的，孙夫人不敢讲出真实目的。云曰："主母差矣。主人一生，只有这点骨血，小将在当阳长坂坡百万军中救出；今日夫人却欲抢将去，是何道理？"一语中的，明确指出阿斗不是你孙夫人的儿子，而是刘备骨血，刘氏事业的继承人，带走小主人是有不可告人的目的。写到此，我很佩服赵云的原则性，他对刘备的忠心。要知道，拦截孙夫人回家是有风险的。如果赵云事前知道孙夫人将阿斗带走，截江夺回，他追的有理；倘若上船后阿斗不在，岂不无理取闹？问题是截住孙夫人后，赵云敢顶撞夫人，要回阿斗吗？对此事刘备又将怎么看？赵云很固执，他认准了的事，坚持去做。夫人怒曰："量汝只是帐下一武夫，安敢管我家事！"孙夫人开始耍大小姐脾气了。云曰："夫人要去便去，只留下小主人。"要回东吴是你家郡主的事，留下小主人是刘家的事，我赵云是跟你讲刘家的家事，他分得很清楚。夫人喝曰："汝半路辄入船中必有反意！"孙夫人跟随刘备回荆州，孙权部将徐盛、丁奉奉命拦阻时，曾用此话吓唬过徐、丁二将。徐、丁，只能说"不敢"，如今还用此类陈词威吓赵云，则不灵了，赵云不是吴家的家将，根本不惧这一套。云曰："若不留下小主人，纵然万死，亦不敢放夫人去。"夫人更不讲理了，竟命侍婢向前揪捽，被赵云推倒，就怀中夺了阿斗，抱出站在船头上。欲要傍岸，又要帮手；又要行凶，又恐碍于道理，进退不得。正在危难时，江中巡哨的张飞，听得这个消息，急来截住，赵云解脱了困境，截回阿斗。

第七十一回，黄忠定军山斩了夏侯渊首级，立了大功。但刘备认为若斩得张郃，胜斩夏侯渊十倍。黄忠还想去取张郃人头，可军师诸葛亮很会用人："你可与赵子龙同领一枝军去，凡事计议而行，看谁立功。"孔明实际是激发两位老将的斗志。黄忠回到寨中，与副将张著商议，当晚去劫曹军粮草，岂知黄忠被曹兵困在核心。赵云闻说，挺枪骤马直杀往前去，文聘部将慕容烈、焦炳来迎，被赵云刺死。直至北山之下，见张郃、徐晃两人围住黄忠，军士被困多时。赵云大喝一声，杀入重围，左冲右突，如入无人之境。那枪浑身上下，若舞梨花；遍体纷纷，如飘瑞雪。连站在高处的曹操都赞叹曰："昔当阳长坂英雄尚在！"赵云救了黄忠，杀透重围，所到之处，但见"常山赵云"四字旗号的曹军，尽皆逃窜。赵云又救了张著。刘备听军士细述赵子龙救黄忠、拒汉水事，欣然对孔明说："子龙一身都是胆！"号赵云为"虎威将军"。其实本节所要展示的，不只是赵云敢于取曹军大将首级的无畏勇气，重要的是赵子龙主动出击救黄忠，从另一个侧面揭示了赵云待人宽和、友善，急人所难的侠义心肠。

第八十一回，刘备要倾全国之兵力伐东吴，以报关、张被害之仇。许多人反对刘备感情用事，赵云也力阻刘备用军，在他的谏言中，不仅让刘备分清当前主要的敌人，即"国贼乃曹操，非孙权也"；并且还尖锐地指出："汉贼之仇，公也；兄弟之仇，私也。愿以天下为重。"实际是批评刘备是在报私仇而损害天下利益。毫无疑问，赵云是一个很讲究原则公理的人。我推测赵云并不十分欣赏刘关张桃园三结义的义，因为读者从来没有看到孔明与赵云对这种义的赞扬，相反，他们看到的是狡险的私义给刘备的争霸事业带来的负面影响。

第九十二回，诸葛亮一出祁山，年近七旬的赵子龙要求参战。今日年老，英雄尚在，连斩西凉大将韩德及其四子。韩琼被赵云一箭射中面门而死，韩瑶被生擒归阵。但老将也有轻敌之时。赵云不听法正提醒曹军有诈，竟孤军深入，被曹军包围，八方弩箭交射，人马皆不能向前。赵云仰天叹曰："吾不服老，死于此地矣！"幸亏张苞、关兴解围。

第九十七回，诸葛亮准备二出祁山时，忽报镇南将军赵云长子赵统、次子赵广，来见丞相，拜哭曰："某父昨夜三更病重而死。"赵云至此终结鞠躬尽瘁，死而后已的战斗一生。

扶不起来的天子刘禅

蜀国的刘禅即皇帝位最轻松，没有争议。因为对他立太子或后来登帝位有威胁的义兄刘封,早被刘备清除了。至于《三国志》卷三十四《蜀书·二主妃子传》中曾提到二人,一为"刘永,字公寿,先主子,后主庶弟也";另一人为"刘理,字奉孝,亦后主庶弟也",他们是哪房夫人所生,均语焉不详,正史和小说都未记述他们参与过政治和军事的政治活动,对刘禅立太子不构成任何影响。《三国志》卷三十三《蜀书·后主传第三》记有阿斗的正式名讳:"后主禅,字公嗣,先主子也。后主袭位于成都,时年十七。"大名为禅,表字为公嗣。裴松之注此条引《魏略》叙述刘禅于小沛之役冲散,成人后才与刘备相认:

> 初备在小沛,不意曹公卒至,遑遽弃家属,后奔荆州。禅时年数岁,窜匿,随人西入汉中,为人所卖。及建安十六年,关中破乱,扶风人刘括避乱入汉中,买得禅,问知其良家子,遂养为子,与娶妇,生一子。初禅与备相失时,识其父字玄德。比舍人有姓简者,及备得益州而简为将军,备遣简到汉中,舍都邸。禅乃诣简,简相检讯,事皆符验。简喜,以语张鲁,鲁(乃)(为)洗沐送诣益州,备乃立为太子。初备以诸葛亮为太子太傅,及禅立,以亮为丞相,委以诸事,谓亮曰:"政由葛氏,祭则寡人。"亮亦以禅未闲于政,遂总内外。

这是一篇有趣的、颇为曲折的民间故事,无须我们今人去考究,裴松之按中就已据《三国志》之《蜀书·二主妃子传》《赵云传》及诸书记与《诸葛亮集》,认为"此则《魏略》之妄说",于史不合的。倘若刘禅与刘备失散后一直在汉中活动,并且娶妻生子,那么将是另种安排,赵云寻主、护主、截江夺主的情节都得改写,显然罗贯中不会采信《魏略》的异说。刘禅的生母是甘夫人。据《三国志》卷三十四《蜀书·二主妃子传》中《甘皇后传》称:"先主临豫州,住小沛,纳以为妾。先主数丧嫡室,常摄内

101

事。随先主于荆州，产后主。"《三国志》卷四十《蜀书·刘封传》中孟达给刘封信，挑拨刘封与刘备的关系，称：

> 今足下与汉中王，道路之人耳，亲非骨肉而据势权，义非君臣而处上位，征则有偏任之威，居则有副军之号，远近所闻也。自立阿斗为太子以来，有识之人相为寒心。

孟达根本瞧不起刘禅，所以只称小名，而不指称大名，看来"阿斗"之名已为时人熟知，但何以叫"阿斗"呢？《三国志》与《资治通鉴》均没有诠释，只有《三国演义》第三十四回说明了原因：

> 建安十二年春，甘夫人生刘禅。是夜有白鹤一只，飞来县衙屋上，高鸣四十余声，望西飞去。临分娩时，异香满室。甘夫人尝夜梦吞北斗，因而怀孕，故乳名阿斗。

阿斗的一生可谓是幸福的一生：幼年时有赵云将军护着，因他而冒着生命危险"寻主"。在赵云从甘夫人手中接过小主公放进怀里生死突围时，阿斗居然在怀里安稳地睡了一觉。登上皇帝位有相父诸葛亮罩着，一切听相父裁处，降魏后过着乐不思蜀的生活，好像刘禅永远长不大似的。是不是因为刘禅没有经过政治斗争和战争的考验，许多事都由相父做主，因而没有自己独立的判断能力和明确的属于自己的价值观，因而耳朵根软，手下人说什么信什么。有两件事让诸葛亮很不高兴。一件是第一百回，孔明四出祁山取得绝对性胜利，此时解送粮米的苟安，因好酒违限十日才将粮送到，孔明命武士仗八十，苟安投靠魏营，司马懿让其回成都散布流言，说孔明有怨上之意，早晚欲称为帝。苟安见了宦官，说孔明自倚大功，早晚必将篡国。宦官即奏知刘禅。后主没了主见,问宦官:"似此如之奈何?"宦官建议:"召还成都,削其兵权,免生叛逆。"刘禅竟然信从谗言,下诏宣孔明班师回国。

显然这是庸君所为。想当初曹操拿徐庶母亲做人质,徐庶不得不答应曹操条件离开刘备,尽管刘备舍不得徐庶,但他尊重徐庶的选择,含泪送别。携民渡江时,赵子龙舍命单骑救主,糜芳说"赵子龙反投曹操去了",刘备不信,怒斥糜芳,都说明刘备对人的尊重和信任。而这位小皇帝不只是怀疑,而是相信孔明有篡国之心,这不能不让孔明"仰天长叹",原谅"主上年幼,必有奸臣在侧";可是倘若没有孔明在,岂不是昏君误国?就如同此次四出祁山,孔明如不回去,是欺主;若奉命而退,"日后再难得此机会也"。事实是刘禅误了孔明的大事,见到孔明自然无言以对,只能说:"朕久不见丞相之面,心甚思慕,故特诏回,一无他事。"有点像小孩子惹了祸面对家长责问,不敢讲真话,突然说了句"我想你们了",让人哭笑不得。何况刘禅向孔明检讨了自己"过听宦官之言",而"悔之不及",孔明只能原谅这位不争气的小皇帝,诛戮妄奏的宦官,深责蒋琬、费祎等不觉察奸邪,规谏天子之过。

另一次是孔明入汉中后,突然想归成都见后主。前者是后主召孔明回成都,此次是孔明主动要回都,这又引起了佞臣的话头。负责运粮的都护李严奏后主曰:"臣已办备军粮,行运赴丞相军前,不知丞相何故忽然班师。"刘禅仍没有接受宦官"妄奏"的教训,又一次不调查研究,轻信李严的"妄奏",而费祎也忘记丞相曾批评他与蒋琬"不觉察奸邪"的过失,刘禅宣什么,他便传达什么。事实是李严因军粮不济,怕孔明怪罪,故制造谎言,说东吴将兴兵寇川,假传圣旨,召孔明返回,以遮饰己过。如果不是费祎说"李严乃先帝托孤之臣",孔明真的要将李严斩首的。尽管刘后主知道真相后亦"勃然大怒,叱武士推李严出斩之",好像成熟了一些,可是一而再地轻信妄奏,这不能完全用耳朵根软来解释,大约有其父刘备托孤时所说"若嗣子可辅,则辅之;如其不才,君可自为

103

成都之主"的心结在作祟。

问题是自诸葛亮逝世于建兴十二年（公元 234 年），至刘禅于炎兴元年（公元 263 年）降魏，共 29 年没有诸葛亮的指导，那么，刘禅是否长大成熟起来呢？遗憾的是，刘禅在成都，"听信宦官黄皓之言，又溺于酒色，不理朝政"，"一时官僚以后主荒淫，多有疑者。于是贤人渐退，小人日进"。他甚至听任黄皓的摆布，将统兵在祁山前线作战的姜维调回，派黄皓的同党阎宇接任。姜维回成都见后主，指出"黄皓奸巧专权，乃灵帝时十常侍"，提醒刘禅，"近则鉴于张让，远则鉴于赵高。早杀此人，朝廷自然清平，中原万可恢复"。可是刘禅却为黄皓辩解，称他不过是"趋走小臣，纵使专权，亦无能为"，让姜维"何必介意"。然而正是刘禅任用小人，随着姜维、诸葛瞻几位大将战死，蜀国已无力维持下去，刘禅向魏举起了白旗，而他的儿子北地王刘谌却"不屈膝于他人"，自刎明志。降顺后的刘禅被篡魏的司马昭封为安乐公，设宴款待刘禅。先以魏乐舞戏于前，蜀官感伤，独后主有喜色。司马昭又令蜀人扮蜀乐于前，蜀官尽皆坠泪，刘禅则嬉笑自若，全无亡国之痛，连司马都说："人之无情，乃至于此！虽使诸葛孔明在，亦不能辅之久全，何况姜维乎？"再问后主："颇思蜀否？"后主曰："此间乐，不思蜀也。"更衣时，郤正跟后主至厢下，提醒后主如再问，可泣而答曰："先人坟墓，远在蜀地，乃心西悲，无日不思。"那么司马昭必放陛下归西川。后主牢记入席，司马昭果然又问"颇思蜀否"，后主以郤正言回答，欲哭无泪，遂闭其目。司马昭知道后主是在背书，问刘禅："何乃似郤正语耶？"刘禅睁开眼睛惊慌地看着司马昭说："诚如遵命。"左右大笑，司马昭因此深喜刘禅"诚实"。刘禅是故意装糊涂，还是"诚实"地表露他无耻呢？两者都有，因为无能者身处屈膝人下的境地时，很容易变得无耻。但是他做此表演时，不可能不觉得难堪、无可奈何，除非刘禅没有了羞耻感。

第三章

刚而自矜的关羽

关羽温酒斩华雄

自关羽和刘备、张飞结义后，一直置身于刘备的争霸事业，勋业卓然彪炳，声威远震，温酒斩华雄，即是其战功之一。其实按正史所记，华雄是孙坚斩杀，跟关羽没有关系。试看《三国志》卷四十六《吴书·孙破虏讨逆传第一》载曰：

> 坚移屯梁东，大为卓军所攻，坚与数十骑溃围而出。坚常著赤罽帻，乃脱帻令亲近将祖茂著之。卓骑争逐茂，故坚从闲道得免。茂困迫，下马，以帻冠冢闲烧柱，因伏草中。卓骑望见，围绕数重，定近觉是柱，乃去。坚复相收兵，合战于阳人，大破卓军，枭其都督华雄等。

又，《资治通鉴》卷六十、汉纪五十二，也承继《三国志》说：

> 孙坚移屯梁东，为卓将徐荣所败，复收散卒进屯阳人。卓遣东郡太守胡轸督步骑五千击之，以吕布为骑督。轸与布不相得，坚出击，大破之，枭其都督华雄。

细按正史，胡轸为东郡太守，华雄为其领属，而小说第五回则颠倒了领属关系，华雄为骁骑校尉，胡轸为其副将。如此改动是为了把视点集中到华雄身上，让他连胜联军几员大将，然后关羽登场，顷刻间取华雄头，从而突出写关羽的骁勇。所以保留了正史中孙坚与祖茂换红头巾而突围的情节，并添加了许多细节，把斩华雄的任务交给了关羽。让华雄连破几员大将，显然都是间接地写关羽。

　　先是孙坚将头上显眼的红色头巾换给祖茂，转移了华军视线，得以从小路逃脱，祖茂则被华雄一刀砍于马下。初战不利，袁绍大惊："不想孙文台败于华雄之手！"华雄引兵上关，兵临城下，形势十分紧张，"诸侯并皆不语"，束手无策，公孙瓒背后站着的三位（刘、关、张），却"都在那里冷笑"。

　　怕什么来什么，正在此时，忽探子来报，说华雄"用长杆挑着孙太守赤帻"，来寨前挑战。您看华雄多么嚣张，对联军是多么大的污辱，虽然袁术的部属俞涉主动请战，可"战不三合，被华雄斩了"。太守韩馥的上将潘凤，手提大斧上马，去不多时，飞马来报，潘凤也被华雄斩了，众诸侯更是大惊失色。

　　这段描写看来是写华雄，实际是写关羽，就是说直接描写华雄，间接写关羽。直接与间接，正面与反面的描写，是文艺创作中一种重要的技法。为了介绍人物，突出人物性格，或是反映某个事件，古代小说家们并不直奔创作对象，并不完全靠直接描写去表现事件或情感本身，而是从反面，从侧面，从形象本身的对立情感，或通过间接描写别个人物的手法进行描绘。因此突出刻画关羽的神勇，还不如着力渲染华雄骁勇。华雄在短短几天内连斩四将，打到联军指挥部的城下，公开叫阵，令诸侯变色。但强中更有强中手，关羽出战，酒尚温的顷刻间便解决了战斗，掷华雄头于帐下，这直接描写华雄的骁勇，不正是间接描写了关羽比华雄更骁勇？不，简直是神勇！倘若没有这铺垫，没有描写华雄斩四将的战

绩，关羽出战，一刀解决问题，那华雄不过是不堪一击的豆腐渣战将，根本衬不出关羽的神勇，也不会因斩华雄是否给关羽记功而引发联军内部的争议。

本来是两将拼杀的战斗场面，一般的写法多着力在对杀时的招式，炽热的战斗过程和场面，然而在这个段落里，作者却不写战场，而只写联盟军的指挥部中军帐。如同戏曲、绘画虚实相生的处理空间的方法。清方薰《山静君论画》曾说："古人用笔，妙有虚实。所谓画法，即在虚实之间。虚实使笔生动有机，机趣所之，生发不穷。"所以，小说把中军帐作为实体，放在舞台的中心，放在明处表现，而把战场放在会场的后面，放到暗处。但中军帐内的气氛、叙事的节奏，人物情绪和行动的节奏，又受暗场处理的战场支配。如同戏曲连接明场与暗场，虚实空间的方法，采用探子跑动往返其间，断断续续重复出现的"来报"，不断增加紧张感，刺激人们的情绪。

华雄不仅轻易地斩了鲍忠、祖茂，而且还到阵前咄咄逼人地骂阵搦战。第一次探子来报，具体描述了华雄"挑着孙太守赤帻"，来阵前挑战的情势，这显然是对孙坚及整个联盟军的羞辱，于是袁绍问："谁敢去战？""谁敢"——袁绍这话问得有些折损自己的锐气，但也因这一问，间接地抬高了华雄的身份。果然，袁术的骁将俞涉请战出阵，探子"即时报来"，战不三合，被华雄斩了。韩馥说："吾有上将潘凤，可斩华雄。"似乎很有信心，"绍急令出战"，可见事态十分紧张，谁知探子又"飞马来报"，潘凤也被华雄斩了。

探子的每次报告都加强了事件的张力，因为三个探子在同一空间，三个时间段落的更替出现，而且围绕着华雄不但没有被打败，反而是联军的战将接连败下阵来，阶梯式的节奏结构，必然加剧了事态的紧张，引出了关羽的登场。

奇妙的是，小说的描写中心依然是中军帐，会场外的战场仍然是虚写，不具体描写关羽与华雄的厮杀过程，也不让探子飞马来报战斗情况，而是让诸侯，包括读者"听得关外鼓声大振，喊声大举，如天摧地塌，岳撼山崩"，以及"众皆失惊"，透出战斗的激烈，在"其酒尚温"的顷刻之间便轻取华雄，突出了关羽的神威。

利用声音结构小说空间的功能，联结同一时间不同空间的各个场景，分别表现不同空间发出的动作，使它们很自然地贯穿为一组，在读者心目中造成相互关联的完整的印象。尽管是虚写战场，这里的虚，从时间关系看，虚写空间是为了说明"温酒"之间关羽就解决了战斗，其威勇是惊人的。倘若正面描述战斗过程，那必然要写出战、答话、交锋，造成时间相对延长，"顷刻"就无从谈起了。从空间关系看，由声音勾连的两个空间，由众诸侯听觉反应形成的众皆失惊的气氛，引起读者对关羽神威的感受，似乎比直接描写关羽与华雄一招一式的战斗更加印象深刻，更能调动欣赏者的想象，也节省了笔力。

这也是略貌取神的传统笔法，不追求面面俱到的全过程，只集中表现关羽更内在更深刻的本质特征。而本质特征有诸多层面，斩华雄事件中，作家只想突出表现其神勇或是神威的特质，其他则一概省略不提，以不全求全。为要表现关羽的神勇，那么就赋予了他神速战术，以显示其超凡武功和英风豪气。因此任何同关羽交战的过程，如颜良、文丑、秦琪、蔡阳，都是在顷刻间被他斩落马下。只写战斗结果，不写战斗过程，似乎是《三国演义》描写关羽作战时专有的写法。不知是小说中的关羽形象影响了戏曲，还是小说沿袭了戏曲的路数，戏曲中的关老爷同样是在精神气度上显现不同一般的个性，战斗中难得出手，出则神速，凛冽威严，不可逼近。

没有人想对关羽斩华雄的神速做出准确的量化计量，但温酒斩华雄的酒尚温则承担了量化说明，即把时间具体化、形象化、空间化了。

本来这一杯酒是关羽出战前曹操叫人给关羽斟酒预祝胜利的，同时也揭示了曹操对关羽的尊重，觉得"此人仪表不俗"。而关羽却说："酒且斟下，某去便来。"对于战胜华雄充满自信，甚或根本没有把华雄放在眼内，这就是为什么先锋孙坚败于华雄，袁绍与诸侯束手无策时，独刘关张"冷笑"的原因。事实也证明，在酒尚温时关羽就把华雄头提回中军帐，这"酒温"形象地表现了关羽战斗的神速、威猛与敏捷。

正当华雄连败联军三将，关羽申请出战，斩华雄头献于帐下，袁绍竟问"现居何职"，听公孙瓒介绍说是"跟随刘玄德充弓手"后，袁术立即大喝曰："汝欺吾众诸侯无大将耶？量一弓手，安敢乱言！与我打出！"袁绍也附和说："使一弓手出战，必被华雄所笑。"事实是封为上将的潘凤未必敌过华雄，被称为弓马手的关羽，"在百万军中取上将之首，如探囊取物耳"。

关羽顷刻间轻取华雄，联军解围，理应把酒相庆，赏立功者的，但是袁氏兄弟仍然轻贱了这位弓马手和刘备县令的身份，竟要把关羽、张飞赶出帐外，袁术甚至威胁说："既然公等只尊一县令，我当告退。"从这里读者不难看出袁氏兄弟偏狭的贵族性格，也预示了他们失败的命运。因为虚怀纳谏，延揽人才，是争霸者所必备的基本条件。袁氏兄弟缺乏这样的胸怀，正是这些显贵子弟落得一败涂地的原因之一。这不但导致了十八路诸侯联盟的破裂，也决定着日后袁绍官渡之战的失败。反之，小说用对比的手法，揭示曹操慧眼识英雄，重视关羽的才能.认为"既出大言，必有勇略"。反对袁氏兄弟重职位、轻人才的世家大族的偏见，主张，"得功者赏，何计贵贱"；也反对袁术、袁绍"因一言而误大事"的贵族傲慢偏狭的态度。这都凸显了联军战线内部豪门与平民、贵族与新兴势力之间存在着尖锐的矛盾，预示着不同的命运走向。

关羽斩貂蝉

用美人计去征服进而摧毁对方，让男人们拜倒在裙下，为美人所用，几乎是古今中外集团或个人常用的锐利武器，而充当钓饵的美将军必须具有倾城倾国貌，倘若脸蛋儿平常，其成功率就差多了。妲己以色亡殷纣，越王勾践将西施献给了吴王夫差，迷住了夫差，为勾践卧薪尝胆争取了时间，终于雪了国耻。同样，貂蝉牺牲了自己青春，一人哄两人，分化了吕布和董卓的关系，用吕布的手除掉了董卓。杨贵妃和她姐姐虢国夫人、妹妹秦国夫人，并得唐玄宗的宠幸，无心国政，造成了安禄山之乱，逃亡时将士兵变抗争，唐玄宗不得不处死杨国忠、缢杀杨贵妃。成也萧何，败也萧何。正统而又虚伪的文人们，一方面好色，不只有众多妻妾，而且以通奸、嫖妓作为性生活补充；另一方面，却打着封建礼教的大旗，攻击绝色女子为祸水，好像事业的成败都是由女人铸成的，男人们没责任。元杂剧《关大王月下斩貂蝉》即是典型的例子。

按《关大王月下斩貂蝉》作者不详，原本已佚，不知戏文唱词的具体内容。但明戏曲目录家记有明杂剧演述关羽斩貂蝉的曲目，如祁彪佳《远山堂剧品》"具品"即著录有《斩貂蝉》，右下写"北五折"，文本内容未做说明，只引明胡应麟《少室山房笔丛》卷四《庄岳委谈》云："斩貂蝉不经见，自是委巷之谈。然《关公传》注称：'关公欲娶布妻，启曹瞒。曹疑布妻有殊色，因自留之。'则非全无谓也。"斩貂蝉虽不见经传，但不否认在委巷之内谈论；或者说斩貂故事起源于民间。

又，《远山堂剧品》列入"能品"的，有诸葛味水的《女豪杰》，南北四折，祁彪佳介绍此剧时也提到斩貂蝉事："诸葛君以俗演《斩貂蝉》近诞，故以此女修道登仙，而与蔡中郎妻、牛太师女相会，是认煞《琵琶》，正所谓弄假成真矣。乃其为词尽可观。"诸葛味水的《女豪杰》未见传本,俗演的《斩貂蝉》如何荒诞,关羽为何要斩貂蝉,我们无从了解。

值得注意的,明杂剧《桃园记》却残留几支套曲,让今人了解一点貂蝉的结局。不过《远山堂曲品》的"具品",虽著录此剧目,但未记录作者,也未提曲词,只云:"《三国传》中曲,首《桃园》,《古城》次之,《草庐》又次之;虽出自俗吻,犹能窥音律一二。"惜今无传流之本,当然也就看不出貂蝉为何同关羽发生联系,以及关羽动刀杀貂蝉的原因。幸好明胡文焕编选的《群音类选》卷十二,收《桃园记》中"关斩貂蝉""五夜秉烛""独行千里""古城聚会"四折中的套曲,从关羽和貂蝉的唱词,透露出关羽斩貂蝉的原因。

此外,今藏西班牙埃斯科里亚尔的圣·劳伦佐皇家图书馆的中国明刊本《风月锦囊》中之《三国志大全》十四,收"夜读春秋""关羽问貂""貂(蝉)夸关张""关羽斩貂蝉"二套北曲,对关羽斩貂蝉有较详细的陈述。《风月锦囊》已由孙崇涛、黄仕忠笺校,中华书局 2000 年 8 月刊出。据此书封底记刊于"嘉靖癸丑岁秋月",应为嘉靖三十二年(1553)。《群音类选》约刊于万历二十一年至二十四年(1593—1596),显然晚出于《风月锦囊》。这两个本子尽管文词并不完全一致,有的套曲的词语则基本相同。如套曲[耍孩儿],《风月锦囊》列首曲、五煞、四煞、三煞、二煞、一煞、煞尾七个曲子,其中"二煞""三煞"也见于《群音类选》的《桃园记》,曲牌则题作"滚",且看首曲文字的差别:

《风月锦囊》十四[耍孩儿]昆吾剑赛过吹毛剑,出鞘离匣龙吐渊。穆王曾铸金銮殿,治家邦伐佞除奸。天下得由三尺取,袖内携来四海安。曾把白蛇断,在朝内诛了谗佞,关外扫尘烟。

《群音类选》卷十二《桃园记》[耍孩儿](滚)昆铻赛过吹毛剑,昆铻赛过吹毛剑,出鞘离匣龙吐涎。穆龙曾铸金銮殿,治家

114

邦伐佞除奸。天下何由三尺取,天下何由三尺取,就里提防四海传。曾把白蛇斩,在朝内诛奸除佞,向关外扫灭狼烟。

从字面和曲牌看,《风月锦囊》和《群音类选》的斩貂蝉,似属一个系统,大约均传承于元代的北曲杂剧《关大王月下斩貂蝉》,只是《桃园记》的文词较《风月锦囊》齐整,而《风月锦囊》的文词古朴,曲牌更贴近元杂剧。不过从元明至清末民初,戏曲舞台上斩貂蝉的曲目并没有绝迹,川剧、汉剧、徽剧、京剧均有演出。

联系小说,再参证上列戏曲名目,可看出小说家、戏曲家为貂蝉设计了几种结局:

1.模糊处理

罗贯中的《三国演义》各种版本,如嘉靖本、叶逢春本、周曰校本、李渔本都记述白门楼吕布殒命后,曹操将吕布妻小并貂蝉载回许都,尽将钱帛分犒三军,操离下邳还许都。貂蝉是否归曹操独享,还是分犒某人,抑或是貂蝉独自生活,作者采取了模糊写法,不提其归宿。这大约是貂蝉毕竟为了国家社稷而牺牲了自己的青春,不宜再亵渎貂蝉,正如毛宗岗在《三国演义》第八回前总评所言:

> 我谓貂蝉之功,可书竹帛。若使董卓伏诛后,王允不激成李、郭之乱,则汉室自此复安,而貂蝉一女子,岂不与麟阁云台,并垂不朽哉?最恨今人讹传关公斩貂蝉之事。夫貂蝉无可斩之罪,而有可嘉之绩,特为表而出之。

何况董卓、吕布、王允死后,貂蝉的小说情节已无可续的依据,人物性格也失去了继续发展的动力,除非节外生枝,另虚构貂蝉生存的时空情节,给貂蝉捏造点事儿出来,如关羽斩貂蝉。可这么一写,必然损害貂蝉的形象。当然也不能颂扬貂蝉,因为貂蝉毕竟以衽席为战场,以声色为戈矛,制元凶于死命,并不是真刀真枪的正途。更何况在某些文人的潜意识中,如蔡东藩《后汉通俗演义》第六十九回总评中所言:"彼貂蝉受污于董卓,又失身于吕布,大节一亏,虽有他长,亦不足取。"最佳的处理方案,就是语焉不详,模糊归宿。

2.修道成仙

我们只从祁彪佳的《远山堂剧品》介绍诸葛味水的《女豪杰》曲目时,说"诸葛君以俗演斩貂蝉近诞,故以此女修道登仙,而与蔡中郎妻、牛太师女相会,是认煞《琵琶》,正所谓弄假成真矣",走了修道成仙的道路。诸葛味水老先生何以让貂蝉步入仙道,怎样成仙的,则无从得知了。值得人们推敲的,是为何让貂蝉和《琵琶记》中的赵五娘相会?是否以贞烈女赵五娘为楷模修炼自身,无论怎样失节,最终都会提升至仙界?

3.斩貂蝉

这是本书论证的重点:关羽为何要斩貂蝉?反映了关羽及当时文人们何种心态?先看《风月锦囊》之《三国志大全》十四的两套北曲的描述,为了把握重点,我只引述同貂蝉有联系的唱词:

[中吕·粉蝶儿](关)明月如渊,向晚灯前,饱看着春秋左传。正心情想起貂蝉,不由我不生嗔心间,恼汗生满面。想温侯武艺双全,也是它(他?)遇时乖遭刑宪,滄了刀剑。

[醉春风]他因诛董卓起兵戈,出长安离帝辇。身归下邳水拥淠,你交他怎生展(辗)转?也只为着貂蝉,因他白门染患。

[脱布衫]貂蝉女听我说良言,我关羽正直无偏。俺想汉乾

116

坤犹如铁(铆)，都只为董梁王虎威椎冠。

…………

[快活三]想温侯吕凤仙，听着不良言。[白](百)门斩首命归泉，却是你将他陷。

[朝天子][又]貂蝉近前来，听关羽语言。你却也无良善，谁知你不贤。其心不正，你可也天生得你贱。休想怨天，你可也不端，我交你两口儿重相见。

[四边静][又]想着你唆吕布全无些谏忠言，你我无缘，你今日[遭](曹)刑宪。立在我案边，怎提防我昆吾剑。

[满庭芳][又]你道是温侯弄权，诛了董卓也只为貂蝉。那时节不肯把亲夫劝，如今不得团圆。我跟前一一将他贬，卖弄你巧语花言。你这般唇舌，使温侯柔软，直乃是谗人言。

[五煞]昆吾剑气雄，杀声似有奸，龙光端射明如电。莫不是貂蝉敢有亏心事，我关羽全无半点冤。咱剑杀声响亮，在你双肩。

[三煞]关羽手内提，要在你貂蝉项下悬，也是你前生注定今生限。你虽不是江边别楚虞姬女，我交你月下辞咱命染泉。休埋怨，则为你花娇貌美，我恼你是绿缤朱颜。

[二煞]明晃晃剑离匣，光辉辉龙吐涎，古都都鲜血如红苋。厮朗朗扯动镰环响，赤漫漫油头落粉肩。跳酥酥香肌颤，长舒舒罗衣褊体，盖扑扑倒在阶前。

[一煞]则为你娇嫡嫡貌似花，美孜孜有玉颜，我气吽吽恶怒心间。恨你三魂杳杳归阴府，我四海扬扬名誉传。无瑕玷，你暗地里口甜心苦，絮叨叨巧语花言。

[煞尾]今日除病根扫退身边患，也是我忠心不克行方便，免得你墨翰无功将咱贬。

我在前文曾说过,《群音类选》卷十二《桃园记》之"关斩貂蝉",虽晚刊于《风月锦囊》,文词有些相似,应属一个系统,但是对貂蝉和关羽的内心活动要比《风月锦囊》描述得细致。如关羽夜读《春秋》,想起刘家王朝承传了四百余年,可是天灾地暗,宦官当政,黄巾涂炭百姓,除了狂魔董卓,又生出奸佞曹操。心里一转,突然想起了貂蝉:

> (前腔)照良宵,何怃园?吐清辉,何浩然?他在广寒深处清虚殿,欢娱曾照前楼宴,欢娱曾照南楼宴。寂寞长遭晦蚀缠,嫦娥独宿无人伴。正好向闲停伫立,猛可的想起貂蝉。
>
> (前腔) 关侯将令传,学宫妆宝髻偏,想他孤怖寂寞思姻眷。今宵洞房春意十分满,今宵洞房春意十分满,鱼水恩情另意欢。这番是到老于飞愿,学一个温存帮衬,柔声气伏首阶前。

由于没有流传下全本,我们不知道貂蝉是怎样来到关羽帐下,是谁送来的,她在关羽面前是侍妾的身份,还是侍婢的身份呢?从唱词看,关羽对貂蝉并不陌生,两人的关系还很密切。可令人匪夷所思的,把貂蝉召来后,却让她"论英雄谁数先,谁人惯马能征战,谁居帷幄能筹算,谁个当锋敢向前",貂蝉竟然贬低自己的丈夫吕布,而捧"刘关张是英雄汉,那数无名吕奉先。他根脚由来贱,他只是马前卒,怎上得虎部名班?"关羽由此判定貂蝉"你今日弃温侯来近关,倘若你弃咱每,又近哪边?迎新又要将咱贬。恼得我浑身骨肉竟竟战,气满胸堂口吐烟,骂你个真泼贱。也是你前生注定,这灾危难免目前"。说得再明白一点,"你今日休埋怨,只为你花娇美貌,恼得人怒鬓冲冠",因此非杀不可!

收入《关帝文献汇编》第十册的京剧《斩貂蝉》(一名《月下斩貂》)正剧前的剧情介绍中,对貂蝉怎样进入关府,提供了两种演出版本,为何杀貂蝉也有明确交代:

布妾貂蝉,为张飞所得,送与关公处。公光明磊落,安肯蹈非礼之行为,纳一失节少妇?虽貂蝉有殊色,亦不足从动其心。且念貂蝉,系司徒王允义女,曾用连环计,离间董卓吕布,使彼父子自相残害,而卓遂因此殄灭。牺牲一身,匡扶社稷,貂蝉诚有大功于汉朝也。然恐女子水性杨花,乱离之际,难保不为人所污,惟有一死可以保全其名誉。公因于夜间,唤入帐中,拔剑斩之。……近见时下所演,情节与剧本不同。白门楼以后,吕布家属,没入相府。曹操以貂蝉赐关公,欲使公迷恋美色,消磨其英雄之气。貂蝉于夜间,入帐求见,逞其口才敏捷,演说古今兴亡之事。公秉烛端坐,目不邪视。貂蝉渐以游语侵公,公叱之使退,犹复毕呈媚态,再四纠缠,公怒而斩焉。

此外,今见乾隆二十年间抄本《三国志玉玺传》弹词,也重复元明杂剧剧目中斩貂蝉的同一主题,对于我们了解男人们的心态,很有参照价值,仅摘其要转引如下:

关张来搜温侯宅,严氏夫人要丧身。登时即便投井死,美貌貂蝉失了魂。云长见了如花女,国色倾城无处寻。料他必是貂蝉女,便把囚车押起身。将他送入军营内,夜坐灯前唤美人。……云长抬起头来看,俊雅如仙画不成。脸似天桃娇嫩色,鬓掩巫山一片云。柳腰一捻如风转,飘摇袅娜引人魂。最爱樱桃红一点,二手十指嫩姜心。更喜金莲双瓣俏,湘裙露出似红菱。玉臂双盘金宝钏,仙池雪藕出波津。分明天降神仙女,不是红尘世上人。真是西施重出世,妲己今日又重生。……不记丈夫当世杰,又来奉承吾三人。留之我入迷魂阵,日后终须遗臭名。不如及早叫他死,免得他年作祸根。便叫貂蝉来剪灯,美人已识就中情。

119

含泪起身来下拜，将军饶恕阿奴身。起生放死修行去，大发慈悲发善心。关公见了微微笑，你要修行且慢行。若是今朝叫你死，全了温侯一世名。貂蝉见说心中苦，哀告将军发善心。云长假意微微笑，我今不斩你之身。你当剪烛多明亮，待我观书坐一更。美人只得回身转，尖尖玉手剪红灯。眼中珠泪犹还滴，粉面油头已落尘。公关斩了如花女，帐下三军尽吃惊。欣羡关公多美德，绝色佳人不动心。杀了貂蝉年少女，明表温侯豪杰名。

　　笔者引述各种本子的目的，无非是通过这些有价值的材料，让读者看看中国古代对性对女人，特别是对漂亮女人近乎变态的心理和虚伪的道德观念。"红颜祸水"就是中国人性恐惧的道德依据，关羽斩貂蝉则是这种观念的艺术反映。按照关羽——实际是中国人"集体无意识"的判定，凡是脸蛋长得漂亮的女孩都是妖精，关羽所谓"其心不正，你可也天生得你贱"；或者依《红楼梦》中王夫人的逻辑，"美人似的人，心里是不能安静的"，必然要勾引宝玉。因此女人在本质上就是见异思迁，水性杨花。即便是貂蝉被王允派去勾引董卓和吕布，董卓死后只跟随了吕布，可是在关爷们的眼里，任何一个绝色的女人都本性难移，貂蝉也不例外，"你今日弃温侯来近关，倘若你弃咱每，又近那边？迎新又要将咱贬"，"不如及早叫他死，免得他年作祸根"；换言之，脸蛋漂亮的女人等于是妖精，如同狐狸精似的女人，本质上就水性杨花，不断勾引男人，为了让貂蝉似的女人不再勾引别的男人，必须毁灭她。

　　这不能不让人惊诧关羽们的思维逻辑：难道脸蛋漂亮的女孩都是妖精，都该杀？这又出于何种心理？其实原欲和性追求、性放纵与性禁忌、性恐惧是人两重人格价值观念的矛盾反映。在传统文化意识里，性与色紧紧相连，是一个问题的两面，或者说色是性的媒介和附加值。才子配佳人，既有文化层次的追求标准，也有性需求的心理满足。

不过不同人对于色和性的侧重点和强调点不同。《红楼梦》中的贾宝玉，从形体到情感，赞颂没有沾染男人气味（仕途经济）的女孩子的青春美，甚或把美提到神圣乃至神秘的意象。倘若让西门庆看女人，如看潘金莲，从容貌到意态，看到的是一个性感的女人，透过衣饰，看到最隐秘的要处。潘金莲看"身材凛凛，相貌堂堂"的武松，眼光里同样充满肉欲的联想。说一句亵渎关爷的话，倘如他见到貂蝉，难道拒绝欣赏美吗？有趣的是，《三国志玉玺传》弹词的作者，把曲艺中常用的描绘人物形体的套话，也用在关羽见貂蝉，让关爷也动了情。如关羽和张飞搜寻吕布家时，"云长见了如花女，国色倾城无处寻"。带回营内，夜坐灯下唤美人，"云长抬起头来看……脸似……鬓似……柳腰……最爱樱桃红一点……更喜金莲……湘裙……玉臂……"，从脸看到头发、腰，再望上看到樱桃般的嘴唇，小脚，裙子，镜头又回到眼睛，细看貂蝉的玉臂。写到此，笔者不免想起《金瓶梅》第二回，西门庆初见潘金莲情景：

> 这个人（西门庆）被叉杆打在头上，便立住了脚，待要发作时，回过脸来看，却不想是个美貌妖娆的妇人。但见他黑鬓鬓赛鸦翎的鬓儿，翠弯弯的新月的眉儿，清冷冷杏子眼儿，香喷喷樱桃口儿，直隆隆琼瑶鼻儿，粉浓浓红艳腮儿，娇滴滴银盆脸儿，轻袅袅花朵身儿，玉纤纤葱枝手儿，一捻捻杨柳柳腰儿，软浓浓白面脐肚儿，窄多多尖趫脚儿，肉奶奶胸儿，白生生腿儿……

再看《红楼梦》第三回中，贾宝玉怎样看林黛玉：

> 两弯似蹙非蹙笼烟眉，一双似喜非喜含情目。态生两靥之愁，娇袭一身之病。泪光点点，娇喘微微。闲静似娇花照水，行

动如弱柳扶风。心较比干多一窍,病如西子胜三分。

比较这三位看美女,关注的眼神和落脚点都不一样。直白地说,关爷是毫无隐蔽地欣赏貂蝉,所以才看得那么仔细,而且貂蝉的美已引起了关羽的性冲动。西门则是从肉欲的角度,想到操作层面的快感,贾宝玉欣赏的是林黛玉病态的美。

问题是美女嫁豪门,明星傍大款。拥有美女,必须像西门庆那样有权有钱有势,或者就如明代的艳情小说家,如《绣榻野史》的东门生,《怡情阵》的白琨,《绣屏缘》的赵云客,《浓情快史》的魏玉卿,不只占有了众多绝色女子,而且最后都升入了仙境,继续过着享受的生活,这真是过足了作家白日梦。做不成梦的便嫉妒美女们张狂,颇有点吃不上葡萄,嫌葡萄酸的心理。倘若把美的欣赏移到带下,无休止的肉战,乃至毁灭自己,承担罪责的必然是腰间伏剑的女人。倘若男人的存在与失败涉及一国的核心利益,那么天使立即变成恶魔。貂蝉被妖魔化,无疑是"存天理,禁人欲"的变态反映。而关羽杀貂蝉的观念,显然是后人强加给关羽,借关羽之手达到维护正统的目的。不过由关羽做杀手,是事出有因的。

据《三国志》卷三十六《蜀书·关羽传》裴松之引《蜀记》曰:

> 曹公与刘备围吕布于下邳,关羽启公,布使秦宜禄行求救,乞娶其妻,公许之。临破,又屡启于公。公疑其有异色,先遣迎看,因自留之,羽心不安。此与《魏氏春秋》所说无异也。

《三国志》卷三《魏书·明帝》裴松之注引《魏氏春秋》对关羽乞娶秦宜禄妻有更详细的说明:

> 郎字元明,新兴人。《献帝传》曰:郎父名宜禄,为吕布使诣

袁术，术妻以汉宗室女，其前妻杜氏留下邳。布之被围，关羽屡请于太祖，求以杜氏为妻，太祖疑其有色，及城陷，太祖见之，乃自纳之。宜禄归降，以为铚长，及刘备走小沛，张飞随之，过渭宜禄曰："人取汝妻，而为之长，乃蚩蚩若是邪！随我去乎？"宜禄从之数里，悔欲还，飞杀之。郎随母氏畜于公宫，太祖甚爱之，每坐席，谓宾客曰："世有人爱假子如孤者乎？"

晋常璩《华阳国志》卷六《刘先主志》也记有此事：

初，羽随先主从公围吕布于之濮阳。时秦宜禄为布求救于张扬，羽启公："妻无子，下城，乞纳宜禄妻。"公许之。及至城门，复白。公疑其有色，自纳之。后先主与公猎，羽欲于猎中杀公。先主为天下惜，不听。故羽常怀惧。

笔者在第一节叙述《斩貂蝉》源流时，曾提到《远山堂曲品》上明胡应麟《少室山房笔丛》卷四《庄岳委谈》云："关公欲娶布妻，启曹瞒。"查《三国志·蜀书·关羽传》裴松之注引《魏氏春秋》，以及《华阳国志》，均说关羽要娶的是秦宜禄的前妻杜氏，而非是吕布妻子。有趣的是，晋以后，主要是明清的文人们，对于裴松之注引的真实性有许多争议。其实魏晋时的史家们看关羽不过是一个有缺点的战将，一个真实的人。关羽的老婆没有生下儿子，要求娶秦宜禄的前妻有何不可？可是唐宋以后的关羽，在世人的心目中，已是带点仙气的义勇武安王，三界伏魔神威远震天尊的关帝圣君，怎么可能在历史档案中存在看见别人家女人有点姿色，便要求做自己的妻妾呢？显然是有损关圣帝的形象。因此，唐以后，文人们为了配合历代王朝对关羽谥号的神化，也不断将关羽儒雅化、正统化，《关羽斩貂蝉》应是关羽崇拜的产物。

至于现代新编川剧《貂蝉之死》，将元明杂剧中水性杨花的祸水形象，还原为有情有义，忧国忧民的女子。曹操水淹下邳，貂蝉为救全城百姓，让秦宜禄送信给她倾慕已久的关羽，请关羽劝曹操以民为重，立即退水。关羽见信后，才知貂蝉有貌有德，心生爱慕之情。曹操缢死吕布后，曹操为笼络关羽，将貂蝉赠给关羽。新婚之夜，貂蝉为关羽歌《倾心曲》，关羽情兴神怡。刘备恐关羽迷恋貂蝉，提醒关羽勿忘"扶汉兴刘"大业，于是遣走貂蝉，貂蝉向关羽痛诉衷肠后拔剑自刎。不必多作解释，这是现代人用现代人观点，试图重新诠释历史材料，彻底颠覆关羽和貂蝉的形象，铺演一出近似霸王别姬，充满人情味的凄美的爱情悲剧。

降汉不降曹

第二十四回，曹操取了小沛，随即进兵攻徐州。糜竺、简雍把守不住，弃城而走。陈登献了徐州。众谋士认为应乘胜追击取下邳。关羽为保护刘备妻小，死守下邳。曹操唤众谋士议取下邳之策，提出："吾素爱云长武艺人材，欲得之以为己用，不若令人说之使降。"张辽与关公有一面之交，自愿去做降服关羽的说客。程昱认为关羽义气深重，非可以言说服的，故先设一计，"使其进退无路，然后用文远说之"，必然归降丞相。这一计就是命刘备投降过来的兵士进入下邳，只说是逃回的，潜伏在城中做内应，引关公出战，引入他处，精兵截其归路，然后张辽再去劝降。先是派夏侯惇领兵在城下叫阵，百般辱骂，勾起了关爷的火气，大怒出城。战十余合，夏佯败，且战且走。关公赶二十余里，恐下邳有失，提兵便回，徐晃、许褚截住去路，又有弓弩手百张，箭如飞蝗，无路可归，只得到一土山上，曹兵将山团团围住。关公在山上，看下邳城内火起，曹操杀

124

入城中,几番想下山去,皆被乱箭射回,这时张辽上场劝降。关羽向张辽表示,"吾今虽处绝地,视死如归","吾仗义而死,安得为天下笑"。可是张辽却说关羽如死则有三罪。为义而死还有罪,不能不让人诧异,可正是张辽讲出的三罪说打动了关羽:一是当初关羽与刘备结义时,誓同生死;如今刘备刚刚打败,而你便想战死,倘若刘备复出,需要你关羽相助时而不可得,岂不有负当年的盟誓?二罪是刘备以家眷托付你,而你如战死,二夫人无所依赖,有负刘备的依托;三罪是关羽武艺超群,兼通经史,不想同刘备匡扶汉室,而只想赴汤蹈火,逞匹夫之勇,安得为义?

张辽的三罪说可谓是劝降说词中的经典范例。劝降的人首先要摆正自己的身份。倘如是领导人物出面,则应放低身段,以平等的口吻交谈,切忌以高高在上、胜利者的姿态说话。如第七十七回,关羽被吴军捕获后,孙权以嘲弄的口吻问关羽:"公平昔自以为天下无敌,今日何由被吾所擒?将军今日还服孙权否?"这不是劝降而是在羞辱、伤害关羽的自尊心,万人敌竟然被吴俘虏,等于嘲讽关羽名不副实。本来就痛恨搞小动作的关羽,当然要痛斥"碧眼小儿"的奸计,不会降服的。张辽是以老朋友的身份出面谈话。语态婉转、亲切,契合关羽讲究义气和清高的心理,设身处地地为关羽着想,指出他英勇牺牲并没有实现他的理想和完成应承担的义务。只字不提降字,更不说曹丞相如何,而是在文字上做文章,细疏三罪的内容。比如第一罪,把刘关张结义摆在首位。刘备只是小败,而你却想死,当刘备复出,需要你辅佐时,你却不在,岂不违背了当初誓言?因此为了兄弟之大义不能死。第二罪,是为了保护二位嫂嫂不能死,这是信守承诺,关乎君子人格的原则,同时也应保护结拜兄长妻子的生命。第三罪,张辽说得很巧妙,也很狡猾,他不说降曹操,而是为了"共使君(刘备)匡扶汉室",言外之意,汉献帝就在许都,降是为了匡扶汉室的大义,此时战死是匹夫之勇,不能称之为义的。那么暂时安身于曹营,以后再寻找刘备而归队,自然成为关羽可以接受的伦理逻辑。所以关羽提出三事相约，作为屈降的条件：一者，吾与皇叔设誓，共扶汉室，吾今只降汉帝，不降曹操；二者，二嫂处请给皇叔俸禄养赡，一应上下人等，皆不许到内；三者，但知刘皇叔去向，不管千里万里，便当辞去——三者缺一，断不肯降。

张辽的三罪说很狡猾，但切中关羽的心思。就坚持桃园三结义的兄弟之义、为了保护嫂嫂尽兄弟之义、为了匡扶汉室事业的大义而言，似不能轻言死的。问题是张辽只言义而故意回避了——或者是模糊了向谁投降的问题。按今人的观点，战场上被俘，如不降服，要么被杀，杀身以成仁；要么自杀，舍身以取义。当时的朝廷，曹操挟天子以专制朝廷，所谓降汉不降曹，不过是自欺欺人的掩饰之词。而"降汉"云云，等于是把自己放在反叛朝廷的敌对位置，才存在降汉之说。刘备是汉家宗室，汉献帝叔父，前有董卓、李傕、郭汜祸乱宫廷，后有汉贼曹操专权，才有匡扶汉室的义举，何谈"降汉"？事实是关羽是在同曹军作战而困，招降的是曹操，不是汉献帝下诏书，何况曹操说"汉即吾也"，降汉即降曹，实为此地无银。关羽为报曹操厚恩，替操效力斩文丑时，打着的旗帜，上写着"汉寿亭侯关云长"，这是汉献帝授予的封号，还是曹操提出献帝批准的？我相信关羽是看懂这一切把戏的。问题是我们不能从今人的价值观念来衡量降汉不降曹，也不能从儒家的政治伦理观念来要求关羽，而是要从关羽所信守的异姓兄弟结盟的义，去考察关羽言语行为的动因。嘉靖本《三国志通俗演义》卷之六《关云长封金挂印》，给了读者准确答案。

原来于禁已知刘备在于河北。操令张辽来探关公意。关公正闷坐，张辽入贺曰："闻兄在阵上，知玄德音信，特来贺喜。"公曰："故主未见，何喜之有！"辽曰："公看《春秋》管、鲍之义，可闻得乎？"公曰："管仲常言：'吾三战三退，鲍叔不以我为懦，知我有老母也。吾常三仕三见逐，鲍叔不以我为不肖，知我不

遇时也。吾常与鲍叔谈论，身极困乏，鲍叔不以我为愚，知时有利不利也。吾常与鲍叔贾分利多，鲍叔不以我为贪，知我贫也。生我者父母，知我者鲍叔。'此则是管、鲍相知之交也。"辽曰："兄与玄德相交，何如？"公曰："吾与玄德公结生死之交耳，生则同生，死则同死，非管、鲍之可比也。"辽曰："吾与兄交何如？"关公曰："我与你邂逅相交，若遇吉凶，则相救；若逢患难，则相扶；有不可救，则止。岂比吾与玄德生死之交也？"辽曰："玄德向日在小沛失利，缘何公不死战以保之？"公曰："吾那时未知是实。若玄德死，吾岂独生乎？"辽曰："今玄德在河北，兄往从之否？"公曰："昔日之言，安肯负也！文远须达其意，然后某亲禀丞相。"

毛宗岗评改本《三国演义》第二十六回《关云长挂印封金》，除了删去了管、鲍之论外，张辽问他与关羽之交如何时，关羽回答："我与兄，朋友之交也；我与玄德，是朋友而兄弟，兄弟而又君臣者也：岂可共论乎？"按照关羽的分类，有朋友之交（管鲍之类的深交，关羽与张辽邂逅之交，即一般朋友之交）、异姓兄弟生死之交，再加上毛宗岗所谓的生死兄弟加君臣之交。至于曹操和关羽的关系，只是人与人之间的恩怨情谊。曹操对关羽有不杀之恩，屈身曹营后多加关顾的厚恩，信守恩怨仁义的关羽，在一定时机必还人情债，华容道释放曹操就是明证。因此，在关羽看来，生死之交的兄弟之义，超越一切关系，一切法则，是他和刘备、张飞价值判断的基点，只要不违背兄弟之义，什么降曹与降汉，他都可以接受，甚或不顾及自己的声名，张辽也正是摸准了关羽的软肋，成功劝降了关羽。与此同理，当关羽、张飞先后被害，刘备不顾众人，特别是诸葛亮的警告，赵云应分公义与私义的批评，倾国之军伐吴而全军覆没，最终随关、张而去，也是把三结义之生死之交看作是超越一切利益之上的原因。而这忠义之情，恰因迎合了各个时代某些阶层和集团的需要而被传颂着。

值得探讨的，张辽的三罪说，关羽的三约说，是出自史传，还是源于小说家？先看《三国志》卷三十六《蜀书·关羽传》：

> 建安五年，曹公东征，先主奔袁绍。曹公禽羽以归，拜为偏将军，礼之甚厚。绍遣大将（军）颜良攻东郡太守刘延于白马，曹公使张辽及羽为先锋击之。羽望见良麾盖，策马刺良于万众之中，斩其首还，绍诸将莫能当者，遂解白马围。曹公即表封羽为汉寿亭侯。初，曹公壮羽为人，而察其心神无久留之意，谓张辽曰：“卿试以情问之。”既而辽以问羽，羽叹曰：“吾极知曹公待我厚，然吾受刘将军厚恩，誓以共死，不可背之。吾终不留，吾要当立效以报曹公乃去。”辽以羽言报曹公，曹公义之。及羽杀颜良，曹公知其必去，重加赏赐。羽尽封其所赐，拜书告辞，而奔先主于袁军。左右欲追之，曹公曰：“彼各为其主。勿追也。”

裴松之注此条引《付子》曰：

> 辽欲白太祖，恐太祖杀羽，不白，非事君之道，乃叹曰：“公，君父也；羽，兄弟耳。”遂白之。太祖曰：“事君不忘其本，天下义士也。度何时能去？”辽曰：“羽受公恩，必立效报公而后去也。”

再看《三国志平话》，张辽见到关羽，只说皇叔与张飞为乱军所杀。问关羽：“公将家属不知何处，倘若曹兵至城下，岂不事有两难？关公自小读书，看《春秋左氏传》，曾应贤良举，岂不解其意，曹操深爱。”从保护刘备妻小和曹操爱才的角度劝说关羽。未等张辽深说，关羽便主动提出"我若投曹如何"？条件是"我与夫人,一宅分两院;如知皇叔信,便往相访;降汉不降曹,后与丞相立大功"。很明确,三个条件说和降汉不降曹,原来是由《三国志平话》发明,而由历史演义小说《三国演义》深化提炼:一方面,揭示曹操爱才的王者风度;另一方面,深刻描写了关羽为了坚守自己的信仰,可以牺牲自我的政治名节,为了实现三结义的誓言,可以战胜艰难险阻,完成自己的道德追求。

陈寿《三国志》记述曹操招降关羽,可能有溢美之辞,可历史上的曹操确实以知人善用著称于世的,只要是人才,搜金盗嫂者他都用。司马光《资治通鉴》卷六十九《魏纪》一评价曹操时说:"识拔英才,不拘微贱,随能任使,皆获其用。"就连并不以曹魏为正统的裴松之,在评论曹操招降关羽之后,任凭关羽来去自由的态度,也极为赞叹地说:"曹公知羽不留而心嘉其志,去不遣追以成其义,自非有王霸之度,孰能至于此乎？斯实曹公之休美。"

过五关斩六将

罗贯中依据《三国志》提供的线索,为关羽设置千里独行,过五关斩六将的核心情节,在核心情节中安排了挂印封金、霸桥挑袍,深刻描写关羽为了追随刘备而千里独行。这种讲忠义的品质,在关羽是"誓以共死,不可背之"的兄弟加君臣关系的忠义;在曹操,看重的是关羽"事主不可移其志","来去明白"的光明磊落品格。

从故事情节组成而言,"千里独行",大约是"孟姜女千里寻夫"类传说母题的再现。即某个人物为了实现某种信仰和理想,经过种种长途跋涉的磨难,终于实现了愿望,完成了人格理想的升华。《西游记》也属此类母题。由于是一关一关地闯，斩了一将又一将，人物动作和遭际带有重复性再现性的弊端，如陶谦之三让徐州、刘备三顾茅庐、孔明三气周瑜、七擒孟获、六出祁山等，作家的本事就在重复中写出不重复，其间点缀、穿插是避免重复的手段之一，重点是在写人。

曹操部下诸将，听说关羽要离去，除张辽、徐晃与关羽交厚外，其余亦皆敬服，独蔡阳不服关公，欲追杀，被曹操叱退，曹操不但对众将说："不忘故主，来去明白，真丈夫也，汝等皆当效之。"而且亲自为关羽送行，还赠袍、赐金、赠马。关羽独行前，为何穿插霸陵桥赠袍的情节呢？毛宗岗认为这是曹操老贼的奸诈，显然这是把曹操等同于心怀忌刻的袁绍之流，而不是英雄盖世的政治家。其实曹操明明知道送走关羽是放虎归山，给潜在的主要争霸对手刘备增加一员虎将。但是关羽义贯千古的品德，不能不使他赞佩。要知道对"天下义士"的敬重，也是对自己的尊重，倘若曹操对关羽和刘备妻小"追而杀之，天下皆言我失信"，他就不成其为治世之能臣，乱世之英雄，他就会在争霸斗争中失去人们对他的信赖。况且曹操敬重关羽"事主不忘其主"的精神，正是借此来激励他的部下。这正如同清统治者击溃了南明小王朝之后，立即为拒不降清的史可法树碑立传，其目的不是歌颂史可法抗清精神，而是颂扬史可法的忠君思想，这对清政权，对于刚刚降伏过来的汉族文武官员来说，无疑是收买与安抚。赞美死者是教育活者。曹操敬重关羽，何尝不是为了教育他的部下？当然，曹操义释关羽的行动，必然会引起很讲究义气的关羽的思想波荡，曹操也达到了笼络关羽的目的。

这里不能不使人联想到《三国志平话》的千里独行的情节处理。《平话》似乎更喜欢突显曹操的奸诈性格。曹操本不想放走关羽，而且听从了智慧先生张辽的计策，伏兵于霸陵桥两侧，待关羽至，由曹执盏给关羽送行，如关羽下马，则由许褚力执之；如不下马，曹操再赠十样锦袍，关羽必下马谢袍，也由许褚执之。谁知关羽不上圈套，只用刀尖挑袍,吓得曹操不敢下手,关羽策马而去。《三国志平话》和《三国演义》的千里独行,是两种不同的情节处理,它们不能互相代替,也不能求其一致。但两相比较,可看出罗贯中的概括提炼深入到了现实的矛盾里面,遵循人物性格的逻辑,把握住曹操既奸又雄的性格,交融着作者对曹操既肯定又否定两个方面,所以在五关斩将的情节中,吸引作家关注的,必然是曹操在特定的环境中所形成的"王霸之度"。而在《平话》里,情节却放在外围上,放在社会现象的表面,想从这个侧面突出曹操的奸诈,这必然破坏形象的真实性和思想倾向的统一,未必是符合历史真实的。

言归正传。第一关为东岭关,守将为孔秀。先礼后兵,没有丞相文凭,不能过关,关羽斩了孔秀,说:"吾杀孔秀,不得已也。"孔秀是正面阻击而被杀。

第二关是洛阳关,守将是韩福。韩福拦阻的方法不同。小说先写韩福召集众将商议对策:没有丞相文凭,若不阻挡有罪;若以武力阻挡,关羽杀颜良、文丑,根本挡不住,"只须以计擒之"。即用小将同关交锋,佯败,诱关来追,用暗箭射之。关羽果然中计,关公左臂中了韩福一箭,但韩福也被关羽劈死。

第三关是汜水关。把关将卞喜,黄巾余党,也用暗算法。在关前镇国寺中,先埋下刀斧手,将关羽请至寺中,击杯为号。第二关是背后施冷箭,而此关则采鸿门宴似杀害。幸遇寺中方丈普净和尚为关羽同乡,示意有埋伏,关羽拔剑砍杀,一刀劈卞喜为两段。

第四关为荥阳关,太守是王植,同第二关守将韩福是亲家。听说韩福被杀,商议暗害关公。笑脸相迎,然后密唤从事胡班,领一千人,一人一火把,半夜至关羽居住的馆驿放火,不问是谁,尽皆烧死。胡班久闻关羽之名,夜中窥视,见关爷于灯下凭几看书,感叹关羽是天人,告知王太守的阴谋,并开城门放走关羽,王植追赶,也被关羽拦腰一刀,砍为两段。

最后一关是黄河渡口，行至滑州界，刘延守城。白马之役关羽与刘延有过交往，刘延提醒关羽，黄河渡口关隘为夏侯惇部将秦琪据守，恐不容将军过关。关羽向刘借船只，刘怕夏侯惇知道后怪罪于他，不敢借，关公只好自催车仗前进。关公没有以武力抢船，挥刀杀了刘延。所谓有杀有不杀，迫不得已才杀。若逢人便杀，不成关公矣。到了黄河渡口，碰到该杀之人秦琪，向关公要通关公文。关羽回答说他不受丞相节制，秦琪一席话惹恼了关羽："吾奉夏侯将军将令，守把关隘，你便插翅，也飞不过去？"根本没把斩过颜良、文丑，如今过了四关的关爷放在眼内，只一合，刀起头落，秦琪真不经砍！

关公所经关隘五处，斩将六员，马上自叹："吾非沿途杀人，奈事不得已也。曹公知之，必以我为负恩之人。"怕曹操以我为负恩之人，就是承认曹有恩于我，欠曹操人情债，他关羽是要还的。关羽继续向前之间，作者插进一段孙乾见关羽，告知刘备已往汝南会合刘辟去了，不可到袁绍处，于是关羽与二夫人不投河北，径取汝南。

写到此，故事情节本可以打结，转写它事。可细思之，古代小说家讲究结尾收得有力，给读者留下悬念，留下思考，否则只由孙乾告知刘备去向而匆匆收官，似不够给力，于是让夏侯惇上场：一彪人马赶来，当先夏侯惇大叫："关某休走！"关羽以为丞相派大将来追杀，违背了三约，有违丞相大度。夏侯惇可不管什么丞相之约，他是来找关羽算账的："汝于路杀人，又斩吾将，无礼太甚。"话语里有对丞相过分礼让关公的不满，拍马挺枪欲斗，只见后面一骑飞来，大叫不可与云长交战，原来是曹操派来的使者，取出公文，对夏说："丞相敬爱关将军忠义，恐一路关隘拦截，故遣某特赍公文，遍行诸处。"夏侯惇问丞相知不知关某一路杀把关将士，特使说："此却未知。"既然丞相不知，夏侯惇认为他有权以杀人罪活捉关羽后，再由你丞相放他。口气很大，关公自然大怒，"吾岂惧汝"，拍马持刀，直取夏侯惇。战不到十合，忽一骑又飞至，又大叫"二将军少歇"，又是奉丞相命，驰公文放行。夏侯惇再问"知其于路杀人否"？"未知"，丞相既未知其杀人，我就有权杀他关公，不可放去。于是指挥手下军士，将关公包围起来，两个正欲拼个你死我活时，阵后一人飞马而来，叫停了二人。来者是张辽，说："奉丞相钧旨：因闻知云长斩关杀将，恐于路有阻，特差我传各处关隘，任便放行。"到此夏侯惇才说出第五关守将秦琪是蔡阳外甥，蔡将秦琪托付给了夏，秦被关某所杀，岂肯干休。原来夏侯惇为报私仇，而不放关羽，由此也引出了古城会时蔡阳追杀关羽，关羽斩了蔡阳，向张飞证明自己没有降曹。

坦率地说，从艺术层面而言，除了五关有不同的拦截，不同的谋害法，关爷不同的杀法外，并没有多少让人拍案之处。可从思想层面而言，却留给读者许多疑问。最令人疑惑的，曹操应该知道过关是需要通关关文的，为什么不给关公关文而让他独闯呢？何以杀了六将——牺牲了六将才派张辽通知夏侯惇放人呢？毛宗岗在第二十八回前总评中做了如此解释：

> 曹操于关公之行，不使人导之出疆者，阳美其大义而阴忌其归刘，故听彼自往。若其于路阻截而复回，则是不留之留也；若其中途为人所害而死，则是不杀之杀矣。迨至斩关而出，渡过黄河，当此之时，留之不可，杀之不得矣；于是又恐不见了自己人情，然后令人赍送文凭以示恩厚。斯其设心，不大可见乎？文凭之送，不送于需用文凭之时，而送于不必用文凭之后。读者读至此，慎无被曹操瞒过也。

毛宗岗的评论并不完全错。不过抛开对曹操的偏见，曹操深知这几个关隘的守将，是禁不住万人敌几刀的。也许曹操还抱着幻想，他宁可牺牲守关将士，让关羽一路杀下去，闯下去，杀到仁义之心使他不能再杀下去而回头，也未可知。但是，为了信守三结义的誓言，"吾非沿途杀人，奈事不得已"而杀之，到最后一关，曹操还是放走了关公，并不因杀了六员部将追杀关羽，至少在对待关羽去留上，小说家没有违背历史事实，表现了曹操作为一个政治家信守承诺和爱才的政治家风度。

关于曹操的这种着眼于大局，有气量的故事，不只是对关羽，争霸初期对刘备也是如此。小说曾描写刘备先后两次投奔曹操，都不过是"勉从虎穴暂栖身"的权宜之计，曹操清醒地知道这一点，可他并未完全依照谋士们的意见，清除刘备，以绝后患，而是自始至终，以诚相待，来去自由。后来刘备借截击袁术之机，借得部分兵力而去，曹操也并未追杀。在那个时代，有此胸怀，不为一人之得失而较计，着眼于赢得天下舆论，争取和影响能忠于自己事业的人士，并不是每个争霸的人都能做到的。再如对他内部发生的离心事件的处理也是如此。官渡之战击败袁绍之后，缴获了许昌和军中许多人与袁绍暗通消息的信件，左右有人提议逐一点对姓名，抓起来杀掉。可是曹操却当着众人面把信烧掉，不再追究。对此事，《三国志》之《武帝纪》本传只云"公收绍书中，得许下及军中人书，皆焚之"，似还不能充分揭示曹操的气度，于是罗贯中转用了裴注引《魏氏春秋》上曹操说的一段话："当绍之强，孤犹不能自保，而况众人乎！"又添加了"吾恩遇之，虽有异心，亦可变矣"的话语，这就深刻揭示了一个政治集团的领导人物，善于在艰难的创业时期，体谅人们的过失，甚至宽厚对待离心倾向。而在取得暂时的胜利时，又善于节制自己的情感，并不以为抓住了别人的把柄就去打击报复，而是采取了宽大容忍，从而团结了内部。应当承认，曹操不愧为第一流的政治家。

华容道关羽义释曹操

《三国志》各书本传和列传，根本没有提曹操败走华容道这件事。《三国志》卷一《武帝纪第一》对赤壁之战只简略地提了几句：

> 十二月……公至赤壁，与备战，不利。于是大疫，吏士多死者，乃引军还。备遂有荆州、江南诸郡。

裴松之注此句引《山阳公载记》，首次写到曹操败走华容道：

> 公船箭为备所烧，引军从华容道步归，遇泥泞，道不通，天又大风，悉使羸兵负草填之，骑乃得过。羸兵为人马所蹈藉，陷泥中，死者甚众。军既得出，公大喜，诸将问之，公曰："刘备，吾俦也。但得计少晚；向使早放火，吾徒无类矣。"备寻亦放火而无所及。

《资治通鉴》卷六十五、汉纪五十七、献帝建安十三年，采取《山阳公载记》所记，比陈寿《三国志》叙述明确，曹操确系从华容道败退的，但同关羽没有关系。《三国志平话》以两书为基础，把曹操过华容道和关羽联系起来。

> 曹公寻滑荣路去行，无二十里，见五百校刀手，关将拦住。曹相用美言告云长："看操与寿亭侯有恩。"关公曰："军师严令。"曹公撞阵。却说话间，面生尘雾，使曹公得脱。关公赶数里，复回。东行无十五里，见玄德、军师。是走了曹贼，非关公之

过也。言："使人不着。"玄德、众问为何？武侯曰："关将仁德之人，往日蒙曹相恩，其此而脱矣。"关公闻言，忿然上马："告主公复追之。"玄德曰，"吾弟性匪石，宁奈不倦。"军师言："诸葛亦去，万无一失。"

关羽没有私放曹操，是曹公趁关羽"面生尘雾"，遮蔽了视线溜过去的。罗贯中再加工创造，把曹操得以走脱华容道的原因，归之于关羽的义释。程昱正是抓住了关羽性格上的弱点对曹操说："某素知云长傲上而不忍下，欺强而不凌弱；恩怨分明，信义素著。丞相旧日有恩于彼，今只亲自告之，可脱此难。"于是曹操便以"大丈夫以信义为重"，以春秋之道打动关羽，其实是给关羽戴高帽子。正如毛宗岗夹批所云："乞怜于君子，必不以小人之情动君子，而必以君子之道望君也。"果然，云长是个义重如山之人，想起当日曹操许多恩义，与后来五关斩将之事，如何不动心？又见曹军惶惶，皆欲垂泪，"一发心中不忍"。特别是"众军皆下马，哭拜于地"时，关羽又动故旧之情，最终"长叹一声，并皆放去"。表面看，这是突出关羽的大仁大义，其实是批评关羽的私义。战时诸葛亮几经踌躇，终将守华容任务托付于关羽，并"纳下军令状"，以示关系重大。曹操若不走华容道，诸葛亮认输；倘若走华容而关羽擒拿不住，便要正以军法。然而关羽竟放走了曹操，这真是为恩人而甘愿拿自己性命去报操之德，看来关羽是够讲仁义了。可是，按照封建道德观念，至亲骨肉尚且"大义灭亲"，或各为其主，那么，处在敌对阵营的私交，怎么可以徇私情而纵大敌呢？也许小说家罗贯中借义释曹操，宣扬关羽的义，某些方面融进了江湖义气，为报一己之恩，顾不得所谓大义，或者同大义毫无关系。其实这都是狭隘的私义。前者诸葛亮算出关羽必然报曹操故旧之情而以私废公，后者有被关羽义释的曹公，到头来偏偏不以私废公，传令三军，"得关云长头，赏金千金"，偏偏挑动孙权杀害了关羽，在群雄争霸的形势下,关羽的义又有多少价值呢?

这种偏重于个人情感的突出,往往重私义而不顾全局,实际是以自我为中心的处世之道。即使像对刘备之义,表面看是忠于刘备事业的大仁大义,可关羽是以知恩必报为核心的,并不像诸葛亮那样始终如一地执着于一人,而是看施恩者赐恩大小给予报偿。这种私义,关键时刻,可以不顾战争全局,"以私废公",乃至感情胜于理智,任性而不顾大局,治下无能,对外失好孙吴,终于丧失战略要地荆州,他自己也遭杀身之祸。

关羽何以失荆州?

关羽自和刘备、张飞结义后,一直置身于刘备的争霸事业。镇压黄巾军、温酒斩华雄,诛颜良、文丑,过五关斩蔡阳,释黄忠取长沙,决汉水淹七军降于禁,战沔水决死战而斩庞德……可谓勋业卓然彪炳,声威远震,连曹操也慑于其勇,"议徙许昌,而避其锐"。加上刮骨疗毒之类的细节描写,单刀会对关羽凛凛神威的张扬,关羽简直成了"天神"!其实作者并不把关羽看作是完人,失守下邳而屈降曹操,败走麦城而临沮殉难,却是关羽勋业、人格中无可补救的创伤。

值得人们深思的是,一个称雄一世,功勋盖世的战将,何以收场竟如此狼狈呢?虽说关云长致败之由,可列举数端,但最主要的则是陈寿在《蜀书·关羽传》传尾评中指出的"刚而自矜"的悲剧性格,铸成了关羽的悲剧一生。也正由于关羽的"刚而自矜",或是吕蒙、陆逊判定的"矜其骄气,陵轹于人"的弱点,致使荆州失守,乃至摧毁了诸葛亮的隆中对策,葬送了蜀国前程!

细按小说,罗贯中无意把关羽塑造成超凡入圣的神人,相反,罗贯

关羽

中以小说家和历史家的眼光,抛弃了宋元以后神化关羽的炒作,回归历史现实,深刻挖掘关羽个人性格上的悲剧因素,并从个人悲剧的范围转入社会方面,同刘备争霸事业的成败联系起来,进而说明局部的个人因素对全局事业发展的影响,开掘蜀国败亡的原因。

细思关羽,他既有侠者之义,但不是梁山侠士们泛大众化的侠义,而是含有士为知己者死的知识分子的味道。他生性高傲,除了刘张两个哥们儿,别人他都未瞧得起;他又像是站在半空中看人,自视很高,又过分自信,自尊心很强,孤冷得很难融入社会。像关羽这种人是不能做一个地区的统帅的,荆州失守就是一个沉痛教训,当然荆州失守有多种原因:

1.刘备错用关羽

诸葛亮在隆中向刘备提出成就霸业、复兴汉室的战略时,指出了荆州根据地的重要性,所以由他亲自坐镇。第六十三回,由于庞统战死,诸葛亮奉调入川,那么谁来主持荆州大政,着实是个难题,但刘备却暗示了人选。关羽问:"军师去,谁人保守荆州?荆州乃重地,干系非轻。"孔明曰:"主公书中虽不明写其人,吾已知其意了。"所谓知其意,就是刘备"今教关平赍书前来,其意欲云长公当此重任。云长想桃园结义之情,可竭力保守此地。责任非轻,公宜勉之"。刘备真狡猾,他不明说让他二弟来接班,却用关平下书的暗示法,让诸葛去联想,去猜。诸葛亮真聪敏,他从下书人就猜到刘备的心意。刘备是主公,诸葛亮是协助刘备打天下。主公要安排自己亲近之人,这很正常。可是诸葛亮对关羽很不放心,如华容道私放曹操,感情用事,对人孤傲自负,对五虎上将,除了他自己和张飞之外,没有一个人瞧上眼,特别是对老将黄忠有成见,不肯与黄忠并列。诸葛亮是很怀疑关羽能否担当守荆州统帅大任的,哪怕是赵云、黄忠来担当此任,都强于关羽。问题是因桃园之义刘备已内定,诸葛亮不能否决刘备的任命。关羽也很自信,诸葛亮说到刘备"其意欲云长公当此重任","云长更不推辞,慨然领诺",没有一点谦虚之词。接着,孔明设宴,交割印绶,关羽竟双手来接,看来关羽并不甘心屈居诸葛亮领导之下,急欲自己做第一把手的。妙的是,诸葛亮擎着印曰:"这干系都存将军身上。"没有马上给他,再一次强调守住荆州的重要性,话语中也透露孔明对关羽的不放心。云长曰:"大丈夫既领重任,除死方休。"孔明见关羽说个"死"字,心中很不悦,因为守荆州不是表决心,应有清醒的策略意识,所以诸葛亮心中才"不悦",不过"欲待不与,其言已出",很不放心地把大印交给了关羽。

2. 失和东吴

诸葛亮把印交给关羽后,问关羽:"倘曹操引兵来到,加之如何?"云长曰:"以力拒之。"孔明又问:"倘曹操、孙权齐起兵来,加之奈何?""分兵拒之"。关羽真是一介武夫,面对不同的敌手,既无帅才的谋略,又无政治家的战略头脑,只知以力拒之。因此,孔明送八个字,让关羽牢记:"北拒曹操,东和孙权。"简言之,应坚持在赤壁之战时建立起来的联合战线抗拒强大的曹操,否则失和于孙权,如曹军单独来袭,孙权则在旁观战,不予援手;倘曹操联合孙权攻击荆州,那么荆州是难以守住的。因此荆州安危与否,在于和孙权搞好关系。尽管云长向军师表态:"军师之言,当铭肺腑。"可是此后的事实证明,关羽并没有把军师之言铭入肺腑,仍是我行我素,孤傲自负,感情用事。《三国志·蜀书·关羽传》云:

> 二十四年,先主为汉中王,拜羽为前将军,假节钺。是岁,羽率众攻曹仁于樊。曹公遣于禁助仁。秋,大霖雨,汉水泛溢,禁所督七军皆没。禁降羽,羽又斩将军庞德。梁、郏、陆浑群盗或遥受羽印号,为之支党,羽威震华夏。曹公议徙许都以避其锐,司马宣王、蒋济以为关羽得志,孙权必不愿也。可遣人劝权

蹑其后，许割江南以封权，则樊围自解。曹公从之。先是，权遣使为子索羽女，羽骂辱其使，不许婚，权大怒。

《资治通鉴》卷六十八、汉纪六十、献帝建安二十四年，记述了全过程：

羽威震华夏。魏王操议徙许都以避其锐，丞相军司马懿、西曹属蒋济言于操曰："于禁等为水所没，非战攻之失，于国家大计未足有损。刘备、孙权，外亲内疏，关羽得志，权必不愿也。可遣人劝权蹑其后，许割江南以封权，则樊围自解。"操从之。

初，鲁肃尝劝孙权以曹操尚存，宜且抚辑关羽，与之同仇，不可失也。及吕蒙代肃屯陆口，以为羽素骁雄，有兼并之心，且居国上流，其势难久，密言于权曰："今令征虏（孙皎）守南郡，潘璋住白帝，蒋钦将游兵万人循江上下，应敌所在，蒙为国家前据襄阳，如此，何忧于操，何赖于羽！且羽君臣矜其诈力，所在反覆，不可以腹心待也。今羽所以未便东向者，以至尊圣明，蒙等尚存也。今不于强壮时图之，一旦僵仆，欲复陈力，其可得邪！"权曰："今欲先取徐州，然后取羽，何如？"对曰："今操远在河北，抚集幽、冀，未暇东顾，余土守兵，闻不足言，往自可克。然地势陆通，骁骑所骋，至尊今日取徐州，操后旬必来争，虽以七八万人守之，犹当怀忧。不如取羽，全据长江，形势益张，易为守也。"权善之

权尝为其子求昏于羽，羽骂其使，不许昏，权由是怒。

《三国演义》第七十三回、七十四回、七十五回所描述的情节，大体与《三国志》和《资治通鉴》的记述一致，只是个别事实有移动，如水淹于禁，吕蒙向孙权密言袭关羽，均在关羽拒婚之后，这里暂且不论。孙权

派人为其子向关羽之女求婚,派谁去做使者,使者怎么说的,关羽怎么不许婚骂使者的,未做交代。《三国演义》第七十三回有详尽的描述。事情的缘起是建安二十四年秋七月,刘备自立为汉中王,差人赴许都上奏表给献帝。曹操闻知后大怒,即时传令,尽起倾国之兵,赴两川与刘备决雌雄。司马懿安慰曹操,不可因一时之怒,亲劳车驾远征,只须派一舌辩之士,带一封书信,便可摆平。因为孙权以妹嫁刘备之后,刘备和孙夫人双双逃脱,又占据荆州不还,孙权存有切齿之恨,此情可以利用。曹操按照司马懿的建议,修书一封,令满宠为特使,星夜投江东见孙权。信中说吴、魏自来无仇,皆因刘备之故,致生衅隙,约孙权攻取荆州,魏则以兵临汉川,首尾相击。破刘之后,共分疆土,誓不相侵,云云。这也是《三国志》和《资志通鉴》所记载的事实。

孙权看过曹操的书信,听过特使满宠的说明后,没有立即回复曹操的建议,而是和张昭、顾雍、诸葛瑾几位谋士商讨对策。罗贯中虚构这段对话,一方面要写出孙权对攻击关羽的慎重,因为出兵取荆州,等于是撕毁孙刘联盟的协议,正式宣布向蜀开战;另一方面,曹操说吴魏自来无仇,皆因刘备之故,那是老贼的鬼话;至于破刘后共分疆土,誓不相侵,也是不可信的虚言。问题是接受还是拒绝曹操的建议,张昭、顾雍、诸葛瑾持有不同的观点,于是引出向关羽求婚的缘由。

张昭认为“魏与吴本无仇:前因听诸葛亮之说辞,致两家连年征战不息,生灵遭其涂炭。今满伯宁来,必有讲和之意,可以礼待之”。张昭由赤壁之战前主张与魏和,到二气周瑜时,不同意周瑜的兴兵雪恨,以一时之念,自相吞并,给了曹操可乘之机,到此时“魏与吴本无仇”,看情势张昭老要退回到与魏讲和的立场,乃至有可能同意联手攻刘备。值得深思的是张昭为何有此变化呢?是诸葛亮、刘备赖皮不还荆州的作为激怒了他而走回头路,还是他压根儿就是一个求和派?顾雍稍为慎重些,提出一面送满宠回曹营,答应曹操首尾相接取荆州;另一方面,使人过江探云长动静，方可行事。答应曹操的要求，但要看关羽的"动静"，无非是了解关羽对东吴是友好还是敌对，眼下在做什么。

诸葛瑾主张联刘抗曹，但鉴于孙刘由于荆州归属问题两家关系越来越紧张，提出一种补救方案：关羽到荆州之后，刘备为关羽娶妻先生一子，次生一女。其女尚幼，未许与人。诸葛瑾愿为孙权的儿子去求婚。若关羽肯答应，即与云长计议共破曹操；假若云长不肯，那么再助曹取荆州。孙权权衡再三，采纳诸葛瑾的意见，说明他还期望维护和刘备的关系。

尽管诸葛瑾向关羽郑重说明"特有求结两家之好"，"并力破曹"，也就是说此次求结儿女亲家，有利于巩固孙刘联盟，共同抗曹。岂知关羽听说孙权为子求亲，竟然勃然大怒，说："吾虎女安肯嫁犬子乎！不看汝弟之面，立斩汝首！再休多言！"遂唤左右逐出。关羽把自己的女儿比作虎女，而把孙权的儿子比作犬子，真是傲慢已极！倘若孙权是犬，刘备与孙夫人婚配，岂不是虎兄配犬妹？而你是虎弟，是否称孙夫人为犬嫂？本来按古代国与国之间的关系而论，以联姻固国交本是常用的外交手段。虽然孙权自作聪明，弄假成真，孙刘结为姻亲。为了两家利害，孙权可以牺牲一个妹子，关羽真要是为刘家天下计，何尝不可以牺牲一个女儿？纵然不同意，亦应善言却之，何必恶言相向？关羽骂提亲的诸葛瑾固然很痛快，但是，由于关羽自命不凡的狭隘性格，在蜀吴联合阵线面临破裂的危急时刻，关羽却忘记了"军师之言"，想到的只是保护那个高傲的自以为是的自尊心。

关羽粗暴无礼，口出狂言的态度，《三国志·蜀书·关羽传》裴松之注引《典略》还曾曰：

> 羽围樊，权遣使求助之，敕使莫速进，又遣主簿先致命于羽。羽忿其淹迟，又自已得于禁等，乃骂曰："貉子敢尔，如使樊城拔，吾不能灭汝邪！"权闻之，知其轻己，伪手书以谢羽，许以自往。

此条只是裴松之注引，不见小说。"貉子"是一句骂人的方言。大约是刘备与孙权两军联合围樊城，老谋持重的孙权行进迟缓，没有跟上速进的关羽，关羽出口便骂人，甚或扬言拔樊城之后，就来灭吴。很明显，不但孙权感到"知其轻己"，就其请关羽协同作战的立场而言，关羽也是不尊重友军的。可以说关羽眼里就未瞧得起孙吴。又，《资治通鉴》卷六十七、汉纪五十九、献帝建安二十年曾记："备留关羽守江陵，鲁肃与羽邻界，羽数生疑贰，肃常以欢好抚之。"关羽做了荆州统帅之后，建安二十四年，又是"鲁肃尝劝孙权以曹操尚存，宜且抚辑关羽，与之同仇，不可失也"，未见关羽主动屈身向吴示好，做做统一战线的工作。只有一次，关羽为了吴索荆州，接受鲁肃邀请，所谓关云长单刀赴会。

关于单刀会，《三国志·吴书·鲁肃传》记述如下：

> 　　肃住益阳，与羽相拒。肃邀羽相见，各驻兵马百步上，但请将军单刀俱会。肃因责数羽曰："国家区区本以土地借卿家者，卿家军败远来，无以为资故也。今已得益州，既无奉还之意，但求三郡，又不从命。"语未究竟，坐有一人曰："夫土地者，惟德所在耳，何常之有！"肃厉声呵之，辞色甚切。羽操刀起谓曰："此自国家事，是人何知！"目使之去。备遂割湘水为界，于是罢军。

裴注引《吴书》曰较比正史还要详尽：

> 　　肃欲与羽会语，诸将疑恐有变，议不可往。肃曰："今日之事，宜相开譬。刘备负国，是非未决，羽亦何敢重欲干命！"乃趋就羽。羽曰："乌林之役，左将军身在行间，寝不脱介，戮力破魏，岂得徒劳，无一块壤，而足下来欲收地邪？"肃曰："不然。始与豫州观于长阪，豫州之众不当一校，计穷虑极，志势摧弱，图

欲远窜，望不及此。主上矜愍豫州之身，无有处所，不爱土地士人之力，使有所庇荫以济其患，而豫州私独饰情，愆德隳好。今已藉手于西州矣，又欲翦并荆州之土，斯盖凡夫所不忍行，而况整领人物之主乎！肃闻贪而弃义，必为祸阶。吾子属当重任，曾不能明道处分，以义辅时，而负恃弱众以图力争，师曲为老，将何获济？"羽无以答。

《资治通鉴》卷六十七、汉纪五十九、献帝建安二十年所记述的单刀会，是把《三国志·鲁肃传》本文与裴松之注引《吴书》内的鲁肃话语糅合在一起，并没有提出新的材料。值得注意的，《三国志》和《资治通鉴》说是鲁肃邀关羽"各驻兵马百步上"，在一个特定地点相会，裴松注引《吴书》乃鲁肃"趋就羽"，是到荆州会晤，还是在关羽指定的地点，没有说明。《三国志》《资治通鉴》虽以鲁责羽为主，但话语不多，语未竟，有一人打断了鲁肃责羽，关羽又以"此自国家事，是人何知"为借口推脱，目使从人离去。《吴书》则完全以鲁肃为主要发言人，义正词严批评刘备作为"整领人物之主"，不记恩德，不讲信义，连"凡夫"都不如，批得"羽无以答"。元代关汉卿写了一本《关大王单刀会》，明抄本首题为《关大王独赴单刀会》，则翻了案，以关羽为中心。《关大王单刀会》可能是在关王庙会上演出的娱神的剧目，剧中称关羽为"神道"。那关羽出场时一曲《双调·新水令》和《驻马听》就很有气势，歌颂了关羽的豪迈心情：

　　〔双调·新水令〕大江东去浪千叠，引着这数十人，驾着这小舟一叶，又不比九重龙凤阙，可正是千丈虎狼穴，大丈夫心烈，我觑这单刀会似赛村社。（云）好一派江景也呵！

　　〔驻马听〕水涌山叠，年少周郎何处也？不觉的灰飞烟灭！可怜黄盖转伤嗟，破曹的樯橹一时绝，鏖兵的江水犹然热，好教我

146

情惨切！（云）这也不是江水。（唱）二十年流不尽的英雄血！

与其说描写关羽对赤壁鏖兵的怀念，不如说是歌颂一个胸襟浩荡，不怕任何艰险的英雄，因此，当鲁肃向关羽索取荆州时，更表现了汉家勇士气象：

> （正云）这荆州是谁的？（鲁云）这荆州是俺的。（正云）你不知，听我说：（唱）
>
> （沉醉东风）想着俺汉高皇图王霸业，汉光武秉正除邪，汉献帝将董卓诛，汉皇叔把温侯灭，俺哥哥合情受汉家基业。则你这东吴的孙权，和俺刘家却是甚枝叶？请你个不克己先生自说。

其实关羽唱出的不只是维护刘备的汉家基业，而是代作者关汉卿唱出心中块垒，即针对蒙古统治者，唤起人们对汉家基业的怀念，宣扬人心思汉的正统思想。所以，孙权、乔国老、司马徽、道童等，都变成了反对鲁肃索荆州的人物。特别是孙权竟然帮助刘备说话，说刘关张曾战过曹操雄兵，有权占领，鲁肃倒成了埋下伏兵，企图谋害关羽的卑鄙小人。

《三国演义》第六十六回，也写了一出"关云长单刀赴会"，鲁肃一反常态，对孙权说："今屯兵于陆口，使人请云长赴会。若云长肯来，以善言说之；如其不从，伏下刀斧手杀之。如彼不肯来，随即进兵，与决胜负，夺取荆州便了。"我怀疑是否因鲁肃几次索荆州，几次都被诸葛亮要弄，让刘备占了便宜，遭到孙权的斥责才狠起来，行此下策。然而考察鲁肃一贯主张联刘抗曹的主张，对关羽"常以欢好抚之"的睦邻政策，采用杂剧"单刀会"暗杀关羽的路子，不能不说是对鲁肃性格的损伤。不过小说中的"单刀会"所要显示的，并非是让关羽借荆州抒发保卫汉家领土的情怀，而是既已许诺赴会，就不可失信的大丈夫诚信精神。仅此而已。

他不惧怕东吴算计，因为"吾于千枪万刃之中，矢石交攻之际，匹马纵横，如入无人之境；岂忧江东群鼠乎！"自视高人一等的贵族心态，怎能搞好东吴关系。

3.东吴少壮将帅多讲现实功利

比较来说，在东吴阵营中，一贯主张联合刘备的是鲁肃，次之是周瑜。尽管周瑜对诸葛亮心怀忌刻，几次想杀他，但是当曹操大军压境时，仍力主联刘抗曹，取得了赤壁之战的胜利。可惜周、鲁先后弃世，吕蒙与陆逊少壮派掌握了东吴军权。严格说来，吕蒙不比周瑜、鲁肃小多少。大约比周瑜小三岁，比鲁肃小六岁。据《三国志·吴书·吕蒙传》，吕蒙十五六岁就跟其姐夫邓当追随孙策，后来跟了孙权。从征黄祖，参加赤壁大战，又与周瑜、程普等破曹操于乌林，围曹仁于南郡。后从孙权拒曹于濡须，数进奇计，可谓战功显赫。鲁肃卒，孙权命吕蒙守屯口，鲁肃人马尽归吕蒙统辖。《吕蒙传》记述孙权与陆逊评论周瑜、鲁肃及吕蒙兼及陆逊时曾说：

> 公瑾雄烈，胆略兼人，遂破孟德，开拓荆州，邈焉难继，君今继之。公瑾昔要子敬来东，致达于孤，孤与宴语，便及大略帝王之业，此一快也。后孟德因获刘琮之势，张言方率数十万众水步俱下。孤普请诸将，咨问所宜，无适先对，至子布、文表，俱言宜遣使修檄迎之，子敬即驳言不可，劝孤急呼公瑾，付任以众，逆而击之，此二快也。且其决计策，意出张苏远矣；后虽劝吾借玄德地，是其一短，不足以损其二长也。周公不求备于一人，故孤忘其短而贵其长，常以比方邓禹也。又子明少时，孤谓不辞剧易，果敢有胆而已；及身长大，学问开益，筹略奇至，可以次于公瑾，但言议英发不及之耳。图取关羽，胜于子敬。子敬

148

答孤书云："帝王之起，皆有驱除，羽不足忌。"此子敬内不能办，外为大言耳，孤亦恕之，不苛责也。然其作军，屯营不失，令行禁止，部界无废负，路无拾遗，其法亦美也。

陆逊是典型的第二代人物，二十一岁跟随孙权征战，孙权以兄孙策的女儿许配给陆逊，他的才能为周瑜、鲁肃所掩，直到破荆州，猇亭大战，火烧连营七百里，大破刘备七十五万兵马，才彻底显露其才能。所以，孙权以周瑜比陆逊，认为周瑜的雄烈、胆略已由陆逊继承，吕蒙的果敢、筹略，次于周瑜，图取关羽，则胜于鲁肃。可以说以孙权、陆逊、吕蒙为核心的新一届军事领导集团已经形成，对荆州采取了进攻姿态，而不是一再妥协退让。因此，正如我在上文引《资治通鉴》卷六十八所记述，当孙权询问吕蒙是先取徐州还是先取关羽时，吕蒙主张"不如取羽，全据长江，形势益张，易为守也，权善之"。孙权为子求婚遭拒，关羽辱骂使者，更使孙权怀受辱之忿，趁关羽征襄樊，命吕蒙袭关羽。

吕蒙准备攻袭荆州时，早有哨马报告说："沿江上下，或二十里，或三十里，高阜处各有烽火台。"又听说荆州军马整肃，早有准备，吕蒙大惊，心想关羽若如此布置，他难以攻下，是他劝说孙权要袭荆州的，如今怎样处置，一时没了计策，乃托病不出。陆逊很了解吕蒙，他告诉孙权，吕蒙的病是诈，并非真病。孙权让陆逊至陆口营寨中探视。见到吕蒙，面无病色，陆给吕蒙开出"能治将军之疾"的小方——如何攻取荆州。陆、吕二人的对谈，《三国志·吴书·吕蒙传》《三国志·吴书·陆逊传》以及《资治通鉴》卷六十八、汉纪六十、献帝建安二十四年都有记载，当然《吕蒙传》记述较略，《陆逊传》与《资治通鉴》记述较详。令我奇怪的是，小说对陆逊与吕蒙讨论怎样攻防关羽的内容，反而不如史传描述得具体详尽。归纳小说与史传的记述，陆逊与吕蒙破荆州，或者说击败关羽的策略，首先是详细分析了关羽的为人和性格上的弱点，那就是"矜其骄气,陵轹于人","倚恃英雄,自料无敌"。抓住关羽的弱点,采取对应的策略。第七十五回陆逊说:"云长倚恃英雄,自料无敌,所虑者惟将军耳。将军乘此机会,托疾辞职,以陆口之任让与他人,使他人卑辞赞美关公,以骄其心,彼必尽撤荆州之兵,以向樊城。若荆州无备,用一旅之师,别出奇计以袭之,则荆州在掌握中矣。"简而言之:

(1)去其疑心

关羽攻襄樊必然带走一部分兵力,影响荆州的守防,而他最大的顾忌是"恐蒙图其后也",害怕吕蒙偷袭。倘如此,吕蒙可乘此机会,托疾辞职,委派他人。而这个"他人"的名气要小于吕蒙,从而麻痹关羽,放松对东吴的警惕。由谁来接任吕蒙呢?吕蒙主动向孙权推荐陆逊,他对孙权说:"若用望重之人,云长必然防备。陆逊意思深长,而未有远名,非云长所忌;若即用以代臣之任,必有所济。"换人的策略是陆逊提出的,而被换下的人不但赞叹提议者"真良策也",而且还主动向孙权推荐提议换陆逊来接替陆口统帅的职务,由此可见吕蒙为了取荆州的大局,不计个人的名誉,其胸怀之宽广,善于用人,着实让人赞佩。吕蒙不推荐"望重之人",是他深知望重之人虽然资格老,声望高,但未必认同他和陆逊商量过的对策,也未必能放下身段来对付关羽,甚或骗不过关羽而实现攻防的目的。尽管陆逊"未有远名",可正是迷惑关羽的绝佳人选。何况"陆逊意思深长",就是说陆逊很有谋略,不是一般青年将领可比的。孙权欣然同意了吕蒙和陆逊设计的策略,也接受了吕蒙的推荐,拜陆逊为偏将军、右都督,代吕蒙守陆口。而那位自以为是的关羽,果然坠入吕、陆的彀中,洋洋自得地说:"仲谋见识短浅,用此孺子为将!"正是这位"孺子",进行了心理分析和心理战,扣住了关羽的脉门!第一局关羽就输了。

(2)增其骄

陆逊上任后给关羽写了封信,《三国志·吴书·陆逊传》摘引了书信

150

若干词句，"羽览逊书，有谦下自托之意，意大安，无复所嫌"。《资治通鉴》卷六十八、汉纪六十、献帝建安二十四年所记，则是"逊至陆口，为书与羽，称其功美，深自谦仰，为尽忠自托之意，羽意大安，无复所嫌？稍撤兵以赴樊"。《三国演义》七十五回的描写则是陆逊派去的信使，伏地告关羽曰："陆将军呈书备礼：一来与君侯作贺，二来求两家和好。幸乞笑留。"关羽拆开书信看之，"书词极其卑谨"，关公看毕，仰面大笑，令左右收了礼物，发付使者回去。使者回见陆逊曰："关公欣喜，无复有忧江东之意。"古代的关爷不懂得"政治斗争没有诚实可言"，可是他熟读《孙子兵法》，应懂得兵不厌诈的教导，应当猜测出陆逊谦卑示人的用意。可惜关羽陶醉在自我欣赏、自我满足之中，放松了警惕，将大半部队调往攻樊城的战斗，荆州危在旦夕了。

（3）出奇计以袭之

关羽将荆州的兵力大半调赴樊城之后，这一边的孙权便开始准备进攻荆州。令人恐怖的是，关羽的一举一动都被陆逊"察知备细，即差人星夜报知孙权"，而我们的关爷却从未放一个探子去观察孙军的动静，关羽自信到天下无贼的状态。可吕蒙却按着陆逊建议的，"别出奇计以袭之"，点兵三万，快船八十余只，选会水的扮作商人，都穿白衣，在船上摇橹，将精兵埋伏在大船中。一面遣使致曹操信，请其进兵袭云长之后，然后再发白衣人——海军特战队，驾快船往浔阳江。昼夜兼行，直抵北岸。江边烽火台上守军盘问时，吴军回答说是客商船，因江中大风，到此一避。然后将财物又送与守台军士。军士信以为真，任其停泊在江边。约至二更，大船中精兵尽出，将烽火台上官军放倒，暗号一声，八十余船精兵俱起，将重要墩台之军，尽行捉入船中，不曾走了一个。于是长驱直入，径取荆州，无人知觉。将到荆州时，吕蒙把沿江墩台所获军士，用好言抚慰，各各重赏，让他们赚开城门，以纵火为号。众军领命，待到半夜，到城下叫门。门吏认得是荆州之兵，便没有怀疑，开了城门。众军一声喊起，就城门里放起号火，吴兵齐入，袭了荆州。吕蒙便传令军中："如有妄杀一人，妄取民间一物者，定按军法。"原任官吏，并依旧职。将关公家属另养别宅，不许闲人搅扰。

古人云："知己知彼，百战不殆。"陆逊、吕蒙对关羽为人和性格了解之深切，迷惑、麻痹关羽步骤之清晰，白衣摇橹奇计之奇，组织实施之细致，可以与诸葛亮比肩；同时也表现了东吴新一代将领锐利进取的风貌和南方军人思路的细腻，相比之下，关羽谋略不足，必败无疑了。

4. 糜芳、付世仁叛变

致使关羽失败的第三个内因，是关羽平时待自己的部下盛气凌人，缺少关爱，出了问题处置不当，使部将常怀恐惧之心，一经吴军策动便为自保而叛变。糜、付叛变的原因和经过见于正史，先看《三国志·蜀书·关羽传》：

> 又南郡太守糜芳在江陵，将军付士仁屯公安，素皆嫌羽轻己。[自]羽之出军，芳、仁供给军资，不悉相救，羽言"还，当治之"，芳、仁咸怀惧不安。于是权阴诱芳、仁，芳、仁使人迎权。

又，《资治通鉴》卷六十八、汉纪六十、献帝建安二十四年，也有较详尽记载：

> 糜芳、士仁素皆嫌羽轻己，羽之出军，芳、仁供给军资不悉相及，羽言："还，当治之！"芳、仁咸惧。于是蒙令故骑都尉虞翻为书说仁，为陈成败，仁得书即降。翻谓蒙曰："此谲兵也，当将仁行，留兵备城。"遂将仁至南郡。糜芳城守，蒙以仁示之，芳遂开门出降。蒙入江陵，释于禁之囚，得关羽及将士家属，皆抚慰

152

之，约令军中：“不得干历人家，有所求取。”

大约糜芳、付士仁是叛将，或者在蜀吴中均是小角色，因此《三国志·蜀书》《三国志·吴书》均不立传，叛吴事只在《蜀书·关羽传》中兼叙。史传中只说糜芳、付士仁负责羽军的军资供给，由于没有悉足供给而受到关羽的申斥，并言取樊城后再处治，因此糜、付二人常怀恐惧，吴军策动后便反水。关羽的人际关系很差，不懂得欣赏别人，待人苛刻是事实，但完全把叛变的原因归罪于关羽不善待下，似乎对关羽不太公平。事实是一个人游走于各个集团，所谓择木而栖，甚至在生死时刻选择战死，抑或投降，都和个人的修为品格，以及当时情境有关。所以，罗贯中虚构了一段关羽出走取樊城前，在荆州城外屯扎的先锋付士仁、糜芳饮酒，帐后遗火，烧着火炮，满营撼动，把军器粮草，尽皆烧毁。当着刘备派来的特使费诗的面，发生如此违反军纪的事情，烧毁了进军前的军需供给，关羽自然要大怒，叱令斩首，幸亏费诗说情，关羽才答应“可暂免其罪”，但摘去先锋之印，命糜芳守南郡，付士仁守公安，并言：“吾得胜回来之日，稍有差池，二罪俱罚！”

严格地说关羽不是个政治家，也谈不上是位成熟的统帅。其实处理付士仁与糜芳的违纪，可以有三种处理方法：一种是在群雄争霸，或是战争年代用人之际，如果不涉及大是大非问题，可以像刘备、诸葛亮、曹操那样，为了收揽人心，可以过往不究，使他终生感悔，忠心地为你效命。当然，赦免的人必须是杰出者，一般人就另当别论了。第二种，降职、免职、调职均可，但处理要圆融，话语要平和。第三种，则是关羽的疾恶如仇，要不是给费诗点面子，真的会斩首示众。但是死罪可免，活罪难逃，各杖四十，而且战役结束时还要秋后算账。付、糜当众受到羞辱，“满面羞惭”，而且还要提心吊胆地等着关羽回来算账。关羽将付、糜由先锋之职改调守公安守南郡之职，看似惩处，实是致命的错误，给自己埋下了失败的隐患。关羽以为继续让他们做先锋可能添乱,不能胜任。岂知放到后方看守城池,倘若东吴偷袭,他们能保住吗?显然关羽并没有像陆逊、吕蒙思考得那么缜密。这就是关羽的行事风格。罗贯中正是深刻把握住了关羽的性格特点,虚构了惩罚付、糜二人的过程,让读者去体味关羽致败的原因。不过,作者有区别地叙述了付、糜二人叛降东吴时的不同心态。付士仁比较主动,看到虞翻射入城中的招降书,想起"关公去日恨吾之意,不如早降",随即大开城门,请虞翻入城。接着付士仁慨然做起说客去劝降糜芳。初,糜芳觉得"吾等受汉中王厚恩,安忍背之"。正犹豫间,忽报关公遣使至,却是通知付、糜二人,"关公军中缺粮,特来南郡、公安取白米十万石,令二将军星夜解前交割,迟者立斩"。糜芳大惊,付士仁斩了来使,提醒糜芳,关公此意,正要斩我二人,安可束手受死,何况吕蒙已引兵杀至城市,糜芳不得不降了。俗语说关羽大意失荆州,同样的,关羽也大意失了南郡与公安。

5.吕蒙瓦解关羽军心

荆州、南郡、公安失守,徐晃夺了偃城等处,又兼曹操自引大军,分三路来救樊城,此时关羽与曹军死嗑攻樊城已不可能,只好退下来。由于听到荆州失守,付、糜降吴,而怒气冲塞,原来中毒箭的右臂伤口迸裂,关羽只好听从管粮都督赵累的建议:一面差人往成都求救,一面从旱路去取荆州。然而,在荆州的路上,前有吴兵,后有魏军,腹背受敌,救兵又不至,关羽又求救于赵累——一个管粮食的都督成了关羽的"军师",是否说明关羽乱了方寸,没了主意——"如之奈何"?赵累说:"吕蒙在陆口时,尝致书君侯,两家约好,共诛操贼,今却助操而袭我,是背约也。君侯暂驻军在此,可差人遗书吕蒙责之,看彼如何对答。"这简直是与虎谋皮。在吕蒙的策划下连取了荆州、公安、南郡三郡,显然早已放弃联刘的策略。令人诧异的,到这个时候关羽还没估计到形势变化的原因。东吴多年来梦寐以求的荆州得到手之后,还谈什么背盟与不背盟,事实已是背盟。吕蒙已把荆州认作自己的领地，传下号令，凡荆州诸郡，有随关公出征战士之家，不许吴兵搅扰，按月给与粮米；有患病者，遣医治疗。将士之家，感其恩惠，安堵不动。对留守家属如此安抚措施，毛宗岗夹批说："不是吕蒙好处，正是吕蒙奸处。"其实做好敌对阵营的家属工作可以理解为人道主义关怀，也可以理解为瓦解对方军心的一种策略，任何一位有谋略的政治家、军事家在两军对垒中，应懂得区别参战者与家属，摧毁敌方官兵斗志的重要性，这正是吕蒙的精明处，而不能以小人奸诈来判定的。

更让使者意想不到的，"奸诈"的吕蒙并不斥责关羽所谓背盟问题的不当，他巧妙地把责任推到"上命"："蒙昔日与关将军结好，乃一己之私见；今日之事，乃上命差遣，不得自主。烦使者回报将军，善言致意。"《红楼梦》里的兴儿乘着酒兴，在向新奶奶尤二组介绍旧奶奶王熙凤的为人时，曾说王熙凤"嘴甜心苦，两面三刀，上头笑着，脚底下使绊子"。吕蒙也属此类，他暗中和陆逊袭荆州，置关羽于死地而后快。可是当着使者的面，却若无其事地说他昔日和关羽的关系是友好的，他只是奉上头命令行事，足见吕蒙的狡猾。更狡猾的是，吕蒙充分利用使者送信的机会，"设宴款待，送归馆驿安歇"，留下时间，"于是随征将士之家，皆来问信；有附家书者，有口传音信者，皆言家门无恙，衣食不缺"。不知轻重的使者回见关公，竟然说："荆州城中，君侯家眷并诸将家属，俱各无恙，供给不缺。"尽管关公大怒，指出是"此奸贼之计也"，却控制不住众将皆向使者探问家中之事，听到各家安好，吕蒙极其恩恤，各将欣喜，皆无战心，于是关羽率兵取荆州，军行之次，将士多有逃回荆州者，这对关羽是莫大的打击！关羽的军队已丧失了战斗力，军心涣散了。

6.刘封、孟达拒绝支援关羽

关羽丧失了荆州的根据地，军队就成了游击队，前后都有东吴的军队堵击，得不到休息补养，疲劳作战。特别是在被围堵时，吕蒙又使出了损招,荆州城内本地人打出旗帜,上写"荆州土人",高喊:"本处人速速投降!"关公遥望四山之上,皆是荆州士兵,呼兄唤弟,觅子寻爷,喊声不住。军心尽变,皆应声而去,部队只剩下三百余人。杀至三更,正东喊声连天,关平、廖化分两路兵杀出重围,救出关公——万人敌靠别人解救,关羽已狼狈到如此地步。残军退至麦城,赵累又向关羽提出,此处相近上庸,现有刘封、孟达在此把守,差人往求救兵,若得刘、孟接济,待川兵至,军心自安。关平保护廖化杀出重围,来到上庸,对刘封说:"关公兵败,现困于麦城,被围至急。蜀中援兵,不能旦夕即至。特令某突围而出,来此求救。望将军速起上庸之兵,以救此危。倘稍延迟,公必陷矣。"情势讲得非常清楚,是关公被困,按理不出兵相救,是绝对违背常理的,哪怕是遭到损失也应出兵,谁知刘封、孟达却拒绝援手。《三国志·蜀书·刘封传》说:

刘封者,本罗侯寇氏之子,长沙刘氏之甥也。先主至荆州,以未有继嗣,养封为子。……自关羽围樊城、襄阳,连呼封、达,令发兵自助。封、达辞以山郡初附,未可动摇,不承羽命。会羽覆败,先主恨之。又封与达忿争不和,封寻夺达鼓吹。达既惧罪,又忿恚封,遂表辞先主,率所领降魏。……右将军徐晃与达共袭封。达与封书曰……封不从达言。……先主责封之侵陵达,又不救羽。诸葛亮虑封刚猛,易世之后终难制御,劝先主因此除之。于是赐封死,使自裁。封叹曰:"恨不用孟子度(孟达)之言!"

刘封、孟达何以拒绝出兵呢?按正史记是"辞以山郡初附,未可动摇,不承羽命"。不必多费思量,刘封、孟达的借口根本不成立,其间必有隐情。传记开头说刘备"养封为子",传尾说"诸葛亮虑封刚猛,易世之后终难制御,劝先主因此除之"。换言之,他二叔关爷有难都不挺身救援,刘备、诸葛亮不在世之后,他很难控制,甚或要篡夺刘禅的领导权。刘封临死时感叹他没有听孟达的话投降曹操,更证明刘封并不忠于刘备政权,也是一个悲剧人物。但刘封为什么不出兵解关羽之困呢?《三国志平话》卷下做了解释:

> (刘备)卧病数日,问诸葛曰:"吾二子长刘封,次刘禅,谁可为西川之主?"诸葛令众官评议,托病数日不出。先主使人问军师。军师言曰:"在病不能动止,愿大王远赴荆州问关公。"关公言曰:"刘封乃罗侯之子,刘禅乃嫡子。"文字回见先主。先主曰:"吾弟所言当也。"数日,刘封得嘉明关节度使,引佐贰官孟达。

> 又数日,汉中王文字立刘禅为西川主。刘封得知,言玄德不仁。孟达曰:"此非皇叔之过,乃关公之罪。"刘封折箭而誓曰:"异日此仇必报!"

原来刘封拒绝支援关羽,是报关羽不同意他做未来西川之主的仇恨,这就不难理解为什么诸葛亮劝刘备尽早除掉刘封,以免易世之后难以制御。《三国志平话》所谓复仇,是关羽派人去西川送求救信被刘封扣压,致使西川援兵不到。罗贯中接收了《三国志平话》关羽反对立刘封为嗣的说辞,复仇的手段,则改为拒绝出兵,这样改之后,刘封的性格就深刻多了。可是关羽反对立刘封为嗣之事,《三国演义》七十六回,却由孟达说出:

> 将军以关公为叔,恐关公未必以将军为侄也。某闻汉中王初嗣将军之时,关公即不悦。后汉中王登位之后,欲立后嗣,问于孔明,孔明曰:"此家事也,问关、张可矣。"汉中王遂遣人至

荆州问关公，关公以将军乃螟蛉之子，不可僭立，劝汉中王远置将军于上庸山城之地，以杜后患。此事人人知之，将军岂反不知耶？何今日犹沾沾以叔侄之义，而欲冒险轻动乎？"封曰："君言虽是，但以何词却之？"达曰："但言山城初附，民心未定。不敢造次兴兵，恐失所守。"封从其言。

不必多作解释，孟达是个奸诈的小人，作者让他来做挑拨离间的角色，大约是他和刘封联合起来拒不支援关羽，之后又投降了曹操，可是刘封也不是什么良善之辈。廖化问刘、孟二人说明他是"突围而出"，奉命"来此求救"，"望二将军速起上庸之兵"，"以救此危"的。刘封竟然说："将军且歇，容某计议。"如此紧急之事，俗谓先救人要紧，有何可计议？如说计议，便说明这小子不想去救援关羽。因此听了孟达的挑拨之言，便同意孟达的说项，不论廖化怎样以头叩地，大恸告求曰："若如此，则关公休矣！"刘封、孟达不听，甚或拂袖而入，不理廖化。刘封如此绝情，竟以一己之恨，不顾亲情及蜀国之大局，着实该杀！

现今没有文献证实关羽反对刘备立刘封为后嗣；即便是有此事，也不能说关羽的反对是错的。按古代的正统观念，应"立嫡以长不以贤"，或如司马光在《宗室袭封仪》中所言，"安嫡重正"，即"必使嫡长世世承袭者，所以重正统而绝争端"。刘封非是刘备直系血缘，当然没有资格承嗣，何况刘备暂时无自己的子嗣，不等于说他一辈子没有孩子。后来刘禅立世就证明了关羽的推断。也由此，我们更不能把刘封的绝情算在关羽"陵轹"所致的账上。相反，今人却从刘封身上看到权利失落而导致人性灭绝的结果。

关公在麦城盼望上庸兵不到，成都援兵不见动静，手下只有五六百人，多半带伤，城中无粮，甚是苦楚。此时，诸葛瑾代表孙权前来说服关公投降，关公"安肯背义投敌国？""玉可碎而不可改其白，竹可焚而不

158

可毁其节:身虽殒,名可垂于竹帛也",终于在临沮被执而遇难。

7.诸葛亮指挥思路不明

荆州失守不只是关羽的性格悲剧所铸成,我以为还有一个重要因素是军师诸葛亮指挥的错误。先看关羽为何离荆州攻樊城。《三国志·蜀书·关羽传》曰:

是岁(建安二十四年),羽率众攻曹仁于樊。曹公遣于禁助仁。

《三国志·魏书·武帝纪第一》也说:

遣于禁助曹仁击关羽。八月,汉水溢,灌禁军,军没,羽获禁,遂围仁。使徐晃救之。

《资治通鉴》卷六十八、汉纪六十、建安二十四年:

孙权攻合肥。时诸州兵戍淮南。扬州刺史温恢谓兖州刺史裴潜曰:"此间虽有贼,然不足忧。今水潦方生,而子孝(曹仁)县军,无有远备,关羽骁猾,政恐征南有变耳。"已而关羽果使南郡太使糜芳守江陵,将军付士仁守公安,羽自率众攻曹仁于樊。仁使左将军于禁、立义将军庞德等屯樊北。

究竟谁先攻谁呢?看正史,毫无疑问是关羽先攻打樊城,为何攻打?是关羽自作主张,为了扩大荆州的地盘而出兵,还是军师诸葛亮或是刘备下的命令,史书中没有交代。小说《三国演义》则写得很明确。第七十四回,刘备自立汉中王,细作人探听曹操连结东吴,欲取荆州,刘备问诸葛亮怎么回应。诸葛亮说:"可差使命就送官诰与云长,令先起兵取樊城,使敌军胆寒,自然瓦解矣。"原来是孔明为了缓解或是瓦解曹操联结东吴欲取荆州而命关羽攻打樊城的。细推敲孔明这一战术,话说得很轻松,却让人匪夷所思:

(1)既然东和孙吴、北拒曹操,联吴抗曹是刘备集团的策略;既然关羽守荆州孔明并不放心,那么为何不考察了解关羽是否执行了东和孙吴、北拒曹操的政策,乃至发展到曹操联结孙权攻打荆州,事态发展到如此地步,也不见孔明采取何种补救措施,挽回同东吴联盟的关系,好像是不在乎曹操与东吴联手。

(2)命关羽攻樊城的目的是什么?探子报告说是曹军"欲取荆州",欲取不等于事实在取,后来证明是孙权取荆州而不是曹操,曹操只做了策应夹击的行动。即使曹操真的袭荆州,关羽敲山震虎似的打一下樊城,难道就瓦解了曹军的意志?特别是攻樊城是打游击战、威吓做做样子,然后返回荆州?还是动真格的,攻下樊城,再攻襄阳,把原来属荆州九郡而被曹操或孙权占领的城池都夺回来?显然出征作战意图不明,这不能不是孔明的失策。

(3)假如关羽的人马离开荆州之后,曹军或吴军偷袭怎么办?这一点连关羽都没有想到,更不要说孔明。随军司马王甫提醒了关羽:"将军一鼓而下襄阳,曹兵虽然丧胆,然以愚意论之:今东吴吕蒙屯兵陆口,常有吞并荆州之意;倘或率兵径取荆州,如之奈何?"关羽才命沿江上下设烽火台警示,可惜派去总督荆州防务的是多忌而好利的潘睿,而没有接受王甫建议,派忠诚廉直的赵累。之后吕蒙巧设白衣过江,成功偷袭荆州,恰是潘睿的失职。

(4)倘若关羽攻下城池,谁来坚守?他身边多是三四流的战将,难当大任。倘如关羽久攻不下樊城,或者孔明有没有代关羽设想到最坏的情境,攻防失败又将如何?孔明是否以为有关羽就能摆平一切,或者有上庸的刘封、孟达的配合就可以搞定,因此不需要成都总部的支援?事实也是如此，刘备与诸葛亮除了派费诗传达攻樊城的命令和五虎上将的诰命外，再也没有派人来过荆州，关羽在整个战役中没有得到任何一点军事上的支援。在关羽最困难的时刻，身带箭伤，军队只残留几百人，盼星星盼月亮似的盼望中央的支持，却得不到任何反应，这不合诸葛亮的作战风格。这是不是因刘备内定关羽为守荆州的统帅，而关羽又刚愎自用，不易服人，所以诸葛亮自离任赴成都后，不想过问关羽管理荆州的得失，攻樊城战事打响后，也未另派任何战将加强力量，好像有这位名震华夏的万人敌的招牌，就可以解决一切似的。

当然，上述分析都是以今人的观点猜测诸葛亮的失误。不过从关羽失荆州的战略战术而言，缺乏明确的出战目的，留守部队与前线作战部队之间怎样协调、成都中央部队及其他驻防部队怎样支援与配合，都缺少整体部署，乃遭致战役的失败，同样对今天有参照价值。

(5)细查《三国志》和《资治通鉴》的记述，关羽攻打樊城时，诸葛亮就压根儿没有给予支援，罗贯中恰抓住这个历史事实，深刻展现一个自视万人敌的英雄，怎样被对手利用自己的性格弱点，以巧计战胜了自己，甚或走向毁灭。所以小说家才过细地描写英雄末路的悲壮过程，无须把笔墨移向别个人物。

关羽从凡人到神

关羽被俘后，孙权觉得关公为世之豪杰，欲以礼相待，劝使归降，而主簿左咸力劝不可留，若不即除，恐贻后患，孙权不得不忍痛斩之。当晚关公的鬼魂就向王甫示意。王甫在麦城对周仓说："昨夜梦见主公浑身血汗，立于前；急问之，忽然惊觉。不知主何吉凶？"正说间，忽报吴兵在城下，将关公父子首级招安。王甫、周仓大惊，急登城去看，果然是关公父子首级。王甫大叫一声，坠城而死。周仓也自刎而亡。这是关羽第一次显灵，是鬼魂现身而不是神仙显圣。

第二次显灵，也是第七十七回，关羽英魂不散，荡荡悠悠，来到玉泉山。山上有一老僧，法名普净。是夜三更以后，普净正在庵中默坐，忽闻空中有人大呼曰："还我头来！"普净仰面谛视，只见空中一人，骑赤兔马，提青龙刀，左有一白面将军（关平），右有一黑脸虬髯之人（周仓）相随，一齐按落云头，到玉泉山顶。普净认得是关公，关公说他已遇祸而死，愿求指点迷途。普净指出，昔非今是，一切休论；后果前因，彼此不爽。今将军为吕蒙所害，大呼还我头来，然则颜良、文丑、五关六将等众人之头，又将向谁索耶？于是关公恍然大悟，稽首皈依而去。之后关公往往于玉泉山显圣护民，乡人感其德，就于山顶上建庙，四时致祭。

尽管关羽的阴魂接受了普净的点化，"恍然大悟"，不再去找吕蒙"还我头来"。可是在孙权举办的庆祝尽收荆襄之地、赏犒三军的庆功宴上，孙权向吕蒙敬酒，吕蒙刚接过酒杯欲饮，忽然掷杯于地，一手揪住孙权，厉声大骂说："碧眼小儿！紫髯鼠辈，还识我否？"推倒孙权，坐于孙权位上，大喝："我自破黄巾以来，纵横天下三十余年，今被汝一旦以奸计图我，我生不能啖汝之肉，死当追吕贼之魂！——我乃汉寿亭侯关云长也。"说完，只见吕蒙倒于地上，七窍流血而死。这是第三次显灵。

张昭自建业而来，听说孙权杀害了关公父子，认为东吴大祸不远。因为刘备与关羽结义，誓同生死，若知关羽父子被害，必起倾国之兵，奋力报仇。如若刘备之兵不犯东吴，可将关公首级，转送与曹操，明教刘备知是操之所使，必痛恨于曹操，西蜀之兵，不向吴而向魏。张昭这一计纯是幼稚的掩耳盗铃之计。明明是你东吴不协助关羽取樊城，反而乘关羽离开荆州之机，偷袭了荆州，又杀害了关公父子，然后把责任推给曹操，说曹操是杀关羽的主谋，刘备能够放过东吴而去追讨曹操吗？再说刘备

失去了荆州,蜀国还具备进军宛洛、攻击曹操的条件吗？张昭这一不着边际的话,孙权还真信,遣使者将关公首级,转送与曹操。司马懿立即识破东吴移祸之计,建议曹操将关公首级,刻一香木之躯配之,葬以大臣之礼;刘备知之,必深恨东吴,尽力南征。曹操可观其胜负:蜀胜则击吴,吴胜则击蜀。吴使呈上木匣,曹操打开木匣,见关公面如平日。操笑曰:"云长公别来无恙！"言未讫,只见关公口开目动,须发皆张,操惊倒。这是第四次显灵。

细看关公冤魂见普净,"一齐按落云头","乘风落于庵前"云云,好似有点仙家行径。但看历次显灵,却鬼气很重,尤其那"还我头来"的叫喊,和普通冤魂无大差别。曹操打开匣子,看视关羽首级时,那口开目动,须发皆张的恐怖形象,更是厉鬼所为了。

不过第七十七回,忽一日,刘备浑身肉颤,行坐不安;至夜,不能宁睡,起坐内室,秉烛看书,觉神思昏迷,伏几而卧;就室中起一阵冷风,灯灭复明,抬头见一人立于灯下。玄德问:"汝何人,寅夜至吾内室？"其人不答。玄德疑怪,自起视之,乃是关公,于灯影下往来躲避。玄德曰:"贤弟别来无恙！深夜至此,必有大故。吾与汝情同骨肉,因何回避？"关公泣告曰:"愿兄起兵,以雪弟恨！"言讫,冷风骤起,关公不见。玄德忽然惊觉,乃是一梦。毫无疑问,关羽借梦现身的形式,阴森森的气氛,都是传统小说描写鬼魂时常用的笔法。

但是到了第八十三回,三更以后,吴将潘璋亦来老者草堂投宿。恰入草堂,关兴见了,按剑大喝曰:"反贼休走！"璋回身便出。忽门外一人,面如重枣,丹凤眼,卧蚕眉,飘三缕美髯,深绿金铠,按剑而入。璋见关公显圣,大叫一声,神魂惊散,欲待转身,早被关兴手起剑落,斩于地上,取心沥血,就关公神像前祭祀。原来这家主人是位老人家,堂内点着明烛,中堂绘画关公神像。老者说:"此间皆是尊神地方。在生之日,家家供奉,何况今日为神乎？"那就是说关羽到此时完成了由鬼到神的转换，他对东吴诸将的复仇，不必由他来完成，而是由其第二代关兴接续，关爷的青龙偃月刀，也就自然的转交给关兴。

第八十五回，刘备在白帝城独卧于龙榻之上。忽然阴风骤起，将灯吹摇。灭而复明。只见灯影之下，二人侍立。先主怒曰："朕心绪不宁，教汝等且退，何故又来！"叱之不退。先主起而视之，上首乃云长，下首乃翼德也，先主大惊曰："二弟原来尚在？"云长曰："臣等非人，乃是鬼也。上帝以臣二人平日不失信义，皆敕命为神。哥哥与兄弟聚会不远矣。"先主扯定大哭。忽然惊觉，二弟不见。关张现身，全然是鬼魂作派，但又第一次向人们说明他们已被上帝"敕命为神"。

最后一次显圣是第九十四回，诸葛亮一出祁山，西羌国羌兵用铁车阵将关兴围住，羌兵元帅越吉手提大锤战关兴，兴终是胆寒，抵敌不住，望涧中而逃；被越吉赶到，一锤下来，正中马胯。那马望涧中便倒，关兴落于水中。正在这时，岸上一员大将，杀退羌兵，救了关兴。"只见云雾之中，隐隐有一大将，面如重枣，眉若卧蚕，绿袍金铠，提青龙刀，骑赤兔马，手绰美髯——分明认得是父亲关公"。关公以手望东南指，告诉关兴："吾儿可速望此路去，吾当护汝归寨。"关兴望东南走，半夜遇到张苞，也说他被铁车军急追时，"忽见伯父自空而下，惊退羌兵"。关公显灵，突如其来，倏然而往，只救子侄，而不用其法力帮助诸葛亮完成出祁山的任务，那就是《封神演义》，而不是《三国演义》了。

细思关羽几次鬼魂现身，我很怀疑关羽至死也未悟自己失败的原因，而把吕蒙甚或把东吴都看作是小人，搞小动作，耍阴谋诡计偷袭了荆州，乃至害死了他，因而有点冤枉。生时未能以智谋和军力战胜吕蒙，死后却以阴魂的力量复仇，致吕蒙于死地，让他死得很难看，并不显示其伟大，反倒有点反讽的意味。当然，这都是作家依据时人对关羽价值判断而进行的虚构，并非历史实有。

其实，魏晋时期的正史，如陈寿的《三国志》与裴松之的注，既没有视关羽为超级英雄，更没有把他提升为神人。陈寿在《关羽传》的传尾，一方面肯定关羽与张飞都是"万人之敌"，雄壮威猛超过张飞。但是，另一方面，陈寿毫不客气地指出"羽善待卒伍而骄于士大夫"。在各家的传述中，如《吴主传》《鲁肃传》《吕蒙传》《陆逊传》，忠实地转述了对关羽"矜其骁气，陵轹于人""意骄志逸"弱点的评论。下邳屈降曹操，虽说是权宜之计，实为人生的污点；荆州之失而走麦城，更是关羽功业、人格重大缺损。也因此，后主刘禅嗣位很久之后，延至建兴七年，才追谥关羽为"前将军壮缪侯"。"壮缪"是谥号。"壮"是壮勇，"缪"与"穆"古相通，岳飞死后的谥号即为"岳武穆"。明郎瑛《七修续稿》卷四对关羽谥号的解释说："但传公谥壮缪，乃为不学者所疑，当读为穆，如秦缪鲁缪是也。予已辨于穆字下。谥法壮为'克乱不遂'，穆为'执义布德'，此非神之行乎？"按郎氏的解释，"壮"为"克乱不遂"，应指关羽北征曹操而多艰；"执义布德"，则是指关羽一生大德为义，乃至以身殉职。至于"前将军"，依旧是关羽生前的官职，显然阿斗对他二叔比较苛刻，并没有晋升到更高爵位。

到了隋唐，甚至推进到北宋初，关羽神祇地位慢慢鹊起，但还没有形成全国范围内的有自己的庙宇，独自享受人们的供奉。唐董侹《荆南节度使江陵尹裴公重修玉泉关庙记》谓："寺西北三百步，有蜀将军都荆州事关公遗庙存焉。"（《全唐文》卷六百八十四，第七册）据说荆州玉泉山寺庙为佛教寺庙，另有荆州玉泉祠，供奉关羽。玉泉祠要早于玉泉寺。《旧唐书·地理志》曰："大抵荆州率敬鬼，尤重祠祀之事。昔屈原为制《九歌》，盖由此也。"关羽长期任职荆州地方长官，死得很惨烈，鬼神崇拜之风很浓的荆州百姓，自然要立祠纪念。倘若关羽和先主刘备在一起供奉，只能享受配享的待遇。有趣的是，唐武则天重武举考试，建武庙。据宋王溥《五代会要》卷三所记唐武成王庙中，六十四个被祭祀的名将中，关羽竟然和周瑜、陆逊、张辽，特别是死敌吕蒙共同吃一碗祭品，如果关羽灵魂有知,将是何种滋味?幸好五代后唐时国子监博士蔡同文奏请说"武成王庙壁诸英贤画像画前,请各设一豆、一爵祀享",才脱离开几个人抢一碗冷猪肉的尴尬局面。这也从一个侧面说明关羽那时还处于半神半鬼的状态,名气还不算特别响亮。

北宋以降的不断加封,明明白白,响当当的成了神,由从享走进了自己单间的"独享",这是由四方面力量作为推手:一是宋以后帝王按着临朝的政治需要而加封;二是民间传说,时人把自己的理想愿望附会在关公身上;三是小说戏曲家的炒作;四是宗教的宣传。

先说第一方面推手——帝王们的加封。最早封关羽的,应为北宋哲宗绍圣三年(1096)赐玉泉祠额为显烈庙。"显烈"应是谥号,用谥号作为庙宇的名称,毫无疑问说明宋哲宗正式把关羽享受忠义祠之类的祭祀,提升为神格的庙寺。接着,徽宗朝,崇宁元年(1102),追封忠惠公。大观二年(1108)又加封武安王。要按《徽宗实录》说在武安王前加了"义勇"二字,全称"义勇武安王"。可是我们查鲁愚等编《关帝文献汇编》中《前将军关公祠志》卷三引李焘《续资治通鉴长篇》曰:"宣和五年正月己卯,礼部奏:侯敕封义勇武安王,今以从祀武成王庙,契勘从祀诸将例,不显谥号,合称蜀将武安王。从之。"按律条规定,已祀武成王庙中诸将,是不能有谥号的,所以,徽宗刚刚封的"义勇"不得不取消。可是这封号一直沿用到明朝。不过,尽管关羽在武成王庙中可以和名声显赫的姜尚同列王位,神职地位又提升了一步,但还没有达到明清时的崇高位置。

南宋时金军入侵,宋室仓皇南渡,偏安于临安(杭州),是一个重要的历史阶段。高宗建炎二年(1128),一说建炎三年(1129),又加封壮缪义勇王。转到下一代的孝宗,南宋略为稳定,淳熙十四年(1187)加封关羽为英济王。与此同时,据南宋吴自牧《梦梁录》卷十四《土俗祠》、周密《武林旧事》卷五《湖山胜概》所记,关羽有自己独立的庙寺,享受供奉。

待到元朝,文宗天历元年(1328),敕封关羽为显灵义勇武安英济王。祠祀寺庙也较广泛，郡国州县，乡邑闾井尽皆有关羽庙，关羽崇拜的民俗活动也在寺庙中展开；同时推动了三国故事和关羽故事的传播。

进入明朝，朱元璋只恢复原封汉寿亭侯，却削了王号。永乐时未加任何封号，大约国内外政治环境还不特别需要关羽这个保护神。明嘉靖十年（1531）称关羽为汉关帝寿亭侯，第一次称关羽为帝。万历三十三年（1605）加封"三界伏魔大帝神威远震天尊关圣帝君"。明末崇祯年间世俗称之为"关夫子"，同孔夫子平起平坐。大约是因为关羽好《左氏传》，或是从"关圣帝君"的"圣"字推衍而来，有"文圣"当有"武圣"。顺治九年（1652）又封忠义神武关圣大帝。

清军入关之前，即以《三国演义》中桃园三结义为范例，团结蒙古诸汗，并以《三国演义》作为兵书教材，因此入关后雍正朝下令全国普建关帝庙。乾隆三十三年（1768），加封忠义神武圣佑关圣大帝。明朝加"忠义"和清朝加"忠义"，其内含用义是不同的，这个问题我们将在下文讨论。

第二方面的推手是民间传说。这里所说的民间传说是指有文字可考的传说，而非指流传于民间的口头传说。有文字可考的，大都刊载在文人笔记中，有的是忠实的转述，有的是虚构，转述与虚构，不免杂有文人自己的解读观念，当然反映了时人对关羽形象的判断。胡琦《关王事迹》云宋大中祥符七年，解州盐池水减，断绝水源的是蚩尤，真宗召张天师议论蚩尤之事。天师奉帝命焚符，诏关羽讨蚩尤。"忽一日，黑云起于池上，大风暴至，雷电晦暝，居人震恐，但闻空中金戈铁马之声。久之，云雾收敛，天色晴朗，池水如故"。王世贞《弇州四部稿续稿》卷一百七十、朱国祯《涌幢小品》卷二十"关云长"，记宋政和中、宋崇宁中解州池水数溃，结不成池盐，又是蚩尤搞的鬼，又是张真人请来关羽解决了问题。又《大宋宣和遗事》载宋徽宗五年，解州有蛟在盐池作祟，伤人甚众，诏命三十代天师张继先治之。张天师请来两位天神，一为蜀将关羽，一为自鸣山神祇，不久，蛟祟已平。关羽成了降妖除魔的战神，但受张天师符命,说不定是道教门徒编撰的段子。曾敏求《独醒杂志》、郭彖《睽车志》记述关羽显灵给李若水,预示将有靖康之乱。李若水后出使金国,受尽污辱,誓死不降,被金人"裂颈断舌"而死。讲忠义之人,惜为忠义而死之士,所谓惺惺相惜。宋洪迈《夷坚志》中的《关王幞头》《公安药房》,关羽又转换为包治百病的药神。其间有一味药,按《明滇志》所言,读左氏春秋便可治愈。《广平府御水患》中,写山洪暴发之际,关羽拯救了全城百姓。《于保还乡》《救沈民部》,关羽又转换了角色,充当了为百姓伸冤理枉的清官。此外,如助平倭寇、追捕越狱潜逃犯、劝善惩恶、科举考试等,都能看到关公的影子,关公已成为仅次于观音菩萨,救国救难、普度众生的天神。

第三方面的推手是小说与戏曲。单从关羽由人而到神鬼的演化过程而言,元代的《三国志平话》与《三分事略》没有给多少力。因为关羽战死,"后说吴、魏两国官员至荆州,言圣归天"之后便不再提关羽,当然也看不到关羽显灵的情节。只有元末明初罗贯中的《三国志通俗演义》,则多处描写了关羽显灵的神态,我在前文已做了摘引。不过我引用的是毛宗岗评改本,事实是《三国演义》有多种版本系统,如以闽刻本为中心的志传系统,以嘉靖本为中心的演义系统,以毛宗岗、毛纶父子为中心的评改本。我们仅以嘉靖本《三国志通俗演义》与通行的毛宗岗本《三国演义》相比较,不难发现两本在神化关羽上略有差异,最大的区别是《玉泉山关公显圣》,毛本为七十七回,摘引如下:

嘉靖本:

　　时五更将尽,正走之间,喊声举处,伏兵又起。背后朱然、潘璋精兵掩至。公与潘璋部将马忠相遇,忽闻空中有人叫曰:"云长久住下方也,兹玉帝有诏,勿与凡夫较胜负矣。"关公闻言顿悟,遂不恋战,弃却刀马,父子归神。

毛评本：

　　时已五更将尽，正走之间，一声喊起，两下伏兵尽出，长钩套索，一齐并举，先把关公坐下马绊倒。关公翻身落马，被潘璋部将马忠所获。关平知父被擒，火速来救，背后潘璋、朱然率兵齐至，把关平四下围住。平孤身独战，力尽亦被执。

　　罗贯中既然认定关羽死后为神，因此没有必要表现关羽被擒时的狼狈相，什么"长钩套索"，先把座下马绊倒，然后"关公翻身落马"，被人所获，有损于神的形象。一句天帝有诏，"勿与凡夫较胜负"，便顿悟，丢弃刀马归天。接着列几首史官有诗赞曰，颂扬关公年少时就"济困扶危立大功"，辅佐刘备征战，更是"大义古今谁可及"，"可怜忠义一时亡"。那么，关羽被俘后孙权与关羽的对话，以及斩首的过程，嘉靖本统统不写，相反，毛评本却写得很细。不仅如此，玉泉山显圣见普净禅师，嘉靖本也是按神的规格来写的。

嘉靖本：

　　当夜月白风清，正值三更时分，净禅师在庵中坐禅，忽闻空中有人大呼："主人何在？"禅师命行者观之，见空中一人，骑赤兔马，提青龙刀，左右随从二将，口中但呼如前言不息。行者回报禅师，禅师知是关公与关平、周仓也。待云头飞至庵前，禅师以手中麈尾击其座曰："颜良安在？"关公闻言，英魂顿悟，即落云下马，叉手立于庵前曰："吾师何人？愿求清号。"禅师曰："昔日氾水关前镇国寺中，曾与君侯相会，今日何不识普净也？"公曰："某虽愚鲁，愿听清诲。"禅师曰："昔非今是，一切休论，只以公所行言之：向日白马隘口，颜良并不待与公相斗，忽然刺之，此人于九泉之下，安得而不恨乎？今日吕蒙以诡计害公，安

170

足较也？公何必疑惑于是？"公遂从其言，入庵讲佛法，即拜普净禅师为师。后往往显圣，乡人累感其应，因此就于山顶上建庙，四时致祭。

毛评本：

是夜月白风清，三更已后，普净正在庵中默坐，忽闻空中有人大呼曰："还我头来！"……普净认得是关公，遂以手中麈尾击其户曰："云长安在？"关公英魂顿悟……普净曰："昔非今是，一切休论；后果前因，彼此不爽。今将军为吕蒙所害，大呼'还我头来'，然则颜良、文丑，五关六将等众人之头，又将向谁索耶？"于是关公恍然大悟，稽首皈依而去。后往往于玉泉山显圣护民，乡人感其德，就于山顶上建庙，四时致祭。后人题一联于其庙云：赤面秉赤心，骑赤兔追风，驰驱时，无忘赤帝。青灯观青史，仗青龙偃月，隐微处，不愧青天。

嘉靖本在"四时致祭"后还附《传灯录》记云，大唐高宗时一个秀才出家，法名神秀，拜五祖弘恩禅师为师。后游至玉泉山，坐于怪树之下，见一大蟒，风簇而至。神秀端然不动。次日，于树下得金一藏，就于玉泉山创建道场。因问乡人："此何庙宇？"乡人答曰："乃三分时，关公显圣之祠也。"神秀拆毁其祠，忽然阴云四合，见关公提刀跃马于云雾之中，往来驰骤。神秀仰面问之，公具言其事。神秀即破土建寺，遂安享关公为本寺伽蓝。又，在《传灯录》之后又附有"传曰"，文中提到宋朝崇宁年间，关公出现显圣，故封为崇宁真君。因解州盐池蚩尤神作祟，乃关公神力破之，后累代加封义勇武安王、崇宁真君。

我无力判断嘉靖本和毛评本，哪一个本子更接近于罗贯中的祖本，但从嘉靖本和毛评本处理关羽显灵上，却表现了不同的理念。嘉靖本的

171

作者很了解解州盐池关公战蚩尤的传说，很清楚元以前历代王朝对于关羽的封谥，连宋朝崇宁年间关公显圣，封为崇宁真君的传说也都编进小说，可见他深受历史传说的影响。所以关羽死后便自然的归天，不需要展示斩首的过程，更不必让关羽阴魂不散，向普净长老讨要首级。反之，毛评本的罗贯中，从关羽被俘到被斩首的过程，始终把他写作是一个凡人，因此才描写怎样被吕蒙的兵士长钩套索绊倒，孙权怎样用嘲讽的口吻劝关羽投降而不降。而关羽被斩首之后，先是以冤鬼形象在空中游荡，向普净喊冤，还他头，而不是不明不白地大呼"主人何在"。此后冤魂附体吕蒙，眼视曹操，夜中托梦于刘备，亦鬼亦神，报复潘璋的显灵，则有点神的气象了，所以，两种版本的比较，我倒觉得毛评本改得真实合理。

至于宋元杂剧和明清戏曲演述关羽鬼魂和成神的剧目较少，其内容并未超出民间传说的范围，如《关张双赴西蜀梦》重在表达对刘封、孟达卖国投敌，陷害忠良的痛恨，和《关大王单刀赴会》属于同一类品格，借戏曲表达强烈的大汉民族的情感。《关大王大破蚩尤》和《洞玄升仙》又属另一类，都作为宗教的战神形象，起到护法神的作用。明代汪廷讷《长生记》中的《关公斩妖》，到清《鼎峙春秋》第八本十五出"老比丘玉泉点化"，第十六出"红护法贝阙朝天"，由人变神，再到护法神，再至伏魔大帝，后来舞台上的关羽形象，似乎都按《鼎峙春秋》定下的模式演绎。

第四方面的推力是宗教宣传，最给力的是道教。崇奉道教，自称为"道君皇帝"的宋徽宗，俗传也封关公为"崇宁真君"，加之后代封关圣大帝、伏魔大帝的封号，不伦不类，让他管天管地，管人间黑道白道，各行各业，甚至监察冥界鬼事，关羽真的是变成神仙传中的一员了。

半个世纪之前，胡适先生在《三侠五义序》中曾说："包龙图——包拯——也是一个箭垛式的人物。古来有许多精巧的折狱的事故，或载在史书，或流传民间，一般人知道他们的来历，这些故事容易堆在一两个人的身上，在这些侦探式的清官之中，民间的传说不知怎样选出了宋朝

172

的包拯来做一个箭垛,把许多折狱的奇案都射在他身上。"

所谓"箭垛式的人物",无非是后人堆砌,作为某种精神的信仰和楷模,而同原型有较大的距离;或者说,原型不过是一个充当箭垛的符号。关羽也是一个箭垛子。问题是关羽之所以被选作箭垛,必然因他某种性格和精神,体现中国的人格理想,为某一时代当权者和平民所切身需要,所以才能作箭垛,成为人们的偶像。无论是《三国志》《资治通鉴》,也无论是小说《三国演义》,都无异议地判定关羽生前忠于刘备的汉室正统,具有威猛雄壮的战斗精神,可以说"忠勇"已成为关羽的性格和政治符号。

屈原《楚辞》中的《国殇》,有祭祀厉鬼的歌词,词中有句曰:"身既死兮神以灵,子魂魄兮为鬼雄","首身离兮心不惩……终刚强兮不可凌"。好像是身首异处,死了仍不服气,仍然要向对手复仇。此类厉鬼恶鬼似的鬼雄,关羽足可以称之,因为他宁死不屈,死得爷们儿,死得冤屈,死后仍向仇敌示威。

中国人有崇拜英雄的集体意识,但崇拜的多是对本地区对国家有突出贡献的人物。特别是忠勇报国,马革裹尸,战死沙场的杨家将、岳飞、宗泽、史可法,更是人们崇拜的英雄。尽管关羽性格上有许多缺损,但是其忠义勇的精神,喜读春秋的儒雅高傲而又威严的风神,更能唤起当权者和世俗从不同角度灌注自己的价值取向,升华为社会和时代所需要的精神。相比之下,黄帝、蚩尤、姜尚、项羽、韩信、张良不如关羽有许多符号可借用。社会安康时,如明成化十七年祭文中所言:"复统阴府之兵,剿灭蚩尤,妖氛既绝,旱虐随消。"关公好像是国防部长,统领军队捍卫社稷和老百姓,那个蚩尤则被视为危害百姓的犯罪分子和敌人的象征,也是个符号性的人物。倘若处于风雨飘摇的乱世,外族入侵,民族陷入危机,汉民族统治者则又希望关羽为保家卫国的战神,如《荆州志》载高宗祭礼的告辞中,"肆摧奸宄之锋,大拯黎元之溺"。反之,清贵族统治者未入主中原，一统朱明统治的天下时，则以《三国演义》中桃园三结义的"义"作为纽带，团结蒙族诸部。一旦确立了统治地位，正如马克思、恩格斯在《德意志意识形态》的序言中所言："定居下来的统治者所采纳的社会制度形式，应当适应于他们面临的生产力发展水平，如果没有这种适应，那么社会制度形式就应当控制生产力而发生变化。这也说明了民族大迁移后的时期中到处可见到的一种事实，即奴隶成了主人，征服者很快学会了被征服民族的语言，接受了他们的教育和风俗。"说得具体一点，为了巩固新政权的统治，必须适应和采用多数的、先进民族的文化思想和语言风俗，必须把自己的利益说成是代表全社会成员的利益，把自己的统治思想也赋予普遍性的形式。这就是为什么清统治者，包括元统治者，没有把本民族本阶级的思想作为统治思想，反而采用了汉民族的主流思想——儒家思想作为统治思想的原因。与此同理，清军入关不久，清政府对关羽连连加封，谥为"忠义神武"，尊为"关圣大帝"，其用意不外乎让汉族及其他民族的百姓，要以关羽的忠义精神为榜样来忠义于清统治者。何况关羽已晋升为伏魔大帝的神祇，不单有民间的武勇，更具有伏魔的神力。这正如康熙的儿子允禄编定的戏曲《鼎峙春秋》中，关羽代阳间的帝王喝令众魔："如今圣主当阳，邪魔敛迹，尔等各宜安分，不得擅离本宫，如敢故违，按律惩治。"关羽为谁护佑，就不言而喻了。至于武林、绿林、秘密结社供奉关公，主要以忠义为团结的精神力量。公检法则又请关羽作护法神，平头百姓则祈望关爷惩治邪恶、消灾减祟，保民平安。关羽简直成了各界守护神，谁也不去考究，也无法考究出关羽有多大法力，应承众多差事，玩得转吗？

第四章

多智而近妖的诸葛亮

隆中对策的得失

诸葛亮在隆中详细分析了各路豪杰的情况，为刘备制定了成就霸业、复兴汉室的战略规划。且看《三国志》卷三十五《蜀书·诸葛亮传》中，诸葛亮是怎么说的：

今操已拥百万之众，挟天子以令诸侯，此诚不可与争锋。孙权据有江东，已历三世，国险而民附，贤能为之用，此可以为援而不可图也。荆州北据汉、沔，利尽南海，东连吴会，西通巴、蜀，此用武之国，而其主不能守，此殆天所以资将军，将军岂有意乎？益州险塞，沃野千里，天府之土，高祖因之以成帝业。刘璋暗弱，张鲁在北，民殷国富而不知存恤，智能之士思得明君。将军既帝室之胄，信义著于四海，总揽英雄，思贤如渴，若跨有荆、益，保其岩阻，西和诸戎，南抚夷越，外结好孙权，内修政理；天下有变，则命一上将将荆州之军以向宛、洛，将军身率益州之众出于秦川，百姓孰敢不箪食壶浆以迎将军者乎？诚如是，则霸业可成，汉室可兴矣。

概括诸葛亮的战略：一是夺取荆、益二州为根据地，外结孙权，积蓄力量取中原。经略中原从两路入手：待天有变，则命一上将率荆州之兵，由荆州以窥宛（南阳）、洛（洛阳）；另一路是刘备亲率益州之师出秦川向汉中，以钳形攻势争夺中原。当时曹操以许昌为首都，而荆襄距许昌最近，用兵也最简便，所以诸葛亮以荆襄为主，汉中为辅，主力部队集中在荆州，诸葛亮亲自坐守荆州。后来庞统战死。诸葛亮不得不奉刘备之命进川，将守荆州大任委之于关羽。保守荆州以备将来攻取宛、洛的计划，不仅是诸葛亮一个人的战略思想，后来也成为蜀国的国策。因此当曹操听说孙权将荆州借与刘备，惊得将笔落于地上；也因此，孙权、吕蒙袭夺荆州三郡，刘备全力争之，其后关羽攻樊城时，吕蒙偷袭荆州得手，刘备又亲自倾军东征，不仅是为关羽复仇，而是凸显荆州战略地位重要，丢不得。

但是，诸葛亮、刘备把荆州作为经略中原、复兴汉室的战略据点，毕竟是一厢情愿。因为荆州处于古扬州上游，无论在经济上还是政治上都关系孙吴安危，对孙吴同样具有重要的战略地位，势为孙吴所必争。据《三国志》卷五十四《吴书·鲁肃传》所记，早在诸葛亮"隆中对策"提出七年前，即建安五年（公元200），鲁肃即向孙权建议夺取荆州，以图天下：

> 肃窃料之，汉室不可复兴，曹操不可卒除。为将军计，惟有鼎足江东，以观天下之衅。规模如此，亦自无嫌。何者？北方诚多务也。因其多务，剿除黄祖，进伐刘表，竟长江所极，据而有之，然后建号帝王以图天下，此高帝之业也。

建安十三年（公元208），鲁肃闻刘表卒，再次向孙权进言，强调荆州的战略地位。此事也见《鲁肃传》和《资治通鉴》卷六十五、汉纪五十七、献帝建安十三年。《鲁肃传》说：

> 刘表死，肃进说曰："夫荆楚与国邻接，水流顺北，外带江

汉，内阻山陵。有金城之固，沃野万里，士民殷富，若据而有之，此帝王之资也。"

甘宁、吕蒙也主张夺取荆州，再规巴蜀，最后在中原与曹操争锋。《三国志》卷五十五《吴书·甘宁传》：

> 宁陈计曰："今汉祚日微，曹操弥憍，终为篡盗。南荆之地，山陵形便，江川流通，诚是国之西势也。宁已观刘表，虑既不远。儿子又劣，非能承业传基者也。至尊当早规之，不可后操。图之之计，宜先取黄祖。……一破祖军，鼓行而西，西据楚关，大势弥广，即可渐规巴、蜀。"

鲁肃、吕蒙、甘宁的建议，足以说明争荆州也是吴国的战略方针。当然历史上的鲁肃曾主张将荆州暂借给刘备以利联刘抗曹，并不意味着鲁肃忽视荆州的战略地位。

对于以荆州为据点，刘备内部就有不同的看法。《三国志》卷三十五《蜀书·庞统传》，裴松之注引《九州春秋》曰：

> 统说备曰："荆州荒残，人物殚尽，东有孙吴，北有曹氏，鼎足之计，难以得志。今益州国富民疆，户口百万，四部兵马，所出必具，宝货无求于外，今可权借以定大事。"

庞统从荆州的地缘政治关系，判定以荆州为跳板难以得志，不如发展益州。可惜庞统的意见没有引起刘备的重视。从蜀魏的矛盾关系看，以荆州北上宛洛似乎是正确的，但从全局看，特别是从蜀吴的关系看，以荆州为据点，必然和吴发生矛盾，不能不承认庞统的预见高于诸葛亮。

对于孙刘为荆州必失和这一形势,曹操一方的谋臣早已察觉。《三国志》卷十四《魏书·蒋济传》记关羽离开荆州围樊城攻襄阳时,蒋济就曾对曹操说:"刘备,孙权,外亲内疏,关羽得志,权必不愿也。可遣人劝蹑其后,许割江南以封权,则樊围自解。"因此曹操坐看孙权、刘备相争,坐待其毙。事实也如此,赤壁大战后,魏、蜀、吴三家的矛盾,随着荆州属向而变动。刘备占据荆州四郡,接着又巧取益州,刘备的势力严重威胁孙权,于是联刘抗曹的矛盾转为孙权和刘备的矛盾,双方都出动重兵争夺荆州。只是因为曹操乘机出兵汉中,威胁益州,刘备与孙权之争又转为刘备与曹操的矛盾,刘备被迫与孙权讲和,平分荆州。但是,孙、刘矛盾只是稍稍缓和,并没有和好。曹操虽在赤壁失利,并非是全军覆没,其力量实际上还很强盛。因此诸葛亮在"隆中对策"中说"天下有变,则命一上将,将荆州之军以向宛、洛"的时机"变"得还不成熟的情况下,竟然令关羽出兵北伐,而益州又没有如对策所规划的紧紧呼应,邻近的上庸守将刘封和孟达也没有配合,加之关羽的刚愎自用,结果造成曹吴两面夹击,荆州全军溃败,这无疑对蜀是严重打击。可是,刘备、诸葛亮没有从关羽的失败中意识到以荆州为据点的攻守方针的困难。《三国志》卷四十《蜀书·廖立传》也说:

> 昔先帝不取汉中,走与吴人争南三郡,卒以三郡与吴人,徒劳役吏士,无益而还。既亡汉中,使夏侯渊、张郃深入于巴,几丧一州。后至汉中,使关侯身死无孑遗,上庸覆败,徒失一方。是羽怙恃勇名,作军无法,直以意突耳,故前后数丧师众也。

廖立的议论尽管是"事后诸葛亮",但却全面概括了"隆中对策"的缺失,说了真话。特别是刘备倾全国之兵伐吴,企图收复荆州,但又一次遭到毁灭性失败,从此蜀国势由盛而衰,失去了夺取汉中的实力。诸葛亮虽承先主遗诏，决心继续伐魏，复兴汉室。但是，由于荆州失守于前，上庸、新城二城丧于后，以东线荆州出击已不可能，诸葛亮只有改为益州北伐。即出益州至汉中，以汉中为前进的根据地。可诸葛亮出兵有时并不直奔宛、洛和许昌，却绕道西行，经天水、武都各地而出祁山。其原因大约是想借助马超、马岱、姜维在凉州一带的影响，解决兵源军粮的不足，用兵的形势已经由进攻趋向于保守，并且"出师未捷身先死"，复兴汉室的宏图化为泡影！诸葛亮"隆中对策"的得失，史学家不乏考证，可史学家们关注的重点，未必是小说家们关注的重点。小说家们在反映历史的某一发展过程时，有很大的能动性和灵活性，他可以某历史事件为中心，但又不着意描写这个中心，却在和它有联系的环节上着力，来结构小说的情节。他在透视历史事件的真实性（不是历史事实的绝对真实）的同时，更关注人物性格的塑造。

舌战群儒，智激孙权、周瑜

从人物性格刻画以及从人物关系看，诸葛亮与周瑜的性格及冲突是《三国演义》描写最精彩的部分。这两个人的聪明才智一个胜似一个。可诸葛亮过江之后，作者并不让孔明与周瑜马上交锋，正如毛宗岗第四十三回总评中所言"鲁肃不即引见孙权，且歇馆驿，此一曲也。又妙在孙权不即请见，必待明日，此再曲也。及至明日，又不即见孙权，先见众谋士，此三曲也。及见众谋士，又彼此角辩、议论龃龉，此四曲也。孔明言语既触众谋士，又忤孙权，此五曲也"。

孔明深知舌战群儒的重要性，因为不驳倒主降派就不能取得孙权乃至周瑜的支持，形成孙刘联盟，对抗曹操的进攻，可谓生死存亡在此一行。不过诸葛亮不愧是政治家，面对群儒们，他善于根据不同对象采取不同的打击方式：如以君子之儒，强调突出刘备的"大仁大义"，痛斥薛综、陆绩无父无君的谬论；而对张昭、虞翻、步骘、严峻、程德枢之言，视之为"小人之儒"，因为大敌当前，仍在寻章摘句，"何能兴邦立事"？"笔下虽有千言，胸中实无一策"，于事无补的。难怪黄盖也不满群儒们的空谈："曹操大军临境，不思退敌之策，乃徒斗口耶！"

诸葛亮舌战群儒，打击了投降派的气焰，可是鲁肃邀请诸葛亮过江来东吴，主要是请诸葛亮协助说服孙权联刘抗曹，显然不是来讲什么君子之儒小人之儒的。他仍然需要根据不同人的心理、气质与个性特点，采用不同的战术。诸葛亮见孙权时，小说描写道：

> 孔明致玄德之意毕。偷眼看孙权：碧眼紫髯，堂堂一表。孔明暗思："此人相貌非常，只可激，不可说。等他问时，用言激之便了。"

怎样激之呢？诸葛亮不顾鲁肃二次叮嘱："今见我主，切不可言曹操兵多"的忠告。故意张大曹操的力量：一为曹操马步水军有一百多万；二为足智多谋之士，能征惯战之将，不止一二千人；三为曹操沿江下寨，准备战船，就是图江东之地。总之，面对曹操咄咄逼人的态势，要么战，要么不战而降。孔明给东吴指出了一条道路：按兵束甲北面而事之，即投降曹操，俯首称臣。至于"刘豫州何不降曹"，诸葛亮使出了撒手锏："昔田横齐之壮士耳，犹守义不辱。况刘豫州帝室之胄，英才盖世，众士仰慕——事之不济，此乃天也，又安能屈处人下乎！"话里的潜台词无非是曲折地讥讽孙权，身为东吴之主，尚且不如一个壮士懂得"守义不辱"，又怎能比附帝室之胄，英才盖世的刘备呢？诸葛亮这话着实刺伤了孙权的自尊心，安得不愤怒，拂衣而去呢！

尽管孔明向孙权道歉，望乞恕罪，和缓了紧张气氛，详说了破曹之计。孙权表示听"先生之言，顿开茅塞。我意已决，更无他疑。即日商议起兵、共灭曹操"！但他并没有解开以东吴现有兵力，能否战胜曹操百万大军的疑虑。因此张昭批评孙权抗曹是"负薪救火"，他低头不语；邵雍提醒孙权不要为刘备"所用"，更使他"沉吟未决"。乃至鲁肃说过的"众人都可降曹操，惟将军不可降曹操"之论，同诸葛亮的讥讽并无本质的区别，仅说明了不可降的理由，并没有说明可以胜的道理。即便是"外事不决问周瑜"，周瑜向孙权细说曹操来袭多犯兵家四忌，孙权似乎看到了一点胜利的希望，随拔佩剑砍前奏案一角曰："诸官将有再言降曹者，与此案同！"但待近日内调拨兵马与曹对阵，又忧虑"曹操兵多！寡不敌众耳"。只有周瑜再次比较双方军力的优势与劣势，才使孙权下决心破曹，可见诸葛亮激怒孙权只是起到催化剂的作用，真正打开孙权心结的是周瑜。

如果说诸葛亮采用激将法以"刘备不可降"来刺激孙权，那么对年少气盛、尖刻狭隘的周瑜，也同样用的是激将法，只是激的内容有所不同。

妙的是周瑜与诸葛亮接招之前，先写张昭、邵雍、张纮、步骘四人同周瑜对话。周瑜一句"吾亦欲降久矣"故示同心的反语，获得了张昭的赞赏。主战派程普、黄盖、韩当等来访，对他们主战的决心，倒是周瑜真正想知道的反应，他也说："我正欲与曹操决战，安肯投降！"对两派都表示支持，有点狡黠，讨好与人，实际上是战是和早已胸有成竹。待到周瑜问众人讨论降与战，突然放出"战则必败，降则易安"的主张，故意试探刘备方面抗曹的决心和力量，或者周瑜想挑动诸葛亮主动要求吴国施以援手，秉性忠厚的鲁肃不明周瑜真意，诸葛亮却在一旁"只袖手冷笑"，早已了然，周瑜与诸葛亮开始撞出火花。他"笑子敬不识时务"，间接地讥讽周瑜，其中也包括张昭等投降派的"识时务"。所谓"识时务"，按照诸葛上纲上线的解释，就是降服曹操，可以保妻子，保富贵，至于"国祚迁移，付之天命，何足惜哉"！实际是"屈膝受辱与国贼"。孔明这

184

番无限上纲的大批判，对于周瑜不起任何作用，因为"吾自离鄱阳湖，便有北伐之心，虽刀斧加头，不易其志也！"显然也属于"不识时务"者。孔明故意说："公瑾意欲降曹，甚为合理。"其实是为吴国、为周瑜设了底线，阻断降曹的退路，把周瑜逼到只有抗曹的一条路。而周瑜调侃孔明说："孔明乃识时务之士，心与吾同心。"也是一句反话。如果说清葛亮与周瑜同心降曹，岂不违背了过江的使命，何必舌战群儒、激怒孙权呢？诸葛亮未必听不出周瑜的弦外之音的。

问题是周瑜仍不明确表态，还须再刺一下。孔明便借曹操《铜雀台赋》中"立双台于左右兮，有玉龙与金凤。连二桥于东西兮，若长空之蟏蛛"的句子做文章。原赋有东西玉龙、金凤两台，中间以桥连接，并以"蟏蛛"'（虹的别名）比之，即《阿房宫赋》所谓"长桥卧波，未云何龙；复道凌空，不霁何虹者也"。孔明乃将"桥"字，改作"乔"字，将"西"字改为"南"字，将"连"改作"揽"字。而下句"若长空之蟏蛛"，则全改为"乐朝夕之与共"，这就把曹操欲在铜雀台建二个桥的故事，偷换成"二乔"身上，亦即孙权的夫人大乔，周瑜的妻子小乔，那意思是说曹操建立玉龙、金凤台是为了藏"二乔"，朝夕为乐的。诸葛亮又故意将二乔归为民间美女，建议江东将此二女献出，操得之必大喜而去。

诸葛亮的篡改别有用心，近乎人身攻击，不大符合政治家的身份，正史中也非真有是言，可小说家之言则不那么考究。诸葛亮的推测在第四十八回，宴长江曹操赋诗中得到了应验。曹操顾谓诸将曰："吾今年五十四岁矣，如得江南，窃有所喜——昔日乔公与吾至契，吾知其二女皆有国色。后不料为孙策、周瑜所娶。吾今新构铜雀台于漳水之上，如得江南，当娶二乔，置之台上，以娱暮年。"看来诸葛亮之言不是谎言，周瑜之怒亦不是错怪。即使曹操心中无此意，也如毛宗岗在第四十四回总评中所说："吾读杜牧之诗，有'东风不与周郎便，铜雀春深锁二乔'之句，则使孔明不借东风，周郎不纵火，将二桥之为二乔，其不等于张济之妻、袁熙之妇者几希矣。事既非曹操之所无，说何必非孔明之所有。"好像如不联军抗曹，曹操横扫落叶，一切事都可发生。诸葛亮以二乔挑动周瑜对曹操的仇恨，从而争取周瑜同意建立军事联盟。周瑜当然不会被诸葛亮的改篡蒙骗。他痛骂曹操"老贼欺吾太甚"，"吾与老贼势不两立"，与其说是骂曹操无耻，不如说是对襄渎二乔的痛恨。他不想同孔明考究"二桥"与"二乔"的是非，便立即向诸葛亮表明心迹："吾承伯符寄托，安有曲身降曹之理？适来所言，故相试耳。"显然周瑜很有政治家的风度，但孔明对人内心的洞察力和计谋又在周瑜之上，这又让周瑜恐惧，"久必为江东之患，不如杀之"。

用兵谋孔明借箭

草船借箭并非诸葛亮的独自发明。按《三国志》卷四十六《吴书·吴主传第二》之裴注引《魏略》曰："权乘大船来观军，公使弓弩乱发，箭著其船，船偏重将覆，权因回船，复以一面受箭，箭均船平，乃还。""借箭"的是孙权，地点在濡须（今安徽无为），事情发生在建安十八年（213），已是赤壁之战五年后。而在元《三国志平话》中这件事又移到周瑜身上：

> 却说周瑜用帐幕船只，曹操一发箭，周瑜船射了左面，令扮棹人回船，却射右边。移时，箭满于船。周瑜回，约得数百万支箭。周瑜喜道："丞相，谢箭！"曹公听的大怒，传令："明日再战。依周瑜船只，却索将箭来！"

用草人借箭的发明权也不属于诸葛亮。《新唐书》卷一百九十二《张巡传》云：安禄山反，天宝十五年，雍丘令令狐潮举县附安禄山。张巡会合贾贲军，趁令狐潮东击淮阳兵，攻入雍丘，杀了令狐潮的妻子和儿子，潮乃以四万众攻城。"城中矢尽，巡缚藁为人千余，被黑衣，夜缒城下，潮兵争射之，久，乃藁人还，得箭数十万"。不知罗贯中是否受张巡故事的启示，而将《三国志》和《三国志平话》所记合而为一。因为《三国演义》第七回，孙坚、孙策攻打刘表时就使用了借箭法：

> 坚许之，遂与策登舟，杀奔樊城。黄祖伏弓弩手江边，见船傍岸，乱箭俱发。坚令诸军不可轻动，只伏于船中来往诱之；一连三日，船数十次傍岸。黄祖军只顾放箭，箭已放尽。坚却拔船上所得箭，约十数万。

此回诸葛亮借箭，则是借此来突出诸葛亮与周瑜的矛盾冲突。当然每次完成周瑜出的难题，都缺不了鲁肃的衬托。周瑜的反间计被诸葛亮识破，瑜又大惊，"此人不可留，吾决意斩之！"再一次制造让诸葛亮自己犯错误的机会，借所谓"公道"斩之。

次日，周瑜聚众将于帐下，请孔明来议事，"孔明欣然而坐"。身为刘备派遣的特命全权大使，协助东吴抗曹，主帅周瑜有请，他当然是"欣然"赴会的，而这"欣然"中包含着孔明想听听周瑜又要玩什么新花样。果然，周瑜明知故问："水路交兵，当以何兵器为先？"让孔明主动入瓮。有趣的是，孔明像一个小学生回答先生的提问，随即回答说"大江之上，以弓箭为先"。身为军师，倘若连这个最基本的军事常识都回答不出，岂不栽面儿？问题是周瑜不是在搞知识测验，他看孔明步入设题，立即抓住话头："先生之言，甚合愚意。但今军中正缺箭用，敢烦先生监造十万枝箭，以为应敌之具。此系公事，先生幸勿推却。"周瑜的言语逻辑很清楚：是你先说弓箭为先的，军中正缺箭，那就委托先生监造，这是公事，不是戏言，不接受也得接受，这是军事命令！岂知孔明不但很爽快地接受下来，而且认为"曹军即日将至，若候十日，必误大事"，主动立限三日，"愿纳军令状：三日不办，甘当重罚"，并且，"至第三日，可差五百小军到江边搬箭"。这简直是戏言，或如鲁肃疑问："此人莫非诈乎？""只消三日"，实际上"今日已不及，来日造起"，只剩两天时间，怎能造起十万支箭？怪不得周瑜"大喜"，以为此次搞定了孔明，因为先有孔明立下的军令状，后有军匠人的故意迟延，应用物件都不与齐备，是"他自送死，非我逼他"。周瑜那句"待军事毕后，自有酬劳"的"酬劳"可不是庆功酒，而是按军令状规定"三日不办，甘当重罚"。

对于读者而言，三日完成十万支箭的军令状，留下极大的期待和悬念，如果没有看过小说《三国演义》和京剧《群英会》，人们难以想象诸葛亮在三天怎样造出十万支箭，不能不为诸葛亮的性命担忧的。随着故事情节的发展，诸葛亮逐渐揭开谜团。他让鲁肃备用二十只船，"船上皆用青布为幔，各束草千余个，分布两边"。谁人也猜不出用这些船干什么，诸葛亮只说"吾别有妙用"，鲁肃"不解其意"，聪明过人的周瑜也"大疑"孔明不用箭竹、翎毛、胶漆等物，他怎能造出箭？

原来到第三日，大雾漫天，船接近曹军水寨，擂鼓呐喊，水军乱箭狂射，又调旱寨内弓弩手助射，箭着船两边的束草，恰得十万余箭，到此时鲁肃才知"先生真神人也！"但他不明白孔明"何以知今日如此大雾？"诸葛亮曰："为将而不通天文，不识地利，不知奇门，不晓阴阳，不看阵图，不明兵势，是庸才也。"曹操不通天文而堕孔明大雾之中，周瑜不明天文而窃喜得手，岂不均属于"庸才"之列？周瑜不得不慨然叹曰："孔明神机妙算，吾不如也！"

诸葛亮何以过江吊唁周瑜?

周瑜在赤壁之战中,几次动杀机设计加害,几次都被诸葛亮解脱。诸葛亮没有被周瑜杀掉,周瑜却在赤壁之战后,被诸葛亮气死了。有意思的是,诸葛亮三气周瑜,把这位少年周郎气死以后,小说又虚构了一段——同样在正史没有记载的——诸葛亮过江吊孝的情节。诸葛亮这一大胆行动,不仅使刘备感到惊诧担忧,怕"吴中将士加害于先生",就是对读者来说也是很意外的。周瑜在赤壁之战中是孔明的战友,战后又曾是他的敌人,诸葛亮气死了对手又专程过江吊孝,而且读了祭文便"伏地大哭",哭得那么真诚、哀痛,连在场的诸将都相谓曰:"人尽道公瑾与孔明不睦,今观其祭奠之情,人皆虚言也。"鲁肃和众将"亦为感伤"了。

诸葛亮吊孝的本意是什么?倘如按毛宗岗评论的,"此来正为寻访贤士"庞统,起着情节联系的作用,或是为了向东吴宣示成功的得意,玩弄东吴众将失帅的悲伤感情,在精神上对周瑜鞭尸,这就把罗贯中的创作意图看偏了,也把诸葛亮性格看得太肤浅了。其实诸葛亮在祭文中对周瑜的功业、风度、气概、文武韬略歌颂备至。他是赞赏周瑜的。诸葛亮何尝不敬畏这位东吴英雄呢?倘若周瑜顾全孙刘联盟的大局,没有嫉妒之心,那么孙刘两家"若存若亡,何虑何忧"呢?周瑜之死,从两个争霸的统治集团来说,固然是诸葛亮的胜利,不能说没有一点幸灾乐祸之心,但周瑜的早逝难道不会教诸葛亮落下英雄惜英雄的同情泪?以诸葛亮的胸襟与才识,失去周瑜这个对手,应该会感到寂寞的。诸葛亮祭文中说"从此天下更无知音",恐怕不是夸张之词。

不过诸葛亮过江吊祭,更重要的,当然还是政治上的原因。赤壁之战后,曹操仍陈兵巢湖、寿春、樊城一带,虎视眈眈,采用拆散孙刘联盟的和平攻势，软硬兼施，极力拉拢孙权，以便各个击破。因此孙刘两个集团的稳定和联盟的团结仍是十分重要的。所以，对诸葛亮来说，周瑜是他的对手，但他更希望在曹操称霸天下的情况下，巩固和发展孙刘联盟。想当初，诸葛亮奉命过江联吴抗曹，当时曹军已经顺江而下，在这唇亡齿寒的危急时刻，诸葛亮不仅几次完成周瑜交给的任务，而且在明知周瑜要杀害他的情况下，草船借箭，登坛祭风，获得了赤壁之战的胜利，这本身就说明了诸葛亮坚持联吴抗曹战略的政治家风度。周瑜之死，是这个人物的性格悲剧，也是孙刘政治联盟的悲剧。正是在孙刘两家越来越加深了裂痕、关系最紧张的时候，诸葛亮过江吊孝，表面上看，好似故意来触动孙吴痛苦的伤疤，实质是诸葛亮想弥合两家裂痕，加强孙刘团结。

但是，孙刘两个政治集团之间的裂痕是弥合不了的。因为孙权和刘备不是什么"古之君子"，双方是争霸的对手，根本利益是对立的。他们都从自己的政治集团的利益出发，决定联合或是斗争的关系，谁都想以自己为主体，以对方为附庸，在联盟中造成自己的优势，进而称霸图王。孙权为了自家安危决定联合刘备作为帮手，但是"玄德世之枭雄，不可不除"，周瑜为除江东之患，几次要杀掉诸葛亮，何尝是真心联盟？

诸葛亮北伐为何失败？

由于关羽失守荆州于前，上庸、新城丧失于后，以东线荆州出击已不可能，只能改为从益州经汉中北伐。按《三国演义》的记述，诸葛亮一出时率领三十万大军，三十三位战将和助手，气势如虹，连克南安、安定、天水三郡城，打得夏侯楙率领的魏军损兵折将，节节败退，逃窜羌中去了。接着魏主曹睿派曹真领大军至祁山之前，与蜀军对阵。可是初战魏兵即被打得败走十余里，魏将死者极多。曹真求救于西羌羌兵。尽管西羌用"铁车兵"小胜蜀军，诸葛却用计破了铁车兵，杀了元帅越吉，丞相雅丹被俘，答应与蜀永结盟好。由于曹真数败于蜀，又折了两员先锋大将，魏主不得不接受群臣的建议，撤掉曹真大都督职务，由司马懿接任。孟达又想叛魏重新回归蜀国被司马懿察觉，闪电般平定反叛，孟达被乱箭射死；特别是马谡守卫的街亭失守，战场形势发生了不利于蜀军的转折，诸葛亮此后的几出，始终在祁山附近与司马懿纠结。这是因为刘备彝陵之战失败后，国力衰微，已无绝对优势与曹魏抗衡，诸葛亮只能遵从先主遗志，鞠躬尽瘁而已。秋风五丈原，则"出师未捷身先死"，北伐复兴成为诸葛亮的终身遗憾！值得反思的是，诸葛亮几次北伐的大计何以未能成功呢？

1.没有采纳魏延的进军路线

第九十二回，诸葛亮一出祁山时，魏延曾献策说："夏侯楙乃膏粱子弟，懦弱无谋。延愿得精兵五千，取路出褒中，循秦岭以东，当子午谷而投北，不过十日，可到长安。夏侯楙若闻某骤至，必然弃城望横门邸阁而去。某却从东方而来，丞相可大驱士马，自斜谷而进：如此行之，则咸阳以西，一举可定也。"魏延沿用了韩信暗度陈仓之计，从子午谷而向北的进攻路线是不错的，连司马懿都肯定说："若是吾用兵，先从子午谷轻取长安，早得多时矣。"魏延献策时正是驸马夏侯楙领导魏军，因连失三城而被撤职，改由曹真指挥前线部队。夏、侯都不可能想到蜀军从子午谷来袭，可惜诸葛亮一味小心而错失良机，反而自以为是、以人为非，大约古代帝王和军师级的人物都容易犯这个毛病。或是因诸葛亮听刘备生前有言说魏延脑后有反骨，将来必斩之，而心存成见，不愿采信魏延的献策。可话说回来，刘备临终前也曾告诫过诸葛亮马谡言过其实、不可大用，为何还用他去守街亭？可见当一个领导人对某个下属不喜欢或是有某种偏见时，往往蒙蔽视听，连他正确的意见都认为是不正确而加以

192

排斥。诸葛亮说："此非万全之计也。汝欺中原无好人物，倘有人进言，于山僻中以兵截杀，非惟五千人受害，亦大伤锐气，决不可用。"魏延仍不同意诸葛亮的作战方针，继续为自己的路线辩解，质问军师："丞相兵从大路进发，彼必尽起关中之兵，于路迎敌：则旷日持久，何时而得中原？"诸葛说："吾从陇右取平坦大路，依法进兵，何忧不胜！"遂不用魏延之计。但是后来战役发展的事实证明，魏延的意见是正确的。司马懿接手曹真职务，统率二十万大军出关下寨，抵御蜀军，对先锋张部说："诸葛亮平生谨慎，未敢造次行事。若是吾用兵。先取子午谷径取长安，早得多日矣。他非无谋，但怕有失，不肯弄险。"从司马懿的用兵，反证魏延比诸葛更敢于弄险，有时弄险是必要的。

2. 东线袭夺上庸

孟达降魏后，曹丕爱其才，封孟为散骑常侍，领新城太守，仍镇守上庸、金城等处，委以西南之任。自曹丕死后，曹睿继位，朝中多人嫉妒，孟达日夜不安。差心腹人送信给镇守永安宫的李严一封信，请代禀诸葛丞相，听说丞相伐魏，他愿意起金城、新城、上庸三处军马，配合蜀军，径取洛阳，再取长安，那么两京就搞定了。孔明看到孟达的信非常高兴，因为上庸三城是从东线进攻洛阳的最佳前哨桥头堡，拿下上庸，实现复兴汉室的计划就不只是有了希望而是有了可能。但是，诸葛亮在厚赏送信人李严之子李丰时，忽然细作回来报告说，魏主曹睿一面驾幸长安；一面诏司马懿复职，加为平西都督，起本处之兵，于长安聚会。诸葛亮听后大惊。他不是惧曹睿，而是所患者唯司马懿一人而已。现在孟达正准备起义，若司马懿知起义事，事情必然失败。孟达非司马懿对手，必被司马擒拿。孟达若死，中原不易得也。诸葛亮立即写信请李丰转给孟达，提醒他特别要提防司马懿，勿要等闲视之。可是孟达却觉得诸葛亮"心多"，对于司马懿"不必惧也"，宛城（南阳）距离洛阳约八百里，至新城一千二百里。如果司马懿知道我要举事，他要上奏魏主，往复需一个月，我们城池已巩固，诸将三军皆在深险之地，不惧司马懿来。诸葛亮看完孟达的回信，断定孟达必死于司马懿之手。因为兵法云："攻其无备，出其不意。"司马懿岂能允许拖延等待一个月的时间？既然曹睿已经任命司马"逢寇即除"，何必等待魏帝批准，他自己有权处理。倘若司马懿知道孟达必反，不须十天，他平叛的军队就到了新城。

果然不出诸葛亮所料，曹睿下诏委任司马懿阻击诸葛亮；与此同时，被孟达信任的、表示要和他一同举事的金城太守申仪，却派家人至司马懿大营，密告孟达欲反之事，随其起义的还有其心腹李辅并孟达的外甥邓贤。司马懿听后，以手加额说："此乃皇上齐天洪福也！诸葛亮兵在祁山，杀得内外人皆胆落；今天子不得已而幸长安，若旦夕不用吾时，孟达一举，两京休矣！此贼必通诸葛亮，吾先擒之，诸葛定然心寒，自退兵也。"司马懿不等上报朝廷获得批准，为了争取时间，即传令教人马启程，一日要行二日之路，如迟立斩；一面令参军梁畿星夜去新城见孟达，命其准备出征，使其麻痹不疑，这是司马懿精细周密处。不到十日，司马氏率领的大军即到新城下，由金城太守申仪、上庸太守申耽做内应，攻破城池，孟达仰天长叹："果不出孔明所料也！"后悔晚矣，人困马乏，措手不及，竟被申耽一枪刺于马下。诸葛亮就此失去了北伐中原的桥头堡。毛宗岗在第九十四回总评中说得好：

> 蜀事之坏，一坏于失荆州，再坏于失上庸也。荆州不失，则可由荆州以定襄、樊；上庸不失，则可由上庸以取宛、洛。而原其所以失，则有故焉。当关公离荆州以伐魏之时，使别遣一上将以守荆州，则荆州可以不失；当孟达弃上庸而奔魏之时，更遣一上将以守上庸，则上庸可以不失。而先主不虑之，孔明亦不虑之，则皆天也，非人也。其所以失而不复者，又有故焉。当

先主大战猇亭之初，孙权愿献荆州，而先主不之拒，则荆州虽失而可复；当孔明初出祁山之时，孟达欲献上庸，而司马懿未之知，则上庸虽失而可复。而先主必拒之，司马懿必知之，则又天也，非人也。

毛宗岗把荆州与上庸之失，失之后可复而未能复，尽管归之于天，归之于人的命运，但也内含着他对诸葛亮的批评，今人也可能有和毛氏一样的疑惑：既然荆州的战略价值关乎北伐能否成功，那么关羽脱离荆州攻襄樊时，为何不派另一上将去镇守？是顾及关羽的情感还是欠考虑？孟达投向魏营，上庸落入魏手。既然荆州失去后，上庸则是进攻中原的桥头堡，何以刘备只顾复仇伐吴，而忽视了上庸的孟达？因为孟达早已向人透露"昔日孟达降魏，乃不得已也"。待到诸葛亮一出祁山，孟达主动派人向诸葛亮表达重新归队的心意，诸葛亮从李丰带来孟达的书信上才知孟达的真意。诸葛给孟达的回信中称赞孟达"忠义之心，不忘故旧"，倘若不是一时为笼络孟达的官面文章，那么何以没有早做孟达工作，这是不是丞相思虑不周呢？

3. 西线失守街亭

不必再叙述马谡失街亭的过程。但街亭之失却透露出被对手称之为"神人"的诸葛亮有时也犯重大错误。因为白帝城刘备临危之时，曾嘱孔明"马谡言过其实，不可大用"。而诸葛亮却将"街亭虽小干系甚重"，"街亭有失，吾大军休矣"的重任交给了马谡。仅凭一张军令状，就相信所谓"深通谋略"的马谡，在司马懿眼里，不过是"徒有虚名，乃庸才耳！"这是不是因为马谡"以丞相为父，丞相视某如子"，或如孔明所谓"吾与汝义同兄弟"，感情用事，看走了眼，用错了人呢？失守街亭的代价，已如毛宗岗第九十五回前总评：

上庸失而使孔明无进取之望，街亭失而几使孔明无退足之处矣。何也？无街亭则阳平关危，阳平关危，则不惟进无所得，而且退有所失也。未失者且忧其失，而既得者安能保其得？于是南安不得不弃，安定不得不捐，天水不得不委，箕谷之兵不得不撤，西城之饷不得不收。遂令向之擒夏侯、斩崔谅、杀杨陵、取上邽、袭冀县、骂王朗、破曹真者，其功都付之乌有。悲夫！

值得注意的，细察正史《三国志·蜀书·诸葛亮传》《三国志·马良、马谡传》《三国志·魏书·张郃传》《资治通鉴》以及《晋书·宣帝》等书，根本就没有"空城计"这码事。各书所记，均为马谡不听王平的劝告，违背丞相的教导，依山驻军，魏将张郃"断我汲水之道"，而大败蜀军，马谡又弃军逃跑，造成北伐失败。至于司马懿是否参与街亭之战，据《蜀书·诸葛亮传》记载，失街亭发生在诸葛亮第一次北伐，即公元 228 年。可是《晋书·晋帝》却说司马懿是在公元 231 年，诸葛亮第四次北伐时，才被魏明帝曹睿封为都督，才与诸葛亮对阵，前后相差三年，怎么可能穿越时空，与诸葛军师同台演出"空城计"？不过《蜀书·诸葛亮传》裴松之注引《郭冲三事曰》则把诸葛亮与司马懿捏到一块儿，搬演一部"空城计"：

亮屯于阳平，遣魏延诸军并兵东下，亮惟留万人守城。晋宣帝率二十万众拒亮，而与延军错道，径至前，当亮六十里所，侦候白宣帝说亮在城中兵少力弱，亮亦知宣帝垂至，已与相偪，欲前赴延军，相去又远，回迹反追，势不相及，将士失色，莫知其计。亮意气自若，敕军中皆卧旗息鼓，不得妄出庵幔，又令大开四城门，扫地却洒。宣帝常谓亮持重，而猥见势弱，疑其有伏兵，于是引军北趣山。明日食时，亮谓参佐拊手大笑曰："司马

懿必谓吾怯,将有强伏,循山走矣。"候逻还白,如亮所言。宣帝
后知,深以为恨。

无论裴松之注中的"难曰"怎样批评郭冲《三事》中的"空城计"故事
失真,但小说家感兴趣的是戏剧性的场面,突出人物性格的张力,所以
罗贯中有可能移植了郭冲的"空城计"故事,铺演为喧腾众口的三国故
事"空城计"。

4.碰上老谋深算的司马懿

诸葛亮听打探的细作说魏主曹睿驾幸长安,这是为了躲避诸葛亮
出祁山可能攻取洛阳的锋芒,而由洛阳转往长安。另一个消息是诏司马
懿复职,加为平西都督,起本处之兵,于长安聚会。诸葛亮听后大惊,魏
营中,孔明所患者唯司马懿一人而已。今后大小战役,只要碰上司马懿
亲自指挥的战役和部队,就很难快速取胜,甚或失败,对仗起来必须特
别小心,这是个很难缠的主儿。也因此延缓了北伐的进程,乃至秋风五
丈原的突然病故,北伐以失败告终。

从赤壁之战到夺荆州,周瑜三气而亡,临终前叹谓既生瑜何生亮,
好像周瑜的智商虽不能与诸葛亮比肩而视,但也相差无几。如以周瑜、
司马懿与诸葛亮相比,周瑜聪明颖慧,但耍小聪明,有些计谋和诸葛亮
判断一致,如火攻计,如借风。可是诸葛亮能猜出周瑜的底牌,如反间
计、离间计、苦肉计、假招亲、假途灭虢等等。周瑜只知其然而不知其所
以然,预测不出诸葛亮的第二步棋、第三步棋,如孔明为何敢于承担造
箭的任务?用什么方法十日造出十万支箭?万事俱备,只欠东风,这东风
诸葛亮怎样借来?周瑜则不甚了了,好像他不懂天文气象、奇门遁甲。

但是,诸葛亮同司马懿博弈则不同了,诸葛亮攻袭某个据点,司马
懿能料出诸葛亮用兵布局,甚或推断出用兵得失。且不说平叛孟达,巩

198

固住了上庸要地,比诸葛亮抢先了一步。就连诸葛亮出祁山取长安的进军路线都猜出八九不离十。有趣的是,你看出我的出击方向,我则将计就计,进行反制。而司马懿觉察出诸葛亮的反制后再变阵,彼此不断变换策略,最后谁胜,那就是比性格、拼意志了。司马懿对张郃说:"若是吾用兵,先从子午谷径取长安,早得多时矣。"又说:"吾素知秦岭之西,有一条路,地名街亭;傍有一城,名列柳城:此两处皆是汉中咽喉。诸葛亮欺子丹无备,定从此进。吾与汝径取街亭,望阳平关不远矣。亮要知吾断其街亭要路,绝其粮道,则扰西一境,不能安守,必然连夜奔回汉中去也。"诸葛亮说:"今司马懿出关,必取街亭,断吾咽喉之路。"进军的路线,攻防的要地,彼此都猜对了。诸葛亮对主动要求守街亭的马谡警告说:"街亭虽小,干系甚重。倘街亭有失,吾大军皆休矣。汝虽深通谋略,此地奈无城郭,又无险阻,守之极难。"两位统帅对街亭在此次战役的重要性的判断也是一致的。可惜诸葛亮看错了人,用错了守备将军。司马懿就看出了诸葛亮用马谡是一步坏棋:"徒有虚名,乃庸才耳!孔明用如此人物,如何不误事!"不过孔明也采取了补救措施:命高翔带一万兵屯于列柳城。又想高翔非张郃对手,又派魏延引兵去街亭后驻扎。又吩咐赵云、邓芝引一军出箕谷,以为疑兵,或战,或不战,以惊魏军之心。

问题是街亭失守,魏延策应街亭的列柳城也失守,果然不出司马懿所料,诸葛亮见街亭、列柳城皆失,"大事去矣"。密传号令,教大军暗暗收拾行装,准备撤退。可是诸葛亮把众将派出后,只剩他自己带五千兵退去西城县搬运粮草,孔明没有料到司马懿引大军十五万望西城蜂拥而来。这时孔明身边无大将,只有一班文官,带领的五千军,已分一半先运粮草去了,只剩二千五百军在城中。退却逃走已不可能,只能直接面对司马懿,主帅对主帅,强强对话,斗智谋、比性格、拼意志。孔明传令,教将旌旗尽隐匿;诸军各守城铺,如有妄行出入,及各声言语者,立斩!大开四门,每一门上用二十军士,扮作百姓,洒扫街道。如魏兵到时,不可擅动。孔明乃披鹤氅，戴纶巾，引二小童携琴一张，于城上楼前，凭栏而坐，焚香操琴。原来诸葛亮玩的是空城计，以静制动。

司马懿对张郃说"诸葛亮平生谨慎"，"不肯用险"。谨慎、不用险，是诸葛亮排兵布阵的作战风格，也是其性格使然。司马懿视诸葛亮为"神人"，对其用兵的谨慎也不得不谨慎起来，每前进一步都要掂量多次，疑惑其中有诈。诸葛亮恰恰利用这超常规的、不符合诸葛亮平时谨慎不弄险的设局，引起了司马懿的"大疑"，"教后军作前军，前军作后军，望北山路而退"。司马昭认为是诸葛亮无军，故作此态，而司马懿却以熟知诸葛亮作战经验的年长者教导晚辈："亮平生谨慎，不曾弄险。今天开城门，必有埋伏。我军若进，中其计也。汝辈岂知？宜速退。"其实诸葛亮"非行险，盖因不得已而用之"。这也说明诸葛亮一生太谨慎，该用险时不敢弄险。因此，仅就此空城计，比性格和心理战而言，诸葛亮胜了一局，但就全局成败而言，司马懿战胜了诸葛亮。总观诸葛亮五次北伐攻战中的谋略，并不比司马懿高明。如看历史中真实的诸葛亮，陈寿在《三国志》卷三十五《蜀书·诸葛亮传》中，记述编辑《诸葛氏集目录》后，曾有"臣寿等言"，对其战争谋略有尖锐的评论：

当此之时，亮之素志，进欲龙骧虎视，苞括四海；退欲跨陵边疆，震荡宇内。又自以为无身之日，则未有能蹈涉中原、抗衡上国者，是以用兵不戢，屡耀其武。然亮才，于治戎为长，奇谋为短，理民之干，优于将略。而所与对敌，或值人杰，加众寡不侔，攻守异体，故虽连年动众，未能有克。

对诸葛亮的作战谋略和指挥艺术评价不高。《诸葛亮传》传尾的"评曰"也有类似的批评："然连年动众，未能成功，盖应变将略，非其所长欤！"《晋书·宣帝纪》中，记述蜀魏两军于五丈原相持，司马懿弟弟司马

200

孚致信问战事情况，司马懿在回信中对诸葛亮的指挥能力评价很低："亮志大而不见机，多谋而少决，好兵而无权，虽提卒十万，已坠吾画中，破之必矣。"毫无疑问司马懿的评判有许多主观成分，但也说出了一些事实。小说家罗贯中把历史中"奇谋为短"，"应变将略，非其所长"的诸葛亮，塑造成神机妙算的神人、智人的化身，以一个信守承诺，为知己者而鞠躬尽瘁，同魏氏、司马氏心藏不轨者相对应，那是不能完全用历史中的诸葛亮来衡量小说中的诸葛亮。

5. 欲速而不达

如果说史学家陈寿批评诸葛亮有"进欲龙骧虎视，苞括四海；退欲跨陵边疆，震荡宇内"的雄心，那么，五次北伐，复兴汉室，则可理解为实现其雄心的举措。但是小说家罗贯中所描写的五次北伐，则是为了完成先主复兴汉室的宿愿，报答刘备三顾草庐的知遇之恩，"遂许先帝以驰驱"。兑现承诺的心结，深深结扎在心中，推动他一次又一次的北征。隆中对策时设想的战略方针，含有强烈的理想主义和乐观主义的进取精神。可是荆州及其所属郡城根据地丧失，北征初上庸孟达起义被司马懿果断平定，街亭失守，第四、第五次出山，已是不可为而强为，让读者深深感到有一股悲剧的气氛。最后秋风五丈原以悲剧结局。为了尽快完成自己的使命，从一出祁山始，诸葛亮求速战而不能速胜，其原因就在于：

（1）后勤保障困难

主要是粮食供应。第一次、第二次出山均率三十万大军。三十万大军每天消耗多少口粮？战马要吃掉多少草料？进军祁山后勤部队携带的粮食最多够一个月所需，甚至吃不到一个月，就要从"蜀道之难，难以上青天"的四川，穿山越岭，跋涉一千多里才能运到汉中。因此后勤保障不只决定战争进行的时间，也决定军队前进的深度。在《三国志·蜀书·诸葛传》中多次提到因粮食供给而影响战事。如"冬，亮复出散关，围陈仓,曹真拒之,亮粮尽而还"。"九年,亮复出祁山,以木牛运,粮尽退军,与魏将张郃交战,射杀郃。……亮每患粮不继,使己志不申,是以分兵屯田,为久驻之基。耕者杂于渭滨居民之间,而百姓安堵,军无私焉"。第一百零一回,后方负责筹备粮食的李严因军粮不济,营中乏粮,屡遣人催李严运米应付,却只是不到。"吾料陇上麦熟,可密引兵割之",竟然去偷粮。之后,为了解决从剑阁运粮至前线驻地的困难,发明了木牛流马,搬运方便,减少了人力,加快了运输速度,也增加了运载量。至第一百零三回,孔明与司马懿于祁山相持阶段,木牛流马运粮虽然方便,但不够军队需用。为久驻之计,乃令蜀兵与魏民相杂种地,军一分,民二分,互不侵犯,魏民皆安心乐业,同时也解决了部队的粮草问题。

(2)司马懿的拖延战术

第九十八回,司马懿在给魏主的奏章中说:"臣尝奏陛下,言孔明必出陈仓,故以郝昭守之,今果然矣。彼若从仓入寇,运粮甚便。今幸有郝昭、王双守把,不敢从此路运粮。其余小道,搬运艰难。臣算蜀兵行粮止有一个月,利在急战。我军只宜久守。陛下可降诏,令曹真坚守诸路关隘,不要出战。不须一月,蜀兵自走。"很显然,司马懿的判断是正确的。不只此次出陈仓,孔明军队存粮只够一个月,其他几次出祁山所准备的粮食,大体不超过一个月。所以孔明必然要急战速胜,在有限的时间内攻取较大城池,补充供养,甚至企图直捣宛洛,乃至长安。老谋深算的司马懿,绝不采取夏侯楙和曹真的硬碰硬的作战方针,而是用坚守不战的拖延战术,消耗时间,消磨蜀军意志,而达到阻击目的。待到蜀军中无粮,不能不退。不过司马懿并非一味固守,瞧空子也小攻之。有趣的是,每出击,罗贯中准让孔明取胜。坚守不出的司马懿,则使孔明毫无办法,有时用退后"离此三十里下寨","蜀兵又退三十里下寨","又退三十里下寨",引诱魏军出寨作战,司马懿硬是不上钩。令人意想不到的,第一百零三回,孔明自引一军屯于五丈原,屡次令人搦战,司马懿还是不出。

诸葛亮乃取"巾帼并妇人缟素之服"，盛于大盒之内，并写一信派人送给司马懿。嘲讽司马懿"甘窟守土巢，谨避刀箭，与妇人又何异哉！"倘若"耻心未泯，犹有男子胸襟"，那就像个爷们儿，站出来决一雌雄。诸葛亮已经是急躁得按捺不住，有失谦谦君子的风度，直接骂人家是老娘们儿，不是个纯爷们儿，可见其心理有点崩溃了。所以，尽管司马懿看完信，心中大怒，可表面上却笑着说："孔明视我为妇人耶！"我接受了。司马懿忍的精神超出了人们的想象，他不能中孔明的圈套，反而问来使："孔明寝食及事之烦简若何？"使者没有警惕性，如实告之曰："丞相夙兴夜寐，罚二十以上皆亲览焉。所啖之食，日不过数升。"本来帝王的起居饮食属国家机密，诸葛丞相的起居饮食的情报同样是不可告人的。当特使回到五丈原，见了孔明，报告说司马懿接受了衣服，看了书札，并不生气发怒，"只问丞相寝食及事之烦简，绝不提起军旅之事"；还说"食少事烦，岂能长久"的话。孔明听后叹曰："彼深知我也！"孔明已明白司马懿猜透了他烦躁的心思，推测出其生命不久即将走到尽头。自此孔明神思不宁，诸将因此未敢进步。

可是魏营诸将却不理解司马懿的用意，皆忿忿然，认为大国名将不能受此羞辱，纷纷要求出战，以决雌雄。司马懿面对群情激愤的将领，既不能说不敢出战、甘心接受这份羞辱，又不能立即拍板决定出战，这将破坏了以守待变的战略方针，给蜀军以可乘之机。他巧妙地把出战与否的决定权推给了皇上："吾非不敢出战，而甘心受辱也。奈天子明诏，令坚守勿动。今若轻出，有违君命矣。"诸将俱忿怒不平，司马懿答应"待我奏准天子，同力赴敌，何如"？实际是借曹睿诏曰来压诸将的火气。开始曹睿也读不懂司马懿奏表的意思，原来主张"坚守不出，今何故又上表求战"？卫尉辛毗理解司马将军的用心，于是魏帝传谕，"令勿出战"。司马懿接诏入帐，辛毗宣谕曰："汝再敢言出战者，即以违旨论。"还有一位诸葛亮亦看出了司马懿这招数的用意："此乃司马懿安三军之法也。"诸葛亮和深谋远虑的司马懿较量，作战套路被不断破解，其内心能不纠结吗？

(3)心忧益州不稳

诸葛亮身在祁州而心在益州。因为刘禅身旁虽有蒋琬、费祎，但不是强势人物，很难管住这位无能的小皇帝。第一次北伐时，刘禅听信宦官的谗言，蒋琬、费祎不能觉察奸邪、规谏天子，就已说明他们并不称职，这正如诸葛亮所感叹的，"他人不似我尽心也"。特别令他不安的，是刘禅身旁的宦官可能由进谗言而左右刘禅，而重蹈东汉十常侍专制朝廷的覆辙。尽管因苟安制造流言的事件，将妄奏的宦官诛戮，余者废黜宫外，可是难免宦官们不再起事。既有刘备托孤之责，就不能不关心益州的政治形势。诸葛亮死后的发展事实证明，刘后主在成都，正是听信宦官黄皓之言，沉溺于酒色，不理朝政，最后亡掉了蜀国。

我想，诸葛亮越是北伐不成功，就越是愧对先帝；越愧对先帝，就越要去完成先帝的遗愿，哪怕是难以做到的事，也要鞠躬尽瘁，死而后已，在道德理念和人格上，对得起先帝和自己。而在北伐中必然求速胜，利在急战。然而他的对手却闪躲、拖延、坚守，求战不得急战不得。然而祁山前线战事的拖延，使得诸葛亮不能全面掌控蜀国事务，既顾及北伐，又要顾念刘备遗孤的重托，其间也包括对东吴的警惕——会不会趁他北征而进犯益州呢？这种种纠结，终于心力交瘁，过度劳累而死。

第五章

又奸又雄的曹操

献刀刺卓

古代史学家们评价三国人物往往主张不以成败论英雄，可孙坚、孙策、吕布、袁术、袁绍之辈，包括号称"江夏八俊"而被曹操斥为"守门之犬"的刘表之流，显然都不是可成霸主、称得起"当世英雄"的人物。"今天下英雄，惟使君（刘备）与操耳！"

曹操与刘备显然是沿着不同的路线去夺取霸主地位的，尽管罗贯中不见得同意曹操的人生哲学、曹操的为人，甚至在某些方面丑化了曹操，例如对曹操的死的描写就是。但作者却承认只有曹操和刘备这两类英雄人物才能夺得天下。历史上的曹操，按陈寿《三国志》的观点，是应该得到天下，因为他是个英雄；小说中的曹操，按罗贯中的观点，也是能争得天下的英雄，因为他既奸又雄，甚或是个超级奸雄。这两个人物代表着封建阶级中两个英雄夺取政权的两条不同的道路：一个靠"仁义"起家成就了霸业，最后是为尽拜把兄弟之义而死；另一条是"宁教我负天下人，休教天下人负我"的道路，扫平北方群雄，独踞中原，也成就了霸业。因此，罗贯中并不把曹操当作一个天生的大坏蛋，而是把曹操作为一个时代的典型来写的。按照这个思想指导，罗贯中没有把曹操的思想性格单一化，当然也没有模糊这个人物的主导思想倾向。作者从当时人的议论中，看到了曹操多方面的性格，从不同时期的评论、传说乃至杂剧话本中,看到了人物性格的发展。由此,罗贯中依据主题要求,把曹操写成既奸又雄的人物。第四回,曹操献刀刺董卓,就表现了曹操早期敢作敢为的进取精神。

且说王允借过生日邀请几位旧臣到舍下小酌,酒过数巡,王允忽然掩面大哭,众官惊问,王允说:"董卓欺主弄权,社稷旦夕难保。想高皇诛秦灭楚,奄有天下;谁想传至今日,乃丧于董卓之手,此吾所以哭也。"众官听了皆哭。坐中独曹操抚掌大笑,说:"吾非笑别事,笑众位无一计杀董卓耳。操虽不才,愿即断董卓头,悬之都门,以谢天下。"曹操向王允解释,他近日屈身事董卓,颇得董卓信任。听说王允有七宝刀一口,如将刀借给他,他就可进入相府,找机会刺杀董卓。王允把宝刀借给了曹操。原来想谋刺董卓,却被董卓发现,曹操随机应变,向董卓献刀,随即逃出京都。

曹操献刀刺卓的行动着实有点鲁莽幼稚,可能有损于曹操的形象,所以《三国志》卷一《魏书·武帝纪第一》就没有记述此事:

大将军何进与袁绍谋诛宦官,太后不听。进乃召董卓,欲以胁太后,卓未至而进见杀。卓到,废帝为弘农王而立献帝,京都大乱。卓表太祖为骁骑校尉,欲与计事。太祖乃变易姓名,间行东归。

裴松之注此条引《魏书》曰:"太祖以卓终必覆败,遂不就拜。逃归乡里。"不是因为刺杀董卓不果而逃亡,而是不愿同董卓合作,回乡组织义军。《三国志平话》也无刺卓这个情节,唯独《三国演义》设置这段故事,而且写得很细致。

次日,曹操佩着王允的宝刀,来至相府,问:"丞相何在?"董卓随从说:"在小阁中。"曹操直接进入,见董卓坐于床上,吕布侍立于侧,这情

景显然给曹操刺杀董卓增加了难度。董卓问："孟德来何迟？"曹操回答说："骑了匹瘦弱的老马，所以来迟了。"董卓回头对吕布说："西凉进贡来好马，你亲自去挑一匹送给孟德。"吕布离开，只剩下董卓，毫无防备之意，这无疑给曹操刺杀行动提供机会，难怪曹操暗自高兴："此贼合死！"想拔刀刺董贼，可曹"惧卓力大"，"未敢轻动"，再寻找机会。作者往回收了一笔，使故事情节多一点曲折跌宕，让读者多一点期待。接着，"卓胖大不耐久坐，遂倒身而卧，转面内向"，背对着曹操，恰是刺杀时机。曹操想："此贼当休矣！"急忙掣出宝刀在手，待要行刺，作者却又荡开一笔，不想董卓仰面看衣镜中照见曹操在背后拔刀，急回身曰："孟德何为？"已发觉曹操神色不对才有此一问，而这时吕布已牵马至阁外，形势发生急变，刺杀行动宣告失败。问题是曹操怎样解释拔刀"何为"，怎样脱身。不知曹操在献刀时是否考虑到了刺杀不成功改为献刀，因为刺卓不必用宝刀，一把锋利顺手的刀或剑就够了。曹操刺杀前向王允点名要借七宝刀，所以献刀之举，未必不在曹操意想中。也正因为有这一步准备才暂时骗过了董卓，"见其刀长尺余，七宝嵌饰，极其锋利，果宝刀也"，遂递与吕布收了。令人疑惑的是，曹操倘若是献刀，刀应插入刀鞘、连鞘带刀献出才顺理成章，哪有拔出刀来献的？当时董卓、吕布都未意识到程序上的矛盾，待曹操借口试马，加鞭往东南而去，吕布才对董卓说："适来曹操有行刺之状，及被喝破，故推献刀。"董卓也说："吾亦疑之。"可惜曹操已逃出城去。

献刀刺卓文字不长，不过三百字左右，有动作，有对话，又有心理活动。更妙在时而缓笔、时而紧笔的场面调控。宝刀、马、董卓之侧身而卧，以及衣镜现影的细节描写，喜剧性的收尾，历史演义小说写到如此精致，可谓是上乘之笔。

杀吕伯奢和吕伯奢全家

《魏书·武帝纪第一》记述曹操不愿与董卓合作而离开京都,传曰:

> 卓表太祖为骁骑校尉,欲与计事。太祖乃变易姓名,间行东归。出关,过中牟,为亭长所疑,执诣县,邑中或窃识之,为请得解。

曹操因何拒绝与董卓"计事"而出逃呢?没有说,看来是关乎曹操身家性命的大事,否则何必变易姓名,间行而归呢?如果追杀令没有通告下属,如像小说描写的那样,"卓遂令遍行文书,画影图形,捉拿曹操",何必为"亭长所疑",押解至县,有人"窃识之",为之说情而解脱呢?这不写之写,反而给野史家和小说家提供了补充空间,编织出曹操是献刀刺杀失败而逃亡。过中牟,为守关军士所获,县令有了姓名为陈宫。陈宫觉得操为忠义之士而释放了他,并弃官随他而去。

值得注意的是,按正史说,曹操出虎牢关,离开中牟(今属河南省),直接回到了陈留(今河南开封),组织义兵,讨伐董卓。可是裴松之注曹操这段逃亡过程时,引王沈的《魏书》、郭颁《世语》和孙盛《杂记》中,都说路过其父老友吕伯奢的住地成皋(今河南荥阳汜水县西),并且怀疑吕伯奢去告密而杀了吕及家人。但各书说法不一。《魏书》曰:

> 太祖以卓终必覆败,遂不就拜,逃归乡里。从骑数骑过故人成皋吕伯奢;伯奢不在,其子与宾客共劫太祖,取马及物,太祖手刃击杀数人。

曹操潜逃不是一人而有跟随"数骑"，这数骑是谁，没有具体说明名字。逃归乡里的途中曾到过成皋吕伯奢家，吕是曹操的"故人"，可曹来时恰好吕伯奢不在，当然也就不存在杀吕伯奢的问题。吕伯奢的儿子和宾客并不认识曹操，既然曹操来访"故人"，他们竟然动武抢夺曹操财物，曹操出于正当防卫而剑杀数人而去。

《世语》做进一步补充：

> 太祖过伯奢。伯奢出行，五子皆在，备宾主礼。太祖自以背卓命，疑其图己，手剑夜杀八人而去。

此书没有提同行者，吕伯奢出行不在家，五个儿子为尽后辈之礼招待曹操，可怕的是曹操起了疑心，怀疑吕伯奢的儿子"图己"，趁夜间吕家毫无防备的情况下，亲手杀了八人，除了吕伯奢的五个儿子之外，还另有三人。值得注意的是，《世语》点出了曹操的多疑性格和无端杀人的狠劲。而孙盛《杂记》对杀吕伯奢家人的原因作了补充：

> 太祖闻其食器声，以为图己，遂夜杀之。既而凄怆曰："宁我负人，毋人负我！"遂行。

杀了几个人？是否杀了吕伯奢？没有说明。在这里我们不能不佩服孙盛的概括："宁我负人，毋人负我！"点出了曹操的世界观；我们更佩服罗贯中的再创造，因为在曹操杀吕伯奢之前，罗贯中从"变易姓名，间行东归"，或是"逃归乡里"，虚构出献刀刺卓的情节，是因刺杀董卓不成才仓皇出走。到了吕家，吕伯奢说："我闻朝廷遍行文书，捉汝甚急，汝父已避陈留去了。汝何得至此？"曹操告以前事，伯奢感谢陈宫救了"小侄"曹操，否则曹操被捕，曹氏无后矣。这给多疑的曹操提供了杀吕

曹操

呂伯奢

家的依据。吕伯奢说家中无好酒，往西村去沽酒款待曹操，匆匆离去。操忽闻庄后有磨刀之声，误以为要杀他，又怀疑吕伯奢出门，一定是借故去告发，所以曹操才动了杀机，杀了吕伯奢全家，最后也给了吕伯奢一刀。由正史的亭长执诣县，"邑中或窃识之，为请得解"，引申出中牟县令陈宫，"令感忠义，愿弃一官，从公而逃"。可这位"忠义"之士曹操却残忍地杀害了吕伯奢和全家，陈宫指责曹操"知而故杀，大不义也"！也才引出曹操说出"宁教我负天下人，休教天下人负我"的经典名句。

罗贯中引申虚构"献刀刺卓""杀吕伯奢"，一方面写出了曹操在什么样的情况下杀吕伯奢和他的全家；另一方面，采用孙盛的论断，点出了曹操为了什么目的，在什么样思想支配下杀吕伯奢和全家。从汉末群雄争夺霸主地位的形势看，曹操是非杀吕伯奢不可的。因为作为封建阶级的代表人物，奉行的本来就是"宁教我负天下人，休教天下人负我"的处世哲学。假如曹操没有损人利己的狠劲，那就混不下去，就不能击败对手，甚至可能早做了董卓的刀下鬼。问题是曹操不同于一般的奸者，似乎比别人更奸险，更毒辣。由疑而错杀一家已是做错了事，曹操却一不做，二不休，骗得吕伯奢回头，一剑又将他刺死，免除被跟踪的威胁，并且杀了自己父亲的好友之后，一点惭作都没有，这是大奸大恶者的特征。所以写献刀刺卓，作者意不在表现曹操的冒险、幼稚，而是突出治世之能臣，乱世之奸雄，敢作敢为的精神。董卓专权，满朝公卿谈董变色，尽"皆掩面而哭"，曹操竟然甘冒杀身之祸谋刺董卓，没有点进攻精神成就不了争霸事业，没有一点"宁教我负天下人，休教天下人负我"，既极端自私又无惧于世人的评议，乃至于负天下人的价值观，曹操也不能争得霸主的地位。罗贯中提炼杀吕伯奢和全家情节的目的，就是在塑造曹操既奸又雄的性格。所以，倘若按照现代史学家的观点，认为陈寿的《魏书》比较可信，比较符合曹操的性格，那是历史上的曹操，而不是小说家笔下的曹操。历史的事实和艺术的真实不是同一的。凡是符合历史的不见得都适合小说创作上的需要,这里的关键在于是否有助于表露小说中人物性格和深刻揭示主题,能否和小说中其他部分形成完整统一的艺术整体。罗贯中如果采用《魏书》的说法,即因吕家子弟和宾客抢劫曹操马匹才引起曹操动刀,进行自卫,不仅和前段刺董卓情节不连贯,更主要的是曹操既奸又雄的性格,就不会像小说描写的如此深刻,如此震撼读者。

挟天子以令诸侯

正史《三国志》《资治通鉴》和小说《三国演义》,都记述了曹操挟天子以令诸侯的故事。说的是董卓专权,祸乱宫廷,实行恐怖统治,各路豪杰以讨卓为名拥兵自立,称雄各地。尽管王允、吕布共谋刺杀了董卓,可天下早已分崩,各占一方,矫命专制,谁也不服谁。那么,顺应人们君权神授,刘汉为正统的观念,把汉献帝弄到自己身边,借天子号令天下就是一步胜着。当时刘备兵少而势弱,想为而不能为。袁绍兵多而势强,能为而不愿为,只有曹操抓住了先机。最早向曹操提出迎天子的是毛玠。《三国志》卷十二《魏书·毛玠传》:

> 玠语太祖曰:"今天下分崩,国主迁移,生民废业,饥馑流亡,公家无经岁之储,百姓无安固之志,难以持久。今袁绍、刘表,虽士民众强,皆无经远之虑,未有树基建本者也。夫兵义者胜,守位以财,宜奉天子以令不臣,修耕植,畜军资,如此则霸业可成也。"

毛玠提出成就霸业的策略包含两个方面:一是修耕植以畜军资,即抓农田建设，也就是后来曹操实施的屯田制。二是奉天子以令不臣，即挟天子以令诸侯。曹操对迎天子很感兴趣，立即派人至河内太守张杨，想借助张杨这条线疏通长安的李催、郭汜，张杨不感兴趣，事情搁置下来。可是在《三国演义》中，最早提出迎天子的是荀彧而不是毛玠。建安元年，汉献帝避李催、郭汜之乱后车驾返回洛阳，见宫室烧尽，街市荒芜，满目皆是荒草，宫院中只有颓墙坏壁，身旁又没有过硬的军队保护，此时曹操如迎天子来山东正是时候。荀彧分析迎天子的理由，正史《三国志》卷十《魏书·荀彧传》的记述比小说第十四回详尽，仍引正史为证：

　　太祖议奉迎都许，彧以山东未平，韩暹、杨奉新将天子到洛阳，北连张杨，未可卒制。彧劝太祖曰："昔[晋文纳周襄王而诸侯景从]，高祖东伐为义帝缟素而天下归心。自天子播越，将军首唱义兵，徒以山东扰乱，未能远赴关右，然犹分遣将帅，蒙险通使，虽御难于外，乃心无不在王室，是将军匡天下之素志也。今车驾旋轸，[东京榛芜]，义士有存本之思，百姓感旧而增哀。诚因此时，奉主上以从民望，大顺也；秉至公以服雄杰，大略也；扶弘义以致英俊，大德也。天下虽有逆节，必不能为累，明矣。韩暹、杨奉其敢为害！若不时定，四方生心，后虽虑之，无及。"太祖遂至洛阳，奉迎天子都许。

按小说第十四回的叙述，汉献帝返回洛阳宫室，面对颓墙坏壁，无处可居，太尉杨彪建议献帝，"今曹操在山东，兵强将盛，可宣入朝，以辅王室"，也就是往山东避之。献帝接受了杨彪的提议，即日便往山东进发，曹操也立即派夏侯惇为先锋，引上将十员，精兵五万，前往洛阳保驾；又派步军曹洪、李典、乐进来协助。次日，曹操引大队人马亲来接驾。

　　细思荀彧的主张，不像毛玠"奉天子以令不臣"那么功利，好像其本

216

意是真诚地尊奉汉献帝为正统。既然你曹操当初举义兵时,心在王室而有匡天下之志,如今天子飘移,倘若迎天子来山东,乃是顺应民望的大顺,使群雄信服的大略,弘大义于义士的大德之举,总之是顺应了各阶层维护正统、反对军阀割据的民意。不过后来的事实证明,对于不信天命的曹操而言,迎天子纯粹是一种政治策略、争霸的手段。把个小皇帝弄来做傀儡,听任自己摆布,随时按"孤"(曹操)的意旨发布"诏曰",披上了合法外衣,谁人知是谁的"曰"? 反我就是反天子,可以名正言顺地讨伐兼并。在荀彧建安元年向曹操建议迎天子的前一年,即兴平二年,郭图曾劝说袁绍迎天子,而绍不从。曹操迎走后袁绍又悔之,请看《三国志》卷六《魏书·袁绍传》:

初,天子之立非绍意,及在河东,绍遣颍川郭图使焉。图还说绍迎天子都邺,绍不从。会太祖迎天子都许,收河南地,关中皆附。绍悔,欲令太祖徒天子都鄄城以自密近,太祖拒之。

有趣的是,裴松注此条引《献帝传》则说沮授提出迎天子,而郭图、淳于琼反对,与正史记述相违:

沮授说绍云:"将军累叶辅弼,世济忠义。今朝廷播越,宗庙毁坏,观诸州郡外托义兵,内图相灭,未有存主恤民者。且今州城粗定,宜迎大驾,安宫邺都,挟天子而令诸侯,畜士马以讨不庭,谁能御之!"绍悦,将从之。郭图、淳于琼曰:"汉室陵迟,为日久矣,今欲兴之,不亦难乎! 且今英雄据有州郡,众动万计,所谓秦失其鹿,先得者王。若迎天子以自近,动辄表闻,从之则权轻,违之则拒命,非计之善者也。"授曰:"今迎朝廷,至义也,又于时宜大计也。若不早图,必有先人者也。夫权不失机，功在速捷，将军其图之！"绍弗能用。

又，《资治通鉴》卷六十二、汉纪五十四、献帝建安三年，亦曾记述袁绍曾想把献帝迁都到鄄城，遭到曹操拒绝后，田丰建议直接攻许昌来奉迎天子：

> 初，袁绍每得诏书，患其有不便于己者，欲移天子自近，使说曹操以许下埤湿，雒阳残破，宜徙都鄄城，以就全实；操拒之。田丰说绍曰："徙都之计，既不克从，宜早图许，奉迎天子，动托诏书，号令海内，此算之上者。不尔，终为人所禽，虽悔无益也。"绍不从。

从正史看，袁绍并不绝对地反对迎天子的，初期他犯了老毛病，谋而无决，犹犹豫豫，总比曹操慢半拍，等他醒悟过来，已晚了一步，无可挽回了。令人奇怪的是，罗贯中没有在小说中描述沮授、田丰、郭图、淳士琼对迎不迎天子的争议。事实是从策略功利或顺应民心的角度主张迎天子，或以强者为王，不必给自己增加麻烦而反对迎天子，无论从哪个角度，接受与反对迎天子，都可以刻画袁绍的性格，可惜罗贯中没有着墨。历史事实告诉读者，袁绍对迎天子并不很主动，没能像沮授，或者像曹操那样，敏感地看到迎来天子以后可以令诸侯的作用。不过对于有着浓重贵族性格的袁绍而言，用"挟"天子而令诸侯的手段，也许会认为奸诈而下做，他袁绍是不肯为的。所以袁绍认为献帝下的诏书不过是为曹操代言。《资治通鉴》卷六十二、汉纪五十四、建安元年，诏书命绍为太尉，并封邺侯。"绍耻在曹操下，怒曰：'曹操当死数矣，我辄救存之，今乃挟天子以令我乎！'表辞不受。操惧，请以大将军让绍。"《三国演义》六十一回中，曹操侵犯江南孙权领地，大言不惭地指责孙权："汝为臣下，不尊王室。吾奉天子诏，特来讨汝！"孙权笑曰："此言岂不羞乎？天下岂不知你挟天子令诸侯？吾非不尊汉朝，正欲讨汝以正国家耳。"曹操的傀儡戏早已被人看穿。

曹操挟了天子，不仅使他能假传圣旨，号令诸雄，而且还可利用维护汉献帝正统为借口，挟制诸雄称王称帝梦。我暂时不当皇帝，你们也甭想做皇帝。曹操曾自傲地说："设使国家无有孤，不知当几人称帝，几人称王。"这并非是曹操的权势强大到令人生畏，诸雄不敢称帝。而是因汉献帝在，不愿过早亮出旗帜。其实曹操、孙坚、孙权、刘备早有觊觎大位的念头，只是还没有到称帝的时候。

赤壁之战为何铩羽而归？

赤壁鏖兵是《三国演义》写得最精彩的战役。明嘉靖本《三国志通俗演义》分卷九、卷十写完，毛纶、毛宗岗父子评改本《三国演义》则用了八回。各回中均有主要关目，如四十二回曹操约孙权会猎于江夏，四十三回舌战群儒，四十四回孙权决计破曹，四十五回蒋干盗书，四十六回草船借箭、黄盖受刑，四十七回阚泽密献诈降书、庞统巧授连环计，四十八回曹操赋诗，四十九回借东风、火烧赤壁，五十回华容道关云长义释曹操，而余波更荡漾至第五十一回至第五十七回三气周公瑾和卧龙吊孝。其中许多情节，可谓脍炙人口，妇孺皆知。

曹操扫平了北方群雄以后，即调转矛头，挥师南下，刘琮投降，收编了荆州水师，占据江陵要地，进而企图消灭刘备和孙权的势力并席卷南方。此时此刻，不仅刘备面临着被吞没的危险，就连观望成败的孙权也感到战火烧身，再也观望不下去了，是战还是降呢？这样，群雄争霸就进入三雄争霸阶段,而赤壁一战,形成了三家鼎立的局面。

这段历史时间不长,但情况很复杂,有曹操同孙权、刘备的矛盾,有刘备和孙权的矛盾;而且在孙权内部也有主降派与主战派的矛盾。罗贯中面对这段历史,怎样既不完全违背历史的事实,又符合艺术的真实,遵照小说创作规律构思情节,通过艺术形象反映赤壁前后三方的矛盾关系,看来是煞费苦心的。赤壁之战曹操失败的原因,正史《三国志》的记载与《三国志通俗演义》的描述并不一致。

按《三国志·魏书·武帝纪第一》说:"公(曹操)至赤壁,与备战不利。于是大疫,吏士多死者。乃引军还。备遂有荆州、江南诸郡。"《吴书·周瑜传》裴注引《江表传》中记曹操给孙权信也有类似的观点:"赤壁之役,直有疾病,孤烧船自退,横实周瑜虚获此名。"赤壁之战时曹军吏士有大疫是事实,但把失败原因归之于疾病,这是曹操的遁词。要说曹军与刘备战不利再加上大疫而败退,这又张大了刘备的力量。实际是刘备立足江南不稳,步骑只二三万,难以抵御曹操八十万大军的。《三国志·蜀书·先主传第二》又是一种说法:"先主遣诸葛亮自结于孙权,权遣周瑜、程普等水军数万,与先主并力,与曹公战于赤壁,大破之,焚其舟船。先主与吴军水陆并进,追到南郡,时又疾疫,北军多死,曹公引归。"《刘备传》明确提出了是和孙权结成联合阵线才打败了曹操。《三国志·吴书·周瑜传》对怎样利用火攻战胜曹操作了详细的补充:

时刘备为曹公所破,欲引南渡江,与鲁肃遇于当阳,遂共图计,因进住夏口,遣诸葛亮诣权。权遂遣瑜及程普等与备并力逆曹公,遇于赤壁。时曹公军众已有疾病,初一交战,公军败退,引次江北。瑜等在南岸。瑜部将黄盖曰:"今寇众我寡,难与持久。然观操军船舰,首尾相接,可烧而走也。"乃取蒙冲斗舰数十艘,实以薪草,膏油灌其中。裹以帷幕,上建牙旗,先书报

曹公，欺以欲降。又豫备走舸，各系大船后，因引次俱前。曹公军吏士皆延颈观望，指言盖降。盖放诸船，同时发火。时风盛猛，悉延烧岸上营落。顷之，烟炎张天，人马烧溺死者甚众，军遂败退，还保南郡。备与瑜等复共追。曹公留曹仁等守江陵城，径自北归。

综合正史所记，曹操败于自信轻敌，败于孙刘联军，败于北军不习水性而遭到火攻，恐怕是历史事实。然而历史毕竟是历史，虽然上述材料提供了赤壁之战的简略过程，火攻、黄盖诈降等战术，正史却缺少性格描写，也缺少人物之间多样性冲突，尤其是缺少把诸种矛盾凝聚在一起的核心情节，不能为小说家提供造成内在紧张性，冲突的尖锐性和扩大小说的艺术容量的条件。

面对头绪繁杂的材料，罗贯中选定了以周瑜和诸葛亮的冲突作为情节的磁力线，来联合两个集团的矛盾：一方面反映曹操和孙刘联盟的矛盾（这是主要矛盾）；另一方面反映孙权和刘备集团的矛盾（这是次要矛盾）。中心人物诸葛亮与周瑜，正像蜗牛的一对触角一样，从两个方面触及了赤壁之战中多方面的矛盾。而在军事斗争中，如何处理好主要矛盾和次要矛盾的关系，如何发现对方的薄弱环节，抓住其软肋，集中兵力实施打击，显然是赤壁之战提供给读者的最有价值的信息，这也恰是小说家的描写重点。

为了集中突出地反映曹操、刘备、孙权三强的矛盾，罗贯中不能不改动原型人物的性格特点。例如周瑜，按《三国志·吴书·周瑜传》说瑜"性度恢廓"。裴注引《江表传》对周瑜的性格也有类似的记载："（程）普颇以年长，数陵侮瑜。瑜折节容下，终不与校。普后自敬服而亲重之，乃告人曰：'与周公瑾交，若饮醇醪，不觉自醉！'时人以其谦让服人如此。"《江表传》又载孙权曾称赞周瑜"器量广大"；蒋干游说周瑜不成，回曹营后称瑜"雅量高致"。很明显,历史中的周瑜是"性度恢廓""折节容下""谦让服人""雅量高致"的统帅。照历史的原型塑造周瑜,显然是不能同雍容大度的诸葛亮发生性格冲突的,所以作者才把周瑜描绘为忌刻狭隘的统帅。对鲁肃的性格作者也做了改动。在小说中鲁肃被刻画成有政治远见而又淳厚的老好人。鲁肃主张联刘抗曹的政治远见是依据《鲁肃传》,但心地淳厚是作者的虚构。曹操阵营中的蒋干和历史原型的蒋干也不一致。裴松之注引《江表传》非常推许蒋干:"干有仪容,以才见称,独步江、淮之间,莫与为对。"看来蒋干也是三国时期一流人物,非是小说中自作聪明的书生。

　　罗贯中何以如此这般改动呢?原来是由主题要求和艺术要求决定的。对于一个小说家来说,在艺术构思时,总是要把社会矛盾集中凝注到人物性格上,让人物之间的矛盾,人物自身的矛盾来反映社会生活中的矛盾。而人物性格常常是与另一种性格相比较而存在。或者说是在对比中显露出来,对比愈显眼,则个性愈鲜明,愈有强烈的艺术效果。罗贯中把历史上"恢廓大度"的周瑜改为心怀忌刻的统帅,是为了加强周瑜与诸葛亮性格冲突的强度、性格对比的色度。让鲁肃以忠厚长者面目出现,参与其事,穿插来往于孙、刘联盟,从艺术上说由于他的存在而辉映出孙权、周瑜和刘备、诸葛亮的相互关系和个人的性格。这种性格对比和衬托,都体现事物的对立统一法则,把这一法则运用到创作上,对构成形象美是重要的。它避免了性格刻画的平均数,而使人物性格呈现异彩。

　　但是,人物的自身性格,性格与性格之间的冲突有待于情节来体现。古代小说中,有的故事情节简单,有的故事情节复杂。可成功的小说,总是情节集中、重点突出,围绕着小说的主要矛盾冲突着重地、反复地刻画主要人物性格。而在集中简练的情节中,再穿插细节描写,使情节有迂回,有张弛,有反复,从而完成表现人物性格和人物命运的任务。赤壁鏖兵里,很多地方都十分巧妙地运用这种技巧,作者把历史事件张冠李戴，移花接木，提炼出符合人物自身逻辑的情节，正是为了把"戏"集中到几个主要人物身上，给主要人物提供表现的场合和机遇。这样，从人物性格冲突中导出故事情节，又从故事情节的发展中表现人物。人物在故事情节中一面解决旧的矛盾，一面产生新的矛盾冲突，于是又敷演出新的故事，人物性格也在故事情节的发展中不断获得发展。如此循环往复，不仅写好了人物，而且也同时写好了战争过程。所以作者不过多描写金鼓征伐的战争经过及流血千里的惨烈场面，主要是写人，写人的性格冲突。所以用"计"构织每个情节。周瑜在赤壁三江口上纵火，是赤壁之战的最高潮，各个小计为小高潮。把各个"计"串连成连锁情节，形成连串小高潮，一个接着一个，推向最高潮，同时在各个计中，让诸葛亮与周瑜的性格始终发生撞击，从而反映赤壁之战前后的历史。

曹操的权术、诈术与智术

俗话说"少不看《水浒》，老不看《三国》"，说的是年轻人看《水浒》学会了造反，年长者看《三国》，更懂得权谋之术。的确，《三国演义》写了许多战役，具体呈现了《孙子兵法》的战略战术，为兵家模仿。清邱炜萱《菽园赘谈》说："按国朝康熙朝，尝有诏饬《三国志演义》一千部，颁赐满州、蒙古诸路统兵将帅，以当兵书。又闻日本国前未明治维新变法之时，亦尝以为兵书。"清刘銮《五石瓠》亦说："张献忠之狡也，日使人说《三国》《水浒》诸书，凡埋伏攻袭皆效之。"这期间有曹操官渡之战的胜利，周瑜与诸葛亮赤壁之战的指挥艺术，诸葛亮三气周瑜的策略、七纵孟获的攻心为上的战术，陆逊、吕蒙巧夺荆州、彝陵败刘备，诸葛亮与司马懿的智斗，以及吕蒙神速取皖城，曹操袭白马等等大小战役，都会给带兵者提供借鉴。

不过人们说的"老不看《三国》",多偏指各派头面人物所使用的权术、诈术。让人匪夷所思的是,诸葛亮用起术来,则被称为表现了"中华民族的智慧",转到曹操、司马懿手里,则变为权术、诈术。其实权术、诈术、智术都是军事斗争、政治斗争的一种手段,一种战略战术,不论哪种形态的政治集团,或是哪一个阶级都使用,其本体无所谓正义与非正义之分,不必因在正面人物手中是智慧,而在所谓反面人物身上则为诈谋;更不必因厌恶或否定封建专制主义,而否定中国古代政治斗争、军事斗争中各种"术",进而否定《三国演义》,贬斥为"中国权术的大全"。

事实是凡有群体,凡有阶层、阶级之分,国与国以及政党之存在,必然有矛盾冲突。为了战胜对手,或采用军事手段摧毁之,或是用阴性手段搞垮对方。春秋战国时期的纵横家,靠着巧言如簧的辩才和纵横术,游走诸国,合纵与连横诸国,说到底是玩弄各种术,《国语》《战国策》就有详细记录,应是权诈之术的大成。百家争鸣时的诸子们,提出种种经世致用的理论,其实质是治国治人的权术。《尚书》提出的"中庸"的概念,孔子《论语》和后来由儒家所丰富形成系统的中庸之道,教导人们怎样对待事物和言行的准则,就包含许多权衡之术。如注意事物的两面性,不能过执一方,对对立双方,应以此之过,补彼之不足,以此之长,补彼之短,追求最佳"中"的效果;于此同时,又要注意对立双方的任何一方,都不能任其扩张,走向极端,牢牢把握住中间的界限,即中庸之道。为了控制好中间之道,儒家们提出要有预见性,预见矛盾向对立面转化,然后用术——手段,调剂对立双方,恢复到平衡的中庸状态。毫无疑问,儒家中庸之论,可以说吃透了对立事物的依存关系,对于开拓思维活动是有益的,但也培养了圆滑、守旧的思维性格,尤被玩弄权术的政客所应用,必然造就官场中老奸巨猾的权术家。

法家的代表人物韩非子也讲术。《韩非子·八经篇》说:"下君尽己之

225

能，中君尽人之力，上君尽人之智。"高明的统治者是用"智"来统治人的。《韩非子·内储说上》就提到七种驾驭臣子的统治术，其中五"疑诏诡使"，六"挟知而问"，七"倒言反事"，均属掌控群臣的阴招。《管子·九守篇》《管子·明法解》《荀子·王霸篇》都讲术与势，论证夺取政权与巩固政权的手段，诸子们并没有觉得是在讲阴谋论。不过《论语·为政篇》说"君子周而不比，小人比而不周"，《颜渊篇》又说"君子之德风，以之德草。草上之风，必偃"，好像君子胸怀坦荡，光明正大，不玩阴的，而小人则好耍弄阴谋诡计。《史记》卷八十七《李斯列传》称秦始皇巡游至沙丘，病甚，令赵高写信给公子扶苏，命其"以兵属蒙恬，与丧会咸阳而葬"，是让扶苏来继承王权。但赵高却与胡亥密谋"废兄立弟"，以利诱逼李斯："君听臣之计，即长有封侯，世世称孤……今释此而不从，祸及子孙，足以为寒心。"于是李斯"与相为谋，诈为受始皇诏丞相，立胡亥为太子"，并赐剑予扶苏，让其自裁，剥夺了蒙恬的军权，一手导演了历史上有名的"沙丘之变"。接着，赵高又给李斯下套，秦二世以谋反罪，夷李斯三族。赵高这个阴人，可谓是典型的小人。问题是春秋战国时期，周王室衰微，后起之强国，常借维护中央政权名义剿灭别国，所谓挟天子以令诸侯，而败者往往如勾践，采取"卧薪尝胆"式的隐忍战略，积蓄力量，等待时机翻盘，你说勾践小人耶？君子耶？又，司马迁在《史记》卷七《项羽本纪》传尾"太史公曰"中，批评项羽"自矜功伐，私智而不师古，欲以力征经营天下，五年卒亡其国，身死东城"，只懂军事拼杀而不懂权谋。反之，"好酒及色"的小混混刘邦，却用诡诈之术瞒骗项羽，利用项羽的弱点击败了项羽。之后，又用隐忍之术，容忍韩信的狂傲，满足他种种要求，可楚汉战争刚结束，便以出游云梦之名——实为诡诈的借口——剥夺了韩信的兵权，肖何与吕后又设计擒杀了韩信，"成也肖何，败也肖何"，刘邦、肖何是君子，抑或是小人？很明显，君子与小人都用术，不以小人与君子来划分，只是使用的程序与手法不同而已。

曹操更不例外。裴松之注《魏书·武帝纪第一》引孙盛《异同杂语》说曹操:"博览群书,特好兵法,抄集诸家兵法,名曰《接要》,又注《孙武》十三篇,皆传于世。"他不仅熟悉《孙子兵法》"伐谋""伐交"的战略思想和战术运用,更懂得各种权谋,所以《三国志》卷一《魏书·武帝纪第一》传后总评中称:"太祖运筹演谋,鞭挞宇内,揽申、商之法术,该韩、白之奇策……惟其明略最优也。"是一个搞各种术的老手。

按裴松之注《魏书·武帝纪第一》"太祖少机警,有权数,而任侠放荡,不治行业,故世人未之奇也"条引《曹瞒传》云:"太祖少好飞鹰走狗,游荡无度,其叔父数言于嵩。太祖患之,后逢叔父于路,乃阳败面㖞口;叔父怪而问其故,太祖曰:'卒中恶风。'叔父以告嵩。嵩惊愕,呼太祖,太祖口貌如故,嵩父问曰:'叔父言汝中风,已差乎?'太祖曰:'初不中风,但失爱于叔父,故见罔耳。'嵩乃疑焉。自后叔父有所告,嵩不复信,太祖于是益得肆意矣。"《三国演义》第一回,曹操出场亮相时,小说家罗贯中即转述此条和本传中桥玄谓太祖曰:"天下将乱,非命世之才不能济也,能安之者,其在君乎?"接着又引孙盛《异同杂语》云:"(曹操)尝问许子将:'我何如人?'子将不答。固问之,子将曰:'子治世之能臣,乱世之奸雄。'太祖大笑。"好似向读者提供曹操的出身、人格背景材料,既预示其为治世之能臣,又突显奸诈的一面。可是在《三国演义》中,曹操并非是使诈的专业户,其诈术常常为人识破。且看以下所列:

1.献刀刺卓

献刀是诈,是假,刺杀是真。由于是刺杀董卓,任何假言,均是正义的谎言。

2."二虎竞食"与"驱虎吞狼"

第十四回,刘备接受了陶谦的重托,领徐州牧,吕布自王允计杀董卓后,又遭李傕、郭汜之变,飘零关东,诸侯多不相容,故投靠刘备。虽然关羽、张飞强烈反对，刘备仍接纳吕布，让其驻兵小沛。此时曹操担心刘、吕二人同心引兵来犯，恐成心腹之患，荀彧建议采用"二虎竞食"之计，分离二人。即刘备虽领徐州牧，却未得朝廷诏命，曹操可奏请天子正式任命刘备；另一方面给刘备密信一封，教其杀吕布。如刘备杀了吕布，刘备则少了一个猛将协助，如杀不成，吕布知道后必生疑而杀刘备。刘备看到任命书和密信后，识破曹操计谋的用意，但是，曹操拥有重兵和挟天子的权势，他不能和曹操翻脸，何况有吕布在，还可震慑曹操。所以刘备对曹操使者说"此事尚容计议"；另一方面又向吕布"实告前因"，将曹操密书送与吕布看。尽管刘备指出"此乃曹贼欲令我二人不和"，"刘备誓不为此不义之事"，可在群雄你死我活争霸的年代，有诚信可言吗？张飞，包括关羽，根本就不欢迎吕布，多次要求斩杀，吕布能完全相信刘备的话吗？"二虎竞食"，一山不能容二虎，实是让他们自相吞并。刘备将真相告知吕布，企图挽住吕布共同对抗曹操，也是一种计，谈不上什么不义与正义，都是从维护自身利益出发。

"二虎竞食"之计不成，曹操又接受荀彧建议，实施"驱虎吞狼"之计，暗令人往袁术处，报说刘备上密表，要攻南郡。袁术听到后必然大怒而反攻刘备；然后再以天子之诏，命刘备讨袁术。两边相并，吕布必生异心而起兵攻刘备。当曹操假天子之诏到徐州时，刘备知是曹操之计，但"王命不可违"，只能率兵去攻南郡，留张飞守徐州。袁术闻说刘备上表，欲吞其州县，果然大怒，起兵十万杀奔徐州。这期间，守徐州的张飞酒后使性，任意鞭打曹豹，曹豹深恨张飞，写一信暗中派人送给吕布，里应外合，吕布袭取了徐州。刘备不但没有吞掉吕布这个狼，反而被吕布偷袭了根据地。

3. 不可杀一人而失天下之心

历史常常开世人的玩笑，各个政治集团和军事集团之间，没有永远的朋友，也没有永远的敌人，只有永远的利益。想当初吕布无路可走时，刘备收留了他，让他居住在小沛，而当曹操用驱虎吞吐狼之计，徐州被吕布占领，刘备遭袁术夹攻，也是无路可去。吕布痛恨袁术失信，防备袁术偷袭，又请刘备回来屯兵小沛，做他的羽翼，他们之间有何诚信可言？第十六回，吕布听说"玄德在小沛招军买马，不知何意"，吕布便借索要被抢劫的马匹为名，攻打小沛，刘备又不得不出走，投靠设计二虎竞食的曹操。荀彧主张杀刘备，"今不早图，后必为患"。郭嘉反对，认为曹操现在打着"兴义兵，为百姓除暴"的旗号，"惟仗信义以招俊杰，犹惧其不来也，今玄德素有英雄之名，以困穷而来投，若杀之，是害贤也。天下智谋之士，闻而自疑，将裹足不前，主公谁与定天下乎？"郭喜说到点上，正如曹操的概括："方今正用英雄之时，不可杀一人而失天下之心。"那就是说在夺权或建国初期，需要大批人才，特别是像刘备这样知名度很高、有影响的人物，如杀掉则失天下人之心，收拢过来不杀，反而起加分作用。

4. 借人头杀人，转移矛盾

毛宗岗在第十七回总评中说："曹操一生，无所不用其借，借天子以命诸侯，又借诸侯以攻诸侯；至于欲安民心，则他人之头亦可借；欲申军令，则自己之发亦可借。借之谋愈奇，借之术愈幻，是千古第一奸雄。"二虎争食、驱虎吞狼是借诸侯以攻诸侯。第十七回，因荒旱大军缺粮，接济不及。曹操让仓官王垕小斛发粮，引起军中闹事，曹便以"王垕故行小斛，盗窃官粮"而正法，所谓借人头而平息了矛盾。第十九回，陈宫、吕布被俘，陈宫不降而被斩首，吕布却向曹操求饶。曹操本来也是要杀吕布的，当时刘备在座，他回顾玄德问："何如？"刘备回答："公不见丁建阳、董卓之事乎？"曹操问刘备，是以侯攻侯，而刘备不直白地说杀吕布，用丁建阳、董卓之死提醒曹操，吕布是个见利忘义之人，留之必生后患。前者刘备接纳吕布是为了对抗曹操，而今吕布做了阶下囚，没有任何军事力量，除掉吕布，也就减少了一个争霸对手，刘备也是玩阴谋的老手。

229

5.以静待变

第三十回,袁绍起马军十五万、步兵十五万向黎阳进发,讨伐曹操,这就是历史上著名的官渡之战。袁绍虽然率精兵讨曹,但是谋士沮授认为"我军虽众,而勇猛不及彼军;彼军虽精,而粮草不及我军。彼军无粮,利在急战;我军有粮,宜且缓守。若能旷以日月,则彼军不战自败矣!"沮授分析很到位,抓住了两军的弱点和心理。曹营的谋士荀攸也认为:"绍军虽多,不足惧也。我军俱精锐之士,无不一以当十。但利在急战。若迁延日月,粮草不敷,事可忧矣。"两位谋士都指出曹军"利在急战",袁绍却认为沮授"漫我军心",将沮授锁禁军中;曹操听了荀攸分析,却说"此言正合我意,传令军将鼓噪而进"。袁绍要不要起兵征曹操原本就不很坚决,参谋班子意见又不统一,所以部队时进时停,小儿子患疥疮,更无心指挥战役。衣带诏事泄,曹操离开许昌攻衣带诏的骨干分子刘备,于是许昌空虚,本是击败曹操的有利时机,袁绍却拒绝接受田丰的建议而丧失了战机。待到后期,曹军缺粮,曹操意弃官渡回许昌,迟疑未决时,袁绍也不听取许攸分一路军攻许昌,两路夹击的绝妙战术,又一次失去了战机;反之,曹操迟疑未决时,乃写信问荀彧。荀彧回信指出,"公今画地而守,扼其喉而使不能进,情见势竭,必将有变。此用奇之时,断不可失",也就是坚守待变,不能撤回许昌。曹操见信大喜,"令将士效力死守",等待"用奇"之时。徐晃部将史涣获得袁军细作,得知袁绍大将韩猛将运粮至军前接济,曹操便派轻骑数千,半路击之,断其粮草,使得袁军自乱。接着曹操按照叛变过来的许攸的建议,亲自率兵奇袭袁绍军粮辎重存储地乌巢,粮草尽行烧绝。曹操两次"用奇",终于击败袁绍,取得官渡之战的胜利。

6.借刀杀人

第二十三回,祢衡裸衣辱骂曹操,操虽大怒,却派祢衡往荆州为使,劝刘表来降。刘表知道这是曹操"欲借我手杀之,使我受害贤之名也",又把祢衡派去见黄祖。黄祖不怕担当害贤之名,一次祢衡与黄祖饮酒,祢衡竟讥讽黄祖如庙中供奉的土木偶之人,不是个人物,遂被黄祖斩首。

7.曹操不给关羽过关文书

关羽得刘备书信,遂挂印封金,拜辞曹操。虽然曹操禁止部将追杀,并亲自送行,却不发过关文书,待到关羽连闯五关,杀守关六将后才送来文书。既说"吾欲取信于天下,安肯有负前言",同意放行关羽,可又不主动批给过关文书,是忘记了,还是玩弄诡计? 值得深思。

8.刘备"机权干略,不逮魏武"

小说家罗贯中在写赤壁之战中曹操与刘备、诸葛亮比对时,总是斗不过刘备、诸葛亮,而且他写曹操提出的计谋笨拙浅露,不如诸葛亮谋略巧而深。可是历史家陈寿《三国志》中的刘备,如《三国志》卷三十二《蜀书·先主传第二》传尾总评却曰:"机权干略,不逮魏武。"史传中的诸葛亮也没有小说描绘得神奇。赤壁之战抵御曹军主力的是吴军,战役的指挥者是周瑜。除了黄盖的火攻,就没有什么蒋干盗书、反间计、诈降记、连环记、借箭、借东风之类的诡计。但曹操扫平袁绍及北方群雄后,被胜利冲昏头脑,挥师南下,急于求成,促使刘备与孙权结盟而失败。

9.分化瓦解,各个击破

赤壁之战之后,形成三国鼎立局面,此时三家出现既互相矛盾又相互依存的特殊关系。曹操攻击任何一方,吴蜀便立即联合,一致对魏;魏一旦退出,蜀吴便围绕荆州归属,相互攻防。因此,赤壁之后曹操改变了策略,以分化瓦解、各个击破的策略,最后消灭吴、蜀。

10.相互移祸

曹操策动孙权袭荆州，杀关羽，孙权怕刘备报复，便听从张昭之计，将关公的首级传送与曹操，暗示刘备，杀关羽是操之所使。那么刘备必痛恨曹操，西蜀之兵，不攻吴而向魏。其实这是掩耳盗铃、自欺欺人的做法。司马懿揭穿了东吴的阴谋，指出"此乃东吴移祸之计"，让曹操为关羽首级配以香木身躯，葬以大王之礼，刘备闻知后必深恨孙权，又把祸转回给东吴。诸葛亮看得明白："方今吴欲令我伐魏，魏亦欲令我伐吴，各怀谲计，伺隙而乘。"诸葛亮还劝刘备"只宜按兵不动，且与关公发丧。待吴、魏不和，乘时而伐之可也"。惜刘备不听诸葛亮的意见，倾兵伐吴，致有彝陵之败，中了魏令蜀伐吴之计。

权力欲使人邪恶

曹操不是超阶级的历史人物。相反，当时封建时代统治者的特征，在他身上有着突出的表现。狠毒残忍，即是其特性之一。

由于曹操奉行"宁教我负天下人，休教天下人负我"的极端自私的处世哲学，因此对人狠，随意杀人，而且越到晚年，权重位高，越变得骄横狂暴、跋扈凶残，和当年他讨伐的董卓并无二致。不过，董卓杀人，只凭直觉，心血来潮地滥杀，不像曹操的深谋远虑。下面我们依照小说的叙述，参照正史记录的年代，列举曹操在什么时候，什么情况下，为何而杀人的。这里记录的是滥杀、为复仇而杀，以及杀反对自己者，至于被人算计而误杀，如杀蔡瑁、张允，则不列其内。

第四回，灵帝中平六年，曹操和陈宫逃至成皋，宿其父老友吕伯奢家，疑吕家人图己，不问男女，皆杀之。路遇沽酒归来的吕伯奢，惧其发现家中血案后告发追捕，也杀之。

第十回，献帝初平四年，曹操父亲曹嵩、叔叔曹德及一家老小四十余人，望兖州投奔曹操，道经徐州，陶谦热情接待，特差都尉张闿率兵护送。夜宿华、费间庙寺。张闿见财起意，杀了曹嵩全家，取走财物。曹操发誓复仇，令但得城池，将城中百姓，尽行屠戮。大军所至之处，杀戮人民，发掘坟墓。

又，按《资治通鉴》卷六十、汉纪五十二、献帝初平四年曾记"初，京、雒遭董卓之乱，民流移东出，多依徐土，遇操至，坑杀男女数十万口于泗水，水为不流。操攻郯不能克，乃去，攻取虑、睢陵、夏丘，皆屠之，鸡犬亦尽，墟邑无复行人"。这都属于报父仇的暴行。

第十七回，建安元年，曹操与袁术军相持于寿春，十七万大军用粮浩大，诸郡又荒旱，接济不及。曹操让仓官王垕以小斛放粮，权且救一时之急。王垕依命，曹又派人到各寨探听，无不埋怨丞相以小斗发粮欺人。曹操又密召王垕，说借他人头示众，平息人怒，并答应赡养其妻儿。王垕想辩白自己无罪时，曹操早呼刀斧手推出门外，一刀斩之，悬头高竿，出榜文说王垕故意用小斛，盗窃官粮，谨按军法处置，于是众怒始解。曹操杀人杀得很狡诈，很不光明磊落。他把缺粮的责任推到王垕身上，而他预谋杀人这一手真是叫绝！既平息了众怒，稳定了队伍，又推卸自己主帅的责任，保全了自己的声誉，待到自己违犯军纪，则就割发权代首了。

第二十三回，建安元年，祢衡击鼓为《渔阳三挝》，鼓吏挺鼓必换新衣，衡当曹操与众人面，脱下旧破衣服，裸体而立。曹斥为"何太无礼"，祢衡反讥操"不识贤愚，是眼浊也；不读诗书，是口浊也；不纳忠言，是耳浊也；不通古今，是身浊也；不容诸侯，是腹浊也"。常怀篡逆，是心浊也！操大怒"顾此人素有虚名，远近将谓孤不能容之"，遂将衡送往荆州为使，后人报黄祖斩了祢衡。祢衡虽不是曹操所杀，但借"刘表手杀

233

之"，也是杀，只是杀得狡猾奸诈。

第二十三回，建安五年，董承告知吉平衣带诏事，吉平说操贼常患头风，招其医治，可在茶中下毒，不消诸公用心。可惜董承家奴庆童向曹操告密，曹操用酷刑勘吉平，誓不招供，撞阶而死，曹操命分其肢体。

第二十四回，建安五年，曹操从董承卧房内搜出衣带诏并义状，要谋立新君，废却献帝。程昱谏之曰："明公所以能威震四方，号令天下者，以奉汉家名号故也。今诸侯未平，遽行废立之事，必起兵端矣。"废了汉献帝另立别人，没有了汉家旗号可打，还怎么让诸侯臣服。废帝之事乃罢。但曹操将董承、王子服、种辑、吴硕、吴子兰等五人，并其全家老小，押送各门处斩。死者共七百余人。城中官民见者，无不下泪。曹操杀了董承等人之后，怒气未消，又带剑入宫杀董贵妃。此时董妃已有孕，献帝哀求曰："董妃有五月身孕，望丞相见怜。"曹操曰："若非天败，吾已被害。岂得复留此女，为吾后患！"伏后也替董妃求情："贬于冷宫，待分娩了，杀之未迟。"曹操竟然说："欲留此逆种，为母报仇乎？"董妃要求全尸而死，勿令彰露，也就是要求自己自尽。死前，献帝还泣谓董妃曰："望于九泉之下，勿怨朕躬！"伏后亦大哭。曹操不耐烦，大声吼叫："犹作女儿态耶？"叱武士牵出，勒死于宫门之外。这和当初董卓之杀何太后有何区别？曹操复仇心更重。凡是反对他或是伤害他家人的人，睚眦必报，而且非常凶狠。

第三十回，建安五年，曹操与袁绍官渡大战，曹操按许攸提供的情报，夜袭乌巢，烧毁粮草辎重，淳于琼被擒，曹操命削去耳鼻手指，缚于马上，放回袁绍营以辱之。按《资治通鉴》卷六十三、汉纪五十五、献帝建安五年则记为"士卒皆死战，遂大破之，斩琼等，尽燔其粮毂，士卒千余人，皆取其鼻，牛马割唇舌，以示绍军"。

接着，曹操分大队军马，八路齐出，直冲绍营，袁军溃败，操军追之不及，尽获遗下之物。所杀八万余人，血流盈沟，溺水者不计其数。按

《资治通鉴》记述，"余众降者，操尽坑之，前后所杀七万人"。《三国志》卷一《魏书·武帝纪第一》裴松之注引《献帝起居注》也说："凡斩首七万余级，辎重财物巨亿。"

第三十三回，建安九年，曹操击败袁绍，统领众将入冀州城，将入城门，许攸忘乎所以，竟纵马近前，以鞭指城门而呼操曰："阿瞒，汝不得我，安得入此门？"操大笑。众将闻言，俱怀不平。一日，许褚走马入东门，正迎许攸。攸唤褚曰："汝等无我，安能出入此门乎？"褚怒曰："吾等千生万死，身冒血战，夺得城池，汝安敢夸口！"攸骂曰："汝等皆匹夫耳，何足道哉！"褚大怒，拔剑杀攸。许褚来见时曹操却说："子远与吾旧交，故相戏耳，何故杀之！"许攸是个卖主求荣的小丑，叛逃至曹操后，深知袁绍的部署，在战胜袁绍的几个战役中献策于曹，起了关键性的作用，如袭乌巢、烧粮草辎重，袁军无后勤保障而自败。袁绍死后，三子争权，曹利用反间计各个击破，审配守冀州。曹操再用许攸计决漳河淹冀州，攻破了冀州。许攸忘乎所以，自恃功高，殊不知官场中，在领导人物面前，最忌功高盖主，特别是面对曹操，在众目睽睽之下，居然直呼"阿瞒"，把攻下冀州的功劳记在自己名下，曹操听了能舒服吗？妙的是，第一次，曹操以"大笑"掩饰了内心的忌恨；第二次许褚提头来告，曹操反而说许攸是戏言，不可当真。其实许褚不杀，他曹操也将找一借口杀掉不甘寂寞、不自量力的许攸。因为《资治通鉴》卷六十四、汉纪五十六、献帝建安九年就说曹操杀了许攸："许攸恃功骄嫚，尝于众坐呼操小字曰：'某甲，卿非我，不得冀州也！'操笑曰：'汝言是也。'然内不乐，后竟杀之。"

第五十回，建安十三年，赤壁之战曹军大败，途经一山僻小路，因早晨下雨，坑堑内积水不流，泥陷马蹄不能进。曹操传下号令，让老弱中伤军士在后慢行，强壮者担土束草，填塞道路。曹操恐后有刘吴联军赶来，令快速前进，结果三停人马：一停落后，一停填了沟渠，一停跟随曹操，只剩三百余骑随后。这要是奉行以人为本的刘备，他不会让他的兵士去填沟壑的。

第六十一回，建安十七年，曹操在许都，威福日甚。董昭提出曹应受魏公之位，加九锡以彰功德。但是荀彧反对，话说得很尖锐："不可：丞相本兴义兵，匡扶汉室，当秉忠贞之志，守谦退之节。君子爱人以德，不宜如此。"实际上批评曹操言行不一，对汉朝不忠，有篡权的野心，当然要引起曹操大怒。董昭继续拍马屁，岂可以一人而阻众望？遂上表请尊操为魏公，加九锡。荀彧叹曰："吾不想今日见此事！"操闻，深恨之，以为不助己也。"建安十七年冬十月，曹操兴兵下江南，就命荀彧同行。彧已知操有杀己之心，托病止于寿春。曹操使人送饮食一盒至。盒上有操亲笔封记。开盒视之，并无一物。荀彧会其意，遂服毒而亡。荀彧初事袁绍，后投曹操。荀彧和田丰相似，均属战略家，曾被曹操誉为"吾之子房也"。争霸初期，曹操需要有识之士而能礼贤下士，延揽人才，功成之后唯我独尊，威势日甚，曹操已不能听进逆言，也不允许有任何反对他的人存在。可怕的是，曹操采用了肉体消灭的方法。

第六十六回，建安十九年，左右有人奏献帝说："近闻魏公欲自立为王，不久必将篡位。"帝与伏后大哭。伏后说她父亲伏完"常有杀操之心，妾今当修书一封，密与父图之"。伏后的密信托心腹宦官穆顺，先送伏完，由伏完再联络孙权与刘备，内外联合起事。岂知"早有人"报知曹操，在宫门等候穆顺，搜出密信。连夜起甲兵三千，围住伏完私宅，伏氏三族尽皆下狱。又令华歆引五百甲兵入到后殿，"歆从壁中亲自动手揪后头髻出"，伏后要求免其一命，这个卑鄙小人竟说："汝自见魏公诉去！"曹操说："吾以诚心待汝等，汝等反欲害我耶！吾不杀汝，汝必杀我！"喝左右乱棒打死。随即入宫，将伏后所生二子，尽皆杀之，不留复仇的种子。当晚将伏完、穆顺等宗族二百余口，皆斩于市。

杀伏皇后事，正史均未回避，先看《三国志》卷一《魏书·武帝纪第一》：

237

十一月，汉皇后伏氏坐昔与父故屯骑校尉完书，云帝以董承被诛怨恨公，辞甚丑恶，发闻，后废黜死，兄弟皆伏法。

裴松之注引《曹瞒传》云：

公遣华歆勒兵入宫收后，后闭户匿壁中。歆坏户发壁，牵后出。帝时与御史大夫郗虑坐，后被发徒跣过，执帝手曰："不能复相活邪？"帝曰："我亦不自知命在何时也。"帝谓虑曰："郗公，天下宁有是邪！"遂将后杀之，完及宗族死者数百人。

再看《资治通鉴》卷六十七、汉纪五十九、献帝建安十九年所记：

董承女为贵人，操诛承，求贵人杀之。帝以贵人有娠，累为请，不能得。伏皇后由是怀惧，乃与父完书，言曹操残逼之状，令密图之，完不敢发。至是，事乃泄，操大怒，十一月，使御史大夫郗虑持节策收皇后玺绶，以尚书令华歆为副，勒兵入宫，收后。后闭户，藏壁中。歆坏户发壁，就牵后出。时帝在外殿，引虑于坐，后被发，徒跣，行泣，过诀曰："不能复相活邪？"帝曰："我亦不知命在何时！"顾谓虑曰："郗公，天下宁有是邪！"遂将后下暴室，以幽死；所生二皇子，皆鸩杀之，兄弟及宗族死者百余人。

我相信，任何一位能看明白史传的人，都会感到诧异，究竟谁是天子？怎么一个当朝丞相，一个臣子，就因为皇后写信给她父亲，皇帝的国丈，"言曹操残逼之状"，"令密图之"，竟然废了皇后，派人至宫内明目张胆地搜捕，甚或秘密处死，而天子竟然束手无策。他不但保护不住皇后的生命，连他自己都"不自知命在何时也"，这个丞相简直是个残暴的太上皇！尽管陈寿对于曹操杀伏后，留有曲笔，不像司马光直白，但谁都不能否认曹操杀伏后及家族的事实。这也说明汉献帝王朝实际是由曹操专政，打着汉家旗号，经营自己的曹家事业。

第六十九回，建安二十三年，耿纪、韦晃、金祎、王必及吉平二子吉邈、吉穆等，不满曹操进封王爵，出入用天子车服，准备在元宵节暴动，被巡城的夏侯惇发现而失败，将耿、韦二人及五家宗族老小，皆斩于市，手下百余人被杀，并将在朝大小百官，尽行拿解邺郡。可恨的是，曹操将百官聚于教场内，下令曰："耿纪、韦晃等造反，放火焚许都，汝等有出救火者，亦有闭门不出者。如曾救火者，可立于红旗下；如不曾救火者，可立于白旗下。"众官以为救火者必无罪，于是多奔红旗。只有三分之一的人立于白旗下。曹操却认为当时救火者，非是救火，而是助贼暴乱，全部牵至漳河边斩之，死者三百余人。

第七十二回，建安二十四年，曹操以泄露机密为由，杀了丞相主簿杨修。要按《资治通鉴》卷六十八、汉纪六十、献帝建安二十四年的记述，杨修因与丁仪兄弟谋立曹植为魏嗣，言行不合礼教，以及杨修又是袁绍的外甥，所以"恶之"。之后，曹操以漏泄言教，交关诸侯，而收杀之。令我赞赏的是，这一点在小说中变成了次要原因，罗贯中关注点是人物性格描绘，他着力揭示的是曹操的奸诈性格，奸诈到让人猜不透，不喜欢别人猜出他的心思，更不喜人们揭穿他想些什么。小说中的杨修就是因聪明太过，总是翻出曹操心中底牌，看透他的心迹而被杀。有趣的是，罗贯中把《世说新语》中原来不过是分别记述杨修聪明捷悟、曹操假谲的互不相涉的材料引进小说，同曹操联系起来，构成了情节推展和性格冲突。如本回曹操企图夺取汉中，不料被诸葛亮识破，先行一步智取了汉中，并设伏大败曹军。曹操退至斜谷界口，进退两难，如要退兵，前有马超拒守，如不战而退，又恐刘备耻笑。正在两难之际，恰好厨师送来鸡汤，曹操很有感触，夏侯惇请示夜间口令，操便顺口说"鸡肋"二字。杨修听说"鸡肋",便教随行军士收拾行袋,准备回去。有人把杨修的举动告知夏侯惇,夏问杨修何意,修曰:"以今夜号令,便知魏王不日将退兵归也,'鸡肋'者,食之无肉,弃之有味,今进不能胜,退恐人笑,在此无益,不如早归:来日魏王必班师矣。"夏侯惇也收拾行装,被曹操知道,大怒,说杨修"造言乱军心",把杨修砍了。这并非是杨修说错了,而是他不应该说出曹操内心的疑惑。再比如曹操处于万人之上的地位后,怕人暗中谋害,常吩咐左右:我梦中好杀人,凡我睡着,你等不要近前。有一次曹操白天睡觉,被子落于地上,近侍慌忙拾起被子给曹操盖上,曹操突然跳起,拔剑刺死近侍,又上床睡去。过一会儿起来惊问,何人杀我侍卫,众人实告,操痛哭,命人厚葬。人们真的以为曹操能梦中杀人,可杨修则猜出此事原因,叹曰:"丞相非在梦中,君在梦中耳!"一语揭了曹操老底,当然不为曹操所忍。

第七十八回,建安二十四年(?)曹操头痛难忍,华歆提出请神医华佗来医治。华佗说头脑疼痛,因患风而起,病根在脑袋中,风涎不能出,服用任何汤药都不可治。只有一法:服麻沸汤后,然后用利斧砍开脑袋,取出风涎,方可除根。曹操大约是脑中长了瘤子,不像是"风涎"类神经性头疼,应"用利斧开脑袋",实施外科切除手术。曹操以为华佗替关羽报仇而主张开颅害他,唤左右拿下狱中拷问,华佗遂死于狱中。

建安二十五年春正月曹操死,终结了杀人的一生,寿六十六岁。

陈宫两次跟错了人

第一次跟错了曹操。

《三国演义》第四回,曹操献刀刺卓失败,董卓遍行文书,画影图形,捉拿曹操：擒献者，赏千金，封万户侯；窝藏者同罪。曹操逃出城外，飞奔谯郡。路经中牟县，为守关军士所获，来见县令，县令就是陈宫。县令看了曹操很久，之前在洛阳求官时认得曹操，尽管嘴上说"且把来监下，明日解去京师请赏"，到夜里，却让亲随暗地取出曹操，在后院中审究。陈宫先是试探性地问曹操，董丞相待你不薄，何故还自取其祸呢？曹操压根儿就未看得起这个小吏，所谓"燕雀安知鸿鹄志哉"，"汝既拿住我，便当解去请赏，何必多问！"仍保持着献刀刺卓时强烈的理想主义和敢说敢为的英雄气概，待曹操说他要返乡里，发矫诏，"召天下诸侯兴兵诛董卓"，陈宫才感到曹操是"真天下忠义之士"，以为遇到了"其主"，决定弃官，从公而逃，跟随曹操讨卓。

公平地说，早期的曹操是个爷们儿。当董卓带兵入都，欺主弄权，暴虐宫廷时，满朝公卿竟然束手无策，不知如何是好，众官皆哭，曹操挺身而出，独自一人去刺杀董卓，没有一点儿豪侠之气，自我牺牲的精神，还真是有点做不来。在中牟县被捕，曹操不怕承担责任，视死如归，因此才受到陈宫的赞佩。毛宗岗在评论曹操被捕后的豪言壮语，夹批中竟然说"此县令须以此言动之，奸雄眼力过人"，"偏是奸雄会说道学语"，"曹操竟是一位正人"，云云。毛宗岗认定曹操是个奸雄，按照这个思维定势，无论在何种时候，无论说什么话，统统都被看成是虚假之言。其实曹操的性格有个发展过程，早期的性格不同于挟天子以令诸侯之后，况且曹操说过的话，不一定都是奸诈之言。陈宫赞赏的是刺杀董卓不成而逃亡，逃亡过程中被俘而又不惧生死的曹操。陈宫直接赞佩曹操的作为，也间接地说明了陈宫也是个忠义之士。试想陈宫甘愿不顾老母妻子，不怕丢掉官职，背负着私放并跟随通缉犯逃走的罪名，显然需要勇气和不怕死的精神。倘若把曹操说的话认作是虚假之言，而陈宫竟信虚假之言，那陈宫岂不是个白痴！不过陈宫只看到曹操正面的阳光的一面，而不知负面的阴暗的一面。知其面而又知其心，还需要一个过程。

陈宫随曹操逃亡了三日，至成皋地方，住进曹操父亲的结义兄弟吕伯奢家里，为了款待曹操，伯奢出外买酒。忽闻庄后有磨刀之声，曹操认为"吕伯奢非吾至亲，此去可疑，当窃听之"。潜步入草堂后，但闻"缚而杀之"，曹操以为是吕伯奢家人要图己，"今若不先下手，必遭擒获"，遂与宫拔剑直入，不问男女，皆杀之，搜至厨下，原来是要杀一口猪。陈宫说："孟德心多，误杀好人矣！"由于人是在被追捕中而"心多"，"误杀好人"，陈宫还可以理解，但是，杀了吕伯奢全家之后，怕"吕伯奢到家，见杀死多人，安肯干休？若率众来追，必遭其祸矣"，竟然连吕伯奢也不放过，这不能不让陈宫"大惊"，批评他"知而故杀，大不义也"！可是曹操没有自我反思的意思，终于说出他的世界观："宁教我负天下人，休教天下人负我！"陈宫默然。当夜宿客店，陈宫夜不能寐，他要思考是否要跟曹操走下去。

摆在陈宫面前的有三条路：一是杀了曹操。既然曹操是不义之人，"原来是个狼心之徒，今日留之，必为后患"。正要拔剑下手杀曹操，忽转念"我为国家跟他到此，杀之不义"。杀了坏人、狼心之徒曹操，为民除害，显系豪侠所为。但是侠客是文化的离轨者，见到不平之事，拔刀相助，快意复仇时，是不考虑国家法规如何的。陈宫没有侠客们的观念和作为。因为他至少还承认曹操反董卓乃至刺杀董卓，失败后要回家乡组织队伍讨伐董卓，属于正义的忠义之士，杀了曹操反而是自己的不义。说句"假如"的话，假如陈宫那会儿真的杀了曹操，三国历史将是另一番写法，当然《三国演义》也就没有那么多奇奇怪怪的文字。正因为陈宫没杀曹操，才给小说上的中国历史，留下一个"狼心之徒"！陈宫是个好人！

二是跟着曹操走下去，做曹操的幕僚、参谋。站在当时群雄争霸的政治环境下考察曹操的言语行为，或者换位思考，站在曹操的角度考虑一下，曹操是个枭雄似的人物，而且是比枭雄还枭雄的奸雄！事实上，在封建专制社会，成就大事业的奸雄们，拿得起来放得下，是极端利己主

义的狠角色。郭嘉、荀彧主动投靠曹操,而陈宫为何不能择木而栖?看来陈宫过分看重道德化的政治,殊不知秦汉之后,在政权统治上,从来都是政治化的道德。可见陈宫是一个书生——有正义感的、理想主义的,但又未完全读懂现实政治的书生。

如果前两条路不愿选择,那只有"不若弃而他往",重新寻找一个开明的、值得信赖的主子。

陈宫自第五回说投东郡去了,至第十回,时陈宫为东郡从事,做什么工作,给谁做事,没有细说,由于和陶谦交厚,听说曹操为报父仇,要洗荡徐州,尽杀城中百姓,于是陈宫星夜来见曹操,说明原委。曹操知道陈宫是为陶谦作说客,本想不见,可看在陈宫救他一命的份上,只好帐中相见。开门见山,陈宫说陶谦乃仁人君子,非好利忘义之辈。操父遇害,乃黄巾军降将张闿之恶,非陶谦之罪;再说"州县之民,与明公何仇?杀之不祥"。谁知曹操竟蛮横地拒绝:"公昔弃我而去,今有何面目来相见?"——不言人家何以弃你而去,反打一耙,迁怒于人,简直是不讲道理。——"陶谦杀吾一家,誓当摘胆剜心,以雪吾恨。"杀吕伯奢及全家,表露了曹操的狠劲,而要杀陶谦全家和全城百姓,并且要摘胆剜心,那就如董卓一样的凶残。面对曹操掌握一定军事权力后的暴虐和对他本人的讽刺挖苦,善良的陈宫缺少弥衡的辩才和勇气,没有完成陶谦的嘱托,无面目再见陶谦,投靠陈留太守张邈去了。看来陈宫很讲究信义和面子。

第二次跟错了吕布。

第十一回,陈宫第三次出现。因吕布弃张扬而投张邈。恰好张邈弟张超也引陈宫来见张邈,见面就劝说张邈要想不受制于人而成就自己的霸业,那就应乘曹操东征,兖州空虚时,与吕布合作,共取兖州。张邈采纳了陈宫的意见,令吕布袭破兖州、濮阳,从此好像陈宫做了吕布的军师,为吕布出谋划策,很懂用兵之法,连曹营的将士都说吕布无谋,陈宫多计。在政治斗争上,陈宫已熟悉军事政治集团之间博弈的游戏规则,考虑问题的出发点是自己服务的主子吕布集团的利益,而不是书呆子式的理想主义。例如陈宫积极支持纪灵提出的袁术与吕布儿女联姻,意在取刘备的头,他已不在意刘备与吕布是否是哥们儿,刘备是否为汉家后裔,是否代表汉之正统,唯有利益才是判断价值的天秤。可悲的是,正如毛宗岗夹批中所言,"吕布听陈宫之言而辄胜,不听陈宫之言而辄败",非常自信的吕布,很少接受陈宫的计策,因而常遭致失败。尽管曹操承认他自己"心不正",陈宫弃他而去,可你陈宫"又奈何独事吕布"?虽然陈宫以"布虽无谋,不似你诡诈奸险"自我解嘲,可事实是陈宫跟错了人。当他"恨此人(吕布)不从吾言"时,"意欲弃布他往,却不忍;又恐被人嗤笑",讲义气而又好面子,还是书生的小家子气,还欠点火候。

曹丕逼曹植七步成章

想当年,三国时曹操、刘备、孙权三位枭雄,或是白手起家,或是承继父兄基业,历经艰辛,以他们的智慧和武战,争得三分天下。而承大统的子侄们,如曹丕、孙亮、孙休、孙皓和刘禅,包括称霸一方,英雄一世的袁绍的后代袁谭、袁熙、袁尚,同他们父辈们相比,竟然是争权夺利、懦弱无能、骄奢淫逸、拒忠谏近谗言,远君子近小人,上下交怨而不知警,众叛亲离而不自觉,终被司马氏吞灭。真如俗言:马上得天下,马下失天下,一代不如一代。

比较而言,曹操并不完全遵循"立嫡以长不以贤,立子以贵不以长"的周礼的礼训,而看重的是才能。按《三国志》卷二十《魏书·武文世王公传第二十》载,曹操有二十五男,早逝十人,余下十五人最喜爱的是曹休,就是传说中用船体吃水量来测量大象体重的小男孩。不只是聪慧,

245

智商超出一般人，就是在处理案情上，"凡应罪戮，而为冲微所办理，赖以济宥者，前后数十"。办案仁慈，与性共生，而且容貌姿美，不同一般，所以被宠爱，"太祖数对臣陈述，有意传后意"。可惜曹休十三岁时病故，曹操"哀甚"，曹丕安慰曹操，操曰："此我之不幸，而汝曹之幸也。"另一位是曹植善属文，下笔成章，援笔立成，每进见难问，应声而对，也赢得了曹操的"特见宠爱"。《三国志》卷十九《魏书·曹植传》说：

> 建安十六年，封平原侯。十九年，徙封临菑侯。太祖征孙权，使植留守邺，戒之曰："吾昔为顿邱令，年二十三。思此时所行，无悔于今。今汝年亦二十三矣，可不勉与！"植既以才见异，而丁仪、丁廙、杨修等为之羽翼。太祖狐疑，几为太子者数矣。而植任性而行，不自雕励，饮酒不节。文帝御之以术，矫情自饰，宫人左右，并为之说，故遂定为嗣。

不是曹操没有给予机会，而是曹植没有珍惜机会。以才名自恃，饮酒误事，任性而行，又树朋党，自己打败了自己。而曹丕则很乖巧，善于隐蔽自己，搞小动作抹黑曹植。差用"宫人左右"，可能包括贾诩、华歆之流为他说好话，没有遇到多少阻力，轻松地被曹操立为太子，曹操死后，曹丕理所当然地继了王位。第一个前来发难，也是第一个被曹丕逼迫交出兵权而返回守地的是曹彰。《三国志》卷十九《魏书·任城传》中曾记曹操批评曹彰不读书："汝不念读书慕圣道，而好乘汗马击剑，此一夫之用，何足贵哉！"显然一介武夫，斗不过曹丕的。第七十九回，曹丕和华歆等庆贺献帝封曹丕为魏王、丞相、冀州牧时，曹彰领十万大军自长安来，曹丕很恐惧："黄须小弟，平日性刚，深通武艺。今提兵远来，必与孤争王位也。加之奈何？"贾逵愿出面说服曹彰。当曹彰质问贾逵："先王玺绶安在？"贾逵正色而言曰："家有长子，国有储君。先王玺绶，非君侯之宜问也。"曹

246

丕是长子，立嫡以长，曹操在世时已立曹丕为储君，这已是众人皆知之事，不像袁尚自封为袁绍的接班人，所以曹彰此时问先王玺绶，不但是"非君侯之所宜问"，而且是多余的一问，曹彰只能默然无语。狡猾的贾逵很会抓住问题要害，先发制人地反问一句："君侯此来，欲奔丧耶？"曹彰能说是来找曹丕讨说法？岂不被人认为是争王位？只能说是来奔丧，别无异心。哥俩见面，"相抱大哭"，做做奔丧的表演，并把"本部军马尽交与曹丕"，"丕令彰回鄢陵自守"，解除了曹彰的军权。

接着，曹丕依据华歆——凶狠得力的打手的告密，追究曹熊、曹植不参加丧礼的"罪行"。曹丕分遣二使往两处问罪。一处回报："萧怀侯曹熊惧罪，自缢身死。"去向曹植问罪的回报说曹植与丁仪、丁廙兄弟酣饮，悖慢无礼：曹植见使者来端坐不动；丁仪竟然大骂说本来先王欲立曹植为太子，被谗臣所阻，今王丧未远，便问罪于骨肉。丁廙说得更难堪："据吾主聪明冠世，自当承嗣大位，今反不得立。汝那庙堂之臣，何不识人才若此！"曹植命武士将使臣打出。曹丕听了大怒，命许褚领虎卫军三千，直至临淄城，将曹植、丁仪、丁廙三人及府下大小属官，尽行拿解邺郡，曹丕下令，先将丁仪、丁廙诛戮。二人俱为一时文士，闻其被杀，人多惜之。曹丕登王位即杀二丁是历史事实，《曹植传》即说"文帝即王位，诛丁仪、丁廙并其男口。"但没有醉酒中骂人和曹植赶走使臣的情节。表面看，似乎写出文人桀骜不驯的性格，发泄选嗣不公。但对刻画曹丕而言，我认为有点画蛇添足。正史不加任何说明，记曹丕即王位后，立即诛杀同曹植交往密切并且支持曹植为太子的丁仪、丁廙，显示曹丕不容人的报复心理。反之，曹丕正式登上王位后二丁这一骂，倒是让曹丕抓住犯上作乱的罪名，诛杀有理了。至于杀曹植，无论曹植说什么，都会让读者感到曹丕是在清除异己。宫廷内夺权斗争的血腥气，并不亚于用刀枪说话。好在卞后亲自求情，曹丕碍于"母命不可违"，按照华歆的妥协办法，限七步吟诗一首。若果能，则免一死；若不能，则从重治罪。

正是曹子建的诗才，毋宁说"煮豆燃豆萁"的诗情，触动了骨肉之情，"曹丕闻之，潸然泪下"，还有点人性，贬曹植为安乡侯，植拜辞上马而去，捡了一条命。

　　曹丕在位七年，不如他乃父有创业精神，连守成之主孙权的业绩都不如。除了逼死逼退三个兄弟，即魏王位没有几天，就积极地让汉献帝把皇帝的座位禅让给他。尽管先由华歆之流中下级官僚发动劝进，且由这些人制造魏代汉的天命舆论，推辞再三才登皇帝位，但从中也看出曹丕想当皇帝的急躁心情。即皇帝位就想"一统天下"，不顾贾诩、刘晔的反对，发兵五万，分三路攻打吴国濡须城，结果魏将常雕、曹仁、曹真、夏侯尚、曹休均被吴军杀败。时值夏天，大疫流行，马步军十死六七，只好引军回洛阳。这一战役很能说明曹丕毕竟是个文人出身，不懂军事，指挥不了军队，没有像曹操那样亲自掌握军权，却旁落给司马懿。曹睿、曹奂继任后，军事上完全听命于司马氏，掌握了兵权的司马炎，终于发动了宫廷政变，逼曹奂依汉献故事，把皇冠"禅让"给司马氏，终结了魏王朝。

第六章

守成人物孙权

孙权有勾践之奇英

《三国志》卷四十六《吴书·孙破虏讨逆传第一》，记述孙策被许贡家杀伤，临终前取印绶与孙权：

> 呼权佩以印绶，谓曰："举江东之众，决机于两陈之间，与天下争衡，卿不如我；举贤任能，各尽其心，以保江东，我不如卿。"

《资治通鉴》卷六十三、汉纪五十五、献帝建安五年记述孙策对孙权的遗言一致，《三国演义》第二十九回，也转述了正史的记录。又，第八十二回，关羽死后刘备率军伐吴，孙权遣都尉赵咨使魏，表示降魏，请其出兵相救，魏帝曹丕问赵"吴侯乃何如主也"，咨对曰：

> "聪明仁智，雄略之主也。"丕笑曰："卿褒奖毋乃太甚？"咨曰："臣非过誉也。吴侯纳鲁肃于凡品，是其聪也；拔吕蒙于行阵，是其明也；获于禁而不害，是其仁也；取荆州兵不血刃，是其智也；据三江而虎视于天下，是其雄也；屈身于陛下，是其略也。"

按孙策的判断，他自己属创业性的人物，而孙权系守成型人物，"举贤任能"，是其强项。比如孙权之用周瑜。周瑜与孙策结为兄弟，周比权大，权事之如兄。孙策临终时曾告孙权："倘内事不决，可问张昭；外事不决，可问周瑜。"因此，孙权对周瑜极为尊重。

赤壁之战之前，孙权对是否联刘抗曹，同曹军是否展开决战，战与降疑惑不决时，吴国太提醒孙权，"伯符临终有言：内事不决问张昭，外事不决问周瑜。今何不请公瑾问之"。正是由于周瑜分析曹操此来，多犯兵家之四忌，虽兵多而必败，他愿请得精兵数万为孙权破贼，促使孙权决计破曹。赤壁之战后，为向刘备讨还荆州用尽了种种计谋，甚至不顾妹子的亲情，用假结婚来骗刘备，孙权可谓是言听计从。而周瑜对孙权更是肝胆相照，忠心辅佐。赤壁之战前曹操派蒋干过江策反，周瑜知老同学来意，迎风宴上，佯醉大笑曰："大丈夫处世，遇知己之主，外托君臣之义，内结骨肉之恩，言必行，计必从，祸福共之。假使苏秦、张仪、陆贾、郦生复出，口似悬河，舌如利刃，安能动我心哉！"周瑜趁佯醉，拒绝蒋干策反，并非是表演言语，而是真诚地、毫不掩饰地表露了他对孙权的忠心和情谊。

孙权之接纳鲁肃，可谓是成就孙权守成事业的关键。最早将鲁肃引荐给孙权的是周瑜。且看第二十九回，孙策死后孙权接掌大权，孙权向周瑜请教"今承父兄之业，将何策以守之"，周瑜建议他"须求高明远见之人为辅，然后江东可定也"。那就是说在军事上，有他周瑜掌舵，而在治国、外交等大政方向上，则需有比周瑜更高明远见之人，——按我的推测，应类如诸葛亮等级的人物，可周瑜指的是鲁肃："此人胸怀韬略，腹隐机谋。"孙权见鲁肃后亦甚敬之，与之谈论，终日不倦，至晚同榻抵足而卧。鲁肃为孙权规划了图天下的策略，更主要的是促成了孙刘联盟，大败曹操；并且赤壁之战后，极力维护孙刘联盟的团结，坚持借荆州给刘备，可谓是有远见的政治家。遗憾的是，罗贯中过分描写鲁肃老实人的性格，甚至穿插戏谑的笔法来衬托诸葛亮的智慧，给人以烂好人、傻角的观感，不仅减弱了史传中鲁肃大气、正义、讲原则的风神，而且也未能充分展示周瑜所说的"胸怀

韬略,腹隐机谋","鲁肃忠烈,临事不苟"的形象。

孙权的识人、用人,除周瑜、鲁肃外,还有两个人物便是吕蒙、陆逊。孙权对吕蒙培养有加。吕蒙英勇善战,屡立战功,孙权多次给予升官封赏。鲁肃弃世,孙权命吕蒙接收鲁肃所辖各部,驻守屯口。袭荆州时,为了麻痹关羽,吕蒙将守屯口的位置让给了陆逊。此后,第七十五回,关羽中计,调荆州大半兵力去攻樊城,孙权原本命吕蒙与孙皎共同指挥军队袭荆州。孙皎是孙权叔父孙静的次子,孙权的堂弟。这要对讲究和主子搞好主从关系的人来说,主子安排自己的亲属不会提出反对意见的,就如同刘备让关羽接任诸葛亮守荆州,诸葛亮不能不首肯。但吕蒙却不客气地说:"主公若以蒙可用则独用蒙;若以叔明(孙皎)可用则独用叔明。岂不闻昔日周瑜、程普为左右都督,事虽决于瑜,然普自以旧臣而居瑜下,颇不相睦;后因见瑜之才,方始敬服?今蒙之才不及瑜,而叔明之亲胜于普,恐未能相济也。"兼任则败,专任则胜,自古皆然。吕蒙的话很坦诚,很尖锐,他是着眼于东吴大业而说出的顾虑。孙权"大悟",立即明白吕蒙的难处,遂拜吕蒙为大都督,总制江东诸路军马,令孙皎只负责接应粮草的后勤保障。可见孙权胸怀不一般,用贤不疑,大胆起用。他对陆逊也是如此。吕蒙死后,刘备倾军伐吴,危难之时,孙权力排在朝老臣们的反对意见、军队将领们的排斥与刁难,大胆起用年轻的"白面书生"陆逊,并且接受陆逊的要求,筑坛拜帅,这同样是三国史上传颂的佳话。也正因为孙权举贤任能,善于团结将士,才使东吴文臣武将忠心辅佐,曹操、刘备都未能征服东吴。

不过守成之主往往墨守成规,缺乏开拓精神。面对决定国家命运、政权走向、战略决策,以及应对区域及国与国之间的重大关系时,孙权既缺少曹操明快、迅即反应的敏捷思维;又没有杀伐决断的能力,而是犹犹豫豫,沉吟迟疑。如曹操八十三万军下江南之际,是战是降狐疑不定:"欲待战来,恐寡不敌众;欲待降来,又恐曹操不容。"听周瑜细说曹此来犯兵家四忌,力主抗曹,孙权拔佩剑砍面前奏案一角曰:"诸官将有再言降曹者,与此案同！"转身后又犹豫："但忧曹操兵多,寡不敌众耳。"待周瑜再次开解,才下定了"孤当亲与操贼决战"。

值得注意的,固然对某件重大事务再三拿捏,慎重行事,无可指责;问题是思考的侧重点过分考虑保护固有成业时,极容易挫损委屈自己,迁就他人。刘备为复二弟之仇,六十万多万大军讨吴时,孙权又乱了方寸,几次向刘备求和,情愿归还荆州和交出杀关、张二人的凶手,作为讲和的条件。讲和不成,接连几次失败,以为将被蜀亡国,竟向魏曹丕俯首称臣。假使孙坚或孙策在,决不会委屈自己,去当"汉贼"儿子的臣子。

孙权善于听取部属的意见强于袁绍,但过分的尊重,丧失自我的独立判断,反而做错事。赤壁之后为了索回荆州,言听计从了周瑜的馊主意,闹出了许多尴尬事。听从吕蒙、陆逊的鼓动去袭荆州,造成孙刘联盟破裂。更为错误的,不该听从左咸的意见而杀关羽。对比一下曹操俘获关公之后,三日一小宴,五日一大宴,上马一提金,下马一提银,封侯赐爵,企图软化关羽归降,却丝毫没有动摇关公寻找兄长刘皇叔的忠心,最终让关羽闯过五关,放生而去。争霸初期,曹操敢于放虎归山,是他欣赏关羽"不忘故主,来去明白,真丈夫"的精神。而他曹操正是借关羽"不忘故主"的精神来教育众人,"汝等当效之",进而网罗各路义士。孙权所处的时期已是三雄争霸,关羽被俘,已无昔日保护二位嫂嫂的牵累,而是战斗中的失败者,被俘后自然不惧生死;何况关羽特别痛恨孙权用诡计偷取荆州,必然强硬地面对孙权。胜利者的孙权何必非得让关羽降吴呢?更无须杀关羽,因为你已得到荆州,关羽被俘已是他人生的耻辱,放走关羽有可能挽回联盟抗曹的关系,至少不会形成仇敌。可惜孙权没有这个胸怀和远见,终铸成大错。

可是细思之,孙权不见得完全听信左咸的进言才杀关羽,他性格中、潜意识中就有狭隘残忍的一面。陈寿在《三国志》卷四十七《吴书·吴主第二》传尾的评中就指出：

255

孙权屈身忍辱，任才尚计，有勾践之奇英，人之杰矣。故能自擅江表，成鼎峙之业。然性多嫌忌，果于杀戮，暨臻末年，弥以滋甚。至于谗说殄行，胤嗣废毙，岂所谓贻厥孙谋以燕翼子者哉？其后叶陵迟，遂致覆国，未必不由此也。

孙权虽能"屈身忍辱"，但他不是静坐蒲团，拈花笑看人生的佛祖。关羽的傲慢，盛气凌人，视己女为虎女，权之子为犬子，以及大汉主义为中心的观念，刺激了孙权潜意识中自尊与嫌忌的忍受度，转而产生一种复仇心理，对关羽是非杀不可的。仔细翻检《孙权传》，是不乏这种因自尊心受挫或嫌忌而杀人的先例的。如裴松之注引《江表传》，记述孙策逝世，孙权接班，曾被孙策任命为庐江太守的李术，"策亡后，术不肯事权，而多纳其亡叛"。孙权曾写信要人，李术却拒绝送回叛逃者，并让人回报孙权："有德见归，无德见叛，不应复还。"讽刺孙权"无德"，孙权显然自尊心受到挫伤而不能容忍，举兵攻李术于皖城。李术闭城自守，向曹操求援，曹公不救。"粮食乏尽，妇女或丸泥而吞之。遂屠其城，枭术首，徙其部曲三万余人"。不服从你孙权领导的是李术而不是老百姓，殃及池鱼的"屠城"，孙权也够残忍的。又如，孙权虽然"任才尚计"，可是对于当时吴郡人"咸言其笔之妙，舌之妙，刀之妙，三者皆过绝于人"的沈友，却听信"庸臣所潜，诬以谋反而杀之"，实际是"权亦以终不为己用，故害之"，还是"嫌忌"之心作祟。可惜罗贯中没有录用这两条材料，丰富孙权性格的多层次与多面性。不过小说家罗贯中也写出了孙权到了晚年，"乱嗣废毙"，立孙和为太子，但听了全公主的谗言，孙和被废，为孙和谏争的吾粲、顾谭、陈正、陆象、朱据、屈晃被杀，同孙和争夺太子之位的鲁王孙霸被赐死，孙霸的幕僚吴安、孙奇、全寄也都被诛杀。猜忌、暴戾，好像吴国太子中没有可靠的接班人，孙权病逝前，只好把八岁的孙亮推上台去。可是孙权死后，诸王及握有军权的重臣，相互谋杀不断。十六岁的孙亮，又被孙綝废黜，立年十三的孙休，短命的孙

256

休三十而亡，又立孙皓为帝。孙皓起初为吴人称为"明主"，做到底却是个暴君，直至降晋。裴松之评陈寿《吴书·吴主传第二》传尾评中说："孙权横废无罪之子，虽为兆乱，然国之倾覆，自由暴皓。若权不废和，皓为世适，终至灭亡，有何异哉？此则丧国由于昏虐，不在于废黜也。设使亮保国祚，休不早死，则皓不得立。皓不得立，则吴不得亡矣。"孙皓为孙和的嫡长，即使孙权不废孙和，孙权死后由孙和接任，孙和死后孙皓照样接棒做皇帝，吴国照样要亡，问题的关键是帝王本身——"此则丧国由于昏虐，不在于废黜也"，此话说的是。

三气周瑜

按《三国志》卷五十四《周瑜传》所记，建安十五年，周瑜为了取刘璋的益州，病卒于巴丘途中，并非是被诸葛亮气死。司马光的《资治通鉴》卷六十六、汉纪五十八记载同《三国志》。罗贯中设置三气的情节，显然是为了进一步描写赤壁之战后，孙、刘集团之间的矛盾，突出刻画周瑜、诸葛亮的性格，且看小说的描写：

一气：诸葛亮却去图现成

孙吴于赤壁之战胜利后，周瑜便进兵取南郡，临江下寨。此时刘备派孙乾来向周瑜祝贺赤壁之战的胜利，周瑜听说刘备屯兵油江，大吃一惊，意识到必有取南郡之意。周瑜认为"我等费了许多军马，用了许多钱粮，目下南郡反手可得，彼等心怀不仁，要就现成"，除非"放着周瑜不死"。于是和鲁肃一同去找刘备理论，"好便好，不好时，不等他取南郡，先结果了刘备！"周瑜把问题看得过于简单，过于容易，过于自信了。您想在刚刚结束的赤壁之战中，周瑜多次承认他的智商不如诸葛亮，难道这次能超越诸葛亮？在群雄逐鹿各个平等与不平等的争夺战中，南郡又不是你的专属区，凭什么不许别人夺取？再说，周瑜如果同刘备理论不成，有关羽、赵云等诸将在，难道能杀死刘备？

果然，没有说上几句，周瑜便中了诸葛亮下的套。如同既往，由刘备出面和孙吴打交道，全按照军师定的台词背书。周瑜问："豫州移兵在此，莫非有取南郡之意否？"刘备回答得很狡猾："闻都督欲取南郡，故来相助。若都督不取，备必取之。"意思说咱们是联合阵线的朋友，我来帮忙，你要不取时我再取之。帮忙是假，夺南郡是真。"相助"云云，没有把周瑜看在眼内，好像单凭周瑜的力量夺取不到南郡。周瑜再次明确东吴必取的决心："吾东吴久欲并吞汉江，今南郡已在掌中，如何不取？""南郡已在掌中"，话说得很满，刘备再把周瑜往诸葛亮设的陷阱中拉："胜负不可预定。曹操临归，令曹仁守南郡等处，必有奇计；更兼曹仁勇不可当；但凭都督不能取耳。"再次强调曹操的强大，刺激周瑜，终于逼出了周瑜的一句话："吾若取不得，那时任从公取。"我拿不到你可以去拿，周瑜不能反对，何况有"子敬（鲁肃）、孔明在此为证，都督休悔"，鲁肃可能猜出这是个阴谋，未有马上表示他同意作证人，谁知周瑜又发出豪言壮语："大丈夫一言既出，何悔之有！"诸葛亮也装模作样地表示非常赞同："都督此言，甚是公论。先让东吴去取；若不下，主公取之，有何不可！"不知周瑜是年少气盛，还是过分相信了刘备和诸葛亮。他没有深思，诸葛亮和刘备说的"取不下"是不分先后次序，也不论采用什么手段取之，只要我拿下，都可以说是你没拿下，我取之有道。周瑜中了诸葛亮的奸计矣！

周瑜以为弹指间即可得南郡，命蒋钦为先锋，徐盛、丁奉为副将，拨五千精锐军马，渡江攻曹仁。初战便被曹打败，周瑜大怒，欲亲自带兵强攻南郡。甘宁提议由他带精兵三千，径取彝陵，然后周瑜再攻南郡。虽然甘宁夺取了彝陵，可是又被曹军围困城中，周瑜率周泰、吕蒙奔彝陵解围。甘宁与周泰城内城外两路杀出，曹兵大乱。周瑜又驱兵赶到南郡，正遇曹仁从南郡出军救彝陵，双方混战一场。次日，周瑜分两军为左右翼取城，曹仁果然大败，不入城，竟望西北而走。周瑜令众军抢城，谁知进入城中却遭到埋伏，两边弓弩齐发，周瑜中了毒箭，徐盛、丁奉舍命救出城。医者说："此箭头上有毒，急切不能痊可。若怒气冲散，其疮发。"周瑜将计就计，让心腹军士去城中诈降，说统帅周瑜已死，曹仁夜中必来劫寨，四下埋伏，大事可成。果然曹仁夜里偷袭，四边炮声齐发，曹仁首尾不能相救，引残败军马，不敢回南郡，径投襄阳大路而去。周瑜领大军到南郡城下，眼看南郡唾手可得，突见城楼上旌旗布满，一将叫曰："都督少罪！吾奉军师将令，已取城了。——吾乃常山赵子龙也。"接着又听探马来报："诸葛亮自得了南郡，遂用兵符，星夜诈调荆州守城军马来救，却教张飞袭了荆州。"又一路探马来报："夏侯惇在襄阳，被诸葛亮差人赍兵符，诈称曹仁求救，诱惇引兵出，却教云长袭了襄阳。二处城池，全不费力，皆属刘玄德矣。"周瑜听罢，大叫一声，金疮迸裂。

　　请读者回想一下，当初周瑜和刘备曾有约定："吾若取不得，那时任从公取。"并且诸葛亮还明确了攻取次序："先让东吴去取；若不下，主公取之。"如同现代生活中拳击比赛，一方被击败出局后另一方再参战，周瑜经过几轮惨烈的争夺攻防战斗，而且自己又中了毒箭，拼着老命打到城下，即将夺取南郡城时，诸葛亮却违反了双方的君子协议，趁着周瑜军队将曹仁守城部队引出之时，轻易地占领了南郡城，并且凭着兵符，不费吹灰之力，收复了荆州、襄阳，岂不有违协定和为人的道德？其实笔者在上文就已指出，周瑜同刘备争议谁先取南郡时，就已落入了诸葛亮圈套，何谓"不下"？周瑜和曹仁攻防战过程中，都可以说是"不下"，何况在争夺霸主的斗争中，没有那么多书生气。兵法曰兵不厌诈，只要结果，不必计较手段。问题是孙刘仍处于联合阶段，双方缺乏互信，只顾自己的利益，不顾对方的利益和感受，这个联盟能维持下去么？

259

因此，周瑜认为我用尽了计策，损兵马，费钱粮，诸葛亮却去图现成，岂不可恨，决意起兵夺回城池。鲁肃从大局考虑，"如若两家互相吞并，曹兵乘虚而来，其势危矣！"即使曹兵不来攻吴，如果逼刘备太紧，献了城池给曹操一同攻打东吴怎么办？鲁肃考虑问题的出发点是对的，但错估了现时的诸葛亮和刘备的心态。他们得到了梦寐以求的荆州，既不肯把肉从口中吐出来，也不会彻底翻脸同曹操结盟，必然采取拖赖的战术，特别是面对天下好男人、忠厚长者鲁肃作为特命全权大使出面，更会玩此战术。

鲁肃指责刘备用诡计夺占荆襄，使江东空费钱粮军马，而皇叔却安受其利，于理不顺。孔明却狡辩说"物必归主"，荆襄九郡，非东吴之地，乃刘景升之基业。刘备乃刘表之弟，刘表虽死，其子尚在，叔叔辅佐侄子，夺回荆州有何不可？刘备这话说得很厉害、很在理，鲁肃没有想到劈头让孔明将了一军。命题的前提非常明确，荆州原本属刘表的，不是你东吴的；其次，刘表虽然死了，可其子刘琦还在；其三，刘皇叔作为刘表的弟弟，刘琦的叔叔，协助刘琦，将祖宗基业取回来，是完全合理的，并不是刘备为自己而取荆州。如此辩证，鲁肃还能说什么？倘若鲁肃也去狡辩，指出刘表死后已由刘琮任荆州牧，并且刘琮向曹操投城，不归刘家所有，东吴攻之亦是符合道义的。那么，诸葛亮有可能强调刘琮是僭位，非法继承，今由刘备帮助刘琦恢复正统，鲁肃亦没有太多道理应对孔明的诡辩，又把鲁肃逼到墙角，沿着孔明的思路走下去："若果系公子刘琦占据，尚有可解；今公子在江夏，须不在这里！"承认有刘琦在，等于承认刘备取荆州是合理的；更让人意想不到的，当鲁肃说刘琦在江夏，不在这里，魔术大师诸葛亮竟然用挪移大法把刘琦变了出来：两从者从屏风后扶出刘琦，刘琦对鲁肃说："病躯不能施礼，子敬勿罪。"鲁肃大吃一惊，还有何话可说！只有和孔明订下了"若公子不在，须将城池还我东吴"的没有约束力的、骗骗老实人的口头协议。

由于孙权围合肥，累战不捷，周瑜只得班师回柴桑养病。刘备自得荆

州、南郡、襄阳后，向南扩展，先后夺取了零陵、桂阳、武陵、长沙四郡，同时也收服了马良、马谡、赵范、黄忠、魏延诸将。此时忽报公子刘琦病亡，东吴又派鲁肃前来索荆州。诸葛亮又改了说词，一方面将荆州的所有权扩展至刘家产业，所谓普天之下莫非王土。刘备既然为汉室宗亲，今皇上之叔，弟承兄业，接受荆州的管辖权，乃是恢复正统，东吴争地则是"并吞汉土"。这一席话看似合情合理，说得鲁子敬缄口无言，实际是以势压人。如果荆州属汉宗室领地，那么自称为汉相的曹操为什么要攻打荆州，接受了刘琮的献城，岂不也是并吞汉土？诸葛亮深知不能过分刺激东吴，所谓宗亲继承说并不具法理上的说服力，于是又给鲁肃一点儿期许："恐先生面上不好看，我劝主人立纸文书，暂借荆州为本，待我主别图得城池之时，便交付还东吴。"看似退后一步，承认荆州是人家的，所以说是"暂借"，问题的关键是何时交付，即何时把荆州还给东吴？诸葛亮说："中原急未可图；西川刘璋暗弱，我主将图之。若图得西川，那时便还。"明眼人一听便知，这是诸葛亮又在欺侮老实人，民间谓"逗你玩"。所以周瑜顿足曰："子敬中诸葛之谋也！名为借地，实为混赖。他说取了西川便还，知他几时取西川？假如十年不得西川，十年不还？这等文书，如何中用，你却与他作保！"孙权也批评鲁肃："你却如此糊涂！这样文书，要他何用？"按周瑜的鉴定：刘备为枭雄之辈，诸葛亮是奸猾之徒，不似鲁肃的心地，玩不过孔明的。当然历史中的鲁肃不是那么书生气，迂到分辨不出诸葛亮玩弄的手法，可正因为有小说的鲁肃穿插来往于诸葛亮与周瑜之间，构织出丰富有趣的情节，映照出人物性格的差异和冲突。

二气：陪（赔）了夫人又折兵

既然鲁肃和人家签押了暂借协议，则需另想别计索回荆州。恰好荆州城传出消息，刘备的夫人甘夫人下世，正安排殡葬。周瑜想出一计：让孙权写信给刘备，为其妹向刘备求婚，赚备来南徐，因在狱中，让诸葛亮以荆州城来交换。"周瑜虽能用计，岂能出诸葛亮之料乎！"让刘备愉快地答应这门亲事,保证"吴侯之妹,又属主公,荆州万无一失"。诸葛亮让孙乾、赵云陪同刘备去江南,给了赵云三个锦囊,囊中有三条妙计,让他依计而行,孙乾只管陪刘备说合亲事。

无论诸葛亮怎样向刘备保证,既能娶来吴家小妹,荆州万无一失,又不能使周瑜加害主公。但是刘备对于轻入危险之地,心中怏怏不安,缺乏信心。所以,接亲队伍到南徐州,船刚一傍岸,赵云便拆开锦囊妙计的第一计,原来是"如此如此":在馆驿中安歇,公开亮出女婿是刘备,做媒的妇家是吕范,男家是孙乾,五百随行军士都在城中买猪羊果品,准备成亲。按军师的计谋,把孙权招亲的动静闹得越大越好,让满城皆知,然后刘备再见乔国老,那乔国老必然入见吴国太,由两位老人家出面,婚事便搞定了。

孙权的妹妹嫁给了刘备,《三国志·蜀书·先主传第二》确有记载:

先主表琦为荆州刺史……琦病死,群下推先主为荆州牧,治公安。权稍畏之,进妹固好。先主至京见权,绸缪恩纪。

又,《资治通鉴》卷六十六、汉纪五十八、献帝建安十四年:

权以妹妻备。妹才捷刚猛,有诸兄风,侍婢百余人,皆执刀侍立,备每入,心常凛凛。

孙权把妹妹嫁给刘备,是考虑到刘备的势力逐渐强大,"稍畏之",或是为了联合夺取蜀(益州)而联姻的政治婚姻,并非是由周瑜设计的假结婚骗局。为了夺取荆州的控制权,周瑜也曾上疏孙权,永远囚禁刘备,《三国志·吴书·周瑜传》疏云:

刘备以枭雄之姿,而有关羽、张飞熊虎之将,必非久屈为人用

263

者。愚谓大计宜徙备置吴，盛为筑宫室，多其美女玩好，以娱其耳目，分此二人，各置一方，使如瑜者得挟与攻战，大事可定也。今猥割土地以资业之，聚此三人，俱在疆场，恐蛟龙得云雨，终非池中物也。

吕范也同意周瑜的上疏，但是孙权考虑到曹操在北方广揽英雄豪杰，刘、关、张对曹操是重要的牵制力量，没有接受周瑜和吕范的主张。刘备返回公安，很久才知道周瑜的上疏，《资涌通鉴》卷六十六、汉纪五十八、献帝建安十五年，曾记述刘备的感叹：

天下智谋之士，所见略同。时孔明谏孤莫行，其意亦虑此也。孤方危急，不得不往，此诚险涂，殆不免周瑜之手。

看来诸葛亮当时是反对刘备去江东娶亲并居住在东吴的。幸好刘备返回公安，不久周瑜病死。又，《资治通鉴》汉纪五十八、献帝建安十六年：

孙权闻备西上，遣舟船迎妹；而夫人欲将刘备子禅还吴，张飞、赵云勒兵截江，乃得禅还。

孙权的妹妹在《三国志》的《吴书·妃嫔传》和《蜀书·二主妃子传》中都没有立传。《吴书·妃嫔传》之破虏吴夫人、孙权母的传中说"生四男一女"，这一女当然是孙权妹妹，也未提姓名。娶亲的情节由孙权主动联姻改为周瑜的假招亲。变相地囚禁刘备，软化其意志的建议，也由罗贯中改造深化。赵云、张飞截江夺阿斗，也演义为重要情节。反对去江东娶亲的诸葛亮则成为刘备招亲几回书的导演，由假变真的策划者，但最终拍板刘备为吴家女婿的吴国太和乔国老，细按正史，两位和招亲毫无关系，小说家却把两位老人家拉进来，掺和其事，小说就活泼多了。先看《三国演义》第五十四回对乔国老的介绍：

> 于是开囊看了计策……又教玄德先往见乔国老。——那乔国老乃二乔之父，居于南徐。

《三国志·吴书·周瑜传》亦云：

> 瑜时年二十四，吴中皆呼为周郎。……（孙）策欲取荆州，以瑜为中护军，领江夏太守，从攻皖，拔之。时得桥公两女，皆国色也。策自纳大桥，瑜纳小桥。

裴松之注此条引《江表传》时称："策从容戏瑜曰：'桥公二女虽流离，得吾二人作婿，亦足为欢。'"原来乔国老就是曹操钦羡的美女大乔小乔的父亲，孙策、周瑜的老丈人。嘉靖本《三国志通俗演义》卷十一第八则为"桥"国老，毛宗岗评本《三国演义》第五十四回改作"乔"国老。作为姓氏，在古代"桥""乔"相通。但乔国老不是第一回谓操曰"天下将乱，非命世之才不能济。能安者，其在君乎"的乔玄。《后汉书》卷五十一有《桥玄传》，曾官至太尉。《三国志·魏书·武帝纪》裴松之注引张潘《汉纪》也说桥玄于光和中为太尉，同大小乔的父亲是两个人。京剧《甘露寺》中的乔国老，也称作乔玄，并被赋予官职太尉，把乔国老和乔玄两个人合成同一个人了。

至于吴国太，按《三国志·吴书·妃嫔传》记，孙破虏吴夫人，为孙权生母，吴夫人嫁给孙坚为妻，其妹亦随为姣媵。因此吴有大小国太之分。孙权生母则为大吴国太，建安七年早逝。其庶母又为姨母者为小吴国太。《三国演义》第三十八回，孙权生母吴太夫人病危，临终嘱权曰："吾妹与我共嫁汝父，则亦汝之母也；我死之后，事吾妹如事我。汝妹亦当恩养，择佳婿以嫁之。"自然有权威干预孙权决定的事务。特别是孙权将妹妹嫁给刘备,作为国太,作为母亲竟然被欺瞒,当然要捶胸大哭,指责孙权"不禀命于我",更指斥孙权和周瑜"无条计策去取荆州,却将我女儿为名,使美人计! 杀了刘备,我女便是望门寡,将来再怎的说亲? 须误了我女儿一世,你们好做作!"差一点儿骂他们下做。作为一个男子汉,竟然拿女人来做交易,不顾其名声后果,所以,乔国老说得更为直白:"若用此计,便得荆州,也被天下耻笑。此事如何可行!"两个老人家一唱一和,说得孙权默然无语。

按乔国老所说"此事如何可行",两票否决了用美人计得荆州,为了顾及吴家小妹的名声,自然要假戏真做,正式招亲,审批权在吴国太,来日在甘露寺设宴,国太要瞧瞧准女婿刘备。此时孙权还不想玩真的,他让吕范在寺两廊伏下刀斧手,若国太不喜时,便将刘备等拿下。其实俗语说"丈母娘看女婿,越看越爱"。国太第一眼看到玄德就大喜,谓国老曰:"真吾婿也!"暗杀的阴谋遂着被斥退!

刘备成婚后,久居安乐乡,丧失了斗志,全然不想回荆州。赵云拆看锦囊计第二计,让赵云假托曹操来报赤壁鏖兵之恨,起兵五十万,杀奔荆州,动员刘备速回荆州应敌。赵云本来是劝刘备一个人今晚便起程,不必和夫人商量,"若和夫人商议,必不肯教主公回",刘备说"我自有道理"。诸葛亮设计第二计时,可能预测到要突破周瑜的封锁、拦阻,必须依靠最给力的力量。前者由假成真,靠的是乔国老与吴国太,而今反封锁最有力的先锋是孙夫人。我不知道刘备是否猜出军师的用意,至少他在回答还乡的目的时,巧妙地、情绪化地对孙夫人说"备欲不去,使荆州有失,被天下人耻笑;欲去,又舍不得夫人"。男人的责任和对夫人的情感都照顾到了,对于识书达礼、从一而终的孙夫人来说,能不跟着丈夫走吗? 问题是孙夫人如何保护刘备,突破孙权、周瑜的追杀,史传上没有任何资料可寻,完全要靠罗贯中的虚构。罗贯中仍发挥着善于抓住某个人物的性格特点来构织情节的优点,即把孙夫人推到前台,以"男子的胸襟"面对各种险境。而刘备则处处以丈夫，特别是新婚丈夫的柔情，征取孙夫人的理解。刘备也充分发挥了一贯的表演手段，他"跪"而告夫人荆州有失，被天下人耻笑，回去，又"舍不得夫人"的烦恼；他怕国太爱女儿，不肯容夫人去，夫人若"可怜刘备"，暂时辞别，何时再见就难说了，实际是希望夫人和他同行，言毕，又"泪如雨下"。当孙夫人答应刘备"与君同去"后，刘备又"跪"而谢曰"若如此，生死难忘"，终于取得了夫人的支持。这即是诸葛亮第三计的要求：脱离东吴京城，"非夫人莫解此祸"，如若得到孙夫人的理解与支持，必须以情打动夫人——这是最有效力地征服女人的切入点。甚至在关键时刻，如陈武、潘璋遵照孙权指令擒拿刘备与孙夫人，一方面刘备继续打悲情牌，他相信夫人"有男子之胸襟，必能怜备"，否则他要"死车前，以报夫人之德"；另一方面，如实地揭露事情的真相：周瑜将夫人招嫁刘备，实非为夫人计，而是借婚姻幽囚刘备而夺荆州，夺取了荆州之后，必然要杀死刘备。他们只是拿夫人为香饵而钓刘备，根本没有考虑夫人的归宿。您想刘备这一番话，分明指出孙权、周瑜只把夫人做交易的筹码，不尊重夫人的存在与情谊，如今又派兵追杀，孙夫人能不恼怒吗？夫人说："吾兄既不以我为亲骨肉，我有何面相见乎！今日之危，我当自解。"这就是孔明锦囊计的作用：孔明妙计安天下，只用夫人不用兵。于是夫人命从人推车直出，劈头呵斥徐盛、丁奉"造反"。夫人说"玄德乃大汉皇叔，是我丈夫。我已对母亲、哥哥说知回荆州去"，你们引着军马拦截道路，岂不是以下犯上造反？请读者注意：孙夫人是向国太请的假，没有和孙权打招呼，而且对国太说的是"今日欲往江边，望北遥祭"刘备父母宗主，没有说是回荆州，如今说是国太和哥哥孙权批准他们夫妻俩回荆州，徐盛、丁奉引军拦阻，当然有造反之嫌，所以徐、丁二人慌忙下马说"安敢造反"；倘若不是造反，那是为什么？"意欲劫掠我夫妻财物耶"？大小姐的指问让人无法回答，只好把拦阻的责任推给周瑜："这不干我等之事，乃是周都督的将令。"大小姐的自尊心被触怒了："你只怕周瑜，独不怕我？周瑜杀得你，我岂杀不得周瑜？"这只有男

267

子胸襟的孙夫人才敢说出这样的话，徐盛、丁奉毕竟是下人，"安敢与夫人违拗？"第一关闯过去了。

陈武、潘璋赶到，说是奉吴侯旨意，追捉刘备与孙夫人，于是四将合兵一处。夫人问："陈武、潘璋来此何干？"二将答曰："奉主公之命，请夫人、玄德回。"不呼刘备而称玄德，不说追而说请，口气和缓多了。但他们说是奉主公孙权之命，而不是周瑜，请夫人、刘备回去的是孙权，他们只是奉命行事。孙夫人仗着郡主的身份，发挥着看似讲理，实则讲歪理的说辞："都是你这伙匹夫，离间我兄妹不睦！"不骂孙权，反而骂二将，说是奉主公之命，实是"你这伙匹夫"，挑拨离间了他们兄妹之间的关系，哪有做哥哥的追杀妹妹的道理？何况这次归去，又"不是与人私奔"，而是名正言顺，"奉母亲慈旨，令我回荆州"，即使是她哥哥来，"也须依礼而行"，不会这么不讲理。更有甚者，孙夫人竟然说陈、潘二人是"依仗兵威，欲待杀害我耶？"这个罪名抛出去，四位将军还敢动吗？郡主用国太的慈旨，用兄妹关系两张王牌来威吓，四人不得不面面相觑，各自寻思："他一万年也只是兄妹。更兼国太做主；吴侯乃大孝之人，怎敢违逆母言？明日翻过脸来，只是我等不是。不如做个人情。"公平地说，四将不清楚孙夫人的话是真是假，国太的"慈旨"是怎么说的，孙权要追回刘备可以理解，擒回郡主出于何意，他们心里也没底，因此吴家兄妹的事不可过分认真的，于是"四将喏喏连声而退"，回去禀告都督。第二道封锁线也冲破了。

孙权命陈武、潘璋率五百精兵前去追赶时，程普提醒孙权："郡主自幼好观武事，严毅刚正，诸将皆惧。既然肯顺刘备，必同心而去，所追之将，若见郡主，岂肯下手？"孙权听了大怒，掣所佩之剑，唤蒋钦、周泰，命"二人将这口剑去取吾妹并刘备头来，违令者立斩！"孙权真是大怒了，为了夺取荆州，此时已无兄妹之情，而蒋钦有了尚方宝剑，底气很足，忠实执行主子的命令，见着陈武四将便问"何不拿下"？"吴侯怕道如此，封一口剑在此，教先杀他妹，后斩刘备。违者立斩！"三拨人马会合，"无问水旱之路，赶上杀了,休听他言语"。妙的是,小说家并未让蒋钦追上孙夫人,因为既然有孙权的追杀令,"休听他言语",真要面对孙夫人,他敢下手么?何况玄德一行人马,已经离柴桑很远,来到刘郎浦,已近本界江岸,基本上从虎口中逃出,蒋钦的追兵,只能是望着玄德,尘土冲天而起,军马盖地而来,起到衬托紧张情势的作用。事实是虽然刘备等坐上了诸葛亮前来迎接的大船,但行驶间,并不顺利。周瑜亲自领惯战水军,左有黄盖,右有韩当,势如飞马,疾似流星。孔明教棹船投北岸,弃了船,尽皆上岸而走。周瑜赶到岸边,亦皆上岸追袭。周瑜当先,黄盖、韩当、徐盛、丁奉紧随。周瑜玩命要捉住刘备,恨不得杀掉他,刘备生死在此一时。追到黄州界首,小说突然一转,"一声鼓响,山谷内一队刀手拥出,为首一员大将,乃关云长也"。周瑜举止失措,急拨马便走,正走间,小说又一曲,左边黄忠,右边魏延两军杀出,周瑜只得退到江边,急急上船,只听岸上军士齐声大叫曰:"周郎妙计安天下,陪(赔)了夫人又折兵。"周瑜大叫一声,金疮迸裂,倒于船上。

三气:假途灭虢的失败

周瑜自回柴桑养伤。曹操日夜思报赤壁之恨,因恐孙、刘同心,所以未敢兴兵。刘备携带孙夫人逃回荆州,也令孙权不胜忿怒,欲拜程普为都督起兵取荆州。张昭却反对攻刘备,认为曹操想报赤壁失败之仇,是因为孙、刘联盟而不敢起兵。倘若以一时之忿,与刘备自相吞并,曹操必然乘虚攻击,吴国就危险了。顾雍也同意张昭的分析。他也认为如果曹操知道孙、刘不合,操必派人勾结刘备,刘备惧怕东吴,必然投靠曹操。倘如此,则江南没有安静的一天。顾雍建议派一个人到许都,奏表推举刘备为荆州牧,即使曹操知道了,也不敢加兵于我东吴,并且刘备也不会怨恨主公。日后再派心腹人用反间之计,令曹操和刘备相互攻击,我们再找机会攻之。

查陈寿《三国志》及裴松之注、司马光《资治通鉴》,没有张昭、顾雍劝说孙权不应"以一时之念,与刘备自相吞并"的记述,这应是罗贯中的虚构。人们记得赤壁之战初,诸葛亮过江舌战群儒时,张昭、顾雍主张与曹操讲和,也就是投降主义路线。而今则主张联刘抗曹,这大约是张昭老从赤壁之战的胜利看到了唯有孙刘联盟才能抗击强大的曹操;或者说从曹操的所作所为,感受到了投靠曹操的不可靠。无论从哪个角度而言,都显示了一个政治家的远见。特别是在荆州被刘备占据,孙夫人被拐走,周瑜上书,请兴兵雪恨,孙权也被失败、羞辱激起恼怒,也要起兵取荆州的关键时刻,张昭代替了鲁肃的角色,甚至发挥了鲁肃所不能起的作用,以老一辈首席参谋顾问的身份,劝阻——实际是制止——了一场危机的发生。这只是暂时维持住联盟的存在,却解不开双方对荆州所属权的纠结,更消解不了周瑜积蓄已久的仇恨。于是由于周瑜上书,令鲁肃去讨还荆州,鲁肃不得不再去荆州找刘备。

诸葛亮仍然采取拖字诀,和刘备演双簧戏,只要鲁肃提起荆州之事,刘备便放声大哭。诸葛亮给予的解释是当初"许下取得西川便还。仔细想来:益州刘璋是我主人之弟,一般都是汉朝骨肉,若要兴兵取他城池时,恐被外人唾骂;若要不取,还了荆州,何处安身?若不还时,于尊舅面上又不好看。事实两难,因此泪出痛肠"。诡异的是,这次是由孔明来解释刘备"痛哭"的原因,看似左右为难,其真实用意,仍是赖账不给,继续欺负老实人,可鲁肃就信以为真,同意再容几时再还。

周瑜只好又生一计:让鲁肃通知刘备,孙刘两家既然结亲,便是一家;若刘氏不忍去取西川,我东吴起兵去取。取得西川时,以作嫁资,即把荆州交还东吴。其实周瑜的取西川,只是以此为名,实则是取荆州;也就是说东吴军马假托攻川,路过荆州,向刘备请求钱粮支援,刘备必然出城劳军,那时乘势杀之,夺取荆州。俗语说世上要小聪明的人,常常是聪明反被聪明误。周瑜自以为设计很巧妙,其实早已被孔明猜穿,"这等计策,小儿也瞒不过","此乃'假途灭虢之计',虚名收川,实取荆州",等周瑜到来,准备窝弓以擒猛虎,他便不死,也九分无气。诸葛亮真的要下狠手么?果然,孔明派糜竺来迎接周瑜,告其主公(刘备)已把劳军之事安排下了,"在荆州城门外相等，与都督把盏"。令人诡异的是，周瑜战船行至公安，并无一艘军船，又无一人远接。哨探回报，竟称"荆州城上，插两面白旗"，并不见一人之影。插白旗迎接，这叫劳军吗？策马至城下，忽一声梆响，城上军一齐都竖起枪刀。城楼上，赵云告知周瑜，孔明军师早已知都督玩的是"假途灭虢"之计，随之，关羽、张飞、黄忠、魏延四路军马杀来，皆言要捉周瑜，周瑜马上大叫一声，箭疮复裂，坠于马下。此时，周瑜咬牙切齿，"你道我取不得西川，吾誓取之"，由假取，改成真取，出这口恶气。可是行至巴丘，上流有关平、刘封二人截住水路。忽又报孔明有信给他，劝周瑜不要取西川，因为劳师远征，很难收服民强地险的西川；特别是曹操失利于赤壁，常想复仇，假如乘虚袭江南，东吴必然要亡。到此，周瑜不能不承认见识不如孔明，仰天长叹："既生瑜，何生亮！"连叫数声而死。

群英会蒋干盗书

周瑜夜探曹军水寨，惊呼北军深得水军之妙，察知水军都督为蔡瑁、张允，"吾必设计先除此二人，然后可以破曹"，恰在这时，蒋干自告奋勇，过江来说服周瑜降曹，周瑜笑谓诸将曰："说客至矣！"遂与众将附耳低言，如此如此，众将应命而去。

其实陈寿《三国志》本传中没有将蒋干列为一传，但《三国志》卷五十四《吴书·周瑜传》，记述周瑜与程普关系时，裴松之注引《江表传》中却提到蒋干：

> 初曹公闻瑜年少有美才，谓可游说动也。乃密下扬州，遣九江蒋干往见瑜。干有仪容，以才辩见称，独步江、淮之间，莫与为对。

乃布衣葛巾，自托私行诣瑜。瑜出迎之，立谓干曰："子翼良苦，远涉江湖为曹氏做说客邪？"干曰："吾与足下州里，中间别隔，遥闻劳烈，故来叙阔，并观雅规，而云说客，无乃逆诈乎？"……因延干入，为设酒食。毕，遣之曰："适吾有密事，且出就馆，事了，别自相请。"后三日，瑜请干与周观营中，行视仓库军资器仗讫，还宴饮，示之侍者服饰珍玩之物，因谓干曰："丈夫处世，遇知己之主，外托君臣之义，内结骨肉之恩，言行计从，祸福共之，假使苏张更生，郦叟复出，犹抚其背而析其辞，岂足下幼生所能移乎？"干还，称瑜雅量高雅，非言辞所间。

有趣的是，《资治通鉴》卷六十六、汉纪五十八，则把《江表传》的这段记述转为正文，只减少了个别文字。看来蒋干劝降史有其事，问题是劝降是在赤壁之战之前，还是赤壁之战之后呢？《江表传》没有明确标识时间，可《资治通鉴》把事件明确列在献帝建安十四年（209年）十二月，也就是在赤壁之战之后。倘如此，蒋干劝降就属个案，同赤壁之战没有任何关联。

《三国志平话》则把蒋干过江放在了赤壁之战准备之时，并且抬高了蒋干的身份。由于曹操"见孙权有周瑜，刘备有诸葛，惟有吾一身"，于是便拜江下八俊之一的蒋干为师。而当曹操请教"师父"退周瑜之策时，干自告奋勇，过江去说服周瑜。瑜猜出蒋干来意，请干入寨，劈头就挑明："出家儿不贪名利。周瑜今吴地为元帅，三十万雄兵，百员名将，屯兵柴桑渡口。先生说两国非是！"堵住了蒋干话头，无言回答周瑜的指问。不过在酒席间，周瑜问诸将退曹军之策，黄盖提出断道绝粮之计，周瑜认为是"黄盖谗言，即合处斩"，蒋干劝说才免死。当晚黄盖潜入蒋干帐中谢救命之恩，干趁机策动黄盖投曹，他愿为之引荐。黄盖写了"叛书"，言"我投曹操，将五百粮草献与曹相"，并告知蒋"前有蒯越、蔡瑁将书已投周瑜之事"，把书信交给蒋干，干立即回营报告曹操，"斩讫一人，绝其后患"。其实这都是周瑜做的手

272

脚。待到决战之日，周瑜以火攻之，诸葛亮以风助火，黄盖数十只火船冲向曹军，操方知中计，众军乱刀砍死蒋干。

很明显，正史和平话本都为小说蒋干盗书提供了情节乃至细节依据，罗贯中把过江劝降的时间紧扣在赤壁之战之前，这样可以加强情节的丰富性和趣味性，而且抹去了所谓的军师身份，只让蒋干作为一个自作聪明的傻角，传递假密信，串连苦肉计、反间计，而他的言语行动听凭周瑜的摆布。所以蒋干带领青衣小童，昂然而来，周瑜便先发制人，开口说破蒋干此行目的："子翼良苦，远涉江湖，为曹氏做说客耶？"想做说客的蒋干却做不得说客。接着，群英会集大帐，周瑜向众将特意介绍说："此吾同窗契友也。虽从江北到此，却不是曹家说客。公等勿疑。"前者见面劈头就说他是说客，此时又故意说他不是说客，使蒋干更开口不得。并且周瑜解佩剑付太史慈，让其监酒："今日宴欢，但叙朋友交情，如有提起曹操与东吴军旅之事，即斩之！"那蒋干还敢开口么？尤周瑜佯醉中明誓："大丈夫处世，遇知己之主，外托军臣之义，内结骨肉之恩，言必行，计必从，祸福共之。假使苏秦、张仪、陆贾、郦生复出，口似悬河，舌如利剑，安能动我心哉！"蒋干越发开口不得。他返回江北，怎样向丞相交代呢？只能做些鸡鸣狗盗的勾当，伺机窃取机密，这早已是周瑜安排好的圈套。抵足而眠中，周瑜佯作大醉，又是呕吐狼藉，又是鼻息如雷，给足了蒋干盗书的时间。他偷偷起来，看帐内桌上，堆着一卷文书，却是往来书信。内有一封，上写"蔡瑁张允谨封"。蒋干大惊，信上说他们当初降曹，非图仕禄，是迫于形势，不得不降。如今潜伏在北军中，但得其便，即将曹操首级献于麾下。早晚人到，便有关报云云。看了这封密信，我相信蒋干是非常兴奋的，他发现了蔡瑁、张允联结东吴的证据，此次不虚此行，可以向丞相有个交代。他想再检查其他书信时，突然床上周瑜翻身，蒋急忙灭灯回床假睡。熟睡中周瑜含糊曰："子翼，我数日之内，教你看曹贼之首！"又复说一句："子翼，切住！……教你看曹贼之首！"宛然是醉人声口。将及四更，"只听得"——妙在只听得——"有人"

入帐，蒋干不认识周瑜部属，故写"有人"。"那人"唤周瑜。周瑜梦中做忽觉之状，故问"那人"曰："床上睡着何人？"既是醉人醒后之语，又是惊问外人怎可擅进元帅寝帐，担心帐内机密丢失。"那人"答曰："都督请子翼同寝，何故忘却？"是周瑜请蒋干抵足而眠，不是蒋干为了窃取机密，而要求进元帅寝帐。是都督"酒醉"之时带将干进账的，那么桌上蔡瑁、张允的"来信"就不是伪造。周瑜问："吾平日未尝饮醉；昨日醉后失事，不知可曾说甚言语？""醉后失事"，主要指不该在醉酒之时把蒋干带进账中；"不知可曾说甚言语"？此话也是说给蒋干听的。俗话说："酒后吐真言"，已经吐了"真言"，却问"可曾说甚言语"？毛宗岗夹批曰："既可诈醉，又诈醒；既诈说，又诈忘，装来逼真。"更妙的是，"那人"曰："江北有人到此。"瑜喝："低声！"便唤："子翼。"蒋干只装睡着。一个是不怕人听见，一个是怕听不见，乃至把"那人"引到帐外，蒋干只听得"张、蔡二都督道：'急切不得下手，……'"后面言语颇低，听不真实。有蔡瑁的"信"中说"但得其便，即将曹贼之首，献于麾下"。周瑜梦中呓语曰"教你看曹贼之首"。四更"那人"告曰："张、蔡二都督道：'急切不得下手。'"云云。对谁下手呢？当然是指曹操。这一切似有似无，却安排得滴水不漏，不能不让蒋干信以为真。

蒋干盗书回来，曹操由疑而信，杀了蔡瑁、张允，但是沉吟之间曹操惊悟自己错杀了蔡、张，接着立刻命二蔡去东吴诈降，不料又中了黄盖的苦肉计，这不能不说明曹操刚看了蒋干盗来的信就怀疑周瑜玩反间计，他的机敏高于也很精明能干的蒋干。可是终于中了周瑜的反间计，二蔡诈降又被周瑜看破，曹操又中了苦肉计，可见周瑜的雄才大略又高于曹操。然而，强中更有强中手，周瑜的一切行动，都没有骗过诸葛亮的眼睛。周瑜处处以为自己计谋机敏，但处处被诸葛亮看穿，这不能不使周瑜惊呼诸葛"见识胜吾十倍，今不除之，后必为我国之祸"，几次出难题想杀掉诸葛亮，可几次都被诸葛亮轻而易举地化解。既生瑜何生亮，两个人的矛盾是化解不了的。

想做皇帝而做不成皇帝的孙坚

第六回，董卓劫了天子并后妃等，弃洛阳，竟望长安而去。众诸侯带兵分奔洛阳，曹操建议继续追击董卓，一战而天下定。但是袁绍和众诸侯皆言不可轻动，强调诸兵疲困，追之无益。曹操大怒，认为竖子不足与谋，自带家兵追董卓去了。孙坚救灭宫中余火，命军士扫除宫殿瓦砾。是夜星月交辉，乃按剑露坐，仰观天空。见紫微垣中白气漫漫，孙坚不免感叹说："帝星不明，贼臣乱国，万民涂炭，京城一空！"说完，不觉落泪。突然有个军士说殿南井中闪出五色毫光，孙坚命军士点起火把，下井打捞，捞起一个妇人，脖子上挂一锦囊。打开看时，内有朱红小匣，用金锁锁着。启视之，乃是一个玉玺，上有篆文八字，上写：受命于天，既寿永昌。

据程普解释玉玺的来源称：玉玺为传国玉玺。那玉石即为卞和发现后进奉秦始皇。秦二十六年琢为玺，李斯篆此八字。二十八年，始皇巡狩至洞庭湖，风浪大作，舟将覆，急投玉玺于湖内而止。至三十六年，始皇巡狩至华阴，有人持玉玺遮道，此玺复归于秦。后来子婴献于汉高祖。后至王莽篡逆，孝元皇太后用玉玺打王寻、苏献，崩坏一角，后用金镶之。光武得此宝于宜阳，传位到现在。近闻十常侍作乱，劫少帝出北邙，回宫失此宝。今天授主公，必有登帝位之预兆。此处不可久留，宜速回江东，另图大业。孙坚听后很兴奋，说："汝言正合吾意，明日便当托疾辞归。"

值得注意的是，《三国志》卷四十六《吴书·孙破虏讨逆传第一》只言："卓寻徙都西入关，焚烧雒邑。坚乃前入至雒，修诸陵，平塞卓所发掘。讫，引军还，往鲁阳。"就是说孙坚在清理宫殿瓦砾时，根本就没有殿南井中闪出五色光，并从井中捞一具女尸，从而发现了传国玉玺这回事。但是捞玉玺事并非是罗贯中的虚构，而是依据裴松之注引《江表传》和《吴书》的记述转化为小说的情节,是事出有因的。《江表传》曰:"旧京空虚,数百里中无烟火,坚前入城,惆怅流涕。"《吴书》则详细记述了发现玉玺的过程:

> 坚入洛,扫除汉宗庙,祠以太牢。坚军城南甄官井上,旦有五色气,举军惊怪,莫有敢汲。坚令人入井,探得汉传国玺,文曰:"受命于天,既寿永昌",方圆四寸,上纽交五龙,上一角缺。初,黄门张让等作乱,劫天子出奔,左右分散,掌玺者以投井中。

孙坚得到玉玺后怎样处置,《吴书》没有再说明。又,裴松之引虞喜《志林》说天子有六玺:"皇帝之玺""皇帝行玺""皇帝信玺""天子之玺""天子行玺""天子信玺"。这六玺和传国玉玺是不同的。传国玉玺为汉高祖所佩的秦皇帝玺,世世传受,号曰传国玉玺,不在六玺之数内。吴降魏后上交的玉玺即为天子六玺。对此,裴松之认为虞喜《志林》的记述不可信:

> 臣松之以为孙坚于兴义之中最有忠烈之称,若得汉神器而潜匿不言,此为阴怀异志,岂所谓忠臣者乎?吴史欲以为国华,而不知损坚之令德。如其果然,以传子孙,纵非六玺之数,要非常人所畜,孙皓之降,亦不得但送六玺,而宝藏传国也。受命于天,奚取于归命之堂,若如喜言,则此玺今尚在孙门,匹夫怀璧,犹曰有罪,而况斯物哉!

如按裴松之的判断,孙坚为忠烈之士,不会做出藏匿六玺及传国玉玺之事的。试看正史《吴书·孙破虏讨逆传第一》中说孙坚十七岁时,随父亲乘舟至钱塘,正遇海盗胡玉劫掠商人财物,在岸上分赃。孙坚立即孤身一人,拿着刀,跳到岸上,指东指西,好像是带了许多人来抓捕海盗。海盗丢下财物就跑,孙坚追过去,杀了一个海贼,从此声名大噪。此后,他带兵镇

压了会稽自封为阳明皇帝的许昌，又参加剿灭黄巾军。特别是被朝廷任命为长沙太守后，平零阳、桂阳，用巧计破荆州，更说明孙坚很有指挥才能，人称"江东猛虎"。他被曹操邀请参加讨卓联军，颇有忠义之气。第六回，孙坚怒斥袁术搞小动作不发粮草时，曾说："董卓与我本无仇隙。今我奋不顾身，亲冒矢石，来决死战者：上为国家讨贼，下为将军（袁绍、袁术）家门之私，而将军却听谗言，不发粮草，致坚败绩，将军何安？"看来孙坚是有正义感有血性的汉子，而不是元杂剧《虎牢关三英战吕布》和《三国志平话》中油腔滑调、临阵逃脱的小丑。倘若真的按民间戏曲、平话来写，必然贬低了孙氏集团创始人的形象。问题是罗贯中为何未用正史的判断而采信裴松之注引的说辞，也描写孙坚捞到传国玉玺后，萌动了做皇帝的念头？

我想原因之一是：当董卓逃往长安之后，首先是孙坚率兵进入宫院内清除瓦砾，裴松之注引《吴书》和《山阳公载记》，说明孙坚确实得到了传国玉玺。否则宋司马光的《资治通鉴》卷六十二、汉纪五十四，不会将裴松之注引的《山阳公载记》记载的"袁术将僭号，闻坚得传国玺，乃拘坚夫人而夺之"，转为正史的记述。

其二，《三国志》卷一《魏书·武帝纪第一》建安十五年，裴松之注引《魏武故事》中曹操曾言："设使国家无有孤，不知当几人称帝，几人称王。"当时农民或平民起事而想称王称帝者，挟天子而令诸侯者，兴义军以讨伐奸雄之名而想为帝者，割据一方而称王者，不在少数。且不要说孙坚，就是孙权、刘备、袁绍、袁术等其实早有觊觎大位念头。曹操最初只想做郡守，进而希望封侯做征西将军，再往下罢三公而恢复丞相制专权，效法齐桓、晋文，欲为周文王，或常自比为周文王。建安二十二年，更以丞相位享受近乎天子的仪制，若其不死，他不登皇帝位才怪呢。因此，权力使人腐败，在群雄逐鹿的情势下，有人做皇帝梦并非是怪事。《三国志》卷一《魏书·武帝纪一》初平元年二月，曾记述曹操和袁绍的一次冲突："袁绍与韩馥谋立幽州牧刘虞为帝，太祖拒之。绍又尝得一玉印，于太祖坐中举向其肘，太祖由是笑而恶焉。"裴松之注引《魏书》补充说："太祖大笑曰：'我不听汝也。'绍复使人说太祖曰：'今袁公势盛兵疆，二子已长，天下群英，孰踰于此？'太祖不应。由是益不直绍，图诛灭之。"此事发生在王允与吕布合谋杀董卓的前二个月，即初平元年四月，汉献帝还在，袁绍就想谋立刘虞做他的傀儡，遭到曹操反对后又想自己登台，可见袁绍早就想做皇帝。但不知这"绍又尝得一玉印"，是哪块玉印呢？是否是袁术自封皇帝失败后将"帝号"归于袁绍，这个"帝号"内也包括"玉玺"？

其三，通过玉玺事件揭露诸侯们的虚伪，及围绕着夺玉玺而产生的诸种矛盾关系。在他们不具备称王称帝的条件，或者说他们暂时未称帝时，也反对别人称帝。第六回，当孙坚得到传国玉玺后，一个小军士便密告袁绍，袁绍竟然对孙坚说："当对众留于盟主处，候诛了董卓，复归朝廷。今匿之而去，意欲何为？"显然袁绍不怀好意。而孙坚为了这块蠢物，竟然对众发下毒誓，矢口否认私自藏匿。之后，孙坚返回江南途中，袁绍不顾联军讨卓的大局，差心腹连夜往荆州，送信给刘表，教刘表路中劫杀。那位号称"江夏八俊"的刘表，大约是脑子进了水，有兵不用在讨董卓上，竟然遵守袁绍的密旨，参与抢夺玉玺，从此孙坚与刘表结怨，荆州成为孙家必夺的战略要地，必然要寻机攻击刘表。与此同时，孙坚和刘表的矛盾关系，恰好为心术不正的袁术所用。由于袁绍得了冀州，袁术遣使向他哥哥要一千匹马，袁绍不给，哥俩翻了脸。当袁术得知是袁绍让刘表截夺孙坚的玉玺，便派人告诉孙坚事件缘由，并捏造说袁绍与刘表私议联手袭江东。因此袁术提议孙坚发兵伐刘表，而他袁术则出兵攻袁绍，这样二仇可报。其实这完全是袁术的诡诈，目的是挑拨孙坚打刘表，报袁绍不给马匹之怨，而他根本就没有攻袁绍的打算。尽管程普提醒孙坚，说袁术多诈，其言不可信。然而，一个人倘如心中仇恨满满，复仇心切，往往忘记了深思熟虑，或者根本听不进反对的意见，孙坚执意发兵，哪怕没有袁术的配合，也要玩命攻荆州。结果在襄阳战役中，中了埋伏，被乱箭射死，寿止三十七岁，想做皇帝而未做成皇帝,甚或为做皇帝付出了生命代价。

其四,直白地说,群雄争霸的目的就是打败其他诸雄充当霸主,而霸主的最终归宿则是登上皇帝大位。但何时登上皇帝宝座要看时机、条件、基础。由于秦汉以后宗法制一统,正统观念深入人心,想做天子者是顺守,还是逆取呢?所谓顺守,则是一姓一族内皇权继承;所谓逆取,自然是指外姓家族的夺取。或通过暴力、或以军事力量作为后盾逼掌权者"禅让"而取得权柄。毛泽东说枪杆子里出政权,没有强大的军事力量就没有逆取,何况天下者乃天下人之天下,旧朝为新朝取代,无所谓顺守逆取。问题是某个军事集团领导人的思想观念、才能、智慧、谋略等得具备做天子的条件,并不是每个人都能做皇帝的。毛宗岗在《三国演义》第六回总评中评董卓时说:"观董卓行事,是愚蠢的强盗,不是权诈奸雄。"就是说董卓不过是土匪类的军阀,既争不得霸主地位,也没有资格去当皇帝。不过有资格当皇帝的人,如曹操与刘备,在条件不成熟的时候,决不过早亮出底牌,否则即如曹操所言,让人把你放在火炉上烘烤,当作靶子,群起而攻之。至于拿到象征皇权的法器,如传国玉玺,就以为可以拉大旗做虎皮,有资格做皇帝,其实名不副实,人们根本就不承认你就是皇帝。毛宗岗第七回总评中说得好:"一玉玺尔,孙坚匿焉,袁绍争焉,刘表截焉。究竟孙坚不因得玺而帝,反因得玺而死。若备之帝蜀,未尝得玺,丕之帝魏,权之帝吴,亦皆不因玺。嘻嘻!皇帝不皇帝,岂在玉玺不玉玺哉?"

其五,利用玉玺编织若干情节,并串连若干情节,提示人物性格。如因孙坚捞到传国玉玺而引动了他做皇帝的念头,同时激化了孙坚及孙氏集团同袁绍、刘表的矛盾。孙坚死后,孙策为振兴江南大业,以玉玺抵押,向袁术借军,而袁术以玉玺为据,自封为皇帝,引起群雄攻击,如此等等。

第七章

人中有吕布

见利忘义的吕布

　　《三国演义》第三回，董卓要废少帝立陈留王，诸官听罢，不敢出声。座上一人丁原推案直出，立于筵前，反对董卓妄议废立。董卓怒叱曰："顺我者生，逆我者死！"掣佩剑欲斩丁原。董卓的军师李儒"见丁原背后一人，生得器宇轩昂，威风凛凛，手执方天画戟，怒目而视"。这是从李儒的眼中看到的吕布，是吕布首次亮相。废立问题未获众官支持，董卓看着众官散去，怒气未消地按剑立于园门，"忽见一人跃马持戟，于园门外往来驰骤"。又从董卓眼中虚画吕布一笔。董卓问李儒是何人，李儒介绍说："此丁原义儿：姓吕，名布，字奉先者也。"再从李儒口中实叙出吕布的姓名。有趣的是，李儒让董公"且须避之"，可见吕布是个惹不起的主儿，否则李儒不会那么张皇，让董卓躲避。次日，人报丁原引军在城外挑战，董卓大怒，同李儒出迎，"只见吕布顶束发金冠，披百花战袍，擐唐猊铠甲，系狮蛮宝带，纵马挺戟，随丁建阳出到阵前"，又从董卓、李儒眼中实写吕布：先写状貌，次写装束；先写马，次写戟，作了数层描写，吕布英俊、威武的形象立在了众人面前。

　　所以陈寿《三国志》卷七《魏书》一《吕布传》也肯定吕布是一位战将："布便弓马，膂力过人，号为飞将。"裴松之注《吕布传》"布有良马曰赤兔"引《曹瞒传》称："时人语曰：'人中有吕布，马中有赤兔。'""赤兔"

283

为马中的千里马,用千里马与吕布对称,是说吕布的武艺超群。怎样超群呢?本传记述了一段故事,说袁术派遣纪灵率三万兵攻刘备,刘备求救于吕布,吕布的部将认为吕布常想杀刘备,此次可借袁术之手除掉刘备,主张不理睬刘备的请求。吕布不同意诸将的建议,他说倘若袁术吞并了刘备,那么北连太山的诸将必然把攻击矛头指向我,我则不能安枕,应当先救刘备。可是,按小说的描写,纪灵攻打刘备之前,袁术曾让韩胤带去密信并二十万斛粮食给吕布,请吕布按兵不动,不要帮助刘备。怎样处理好这两家的请求,使两家都不怨他呢?吕布突想一计,请刘备和纪灵到寨中饮酒,毫不掩饰地说"玄德与布乃兄弟也,今为将军所困,故来救之",但这也不是说为救刘备而要杀纪灵。吕布说他"平生不好斗,惟好解斗",此来是为两家解仇的。用何法解之呢?吕布让左右接过画戟,去辕门上远远插定,辕门距离中军帐一百五十步,吕布箭射戟的小枝,若一箭射中,两家罢兵;如射不中,各自回营,安排厮杀。结果是吕布举弓射戟,正中小枝,诸将皆惊,言"将军天威也",双方罢兵。这个故事被罗贯中扩写为一回书《吕奉先射戟辕门》。另外,元杂剧有《虎牢关三战吕布》,《三国演义》改写为第五回《虎牢关三英战吕布》,说的都是刘关张三人战吕布,却战不倒,吕布的武功真是了得。

可是当时的头面人物都讨厌吕布。吕布杀董卓后欲投靠袁术,"术恶其反覆,拒而不受"。第十六回,陈珪派其子陈登见曹操,转达吕布愿与曹操合作的意向,曹操说:"吾素知吕布,狼子野心,诚难久养。"陈登说得更为直接:"吾见曹公,言养将军譬如养虎,当饱其肉;不饱则将噬人。曹公笑曰:'不如卿言。吾待温侯,如养鹰耳:狐兔未息,不敢先饱,饥则为用,饱则飏去。'某问:'谁为狐兔?'曹公曰:'淮南袁术、江东孙策、冀州袁绍、荆襄刘表、益州刘璋、汉中张鲁,皆狐兔也。'"就是说吕布是一个为其主子猎杀狐兔的鹰。因此陈寿在《魏书·吕布传》传尾评曰:"吕布有虓虎之勇,而无英奇之略,轻狡反覆,唯利是视。"所谓"唯

利是视"，也就是他的同乡李肃评论的"见利忘义"。

　　尽管正史捕捉到了吕布性格的核心特质，但对于吕布怎样反复无常，怎样"唯利是视"，"见利忘义"，却缺乏具体描写。比如吕布何以杀丁原而投靠董卓呢？本传只说"卓以布见信于原，诱布令杀原"，怎样"诱"的，没有交代，作为言简意赅的史传也不可能过细地说明，这就为小说家戏曲家提供铺写的机会。元人郑德辉的《虎牢关三战吕布》杂剧第二折，吕布上场有一段自述，解释他为什么杀丁原而投靠董卓。说有一次丁原让吕布为他洗脚，看到丁原左足上长个黑瘤子，丁原说是五霸之福的征兆。吕布心想我脚掌上却有两个瘤子，福分岂不大于你，于是拿起金盆砸死了丁原，骑上赤兔马离去，拜董卓为父。这种解释只能说明吕布的蛮混、迷信，无助于刻画吕布见利忘义的性格。《三国志平话》中吕布说"屡长主公常辱我，以此杀了丁丞相是实"，同董卓的诱杀，同吕布见利忘义性格也不搭界。所以罗贯中紧紧抓住吕布"唯利是视"的性格基调，稍加改幼，虚构了李肃用一匹千里马、几颗明珠收买吕布杀丁原而投靠董卓。较比杂剧与《平话》，罗贯中善于抓住人物性格的基本特征虚构情节，而在虚拟情节的同时，按照人物性格的逻辑，虚拟了人物语言。你看吕布被李肃说动，答应投靠新主子，夜二更时分，提刀径入丁原帐中。丁原见吕布来，问："吾儿来有何事故？"布曰："吾堂堂丈夫，安肯为汝子乎！"如果说"堂堂丈夫"不可轻易做别人的干儿子，那么吕布杀了丁原见到董卓，理应有点"堂堂丈夫"的骨气，岂知吕布请董卓就座，纳头就拜曰："公若不弃，布请拜为义父。"方杀了一义父，又拜一义父，杀得容易，拜得亦快。接着，为了一个女人，杀了董卓，又拜了"丈人"王允，怪不得人称吕布为"三姓家奴"。

李肃策反吕布

战国时期有一批专门从事政治活动的谋士，其实就是靠辩才吃饭的说客，以"合纵"或"连横"说服各国诸侯，而成为纵横家，《汉书·艺文志》列为"九流"之一。他们的辩才和纵横术，在《国语》《战国策》中均有详细记载。《三国演义》的说客大多由各个政治集团的幕僚充任，他们的任务或策反，或招揽人才，或向对方宣传本集团路线，结成联盟，抗击另一个政敌。作为说客，他要能言善辩，以简要锐利的言辞，指陈利害关系，阐明事理，说服对方；但同时也要了解对方的弱点，双管齐下，征服对手。第三回，李肃说吕布杀丁原即是一例。

董卓欲废少帝而立陈留王，丁原于园门痛斥董卓，吕布又飞马过来，董卓慌走，退三十里下寨。董卓说吕布为非常人，若得此人，何虑天下。帐前李肃说："某与吕布同乡，知其勇而无谋，见利忘义。某凭三寸不烂之舌，说吕布拱手来降，可乎？"于是李肃针对吕布好"利"，带赤兔马一匹，黄金千两，明珠数十颗和玉带一条来见吕布。

李肃先献上东西，后谈策反的内容：

> 肃见布曰："贤弟别来无恙！"布揖曰："久不相见，今居何处？"肃曰："见任虎贲中郎将之职。闻贤弟匡扶社稷，不胜之喜。有良马一匹，日行千里，渡水登山，如履平地，名曰'赤兔'：特献与贤弟，以助虎威。"布便令牵过来看。果然那马浑身上下，火炭般赤，无半根杂毛；从头至尾，长一丈；从蹄至项，高八尺；嘶喊咆哮，有腾空入海之状。

俗语云："马中有赤兔，人中有吕布。"如此贵重的良马，平白无故地送给吕布,必然有所图报的,所以吕布一边谢李肃,一边问:"兄赐此龙驹,将何以为报?"肃曰:"某为义气而来,岂望报乎!"所谓"义气"可作两解:一是同乡的情谊。"老乡见老乡,两眼泪汪汪",送点礼物是很平常的事,但这个礼物太贵重了;那么"义气"也可理解为作为同乡的李肃,为了"义气"来关照老乡吕布,不要迷失方向。可这还不到挑明的时候,一照面就谈策反,显得突兀而缺少铺垫,于是由饮酒引入主题。"酒酣"时肃才曰:"肃与贤弟少得相见;令尊却常会来。"李肃这话问得很有挑拨性,故意在刺痛吕布。虽然吕布认丁原为义父,但丁原并非是他的"令尊"。布曰:"兄醉矣!先父弃世多年,安得与兄相会?"肃大笑曰:"非也,某说今日丁刺史耳。"布惶恐曰:"某在丁建阳处,亦出于无奈。"李肃故意称丁原为吕布的"令尊",而吕布根本不承认这个"令尊",甚至直呼其名,是"出于无奈"而投靠丁建阳。既如此李肃再捧吕布几句:"贤弟有擎天驾海之才,四海孰不钦敬?功名富贵,如探囊取物,何言无奈而在人之下乎?"意思说擎天驾海之才的人,何以甘愿充当他人义子,在人之下呢?步步紧逼,引动吕布说出:"恨不逢其主耳。"

吕布终于说出他要找新主子,这事就好办了,但是李肃并不急着提出让吕布投靠董卓,他仍采取启发式的引导,让吕布自己来作抉择,当然是沿照李肃设想的思路抉择:"'良禽择木而栖,贤臣择主而事'。见机不早,悔之晚矣!"话语重点在见机要早,要当机立断。投靠谁呢?

布曰:"兄在朝廷,观何人为世之英雄?"肃曰:"某遍观群臣,皆不如董卓。董卓为人敬贤礼士,赏罚分明,终成大业。"布曰:"某欲从之,恨无门路。"

说到此,鱼儿上钩,吕布表示愿意投靠董卓,李肃才敢于取出金珠玉带列于布前,公开说出是董卓久慕吕布大名,特派他来奉献,包括赤兔马亦为董公所赠。这使吕布甚为感动:"董公如此见爱,某将何以报之?"吕布同意投靠董卓,至于"进见之礼",无非是杀丁原,引军归董卓耳。

李肃说吕布，严格说来，并没有长篇大论地指陈利害，送名马已令吕布心动，再借酒提到丁原为令尊之说，触到吕布尴尬处，逼出吕布说出是"出于无奈"，正在考虑择新主，之后李肃取出珠宝玉带，吕布自然欣然接受李肃的建议。古今"见利而忘义""惟利而视"的人，说服他们，无须成套说辞，送上钱财便可搞定，因为这本来就是一场交易。

史有貂蝉吗？

吕布杀丁原投靠董卓，司徒王允为了除掉董卓，巧设连环计，利用美人貂蝉离间吕布和董卓的关系，借吕布之手杀董卓，吕布又投向王允。王允厚结吕布密谋除董卓史有其事，然而王允巧设连环计，吕布为争夺貂蝉而手刃董卓，则完全出于虚构，可又不是事出无因。先看正史《三国志·魏书·吕布传》的记述：

> 卓自以遇人无礼，恐人谋己，行止常以布自卫。然卓性刚而褊，忿不思难，尝小失意，拔手戟掷布。布拳捷避之，为卓顾谢，卓意亦解，由是阴怨卓。卓常使布守中阁，布与卓侍婢私通，恐事发觉，心不自安。
>
> 先是，司徒王允以布州里壮健，厚接纳之。后布诣允，陈卓几见杀状。时允与仆射士孙瑞密谋诛卓，是以告布使为内应。布曰："奈如父子何！"允曰："君自姓吕，本非骨肉。今忧死不暇，何谓父子？"布遂许之，手刃刺卓。

这"侍婢"是否就是貂蝉呢？没有说是谁。但传中提到董卓与吕布有

290

矛盾，吕布阴怨卓，而且布同董卓的侍婢私通，怕私情败露而心不安。恰好王允正与仆射士孙瑞密谋杀掉董卓，让"布使为内应"，显然这些提示为小说家提供了想象空间，可以编织出完整有趣的情节。不过清梁章巨《浪迹续谈》卷六《貂蝉》条却提供了另一条线索：

> 黄右原告余曰："《开元占经》卷三十三'荧惑犯须女占'，注云：'《汉书通志》：曹操未得志，先诱董卓，进刁蝉以惑其君。'此事异同不可考，而刁蝉之即貂蝉，则确有其人矣。"

梁章巨是清人，他的朋友告诉他《天元占经》的一条注中提到《汉书通志》记载有曹操为了诱董卓而进刁蝉的故事。如果确有是书《汉书通志》、确有此记载的话，那么《汉书通志》是最早提出刁蝉这个名字的。但是，清人平步青《霞外攟屑》卷九《小栖霞说稗·斩貂蝉》条中则说：

> 《汉书通志》，不知何人所撰，《隋书·经籍志》无之，盖《七录》所未收。罗氏演义易"刁"为"貂"，则不知何本。

鲁迅《小说旧闻钞》也曾转引过梁章巨的这段文字，并加按语说："案今检《开元占经》卷三十三，注中未尝有引《汉书通志》之文。"否定了曹操进貂蝉的故事。历史事实是董卓带兵进了长安，曹操拒绝与董卓合作，潜回至陈留，组织义兵讨卓。他如何操控刁蝉去诱董卓呢？不过梁章巨和平步青都坚信确有貂蝉其人。幸好《三国志平话》卷上为我们提供了一些貂蝉身世：

> 贱妾本姓任，小字貂蝉，家长是吕布，自临洮府相失，至今

不曾见面,因此烧香。

元无名氏杂剧《连环计》第二折"貂蝉跪云"说得更为详尽:

> 您孩儿不是这里人,是忻州木耳村人氏,任昂之女,小字红昌。因汉灵帝刷选宫女,将您孩儿取入宫中,掌貂蝉冠来,因此唤作貂蝉。灵帝将您孩儿赐与丁建阳。当日吕布为丁建阳养子,丁建阳却将您孩儿配与吕布为妻。后来黄巾贼作乱,俺夫妻二人阵上失散,不知吕布去向,您孩儿幸得落在老爷(王允)府中。

平话和杂剧很清楚地告诉读者:貂蝉本姓任,字红昌,灵帝时选入宫中,因掌貂蝉冠而得名叫貂蝉。后来丁建阳赐予吕布为妻,黄巾军起事时失散。

罗贯中是元末明初人,他应当看过平话和杂剧,我们无须论证平话和杂剧的安排是否合理。就小说《三国演义》而论,要是貂蝉是吕布的妻子,王允"连环计"这出戏将是另一种设计,构不成吕布为夺色忘义而与董卓发生尖锐冲突,应是吕布为报夺妻之恨而刺董卓的正义行动。所以,罗贯中在提炼史料,刻画吕布这个典型人物时,为了集中矛盾冲突,使历史事实变为小说的故事情节时,必须调整吕布与貂蝉的关系,把貂蝉移为王允的义女,派她做连环计的钓饵。如此改变,一方面揭示了吕布是个好色之徒,不仅见利忘义,而且也见色忘义;另一方面是减少了头绪,让貂蝉做了吕布的妾之后,在第十九回中再次出现,显示吕布在被曹操困守下邳的危急时刻,不听陈宫兵分两路,一路由吕布以步骑屯于外,一路陈宫率众闭守于城内,两地形成掎角之势与曹操周旋的计策,只恋妻妾而视将士如草芥,因小失大,终于失去突围机会而殒命。

王允巧使连环计

张温欲联结袁术，图害董卓，信错送至吕布处，被吕布告密，董卓命吕布斩首。王允回府中，寻思今日席间杀张温之事，坐立不安。深夜月明，步入后园，立于荼蘼架侧，仰天垂泪。忽然听到有人在牡丹亭畔，也长吁短叹，原来是府中的歌女貂蝉。小说对貂蝉的身份介绍道："其女自幼选入府中，教以歌舞，年方二八，色伎俱佳，允以亲女待之。"既然"自幼选入府中"，就不存在是吕布的妻子，完全可以充当连环记的钓饵；既然是王允的义女，那么貂蝉与王允，不只是有主奴之分，而且还有父女之情，貂蝉才敢于问王允"两眉愁锁，必有国家大事"的心思，而王允才突然醒悟"汉天下却在汝手中"，也才敢于向貂蝉提出"今欲用连环计，先将汝许嫁吕布，后献与董卓。汝于中取便，谍间他父子反颜，令布杀卓，以绝大患，重扶社稷，再立江山，皆汝之力也，不知汝意若何？"王允把设美人计任务提到"重扶社稷"的政治高度，而貂蝉也愿"报大义"，"许大人万死不辞"去实施，可谓是牺牲自我而挽救朝廷的正义行动，实际呢，貂蝉不过是政治集团维护正统的工具和牺牲品。

古今中外英雄难过美人关，何况两个色中之鬼呢？毛宗岗在第八回的总批中说得好：

> 十八路诸侯，不能杀董卓，而一貂蝉足以杀之。刘、关、张三人不能胜吕布，而貂蝉一女子能胜之。以衽席为战场，以脂粉为甲胄，以盼睐为戈矛，以颦笑为弓矢，以甘言卑词为运奇

设伏，女将军真可畏哉！当为之语曰："司徒妙计高天下，只用美人不用兵。"

那么，饵料先投给谁呢？王允很会安排，倘若先让董卓看见貂蝉，以他的权力地位和性格，立即会把貂蝉带回宫中，王允的连环计则搞不成，因此先撩拨吕布，使人密送明珠数颗，引动吕布亲到王宅致谢。王允预备佳肴美馔，设宴款待吕布，先恭维一番吕布之才，酒至半酣时，再唤出貂蝉把盏，又让貂蝉同坐，吕布目不转睛地看，王允见鱼上钩了，提出送将军为妾，吕布当然是求之不得。但王允说"早晚选一良辰，送至府中"，这个良辰在什么时候呢？让吕布去等。

再过数日，趁吕布不在，又请董卓到府宴饮。王允盛赞董卓功德，甚或提出汉家气数已尽，由董卓来称帝。前者请吕布也是先给吕布戴高帽子，称"方今天下别无英雄，惟有将军耶"，"允非敬将军之职，敬将军之才也"，然后让貂蝉把盏见吕布。此次请董卓，也是假意称颂之后，让貂蝉侍候董卓。对吕布，王允说貂蝉是自己的"小女"，答应送给吕布为妾，选个良辰吉日送去。而对董卓则说是家中"歌伎"，既然是歌伎，而且董卓喜欢上了"神仙中人"的貂蝉，那就随时可以带走，放在相府中，于是当晚王允便将貂蝉送入相府，完成了第一步设伏，接下来要看貂蝉怎样周旋于两个色鬼之间，教他们"父子"反目了。

王允在送貂蝉后回家的路中遇到吕布。因为有人报告吕布说王允把貂蝉送入相府，吕布很愤怒，一把揪住王允的衣襟，指问王允为何戏弄人。王允很狡猾，他不直说董卓夺走貂蝉，而是假托董卓口吻，编造了一段谎言："我闻你有一女，名唤貂蝉，已许吾儿奉先。我恐你言未准，特来相求，并请一见。"如果说王允没有向董卓说明貂蝉已许配给吕布，董卓带走了貂蝉，"既以貂蝉许我，今又送与太师"，王允就有"相戏"的责任；但如果董卓明明知道貂蝉"已许吾儿奉先"，那么"吾当取此女回去",并非是要配与奉先,而是自己享用,那就是夺妻之恨了。王允这一番连环计很起作用,吕布感到事态严重,立即返回相府,证实董卓是否要将貂蝉许配与他。当他听到"夜来太师与新人共寝",立即大怒,"潜入"董卓卧房后窥探。貂蝉也会抓住时机撩拨吕布,只要是看到吕布,貂蝉便故意"蹙双眉,做忧愁不乐之态,复以香罗频拭眼泪",做出种种痛苦状。当吕布进入堂中,董卓在场时,貂蝉则在绣帘内"微露半面,以目送情",更让吕布"神魂飘荡"。董卓见此光景,自然心中猜忌,突然问吕布:"外面无事乎?"吕布曰:"无事。"不问吕布来此何事,却问外面事。既然外面无事,可能是里面有事,吕布当然不能说出"里面"的他和貂蝉之事,可是既然无事,你吕布来此何干呢?不能不引起董卓心中猜忌,"奉先无事且退",干脆对吕布下逐客令,董卓已猜测到吕布对貂蝉有兴趣。

一个月之后,董卓偶染小疾,貂蝉衣不解带、精心照料,吕布借问安入内室。正值董卓小睡,貂蝉站在床后,探半身望着吕布,以手指心,又以手指董卓,挥泪不止,好像是说她对吕布的爱心不变,然而被董卓缠住,身不由己,这让吕布"心如碎"。恰好董卓朦胧双目,看见吕布注视床后,目不转睛,回身一看,见貂蝉立床后,那"挥泪不止"就成为吕布"戏吾爱姬"的罪证,唤左右逐出,"今后不许入堂",吕布怒恨而归。貂蝉在不同的情景下扮演不同的角色,纯熟地运用不同的表演动作,玩弄吕布、董卓于股掌之上,是色迷则妄,但李儒是清醒的。

李儒觉察到吕布与董卓的矛盾将危及董卓的统治,特别是取天下不能失去吕布这个战将,于是急入见董卓,提醒董卓不要以小过责备吕布,否则"倘彼心变,大事去矣"。董卓接受了李儒的劝说,次日赐吕布金十斤,锦二十匹,安慰吕布,说是他病中"心神恍惚,误言伤汝,汝勿记心"。问题是貂蝉的归属没有解决,吕布不可能再忠于董卓,"身虽在卓左右,心实系貂蝉",不时寻找机会与貂蝉会面。某日,趁董卓入朝议事,与献帝共谈时,吕布急忙骑马去相府见貂蝉,貂蝉很懂得怎样掌控吕布的情感。先是明确表示起初愿终身侍奉将军，谁知被董卓奸占，只因未与将军诀别，故且偷生，既然今天见到吕布，此身已污，不能事英雄，只有一死明志，说完便往荷花池内跳，这是以死来打动吕布。为何而要自尽呢？当然是由于董卓的淫污。吕布慌忙抱住，说："我知汝心久矣！只恨不能共语！"吕布不希望貂蝉死，"只恨不能共语"，好像他没有什么解救貂蝉的办法。貂蝉再逼一句："妾今生不能与君为妻，愿相期于来世。"等于向吕布摊牌，你是要今生做夫妻，还是来世？吕布终于下了决心："我今生不能以汝为妻，非英雄也！"可是何时能"以汝为妻"呢？"妾度日如年，愿君怜而救之"，貂蝉不能无限期地等待，解救的关键在董卓，实际是暗示吕布除掉董卓。吕布没有立即回答貂蝉的祈愿，却说："我今偷空而来，恐老贼见疑，必当速去。"这种说辞自然引起貂蝉的不满，直白地将了一军："君如此惧怕老贼，妾身无见天日之期矣！"等于说不杀老贼，你就得不到貂蝉。被世人称之为有勇无谋的吕布并不一味蛮干，吕布说："容我徐图良策。"对董卓还是有所顾忌的，鉴于此，貂蝉再用激将法激他一次："妾在深闺，闻将军之名，如雷贯耳，以为当世一人而已；谁想反受他人之制乎！"其潜台词是让吕布直接挑战董卓。也正是董卓最终把他与吕布争夺貂蝉的矛盾推向生死抉择阶段。董卓在殿上议事，回头不见吕布，心中怀疑，登车回府，见吕布千里马系于府前，进入堂中寻觅不见，再寻入后花园，果然看到吕布和貂蝉共语，抢了画戟追吕布，并掷戟刺布，布拾戟逃走。

连环计分化了董卓与吕布的关系，激化了两人的矛盾，李儒清醒地看到必须迅速处置貂蝉的归属，他用楚庄绝缨之会的故事，告诫董卓："今貂蝉不过一女子，而吕布乃太师心腹猛将也。太师若就此机会，以貂蝉赐布，布感大恩，必以死报太师。"董卓也明白失去吕布的严重性，"汝言亦是，我当思之"。可是一旦董卓指责貂蝉与吕布私通，貂蝉流着眼泪辩解是吕布"其心不良"，当董卓说"将汝赐与吕布"，貂蝉掣剑欲

296

自刎，董卓慌忙抱住，说是"吾戏汝"，貂蝉彻底征服了董卓，又乘机离间李儒与董卓的关系："此必李儒之计也！儒与布交厚，故设此计，却不顾惜太师体面与贱妾性命。妾当噬其肉！"董卓向貂蝉保证，不会舍弃她。因此李儒再怎样劝说"不可为妇人所惑"，董卓仍不肯将貂蝉转给吕布，甚或声言："貂蝉之事，再勿多言，言则必斩！"李儒无奈，仰天叹曰："吾等皆死于妇人手矣！"

虽然貂蝉取得董卓的信任，激化了董卓与吕布的矛盾，但王允设连环计的目的是除掉国贼董卓，能充当杀手的，唯有吕布，继续抓住夺妻之恨，是煽动吕布情感的切入点。妙的是，激化工作转给了王允。当董卓和貂蝉去郿坞，百官拜受，貂蝉在车上，遥见吕布，虚掩脸面，故作痛哭状。吕布眼睁睁地看着貂蝉离去，正是这个当口，忽听背后一人问："温侯何不从太师去，乃在此遥望而发叹？"问话的原来是王允。这是故意装糊涂，而且哪壶不开提哪壶，专门往吕布的伤口上撒盐。见过吕布后，王允解释说因染微恙，闭门不出，所以久未得与将军一见，接着紧问一句，"为何在此长叹"。前一句显系以病掩饰自己不了解吕布与董卓、貂蝉的近况，其实一切都在他掌控之内，对貂蝉分化董卓与吕布的进程，是了如指掌的，否则他不会在这关键时刻出山的。后一句则直奔主题，问到了吕布的痛处。吕布自然而然地回答："正为公女耳。"王允又装糊涂问一句："许多时尚未与将军耶？"这句话既掩饰自己因病而不知事情的变故，又继续往董卓独占貂蝉上敲打，引出吕布"老贼自宠幸久矣"！王允再佯装大惊，他不相信太师会作出如此随意霸占自己义子妻子的禽兽之行。于是挽吕布手回王府密室，进一步在颜面耻辱上做文章："太师淫吾之女，夺将军之妻，诚为天下耻笑。——非笑太师，笑允与将军耳！然允老迈无能之辈，不足为道；可惜将军盖世英雄，亦受此污辱也！"王允这几句话说得够狠，表面上说天下人耻笑老婆被人夺走的男人，潜台词是说盖世英雄的老婆竟然被人夺走，难道你甘愿做缩头乌龟，受此污

298

辱？吕布当然不能，终于逼出："誓当杀此老贼，以雪吾耻！"王允再用反言进一步激恼吕布："将军勿言，恐累及老夫。"俗话说人在气头上，煽风点火者越说对方强大，千万不要惹他，那个玩命的人就会说他谁也不怕，吕布亦如是："大丈夫生居天地间，岂能郁郁久居人下！"但是王允仍觉得火候不到，顺口补上一句："以将军之才，诚非董太师所可限制。"平时通称"太师"，此时直呼"董"姓，可见王允之狡猾。全句看似试探语气，实际是指问吕布，倘若和姓董的翻脸怕不怕？这是破吕布最后一层心理纠结，果然，吕布说："吾欲杀此老贼，奈是父子之情，恐惹后人议论。"明明是异姓父子关系，吕布却以"父子之情"反问，实际是杀前一个义父丁原的心结还在。王允看得很淡，"将军自姓吕，太师自姓董"，算什么父子关系；再说董卓掷戟要杀你，"岂有父子情耶"？王允进而晓以大义："若扶汉室，乃忠臣也，青史传名，流芳百世；将军若助董卓，乃反臣也，载之史笔，遗臭万年。"吕布终于下了决心，也终于刺死了董卓，可吕布并没有享受到忠臣的称号，诸雄反而称之为"三姓家奴"，吕布也是集团与集团之间政治斗争的工具。至于貂蝉，《三国演义》第二十回，曹操缢死吕布后，"将吕布妻女载回许都"，不知貂蝉是否在其中，从此小说再也不提貂蝉下落。

王允不懂区别对待政策

　　不知为什么，凡某一方击败了对方，取得统治权之后，往往胜利冲昏头脑，忘乎所以，立即向对手施与种种报复。封建专制社会对于犯欺君、叛国或反国家的大逆之罪，不只判以极刑，而且还株连九族，斩草除根，不区别对待，不给子女亲属任何出路，惧怕子女长大后复仇。董卓被

299

吕布刺杀后，凡系董卓亲属，不分老幼，悉皆诛戮。卓母亦被杀，卓弟董旻、侄董璜皆斩首号令。而董卓的尸首则暴晒市衢。卓体胖，看尸军士竟以火置其脐中为灯，膏流满地，百姓过者，莫不手掷其头，足践其尸，以恶制恶，好像如此才解心头之恨，或者以此小动作，表示人们的痛恨之情。此类情景过去屡见不鲜。

更有甚者，董卓暴尸于市，忽有一人——蔡邕伏其尸而哭，王允大怒，认为董卓伏诛，乃是国之大幸，蔡邕不但不为国庆，反而哭贼，实属大逆不道。蔡邕解释说"邕虽不才，亦知大义，岂肯背国而向卓？只因一时知遇之感，不觉为之一哭"，他愿意今后"续成汉史，以赎其辜"。众官也都怜惜蔡邕之才而劝说王允。太傅马日磾密谓王允，说蔡伯喈旷世逸才，如让他续成汉史，诚为盛事；如立即杀之，恐失人望。岂知王允竟然说汉孝武帝没有杀掉司马迁，让他作史，"遂致谤书流于后世。方今国运衰微，朝政错乱，不可令佞臣执笔于幼主左右，使吾等蒙其讪议也"，连司马迁都否定了，这令马日磾非常失望，私谓众官曰："王允其无后乎！善人，国之纪也；制作，国之典也。灭纪废典，岂能久乎？"王允不听马日磾和众官之言，命将蔡邕下狱中缢死。

按：蔡邕为东汉时文学家、书法家。奇怪的是，陈寿《三国志》，宋范晔《后汉书》均无传。但裴松之注《三国志》卷六《董卓传》引谢承《后汉书》，对王允杀蔡邕有较详细记述，现转述如下：

> 蔡邕在王允坐，闻卓死，有叹惜之音。允责邕曰："卓，国之大贼，杀主残臣，天地所不佑，人神所同疾。君为王臣，世受汉恩，国主危难，曾不倒戈，卓受天诛，而更嗟痛乎？"便使收付廷尉。邕谢允曰："虽以不忠，犹识大义，古今安危，耳所厌闻，口所常玩，岂当背国而向卓也？狂瞽之词，谬出患入，愿黥首为刑以继汉史。"公卿惜邕才，咸共谏允。允曰："昔武帝不杀司马

迁，使作谤书，流于后世。方今国祚中衰，戎马在郊，不可令佞臣执笔在幼主左右，后令吾徒并受谤议。"遂杀邕。

裴松之在引谢承《后汉书》注后有一段"臣松之以为"的评论，怀疑谢承所述之真实性。他认为蔡邕虽为董卓所信任，但不是董卓一党。蔡邕知道董卓的奸凶，为天下所痛恨，听说他死亡，蔡邕没有道理去叹惜。纵然有，也不应在王允在座时说出来，这是谢承妄然所记。至于司马迁作史传，有奇功于世，而竟然说王允谓孝武应早杀掉司马迁，此并非有识之士应说出的话。司马迁秉持史家精神，不隐瞒孝武帝过失，直书其事，何谤之有？王允既然自称做人忠正，反思自己的思想和言行，没有什么惭愧不安，不存在惧怕史书的诽谤；况且杀蔡邕，当论蔡邕应死不应死，岂可考虑其日后怕诽谤自己而随便杀戮好人呢？这都是荒谬不通的话。

又，裴松之注引张璠《汉纪》，则记述了蔡邕在灵帝时被流放、逃亡和董卓怎样"重其才，厚遇之，每有朝廷事，常令邕具草"。及允将杀邕，"时名士多为之言，允悔欲止，而邕已死"。

又，宋司马光《资治通鉴》卷五十七、灵帝光和元年，记述了蔡邕为何被下罪。原来蔡邕与大鸿胪刘郃平素不和，邕叔父蔡质与阳球有矛盾。而阳球乃是中常侍程璜女儿的丈夫。程璜支使人密告邕、蔡质曾经以私事请刘郃帮助，遭到刘郃拒绝。于是说蔡邕怀恨在心，找机会中伤刘郃。灵帝不听蔡邕辩解，判弃市处死，中常侍吕强力争蔡邕无罪，才改判流放朔方。在流放途中，阳球买凶刺杀，或贿赂郡守下毒，被收买者了解事情真相后拒绝下毒，蔡邕幸免一死。《资治通鉴》卷五十九、灵帝中平六年，蔡邕被特赦返乡，但是五原太守王智又上奏蔡邕谤讪朝廷，邕遂又亡命江海达十二年。之后董卓闻其名而征召他，初蔡邕假称有病拒绝，董卓大怒，说"我能灭你九族"，蔡邕害怕，才不得不接受任命。董卓很重视蔡邕，三日内由侍御史又转治书御史，迁为尚书，最后迁为待中。

《三国演义》接受了谢承《后汉书》和司马光《资治通鉴》的情节，但人物的言语行动略有差别，如董卓死后，《后汉书》是蔡邕"闻卓死，有叹惜之音"，《资治通鉴》则是"闻之惊叹"，《三国演义》则改为"忽有一人伏其尸而大哭"，公开挑战王允的权威。我们无须考证蔡邕"伏尸大哭"，是否实有其事，进而论证《三国志》《后汉书》及《资治通鉴》哪本书记述的真实合理，我们应当把王允杀蔡邕当作小说的情节来看。事实是罗贯中通过王允杀蔡邕这件不得人心的蠢事，描绘了王允的悲剧性格。王允的思维方法和悲剧性格，至今都能找到他的继承者，提供给人们许多思考点：

一，蔡邕只是伏尸大哭，并无别的"背国"罪行。单论哭董卓，蔡邕自己也觉得不妥，但要定为死罪，而且是背国向卓的重罪，则是夸大了问题，无限上纲。

二，蔡邕自己说得很清楚，他是深明大义，懂得是非的人，"岂肯背国而向卓"呢？他只是出于"一时知遇之恩，不觉为之一哭"。具体言之，蔡邕在东汉灵帝时，遭人陷害而流放，被刺客追杀，流放归来后又遭诬告，为了避害而漂泊四海十二年。而董卓却请他出山，委以重任，不论董卓是强迫的，还是如刘备三顾茅庐似的诚恳邀请，蔡邕都会感受到礼遇之恩，哭"知遇之感"有何不可？如果说不准许有感恩之说，那么关羽在战争中为报过去厚恩而放走敌方首领曹操，岂不也是犯背国之罪而应处死刑？可是诸葛亮早知有这一放而不了了之。

三，蔡邕不是董卓一党，他没有像李儒那样助纣为虐，协助董卓残害忠良，何况在他任职期间，并不完全迎合董卓而同其死党沆瀣一气。如《资治通鉴》卷六十就称："卓党欲尊卓比太公，称尚父，卓以问蔡邕，邕曰：'明公威德，诚为巍巍，然比之太公，愚意以为未可，宜须关东平定，车驾还返旧京，然后议之。'卓乃止。"因此判定一个人的生死是非，不能不考察其历史，综合判断为是。

四，给蔡邕冠以"佞臣"，从肉体上消灭他，免致将来"使吾等蒙其议论，谤书流于后世"，这既表露了王允对史官，特别是对司马迁的攻击，也透露了他对自己所作所为缺乏自信。难道在董卓专权时做过事的，对董卓表示感恩之情的人不能做史官？不能撰写史传？有何不可告人之事，或是不光彩的举措，怕人家写进历史？

五，凡事应观察和尊重民意，不可自以为是。本来"众官惜邕之才，皆力救之"，太傅马日磾明确指出，"蔡邕孝行素著，若遽杀之，恐失民望"，但王允执意要杀，马日磾愤慨地预言：王允"岂能久乎"！

六，对董卓的干将理应区别对待，给予出路。倘若朝廷的军力不能完全控制首都形势，更应采取灵活的策略，防止扩大事态。可是王允忘乎所以的死硬态度，终于激起了李榷、郭汜的兵变。

本来董卓死后西北军群龙无首，李榷、郭汜、张济、樊稠几个首领感于某种压力，一时惊慌失措，逃居陕西，曾派人至长安上表要求赦罪。王允却说："卓之跋扈皆此四人助之；今虽大赦天下，独不赦此四人。"拒绝给四人任何出路。其实当时首都洛阳城内没有一支强大的军队由王允、吕布掌控，倘若有任何兵变，王允很难调动军队应对。即便是手中有军事力量支援，对于董卓的部属也应采取先行稳住，然后再分化瓦解。这正如毛宗岗夹批中所言："先赦其罪，使散其兵，而后图之未为晚也。此是王允失算。"你既然把他们都当作反革命对待，不给任何出路，他们也没有任何退路，只能被迫反叛。董卓的谋士贾诩说得很清楚："诸君若弃单行，则一亭长能缚君矣。不若诱集陕人，并本部人马，杀入长安，与董卓报仇。事济，奉朝廷以正天下；若其不胜，走亦未迟。"李榷遂造流言称："王允欲洗荡北方之人矣！"聚众十余万，杀奔长安，城内董卓余党与城外李榷军勾结，打开城门，长安失守，又一次遭受类似董卓乱政的过程。

但是王允毕竟是条硬汉，吕布撤退时，再三劝说王允出关，王允不愿自己去逃难而危害天子的安全："若蒙社稷之灵，得安国家，我之愿也；若不获已，则允奉身以死。临难苟免，吾不为也。为我谢关东诸公，努力以国家为念！"倘若李榷、郭汜是冲着他王允来的，宁愿以死面对，决不临难逃脱。可以说王允为了国家社稷，设连环美人计除掉了董卓，但是为了国家社稷，疾恶如仇而不讲究斗争艺术，为国家社稷招来灾难，王允也是个悲剧人物！

第八章

该赢未赢的袁绍

绍有十败操有十胜论

群雄争霸的初期，袁绍豪门贵族出身的社会地位，袁家门生故吏遍天下的人脉资源，坐拥重兵的军事实力，比当时任何一个争霸对手都硬梆。《后汉书·袁绍传》说他"合四州之地，收英雄之士，拥百万之众"，被称为"一世之杰"。可是相信自己能够成为中原霸主的袁绍，却遭到了失败的命运，过早地被曹操踢出了历史舞台。马克·吐温说人生最大的悲剧不是失败，而是该赢而未赢。袁绍何以未赢而失败了呢？指挥战争的能力，驾驭军队的艺术，远不如曹操，固然是袁绍失败的主因，但是，古今中外无数事例说明，某个领导人的性格特质，往往决定其事业成败；换言之，与其说曹操在军事上战胜了袁绍，毋宁说是袁绍的悲剧性格铸成了他的悲剧命运。他是被他自己打败的。

《三国演义》第十八回，郭嘉比较曹操和袁绍后，发表了著名的"绍有十败，公有十胜"的妙论：

绍繁礼多仪，公体任自然，此道胜也；绍以逆动，公以顺率，此义胜也。桓、灵以来，政失于宽，绍以宽济，公以猛纠，此治胜也；绍外宽内忌，所任多亲戚，公外简内明，用人惟才，此度胜也；绍多谋少决，公得策辄行，此谋胜也；绍专收名誉，公以至诚待人，此德胜也。绍恤近忽远，公虑无不周，此仁胜也；绍听谗惑乱，公浸润不行，此明胜也；绍是非混淆，公法度严明，此文胜也；绍好为虚势，不知兵要，公以少克众，用兵如神，此武胜也。

"十败十胜"论源于《三国志》卷十四《魏书·郭嘉传》裴松之注引《付子》曰，司马光《资治通鉴》卷六十二、汉纪五十四也有相同记载，看来不是罗贯中独撰。仔细体味郭嘉月旦臧否，的确有对曹操面谀之嫌，可我们又不能不承认郭嘉道出了袁绍的致命弱点，其间特别是外宽内忌，好谋无决，有才而不能用，闻善而不能纳的为人。

该赢而未赢的原因

概括郭嘉和曹操的评价，从信念和性格而言，袁绍过早地被曹操踢出历史舞台的主要原因是：

1.干大事而惜身,见小利而忘命

第二十一回，曹操与刘备煮酒纵论天下英雄时，曹对于什么是英雄，提出了自己的界定："夫英雄者，胸怀大志，腹有良谋，有包藏宇宙之机，吞天地之志也。"揣摩曹操的定义，"胸怀大志"是与"小志"相对应，指的是成就霸主地位，统一天下的"大志"，而不是仅为一家一姓、妻儿老小的"小志"。"大志"的进一步提升，则是开创一代王朝事业，一代风气。"良谋"，多指军事指挥艺术和国家治理的谋略。而"宇宙之机"，说的是对社会和自然规律，按天人合一关系进行把握的能力。如果

308

袁绍

按曹操所界定的标准米考察袁绍，曹操认为他根本不够格："袁绍色厉胆薄，好谋无断；干大事而惜身，见小利而忘命，非英雄也。"

事实也是如此，当董承组织的衣带诏事泄露，曹操残忍地杀害了董承全家七百余人，又带剑入宫勒死董妃；接着为灭绝参与衣带诏的骨干刘备，曹操分兵二十万，东征刘备。起兵之初，袁绍正屯兵官渡，曹操疑虑如攻刘备，备势必求救于绍，袁绍有可能乘虚来袭许昌，许昌必然失守。可郭嘉却断定："绍性迟而多疑，其谋士各相妒忌，不足忧也。"于是坚定了曹操东征刘备的信心。是时，田丰也捕捉到了许昌兵虚的信息，可是袁绍却拒绝了田丰的建议，并非是袁绍迟疑发兵，而是他小儿子病了，根本没有心思顾及用兵，请看第二十四回，田丰见袁绍的描写：

> 丰即引孙乾入见绍，呈上书信。只见绍形容憔悴，衣冠不整。丰曰："今日主公何故如此？"绍曰："我将死矣！"丰曰："主公何出此言？"绍曰："吾生五子，惟最幼者极快吾意；今患疥疮，命已垂绝，吾有何心更论他事乎？"丰曰："今曹操东征刘玄德，许昌空虚，若以义兵乘虚而入，上可以保天子，下可以救万民。此不易得之机会也，惟明公裁之。"绍曰："吾亦知此最好，奈我心中恍惚，恐有不利。"……遂决意不肯发兵……田丰以仗击地曰："遭此难遇之时，乃以婴儿之病，失此机会！大事去矣，可痛惜哉！"跌足长叹而出。

这就是干大事而惜身，见小利而忘命，不只是失去了战机，增加了日后消灭对手主力的困难，而且因小而失大，易被对方抓住机会攻击，导致军事上的失败，甚或遭到杀身之祸。吕布于下邳之战，不听陈宫分兵攻击的建议，恋妻小而固守，两头都失去了支援，终于被曹军击破而殒命，吕布也是见小利而忘命，成就不了大事之辈。刘备则不同，吕布破徐州，刘备弃妻小而不顾，二十四回又败于曹操，又弃家小而一个人跑路，看来为天下者都是不顾家的。

2.贵族的傲慢

第二回，人们皆知董卓兵入长安，祸乱了朝廷。显然董卓不乱，诸镇不起，诸镇不起，三国不分。而最初提议引狼入室，让董卓进京的，却是袁绍。

何进的妹妹生皇子刘辩，立为皇后，灵帝宠幸的王美人生皇子刘协，灵帝想立刘协为太子，蹇硕和十常侍支持刘协。何进、袁绍、曹操趁灵帝病故，由袁绍领御林军五千，就灵帝枢前，扶立太子辩即皇帝位，乘势追杀蹇硕和宦官。以张让为首的十常侍收买了何太后，只准追究蹇硕，"其余不必妄加残害"，何进又是个没决断之人，失去了斩草除根的机会，于是袁绍提出："可召四方英雄之士，勒兵来京，尽诛阉竖。此时事急，不容太后不从。"何进认为"此计大妙"，陈琳则强烈反对：

> 不可！俗云"掩目而捕燕雀"，是自欺也。微物尚不可欺以得志，况国家大事乎？今将军仗皇威，掌兵要，龙骧虎步，高下在心：若欲诛宦官，如鼓洪炉燎毛发耳。但当速发雷霆，行权立断，则天人顺之。却反外檄大臣，临犯京阙，英雄聚会，各怀一心：所谓倒持干戈，授人以柄，功必不成，反生乱矣。

正史《魏书》卷二十一《陈琳传》中陈琳谏言，同《资治通鉴》卷五十九、汉纪五十一所记述的言语大体一致，同《三国演义》第二回陈琳的"曰"也相差无几，但"行权立断，则天人顺之"之后，《陈琳传》为"反释其利器，更徵于他。大兵合众，强者为雄，所谓倒持干戈……"，同小说的"却反外檄大臣，临犯京阙，英雄聚会，各怀一心"的意思相同。陈琳的谏言非常明确，他认为诛宦官之事不必闹这么大动静。既然你身居高位，手握兵权，尽可从速处置，用不着调请外兵。何况外兵进京，等于把控制权交给了"强者"，必然引起叛乱。陈琳的谏言虽然是针对何进，但始作俑者是袁绍，也同时是说给袁绍听的。倘若何进出身"屠家"，不懂得政治斗争和藩镇军队调入京城的严重性，讥笑陈琳的进言是"懦夫之见"，那么贵族豪门出身的袁绍难道不明白朝廷斗争的复杂性？曹操说得好："若欲治罪，当除元恶，但付一狱吏足矣，何必纷纷召外兵乎？"看来贵族子弟们说话常常是不负责任，说话不计后果。后来的事实证明何进、袁绍无谋，引贼入京，致有董卓乱国之祸。之后，曹操发檄文给各郡，倡议起兵联合讨卓。曹操考虑到"袁本初四世五公，门多故吏，汉朝名相之裔，可为盟主"。

遗憾的是，这位盟主要起贵族派头，根本就瞧不起刘备，"吾非敬汝名爵，吾敬汝是皇帝之胄耳"。关羽请求出战华雄，袁绍竟然说"使一弓手出战，必被华雄所笑"。待到关羽顷刻间提华雄头置于地上，当初袁绍被推为联军盟主的会上，曾说"有功必赏，有罪必罚"，可是关羽却因是"县令手下小卒"，得功者因计贵贱而不给赏赐。

此后，董卓劫了天子移都长安，曹操提出乘势追袭，一战而天下定，袁绍却认为"诸兵疲困，进恐无益"，反对出兵，从而失去了战机，这也属于"干大事而惜身"，所以曹操非常不满，认为"竖子不足与谋"，带领自己的部队去追赶董卓，尽管遭到了吕布的强力阻击而失利，但从这可看出曹操的进取精神。正是曹操见袁绍等各怀异心，料不能成大事，自引军脱离联盟，公孙瓒、刘备也觉得"袁绍无能，久必有变"，自回守地养军，从此联军解体，互相攻击。

3. 好谋无决，性迟而多疑

作为一个统帅，对于战役的攻防自然有自己的考虑，但是听取参谋班子的意见亦是不可或缺的。如诸葛亮鞠躬尽瘁，协助刘备争得鼎足一方的大业。曹操正是听取了荀彧、郭嘉的战略战术，取得战役的胜利。但是幕僚们有诸种不同的议论，不见得每个人或每个意见都是正确的。统帅的智慧在于去粗取精，去伪存真，善于在诸种方案中捕捉积极因素，再依据自己的经验，各种信息汇合研究后的判断，确定最佳方案。决定方案的是指挥员的智慧和决断。可惜袁绍好谋无断，疑所不当疑，信所不当信，缺少一个统帅海纳百川的胸怀。想当初刘备杀了曹操心腹之人车胄，曹操必然要来报复，陈登建议刘备写一信给郑康成，即郑玄，请郑玄写信给袁绍，袁绍必然出兵帮助，讨伐曹操。因为郑玄与袁绍三世通家友谊，袁绍不会拒绝的。果然，袁绍接到郑信后，"重以郑尚书之命，不得不往救之"，遂召集文武官员，商议兴兵伐曹操。谋士田丰首先反对，主张缓战，先屯兵黎阳，更于河内增置舟船、军器，三年之中，大事可定。总之现在同曹操决战的条件不成熟。审配主张速战，以现在袁家军的强盛，兴兵讨曹操，易如反掌。沮授反对兴兵，认为曹操和公孙瓒不同，"兴无名之兵"去征讨曹操不合事理。郭图却认为兵加曹操公正而合理，是"上合天意，下合民情"。四人争论不下，袁绍踌躇不决。恰好许攸、荀谌自外而入，再问二人"起兵是乎？不起兵是乎"？二人齐声回答说"明公以众克寡，以强攻弱，讨汉贼以挟王室，起兵是也"。袁绍终于下了决心，马步军三十万，向黎阳进发。

从当时的情势看，兵力道义袁绍均占优势，但打仗仅靠阵前骂几句汉贼是不能解决战斗的，重要的是军事力量的对比，指挥员的决心和正确的战略战术。当陈琳写的檄文曹操看过之后，"毛骨悚然，出了一身冷汗，不觉头风顿愈"，因为檄文不仅历数曹操种种罪恶，而且连曹操的老子都骂了。可是曹操赞赏陈琳的文笔，却不欣赏袁绍的指挥能力："有文事者，必须以武略济之。陈琳文字虽佳，其如袁绍武略之不足何！"所以袁绍来势很大，但不足为惧，按荀彧的分析："绍兵多而不整"，其参谋班子，"田丰刚而犯上，许攸贪而不智，审配专而无谋，逢纪果而无用：

此数人者,势不相容,必生内变"。果然,曹操引兵至黎阳,两军相隔八十里,各自深沟高垒,却"相持不战",曹操并没有主动求战的意思,而袁绍这一军,"原来许攸不乐审配领兵,沮授恨绍不用其谋,各不相和,不图进取。袁绍心怀疑惑,不思进兵",相持了两个月,曹操自引一军竟回许都,不跟袁绍玩了。双方奋勇而来,又各自解散而去,虎头蛇尾,这叫作战吗?

此后袁绍屯兵官渡,有图新都之心,可袁绍性迟且多疑,缺少当机立断的魄力,常常失去战机。本来衣带诏事泄后,曹操欲攻徐州,剪除参加衣带诏的最危险的敌人刘备。很明显,曹操离开许昌,许昌空虚,正是攻克的好机会,田丰建议袁绍立即发兵,可袁绍却因小儿子患疥疮而拒绝出兵,失去了战机。让人匪夷所思的是,当徐州已破,曹兵正气盛之时,袁绍却要率大军去征讨,当然遭到田丰反对,认为不可轻敌,应耐心等待,待其有隙而后动。对袁绍讨曹操,田丰第一次不主张动兵,第二次力谏袭许昌,这次又反对出兵,毫无疑问,田丰讲究依时机而通变。尽管袁绍听了田丰的建议,说"待我思之"。问题是有刘备在旁,强调以衣带诏的旨意为首要,用所谓"曹操欺君之贼,明公若不讨之,恐失大义于天下",给袁绍的行动戴上行大义的高帽子,与此同时也把征讨不征讨曹操,无限上纲上线,如发兵则是"大义";反之,如不去讨伐,则要"失大义于天下",根本不考虑军事上可行与不可行的状况。刘备如此不负责任的忽悠,必然迫使袁绍同意出兵,反而怒斥田丰"弄文轻武,失我大义",并且囚禁了田丰。

4. 疑所不当疑,信所不当信

第三十回,袁绍下决心讨曹,望官渡进发。夏侯惇给曹操发信告急,曹操起军七万,前往迎敌。被囚禁在狱中的田丰仍固执地上书,力谏袁绍"今且宜静守以待天时,不可妄兴大兵,恐有不利"。可是另一个谋士逢纪则进谗言说袁绍兴的是仁义之师,田丰说的是不祥之语,激起了袁绍恼怒，欲斩田丰，由于众官劝说告免，但仍忿恨地说："待吾破了曹操，明正其罪！"

当袁军行至阳武，另一个谋士沮授也提出，北军（袁绍）勇猛不如南军（曹操），南军粮草不如北广。南军无粮，利在速战；北军有靠，宜且缓守。沮授这个主张在《三国志·魏书·袁绍传》中只云"绍不从"，而在小说中，则增添了袁绍认为沮授和田丰一样是"漫我军心"，竟然把沮授也锁禁军中。这样，作者就把袁绍固执己见，疑所不当疑，信所不当信的悲剧性格的刻画又深入一层。何况在第二十五回，田丰力劝袁绍不宜兴兵而被囚禁时，沮授便会其宗族，尽散其家财，与家人诀别，说袁绍胜则威不加，败则一身不保，从沮授的感受中，又衬托出袁绍外宽内忌的性格。

这还不够，此后，待到曹操军粮缺乏，意欲弃官渡回许昌，迟疑未决时，许攸捕捉到了这个先机，向袁绍建议分一路军攻许昌。因为曹军主力已集中官渡，许昌空虚，如分兵袭许昌，两路夹击，必败曹军。许攸献策，在《三国志·魏书·袁绍传》中并没有明确记载。但《三国志·魏书·崔琰传》裴注引《魏略》，却提到许攸献策，被袁绍拒绝后叛逃至曹操处："官渡之役，谏绍勿与太祖相攻，语在《绍传》。绍自以强盛，必欲极其兵势。攸知不可为谋，乃亡诣太祖。绍破走，及后得冀州，攸有功焉。"许攸何以知与袁绍不可为谋而叛逃曹操呢？没有交代。按《三国志·魏书·武帝纪第一》云："绍谋臣许攸贪财，绍不能足，来奔，因说公击琼（淳于琼）等。"这可能都是历史事实，但小说家倘专注描写许攸的贪财，则无助于刻画袁绍的狭隘性格，反而转移了人物性格的侧重点。还是司马光《资治通鉴》卷六十三、汉纪五十五说得具体：

许攸曰："曹操兵少而悉师拒我，许下余守，势必空弱。若分遣轻军，星行掩袭，许可拔也。许拔，则奉迎天子以讨操，操成禽矣，如其未溃，可令首尾奔命，破之必也。"绍不从，曰："吾要当先取操。"会攸家犯法，审配收系之，攸怒，遂奔操。

看来《资治通鉴》的记载切中袁绍性格，但许攸因审配收系许家人并有可能加害于他而投奔曹操，似又不能完全突出许攸和袁绍的矛盾冲突，因此罗贯中采用这个情节的同时，又添加了袁绍不但拒绝了许攸的正确意见，相反还怀疑许攸和曹操有旧，想是受曹操支使，充当内奸来赚袁绍，竟然要斩许攸，这多疑和无限上纲的推论，必然把许攸推向曹操一边。当然，罗贯中的改动也深化了许攸的性格。因为在袁绍的参谋班子中，有如审配一类唱高调，好进谗言之类的小人；也有如田丰、沮授为了袁家事业，宁可以死谏争，而许攸则是一旦有风吹草动便变节。后来的事实证明，许攸分兵袭曹这一招，连曹操听了都大惊曰："若袁绍用子远之言，吾等皆死无葬身之地也。"尤其是许攸献计曹操烧袁绍乌巢粮草辎重，反而使绍军大败。袁绍尽管自责"吾不听田丰之言，兵败将亡，今回去有何面目见之耶"，可是仍过分看重自己的权威和高贵的名分，正如田丰在狱中的推断："袁将军外宽而内忌，不念忠诚。若胜而喜，犹能赦我；今战败则羞，吾不望生矣。"果然，袁绍在撤退回冀州的路上，便传令取田丰之首，田丰也感叹自己"生于天地间，不识其主而事之，是无智也"。因此，像袁绍这样心地狭窄，又倨傲放不下贵族的架子，好像谋士们正确的进言深深伤害了他高贵的名分，必然失败。他不能冷静地听取谋士们的意见，分不清是非，于是一战白马而颜良死，二战延津而文丑亡，至三败官渡，三十万大军只存八百余骑，许攸、张郃均降曹，沮授拒降而自尽，袁绍落得孤家寡人，被曹操踢出了历史舞台！

袁谭、袁尚窝里斗

《资治通鉴》卷七十五、魏纪七记孙权因鲁王孙霸结朋党以害其兄,心亦恶之,对孙峻说:"子弟不睦,臣下分部,将有袁氏之败,为天下笑。若使一人立者,安得不乱乎!"袁绍和他兄长袁术反目已成天下人的笑柄,而袁绍的儿子们袁谭、袁尚,在袁绍逝世不久便武力相伐,最终像他们父亲一样,被清出历史舞台,为天下人所耻笑。哥俩械斗的起因是谁来接续冀州的领导权。第三十一回,袁绍于官渡战败,撤回冀州,心烦意乱,不理政事。其妻刘氏又提出立后嗣之事,可是由谁来接掌政权呢?

　　绍所生三子:长子袁谭字显思,出守青州;次子袁熙字显奕,出守幽州;三子袁尚字显甫,是绍后妻刘氏所出,生得形貌俊伟,绍甚爱之,因此留在身边。自官渡兵败之后,刘氏劝立尚为后嗣,绍乃与审配、逢纪、辛评、郭图四人商议。原来审、逢二人,向辅袁尚;辛、郭二人,向辅袁谭;四人各为其主。当下袁绍谓四人曰:"今外患未息,内事不可不早定,吾将议立后嗣:长子谭,为人性刚好杀;次子熙,为人柔懦难成;三子尚,有英雄之表,礼贤敬士,吾欲立之。公等之意若何?"郭图曰:"三子之中,谭为长,今又居外;主公若废长立幼,此乱萌也。今军威稍挫,敌兵压境,岂可复使父子兄弟自相争乱耶? 主公且理会拒敌之策,立嗣之事,毋容多议。"袁绍踌躇未决。

　　按:《三国志》卷六《魏书·袁绍传》说:"出长子谭为青州,沮授谏绍:'必为祸始。'绍不听,曰:'孤欲令诸儿各据一州也。'又以中子熙为幽州，甥高干为并州。"裴松之注此条引《九州春秋》也曾记载沮授不赞成袁绍让他的儿子做各州牧主，袁绍回答曰："孤欲令四儿各据一州，以观其能。"那就是说袁绍有四个儿子，我们已知袁谭、袁熙、袁尚，另一个儿子是谁呢？裴松之注本传"尚、熙与乌丸逆军战，败走奔辽东，公孙康诱斩之，送其首"，引《吴书》曰："尚有弟名买，与尚俱走辽东。《曹瞒传》云：买，尚兄子。未详。"袁尚之后还有一个弟弟名袁买。但《曹瞒传》又说是"尚兄子"，这个"兄"是袁谭、袁熙，抑或是堂兄呢？因"未详"而未再解释。又，《三国演义》第二十四回，曹操攻徐州，刘备派孙乾去见袁绍请求支援，袁绍曰："吾生五子，惟最幼者极快吾意；今患疥疮，命已垂绝，吾有何心更论他事乎？"第三十一回说"绍所生三子"，裴松之注引《吴书》云"孤欲令四儿各据一州"，第二十四回又说"吾生五子"，袁绍究竟有几个儿子？谁也说不清。看此"幼者"患疥疮的病情，田丰以杖击地，跌足长叹袁绍"乃以婴儿之病"，不出兵偷袭许都，看来是个小男孩，非指同是袁绍"甚爱之"的袁尚。因为在官渡之战时，袁尚已跟随袁绍征战曹操，官渡之战失败后袁绍病死，袁尚乃自代绍位，自号车骑将军，可见已是成年男子。

　　众所周知，对于帝王世家而言，儿子多了并不是什么多福多寿的好事。老爷子在位时，封谁为太子？天子崩了以后，谁登大宝？被封为太子的要上台接班，其他王子服吗？各州郡领导权的传承也是如此，从有封建统治权柄始，甚或原始部落时，只要有领导与被领导关系，就有争夺领导权的斗争，就有夺取王位的保卫战。为了取得王位或是地方政权的领导权与继承权，拉帮结派，组织朋党，相互攻击，用尽了种种卑鄙手段，历朝历代王室不乏王子争权的材料，供给野史家、小说家、戏剧家，乃至当代的影视家们独撰各类宫廷轶事。可是历史上很少有像袁绍的儿子袁谭、袁尚，不顾曹操这个大敌当前，团结一致对外，反而在袁绍尸骨未寒时便开战，甚至求救曹操消灭对方，就为了争夺袁绍死后留下的

318

领导权,且看《三国志·魏书·袁绍传》:

> 绍爱少子尚,貌美,欲以为后而未显。审配、逢纪与辛评、郭图争权,配、纪与尚比,评、图与谭比。众以谭长,欲立之。配等恐谭立而评等为己害,缘绍素意,乃奉尚代绍位。谭至,不得立,自号车骑将军。由是谭、尚有隙。

《三国演义》第三十二回,袁绍刚死,袁谭、袁尚便为夺冀州而争锋。令人诧异的是,审配主持袁绍丧事时,袁绍的继妻、袁尚的生母刘夫人,便将袁绍所爱宠妾五人,尽行杀害;又恐其阴魂于九泉之下与绍相见,乃髡其发,刺其面,毁其尸,其妒恶如此。袁尚恐宠妾家属为害,并收而杀之。这段叙述不是罗贯中的独撰,而是采自于本传裴松之注引《典论》所曰:

> 谭长而惠,尚少而美。绍妻刘氏爱尚,数称其才,绍亦奇其貌,欲以为后,未显而绍死。刘氏性酷妒,绍死,僵尸未殡,宠妾五人,刘尽杀之。以为死者有知,当复见绍于地下,乃髡头墨面以毁其形。尚又为尽杀死者之家。

如果刘氏因禀性酷妒——实为狠毒而残忍地报复小妾们昔日过分向袁绍示宠,或有对妾中生下幼子的嫉恨,也算罢了。可是被袁绍誉为少而美的袁尚,也心如其母,助纣为虐,竟然连他父亲的小妾他都能下得了手,那么,为维护他和母党的既得利益,他也会毫不手软地去杀和他争权的兄弟们。何况袁绍死后,审配、逢纪把袁尚扶上台,自封为大司马将军,令冀、青、幽、并四州牧,袁尚能让出这个位置,袁谭、袁熙能同意袁家权柄让袁尚独占么?首先跳出来挑战的是袁谭。所以,袁谭知父亲死讯，立即发兵向冀州进发，要向袁尚讨个说法。

问题是曹军压境，虽然官渡之战袁绍兵败后病死，但主力部队还在冀州所属四州，仍为袁氏家人控制。曹操争霸的第一个目标是消灭吕布，第二目标就是袁绍，如平定河北，其他如徐州之陶谦、荆州之刘表则不在话下。然而，尽管运动战曹兵屡胜，袁尚、袁谭等屡败，可袁尚、袁谭退入冀州城坚守，袁熙与高干（袁绍外甥）离城三十里下寨、虚张声势，曹操还真久攻不下。于是郭嘉提出高见："袁氏废长立幼，两兄弟间，权利相并，各自树党，急之则相救，缓之则相争；不如南向荆州，征讨刘表，以候袁氏兄弟之变，变成而后击之，可一举而定也。"郭嘉这一手很厉害，道出了同联盟者对仗时，不必硬碰硬，可采取分化瓦解，各个击破的方针。因为对方是因为你的出现，才暂时联合起来一致对外，而当你从对立面中暂时退却，坐山观虎，联盟者以为外部威胁解除，便立即相互争斗，这就是所谓"急之则相救，缓之则相争"。曹操赤壁之战失败后，改变了对蜀、吴的政策，也是采用了这一原理，各个击破了刘备与孙权。

因此，在曹军压境时，袁尚还需要袁谭共同对敌，封袁谭为车骑将军，但却让傻小子打先锋，保存自己嫡系部队的实力。袁谭的军师郭图也很狡猾，他提出要审配、逢纪参与军中事务，实际是作为日后要挟袁尚的人质。袁谭初战失败，便命逢纪写信给袁尚，派军支援。袁尚也留了一手，只派五千人，途中又被曹军围杀。袁谭又命逢纪写信，让袁尚亲自来救，否则降顺曹操。袁尚怕袁谭降曹后联合起来攻冀州，才不得不亲自出兵。

但是曹操依照郭嘉建议，挥军攻荆州，坐看谭、尚相攻。果然，袁谭认为"我为长子，反不能承父业；尚乃继母所生，所承大爵，心实不甘"，同郭图、辛评密谋摆鸿门宴，暗杀袁尚。恰逢袁绍的老部下别驾王修从青州来，不赞成杀袁尚，他中肯地告诫袁谭："兄弟者，左右手也。今与

321

他人争斗，自断其手，而曰我必胜，安可得乎？夫弃兄弟而不亲，天下其谁亲之？彼谗人离间骨肉，以求一朝之利，愿塞耳勿听也。"袁谭为权利蒙蔽视听，哪里能听进王修的忠言，仍然依计而行。袁尚也很警觉，看出了袁谭的"奸计"，干脆带兵五万去剿灭。袁谭见袁尚引军来，情知事泄，亦披挂上马，与尚交锋，袁谭敌不过袁尚，大败而走，兄弟俩彻底翻了脸。

笔者记得《三国志·魏书·袁绍传》裴松之注引《魏氏春秋》，文中曾载有刘表致袁谭与袁尚信，劝告二袁"当唯义是务，唯国是康"，初承洪业，"岂可忘先君之怨，弃至亲之好"，而相互残杀，"进有国家倾危之虑，退有先公遗恨之负"，或者"先除曹操以卒先公之恨，事定之后，乃议曲直之计"，"若迷而不反，违而无改，则胡夷将有诮让之言，况我同盟，复能戮力为君之役哉！"遗憾的是，"谭、尚尽不从"。又，裴松之还引了《汉晋春秋》，也记述审配给袁谭信，指责袁谭夺权，因为"昔先公废绌将军以续贤兄，立我将军以为适嗣，上告祖灵，下书谱牒，先公谓将军为兄子，将军谓先公为叔父，海内远近，谁不备闻？且先公即世之日，我将军斩衰居庐，而将军斋于垩室，出入之分，于斯益明"。按审配的举证，袁谭本来就不是袁绍的亲生儿子，而是袁绍哥哥的孩子，袁谭称袁绍为叔父，袁绍当然要立自己的儿子为冀州牧，不存在什么废长立幼的问题。这都是袁谭听信凶臣逢纪，"妄画蛇足，曲辞谄媚，交乱懿亲"，"至令将军翻然改图，忘孝友之仁，听豺狼之谋，诬先公废立之言，违近者在丧之位，悖纪纲之理，不顾逆顺之节，横易冀州之主，欲当先公之继"。

如果审配的举证可靠的话，那么谭、尚之争就不是兄弟间为争夺王位继承权和军事领导权的火拼，而是袁谭单方面的非法夺权，罪在袁谭，袁尚为了维权而进行合理的自卫反击，变成维护正统的正义行动。显然这既不符合历史事实，也减弱了小说表现力度，所以罗贯中没有采信审配的说辞、改变情节的性质,当然是明智的。不过刘表的劝和信本传没有采录,可是司马光的《资治通鉴》卷六十四、汉纪五十六、献帝建安八年,则将刘表的信引入纪中,作为正文。罗贯中则放在第三十三回,即曹操已攻破冀州,袁尚逃往中山,袁谭劫掠甘陵、安平、渤海、河间等处。听说袁尚败走中山,袁谭统军攻之,尚无心战斗,径奔幽州投袁熙。袁谭尽收降袁尚人马,企图复冀州。曹操招之不至,亲率大军征之,袁谭不得已求救于刘表。刘备建议刘表以和解为名,宛词谢之,于是才有刘表给袁氏兄弟各写了封不痛不痒的信。有了这些背景,读者才可以了解刘表是被动的、不得已而为之。倘若把刘表写信放在袁谭、袁尚正在开打的时刻,刘表的信只能起到反讽效应。因为刘表也重犯袁绍废长立幼的错误,同样被小夫人挟持,引发长幼争权,看来细节放置得当与否,关乎对人物性格的描绘,马虎不得的。

从袁谭与袁尚争权的火拼,让读者看到王二代、官二代的丑陋。这些世家大族的子侄,为了争夺权利和财产再分配的独占权,可以撕破脸,不顾亲情动刀动枪,拼个你死我活。也可以像袁谭,打不过袁尚,就投靠曹操,让曹操做自己的帮手,消灭对手,暂时利用一下,待破袁尚后再暗中起事,恢复冀州。袁谭的小算盘瞒不过曹操。孰不知曹操喜欢利用别人,不喜欢被利用;凡是为了"利用"他而暂时投顺的人,曹操"利用"完,便找个借口杀掉。曹操更欣赏关羽忠心不二的精神,鄙视朝三暮四的投降者。荆州刘琮献城投降后即被曹操派人暗杀。许攸从袁绍集团叛逃至曹营,尽管在官渡之战中,许攸的计策促使了袁绍失败,但是许攸忘乎所以,把战胜袁绍的功劳记在自己身上,曹操就毫不顾昔日友情灭了他。这就是奸雄的性格。与此同理,尽管曹操战胜了袁绍,致使袁绍气死,可是按荀攸的判断:"袁氏据四州之地,带甲数十万,若二子和睦,共守成业,天下事未可知也;今乘其兄弟相攻,势穷而投我,我提兵先除袁尚,后观其变,并灭袁谭,天下定矣。此机会不可失也。"你袁谭投靠曹操，想利用曹操的力量消灭袁尚，实际是协助曹操来打袁尚，曹操当然愉快地接受了袁谭，甚或为了笼络袁谭，不惜"以女许谭为妻"。待破了冀州，袁尚逃出中山，袁谭对曹操没有多少红利可取，自然要被杀掉，袁尚、袁熙也被辽东太守孙康所杀。这就是鹬蚌相争，两败俱伤，渔翁（曹操）得利。

自封为皇帝的袁术

    袁绍与袁术是堂兄弟，同属于袁氏"四世五公"门下的子弟。可是袁术却没有袁绍贵族式的矜持和自尊，维护汉室权威的使命感，不屑于曹操玩弄挟天子以令诸侯的权术，讲究公开的面对面的贵族决斗精神。而袁术则诡计多端，心术不正，狂妄自大，所以陈寿的《三国志》卷六《魏书·袁术传》，除了说袁术"以侠气闻"外，没有什么赞赏之语，反而开篇就说董卓任命袁术为后将军，术亦畏卓之祸奔出南阳。恰逢长沙太守孙坚杀南阳太守张咨之便，袁术得以占据南阳，"南阳户口数百万，而术奢淫肆欲，徵敛无度，百姓苦之"。好像那时的头面人物，除了孙策要借用袁术的军队，振兴孙氏家业外，没有几个人待见袁术，几乎都指斥他心术不正，"阴怀异志"。已故太尉陈球的儿子陈珪，是和袁术"俱公族子孙，少共交游"的发小。袁术致函给陈珪，要求陈珪协助他共图"大事"，否则就要拿他儿子陈应做人质。陈珪回信痛斥袁术在当下没有"戮力同心，匡翼汉室，而阴谋不轨，以身试祸，岂不痛哉！若迷而知返，尚可以免。……欲吾营私阿附，有犯死不能也"，拒绝了袁术的邀请。

    袁术之流利令智昏，以为"吾家四世五公，百姓所归，欲应天顺民"，

不顾属下的反对,兴平二年冬自封为皇帝,自此"荒侈滋甚,后宫数百皆服绮縠,馀粱肉,而士卒冻馁,江淮间空尽,人民相食"。袁术的作为并不比董卓差。后来先为吕布所败,后又为曹操所伤。想投奔原来的部属雷薄、陈兰,又遭到拒绝,无路可走,将帝号归于袁绍,欲至青州投袁绍之子袁谭,半道发病而死。

很明显,正史记述的袁术是一个骄奢淫逸、心怀异志的贵族子弟。小说家的罗贯中正是把握住了袁术的基本性格特点,更加深刻地描绘了袁术没有任何本事,却又摆出咄咄逼人的贵族架势。《三国演义》第五回,袁术登场亮相便不顾联军讨卓大局,听信人谗言,怕孙坚打破洛阳,杀了董卓,是除狼得虎(孙坚),不给孙坚发军粮,致使孙军中自乱。关羽请求出战取华雄头,袁术竟大喝关羽是"欺吾众诸侯无大将,量一弓手,安敢乱言"。待关羽顷刻间提华雄至大帐,有功不赏,反而斥责关羽"量一县令手下小卒,安敢在此耀武扬威"。第十五回,刘备奉天子诏(实为曹操之意),去讨袁术,袁术知道后大怒:"汝乃织席编履之夫,今辄据大郡,与诸侯同列,吾正欲伐汝,汝却反欲图我!深为可恨!"瞧不起刘备的出身。可是袁术既不懂排兵布阵,又不懂调兵遣将,屡战屡败,手中没有强大的军事力量,过硬的政治资本,却想登上皇帝宝座,过一过皇帝瘾。

孙坚之子孙策,自父亲孙坚死后,便退居江南。后因陶谦与孙策的舅舅丹阳太守吴景不和,孙策便带母亲和家眷移居曲阿,而他自己则投奔了袁术。孙策纵然为袁术攻圣果、隆康立下战功,深得袁术称赞,但是,袁术待孙策非常傲慢,把他当作儿子看待,很不尊重孙策。孙策对自己沦落到如此地步,心中非常郁闷,其部将朱治、吕范建议孙策以传国玉玺做抵押,假借救舅舅吴景为名,向袁术借兵,然后带兵回江南,振兴孙家大业。因袁术很久前就想得到玉玺,以此相抵,必然答应借兵。果不出朱治所料,袁术见玉玺大喜,嘴上虽说"吾非要你玉玺,今且权留在此"。留在他袁术这儿干什么？当然为日后登基张本。玉玺对孙策而言是个烫手山芋，他不想像他父亲那样过早地做皇帝梦。相反，孙策巧妙地把玉玺作为交换资本，利用袁术借给他的三千兵士，五百马匹，返回江东发展，壮大了孙家事业。而袁术自得玉玺之后，自以为在淮南地广粮多，袁家四世五公，"袁姓出于陈。陈乃大舜之后，以土承火，正应其应……若不为君，背天道也"，袁术终于自己封了皇帝。但是，"僭称帝号，背反汉室，大逆不道"，成为众矢之的。到头来曾跟随他的雷薄、陈兰离他而去，成了孤家寡人，"乃作书让帝号于袁绍"，投奔徐州。途中又被刘备追杀，只剩下一千余老弱之辈。当时正值盛夏，粮食尽绝，只剩麦三十斛，分派军士。家人没有吃的，多有饿死，到了这个时候，袁术还嫌饭粗陋，不能下咽，还命令厨子取蜜水给他止渴。厨师毫不客气地说："止有血水，安有蜜水！"袁术坐于床上，大叫一声，倒于地下，吐血斗余而死。这个被孔融、曹操轻蔑地讥讽为"冢中枯骨"的袁术，狂妄自大，不懂政治，这正如毛宗岗第十七回的总评中所说：

袁术——僭帝号，天下共起而攻之。曹操所以迟迟而未发者，非薄天子而不为，正畏天下而不敢耳。况所乐乎为君，以其有令天下之权也。权则专之于己，名则归之于帝，操之谋善矣。操辞其名而取其实，术无其实而冒其名，岂非操巧而术拙？或曰：蜀、吴、魏三国，后来皆称皇帝，独袁术之帝则不可，何也？曰：真能做皇帝者每不在先而在后。其为正统混一之帝，必待海内削平，四方宾服，又必有群臣劝进，诸侯推戴，然后让再让三，辞之不得，而乃祀南郊，改正朔焉。则受之也愈迟，而得之也愈固。即为闰统偏安之帝，亦必待小邦俱已兼并，大国仅存一二，外而邻境息烽，内而人民乐附，然后自侯而王，自王而帝，次第而升之，斯能传之后人以为再世不拔之业。今观建安之初，曹操虽专，献帝尚在，而群雄角立。如刘备、孙策、袁绍、公孙赞、吕布、张绣、张鲁、刘表、刘璋、马腾、韩遂之徒，曾未有一人遽敢盗窃其名字者，而以寿春太守（袁术），谩然而僭至尊之号，安得不速祸而召亡哉！

第九章

韬晦大师司马懿

超级阴谋家

历史常常沿着原来的轨迹重新又走了一遍，相似的悲剧也常在不同时空内重现。魏氏集团的曹丕逼迫汉献帝把皇位让给自己，而司马氏又逼迫曹丕的儿子把大位让给了司马家族的孙子。不同的是，他们的父辈为日后子孙的夺权打下了基础，但父辈们创业的情况也有区别。曹操迎天子时已有了自己的根据地兖州，不可小觑的军事力量。如果说曹操为了挟天子以令诸侯而迎天子，不如说是汉献帝亦企望依托军事势力较强的曹操。此后败袁绍、斩吕布、降荆州，曹操晋升为魏王之位，汉献帝不过是个摆设，随时可以取而代之，只是不愿被人架在火炉上烘烤罢了。司马氏的开山祖司马懿不同，他只是曹操的一个臣僚，只做个主簿，没有什么声望，有过几次献计，大多未被曹操采纳，也没有什么突出功绩。令人匪夷所思的，第七十八回，曹操临终嘱托后事，除曹洪、陈群、贾诩外，还有司马懿。曹洪是曹操的堂弟，几次救过曹操，为曹操事业可谓舍生忘死。陈群是大臣，劝曹操正大位有功。贾诩则为曹操最为欣赏的谋士之一。司马懿凭什么让曹操看上了？生前曹操曾对华歆言："司马懿鹰视狼顾，不可付以兵权，久必为国家大患。"为什么还找他来交代后事呢？猜不透曹操的用意。但正是有此嘱托，给司马懿在曹氏朝廷扩大自己的势力提供了机会。

不过司马懿是个韬晦大师，像蛇一样善于隐蔽自己。言行低调，不显山不露水，很会拿捏分寸，把握时机。第八十五回，曹丕篡汉后，就在刘备刚刚去世时，司马懿建议起五路兵，四面夹攻蜀国。曹丕接受了司马懿的建议，命曹真为大都督领兵伐蜀，可是被诸葛亮轻易化解，无功而返。司马懿没有获得碰头彩，便又蛰伏了。但此时司马懿已是抚军大将军，掌握了部分军权。第九十一回，曹丕逝世时，又托中军大将军曹真、镇军大将军陈群，还有司马懿共同辅佐曹睿。从此司马懿逐渐露出奸雄本相。曹睿刚即位，司马懿便借雍、凉二州缺人把守之机，上表要求去守西凉等处，实际是培植自己的军队。看得最透的是诸葛亮："曹丕孺子曹睿继位，余皆不足虑，司马懿深有谋略，今督雍、凉兵马，倘训练成时，必为蜀中大患。"依马良弟弟马谡提出的反间计，遣人至洛阳、邺郡等地，散布流言，道此人欲反，并以司马懿口气告示天下榜文，遍贴各处。使曹睿心疑，必杀此人。曹睿果然信以为真，仿效汉高祖刘邦假装梦游云梦之计，率军直趋西凉，给司马懿来个突然巡视，看其是否有谋反的迹象。司马懿不知城内散布的流言，欲令天子知其带兵的威严，竟率甲士数万来接。曹休说他谋反，司马懿虽至曹睿车前伏泣辩解，曹睿疑虑不决，最终依华歆奏言，削职回乡，由曹休来总督雍凉军马。

　　不知冥冥中是否有鬼神给力，诸葛亮出祁山北伐，夏侯楙、曹真都没有抵御住蜀军攻势，连失数城，不得不另派高人。曹氏家族或亲信中没有合适的大将充当重任，可敌孔明，不得已将司马懿再请出山。其实接到征召之前，在宛城家中，司马懿闻知魏兵屡败于蜀，乃仰天长叹，不是叹魏兵之败，而是早已料到必来宣召。这一复职，有如放虎下山，司马懿不只果断地平息了孟达起义，还成功阻击了诸葛亮北伐攻势。诸葛亮死后，司马懿被封为太尉，总督军马，安镇诸边。接着辽东公孙渊起兵十五万，杀奔中原，又被司马懿战败。曹睿突然病重，效仿刘备托孤的模

式，请司马懿"竭力相辅"八岁的曹芳。此时的司马懿的权势，如同汉献帝时的曹操，无人可与抗衡。但是何晏深知马司懿的野心，提醒曹爽："主公大权，不可委托他人，恐生后患。"曹爽又入奏魏主曹芳，以"司马懿功高德重"为名，加封太傅。太尉掌兵权，太傅是不掌兵权的，自此兵权皆归曹爽掌握。曹爽安排其弟引领御林军，亲信任高职，日夜与爽议事，曹爽门下宾客日盛。司马懿推病不出，司马师、司马昭亦皆退职闲居，蛰伏起来，等待时机。

曹爽一向专权，很惧怕司马懿东山再起，即派李胜去探听虚实，司马懿随即演了一出老年痴呆症，非常精彩，骗过了李胜。这段表演，以及司马懿判定曹爽及其党羽，是司马氏家族夺权的最大障碍，便果断地发动宫廷政变。其全过程并非是罗贯中独撰，而是据《三国志》卷九《诸夏侯曹传第九》之《曹爽传》、裴松之注引《魏末传》《曹爽传》附《何晏传》，《资治通鉴》卷七十五、魏纪七的记述。先看小说第一百零六回，是怎样描写司马懿假装痴呆的表演：

> 司马懿谓二子曰："此乃曹爽使来探吾病之虚实也。"乃去冠散发，上床拥被而坐，又令二婢扶策，方请李胜入府。胜至床前拜曰："一向不见太傅，谁想如此病重。今天子命某为荆州刺史，特来拜辞。"懿佯答曰："并州近朔方，好为之备。"胜曰："除荆州刺史，非'并州'也。"懿笑曰："你方从并州来？"胜曰："汉上荆州耳。"懿大笑曰："你从荆州来也！"胜曰："太傅如何病得这等了？"左右曰："太傅耳聋。"胜曰："乞纸笔一用。"左右取纸笔与胜。胜写毕，呈上，懿看之，笑曰："吾病的耳聋了。此去保重。"言讫，以手指口。侍婢进汤，懿将口就之，汤流满襟，乃作哽噎之声曰："吾今衰老病笃，死在旦夕矣。二子不肖，望君教之。君若见大将军，千万看觑二子！"言讫，倒在床上，声嘶气

喘。李胜拜辞仲达，回见曹爽，细言其事。爽大喜曰："此老若死，吾无忧矣！"

可惜此老不死，瞒过曹爽，麻痹了众人。第一百零七回，司马懿趁曹爽邀曹芳出城谒墓再去畋猎之时发动政变。带领旧日手下破敌之人，并家将数十，即到省中，令司徒高柔假以节钺，可以行使大将军事，控制了曹爽军队；又派太仆王观，控制了曹羲的军队。司马懿带几个心腹官吏入宫奏郭太后，言曹爽背先帝托孤之恩，奸邪乱国，其罪当废。郭太后惧怕，只得从之。然后，司马懿急令太尉蒋济、尚书令司马孚一同写表，奏至魏帝。又让许允、陈泰去安慰曹爽，"说太傅别无他事，只是削汝兄弟兵权而已"。曹家兄弟面对司马氏已控制洛阳城内的部队，"城中把得铁桶相似"的局面，只能有两条路：要么如桓范所主张，曹芳奉幸许都，调外兵以讨司马懿，不能自投死地；要么依曹羲的意见，考虑到"吾等全家皆在城中，岂可投他处求援"，何况"司马懿谲诈无比，孔明尚不能胜，况我兄弟乎？不如自缚见之，以免一死"。此次政变的目的，是针对曹爽，按许允、陈泰的解释，"不过要削去兵权，别无他意"，有蒋济太尉书在此，"指洛水为誓"，"将军可削去兵权，早归相府"。曹爽思考了一夜，终于决定"我不起兵，情愿弃官，但为富家翁足矣"。桓范听后大哭，出帐曰："曹子丹以智谋自矜！——今兄弟三人，真豚犊耳！"事实也是如此，曹家兄弟像猪一样被司马氏任意宰割：将曹爽兄弟三人，连同何晏等五人，以"同谋篡逆"罪皆斩于曹，灭其三族。魏主曹芳封司马懿为丞相，加九锡，"令"父子三人同领国事，威势超过曹操。带剑上殿，颐指气使，呵斥魏帝，曹芳、曹奂见了司马氏家人如同见了魔鬼，到头来终被司马氏取代。

据《三国志》卷九《魏书·何晏传》裴松之注引《魏氏春秋》说，司马懿杀曹爽前，曾让何晏参与审讯曹爽一党案：

初，宣王使宴与治爽等狱。宴穷治党与，冀以获宥。宣王曰："凡有八族。"宴疏丁、邓等七族。宣王曰："未也。"宴穷急，乃曰："岂谓宴乎？"宣王曰："是也。"乃收宴。

《资治通鉴》卷七十五、魏纪七，在叙述曹爽与曹羲、何宴、邓飏、丁谧、毕轨、李胜等按阴谋反逆，与张当俱夷三族下有一小注，引《考异》后的按说："宣王方治爽党，安肯使宴典其狱！就令有之，宴岂不自知与爽最亲而冀独免乎！此殆孙盛承说者之妄耳。"根本否认司马懿让何宴审曹爽案的可能。从史实角度而言，何宴是曹爽一党中核心成员，司马懿应该不会让其参与审案；可是对小说家而言，这是一笔绝妙好词。因为何宴也可能为了表示同曹爽划清界限，减轻自己的罪责，获得宽免，保住性命，便甘愿充当司马懿的打手，"究治党与"，表示自己的忠诚。这样的例子历史上屡见不鲜，从何宴的表现，人们不难理解汉奸、叛徒，当他们归顺之后，便凶狠地穷治自己人的原因了。令我震惊的是，司马懿明明知道何宴和曹爽一党，而且是其间的骨干，却偏偏让他去审曹爽。是在考验何宴的忠诚度，以后重用吗？显然不是。司马懿是在心理上折磨何宴，在意志上摧毁曹爽，甚至像猫摆布老鼠，玩弄、自我欣赏，满足施虐心理之后，再冷静地告诉何宴，全案不是七个，是八个。"岂谓宴乎"——不错，有你老兄一个，请君入瓮。此公之阴险、狡诈，连他的老主子曹操都不能与其比肩。可惜罗贯中可能也认为此条有点妄说而没有采编。

死诸葛走生仲达

第一百零四回，孔明临终前嘱杨仪曰："吾死之后，不可发丧。可作一大龛,将吾尸坐于龛中;以米七粒,放吾口内;脚下用明灯一盏;军中安静如常,切勿举哀:则将星不坠。吾阴魂更自起镇之。司马懿见将星不坠,必然惊疑。吾军可令后寨先行,然后一营一营缓缓而退。若司马懿来追,汝可布成阵势,回旗返鼓。等他来到,却将我先时所雕木像,安于车上,推出军前,令大小将士,分列左右。懿见之必惊走矣。"这就是人们传说的死诸葛吓走生仲达。嘉靖本《三国志通俗演义》卷二十一,题名为《死诸葛走生仲达》。毛宗岗评本第一百零四回,则为《陨大星汉丞相归天 见木雕魏都督丧胆》。其实吓走生仲达的故事情节不是罗贯中的创造,而是来自于民间传说,最早见之于文献的,还是《三国志》卷三十五《蜀书·诸葛亮传》裴松之注引《魏晋春秋》曰:

> 杨仪等整军而出,百姓奔告宣王,宣王追焉。姜维令仪反旗鸣鼓,若将向宣王者,宣王乃退,不敢逼。于是仪结陈而去,入谷然后发丧。宣王之退也,百姓为之谚曰:"死诸葛走生仲达。"或以告宣王,宣王曰:"吾能料生,不便料死也。"

值得注意的是,唐佛典道宣《四分律删繁补阙行事钞》卷下三《僧像致敬篇》,说世俗贤人如能内心刚正外有威仪,便获得世人敬重。书中有一小注云"似刘氏重孔明等"。唐大觉撰的《四分律钞批》卷二十六(《续藏》第一编第六十八套第一册)在注解《僧像致敬篇》时,引述了"死诸葛怖生仲达"故事以说明"刘氏重孔明"的本意。

> 注云:"似刘氏重孔明"者,刘备也。意三国时也,谓魏主曹丕都邺,今相州是也,昔号魏都;吴主孙权都江宁,号吴都;刘备都蜀,号蜀都:世号三都,鼎足而立。蜀有智将,姓诸葛名高(亮),字孔明,为王所重。刘备每言曰:"寡人得孔明,如鱼得

水。"后乃刘备伐魏,孔明领兵入魏。魏国与蜀战,诸葛高(亮)于时为大将军,善然谋策。魏家唯惧孔明,不敢前进。孔明因病垂死,语诸人曰:"主弱将强,为彼所难,若知我死,必建(遭)彼我(伐)。吾死以后,可将一袋土,置我脚下,取镜照我面。"言已气绝。后依此计,乃将孔明置于营内,于幕围之,刘家夜中领兵还退归蜀。彼魏国有善卜者,意转判云:"此人未死!""何以知之?""蹋土照镜,故知未死。"遂不敢交战。刘备退兵还蜀,一月余日,魏人方知,寻往看之,唯见死人,军兵尽散。故得免难者,孔明之策也。时人言曰:"死诸葛怖生仲达。"仲达是魏家之将也,姓司马,名仲达。亦云"死诸葛走生仲达"。其孔明有智量,时人号为卧龙,甚得刘氏敬重。

晚唐人景霄的《四分律行事钞简正记》卷一六对"刘氏重孔明"者也有一条注疏,内容与大觉的注疏大同小异,都是不见正史的俚卷传闻。刘知儿的《史通》卷五《采撰》也说:"至如曾参杀人,不疑盗嫂,翟义不死,诸葛犹存,此皆得之于行路,传之于众口。"这里的"诸葛犹存",就是大觉与景霄注疏中说到的"死诸葛走生仲达"的故事,而这个故事原来在唐代已是"传之于众口"的民间故事了。晚唐胡曾《咏史诗》的陈盖注后半部也说:

> 居岁,夜有长星堕落于原,武侯病卒而归。临终为□□□仪曰:"吾死之后,可以米七粒,并水于口中,手把笔并兵书,心前安镜,□下以土,明灯其头,坐升而归。"仲达占之云未死;有百姓告云武侯病死,仲达又占之云未死,竟不取趁之。遂全军归蜀也。

338

这显然也是转述当时流行于民间、脍炙人口的三国故事,故事的基本情节与大觉、景霄的注疏大体相同。罗贯中在《三国志通俗演义》里曾引用胡曾诗达十二首之多,毫无疑问罗贯中见过陈盖的注,也许罗贯中正是根据陈盖所引的民间故事系统,依据《平话》的《秋风五丈原》大加铺展,写出了《孔明秋风五丈原》和《死诸葛走生仲达》两大节,大胆创造了木雕原身吓走司马懿的细节,着力渲染诸葛亮悲壮之死,刻画司马懿多疑的性格。

禅让与劝进

执政的帝王把位置让给贤者接替,谓之禅让;接受让位的贤者,则要装模作样的"辞而不受",几经大臣们的劝说才登上大位,谓之劝进。古圣尧、舜贤让之德,一直为古人传颂的佳话,圣王们的道德楷模。奇怪的是,孔子在《论语》的《雍也》《宪政》篇中涉禅让问题时,只论博施济众,修己以安百姓等等,连尧舜都难以做到,言外之意更不必遑论禅让之德了。说明他老人家对禅让者是否出自真心是有看法的。荀子在《荀子·正论》中就说得很直白:"尧舜禅让,是不然。天子者,执位至尊,无敌于天下,夫有谁让矣?"否认自愿禅让。也是。倘若没有武力逼宫,对手群体鼓噪,谁肯把最高领导权轻易地禅让给别人?按周礼的规定,王位继承应"立嫡以长不以贤,立子以贵不以长",可《左传》中多处记载把君位让给弟弟或庶兄,不符周礼立嫡长子的规定,其间必有不可告人的隐私。宋司马光在《司马温公文集》卷六十二《宗室袭封义》中,特别强调要"安嫡重正",即"世人制礼之意,必使嫡长世世承袭者,所以重正统而绝争端",强烈主张立长而不立幼,维护正统的延续。卷六十四

《史剡》的《夏禹》篇中，更指出夏以其子不贤而授舜，舜也以其子不贤而授予禹，系饰伪和窃位，暗批宋太宗赵光义所谓的"受命杜太后，传位太宗"，做完一届皇帝后，再还给太祖的儿子，也是饰伪后的窃位。不过"兄终弟及"，还说得过去，至于禅位给外姓，这就让人有点疑心了。最突出的当然是汉献帝让位给曹丕。《三国志》卷二《魏书·文帝纪》："汉帝以众望在魏，乃召群公卿士，告祠高庙。使兼御史大夫张音持节奉玺绶禅位，册曰……"裴松之注此条引袁宏《汉纪》汉帝诏曰："……然仰瞻天文，俯察民心，炎精之数既终，行运在乎曹氏。……今其追踵尧典，禅位于魏。"《资治通鉴》卷六十九、魏纪一，也说汉献帝主动禅位给魏，"王（曹丕）三上书辞让，乃为坛于繁阳。辛未，开坛受玺绶，即皇帝位"。好像汉献帝甘心情愿让给曹丕，实行了一场和平过渡，其实这都是史家的饰伪。

《三国演义》第八十回，就直白地描述了逼宫过程。先是华歆带一班文武让汉献帝效尧舜之道，禅于曹丕，"上合天心，下合民意，则陛下安享清闲之福"。不论献帝怎样表白自己"初无过恶，安忍将祖宗大业，等闲弃了"，也勿论是曹后怎样痛斥其兄及帮凶们"奈何为此乱逆之事"，面对带剑而入的曹洪、曹休，大骂："俱是汝等乱贼，希图富贵，共造逆谋！吾父功盖寰区，威震天下，然且不敢篡窃神器。今吾兄嗣位未几，辄思篡汉，皇天必不祚耳！"但是华歆等人仍逼迫献帝依"昨日之议，免遭大祸"，公开明示，不让就宰了你，献帝不得不表态，"愿将天下禅于魏王，幸留残喘，以终天年"。曹丕大喜，听完汉献帝的降诏，便想立刻受诏上台，司马懿提醒曹丕，"宜上表谦辞，以绝天下之谤"。经过三辞后，做足了样子，才登台受禅。

第一百一十九回，无独有偶，司马氏经过三代人的准备，依样画葫芦，逼迫曹奂把皇位转给司马氏。想当初华歆教训汉献帝，"若非魏王（曹丕）在朝，弑陛下者何止一人"，让献帝懂得知恩报恩，把位置让给

340

魏家。如今司马炎也怒斥曹奂："吾祖父三世辅魏，得天下者，非曹氏之能，实司马氏之力也：四海咸知。吾今日岂不堪绍魏之天下乎？"贾充也劝曹奂："天数尽矣，陛下不可逆天，当照汉献帝故事，重修受禅坛，具大礼，禅位于晋王：上合天心，下顺民情，陛下可保无虞矣。"如按《资治通鉴》卷七十九、晋纪一所记："魏帝禅位于晋；甲子，出舍于金墉城。太付司马孚拜辞，执帝手，流涕虚歔不自胜，曰：'臣死之日，固大魏之纯臣也。'"禅让得那么轻松自然，司马氏家族如此"真诚"的表露，您信吗？

不过无论是武力实现政权转换，还是禅让的和平过渡，继位之君在道义上要取信于人，则需千方百计把自己打扮成是正统的合法的继任者，于是各种学说应运而生。如由汉至晋，董仲舒君权神授的天命观，邹衍的阴阳五行说，习凿齿的正统论。乃至种族说（中国与蛮夷）、文化说（是否为中国文化）、区域说（政权建在中原还是四边）、血缘说、气数说等等。妙的是，孙权的谋士们，自知和刘备相比，不占区域、文化、血缘的优势，竟然说孙权博览书传历史，藉采奇异，胜过刘备的不读书，也作为称王的条件。其实都不过是为自己登台的舆论造势，哄骗愚盲而已。成则为王，败则为寇，这是历史的常事。

总括王二代、帝二代马下失天下的教训，可说者六：

1.封建专制制度，宗法嫡系传承的正统，王权和皇权在政治、经济乃至在生活上享受着巨大利益，必然推动王子们争夺权利的斗争。《史记》卷八十七《李斯列传》记述李斯高调反对赵高篡改始皇的遗诏："吾闻晋易太子，三世不安；齐桓兄弟争位，身死为戮；纣杀亲戚，不听谏者，国为丘墟，遂危社稷：三者逆天，宗庙不血食。斯其犹人哉，安足为谋！"到头来李斯因自身利害关系向赵高妥协，篡改遗诏，扶胡亥上台。此后由汉至三国以降，历代各朝，兄弟间甚或父子间夺取王位的血腥斗争，就从未停止过。

342

2. 三国时老一代创业者，马上得天下，历经战争和政治斗争的考验，而魏蜀吴的后辈们坐享其成，既不懂指挥战争的艺术，又不会管理国家朝政，完全靠臣子们的忽悠。像无能之辈刘禅，则干脆不理朝政，大权自然旁落了。

3. 立长不立贤而登上王位的世子们的素质，根本就不够做帝王的材料。他们既没有曹操叱咤一世的枭雄的风神，也没有兢兢业业，能成鼎峙之业的孙权的能力，更无刘备礼贤下士及亲民的感召力和凝聚力。有的是昏虐、享乐，最后是亡国。

4.三国的父辈们大都把部队掌握在自己手里，亲自指挥作战。突出的如曹操，懂得作战艺术，胜败均由自己负责。刘备虽有军师诸葛亮掌控，孙权有周瑜、陆逊效命，但都是忠实可靠的老臣。反之，曹奂、曹炎、孙休、孙皓既不懂军事，部队和指挥权又落在野心家司马氏和孙綝手中，任其摆布，甚至被逼宫下台。可见军权在谁人手里，往往决定社稷命运。

5.没有贤德能人辅佐，亦是败亡的原因。陈寿在《吴书·三嗣主传第三》传尾评曰："孙亮童孺而无贤辅，其替位不终，必然之势也。"这并不是说孙亮八岁登基，需一能人辅佐，即便是成年者为王，也需要靠得住的高级参谋。刘备有诸葛亮、庞统，曹操有郭嘉、荀彧，孙权有周瑜、鲁肃、陆逊、吕蒙托着。可随着岁月贤者先后谢世，接续他们的，都是三四流人物，何况有像阴谋家马司氏家族的人在旁狼视呢？

6.亡于朋党、宦官之祸。袁绍在世时，众谋士立党，田丰、沮授为一党，审配、郭图为一党；后来郭图与审配，又因袁谭、袁尚而分为两党。于是，逢纪党审配，辛评又党郭图，甚至审配之侄，背其叔而党其友；辛评之弟，背其兄而党其仇，所以毛宗岗在第三十二回总评中说："然则谓袁氏之亡，亡于朋党可也。"曹丕巧妙地抓住了曹植朋党于丁仪、丁异、逼曹植迁出首都。有趣的是,司马懿也正是以曹爽与曹羲、何晏、丁谧、毕轨、李胜等结党谋反之名,不仅剥夺了曹爽的兵权,而且处死了曹爽及其同党,为其家族以后篡魏,奠定决定性的基础。刘禅则接受宦官黄皓的指导,甘愿堕落,玩闹一生,应是对刘备仁厚一辈子的回报。

后 记

明高儒《百川书志》云："晋平阳侯陈寿史传，明罗本贯中编次。据正史、采小说、证文辞、通好尚，非俗非虚，易观易入，非史氏苍古之文，去瞽传诙谐之气，陈叙百年，该括万事。"据此，1979年始，我即以陈寿《三国志》及裴松之注引、宋司马光《资治通鉴》，同嘉靖本《三国志通俗演义》、毛宗岗评本《三国演义》，以及元至治年间刊行的《三国志平话》加以对照，逐文探究小说家罗贯中是怎样按照历史小说创作的需要，将历史事实转换为小说的艺术真实。1983年4月，为了参加第一届《三国演义》学术讨论会，并代表南开大学参与筹备成立全国《三国演义》学会，我写了一篇《三国演义的情节提炼对人物刻画的意义》（载于四川《社会科学研究》，1983年第4期），即是我比较研究的初步成果。文中开头涉及对《三国演义》主题的判断。我说："《三国演义》描写了封建社会分裂与统一的过程，揭示了地主阶级各类人物在镇压了黄巾起义之后，怎样争得统治权和丧失统治权的经验教训。说得具体一点儿，就是什么样的英雄人物可以争得霸权，用什么样的思想和策略争夺天下，在什么样的条件下又会丢掉统治权。"学界的朋友们把我的认识归入"总结争夺政权经验"说，如沈伯俊、谭良啸编撰的《三国演义辞典》，如关四平《三国演义源流研究》。

同行们的归类很是。但我要强调的是，所谓什么样的人物争夺到，什么样的人物争不到，乃至丧失争霸的资格而出局，除了时代、社会、政治、经济形势，以及争霸对手的诸种因素之外，决定人成败的，应是人的性格决定了人的命运。所以，本书所讨论的重点是男人们的人性、悲剧性格与悲剧命运，我相信罗贯中关注的也是中国人的人性在三国争霸过程中的展现，对今人同样有参照价值。

本书以陈寿的《三国志》与裴松之注引，司马光的《资治通鉴》为据，来考察罗贯中将史转换为小说的过程，重点谈情节、事件，谈人，谈各类人性。但我要说明，本书非"品"，非"煮"之类的大作，但也算不上纯正精准的学术性的考证，只是一个八十三岁老人读史传、看小说之后的人生体悟，自我欣赏式的心得而已。

明嘉靖本《三国志通俗演义》乃较早刊出的本子，分卷分则。现通行本为毛宗岗评改本《三国演义》，分回。我以毛评本为准，涉及差异较大的情节和语句时，再参照嘉靖本。我引用的史书文献名目，只随文列出作者姓名、书名、卷数，未按通常加注格式，体例也较随意，只要读者看得明白，我也就心安了。

小稿出版承蒙天津人民出版社各级领导的支持，责编宁可同志对本书的编排体例、词语、观点都提出了许多宝贵的意见。美编卢炀炀同志绘制了精美的插图，在此一并致以谢忱。

鲁德才

2016 年 5 月于南开大学